Donna Kauffman vit dans la campagne de Virginie, non loin de Washington. Quand elle n'est pas couverte de farine ou en train de mettre le feu à sa cuisine – littéralement –, elle écrit des romans qui lui ont valu plusieurs nominations aux RITA Awards, ainsi que d'élogieuses critiques dans *Cosmopolitan*, entre autres.

Du même auteur, chez Milady :

Cupcake Club :
1. *Baiser sucré*
2. *Petites Douceurs*
3. *Péché mignon*

Ce livre est également disponible
au format numérique

www.milady.fr

Donna Kauffman

Péché mignon

Cupcake Club – 3

Traduit de l'anglais (États-Unis) par Claire Jouanneau

Milady Romance

Milady est un label des éditions Bragelonne

Titre original : *Babycakes*

Publié avec l'accord de Kensington Publishing Corp.

ISBN : 978-2-8112-0993-3

Bragelonne – Milady
60-62, rue d'Hauteville – 75010 Paris

E-mail : info@milady.fr
Site Internet : www.milady.fr

*Je dédie ce livre à mon plus jeune fils, Spencer,
qui m'a tant appris par son dévouement envers
tout ce qui est sauvage et en voie de disparition.*

Chapitre premier

Sa vie entière se résumait aux tartes aux cacahouètes.

Du moins, les derniers vingt-neuf ans, cinq mois, trois semaines, cinq jours et – Kit Bellamy vérifia l'heure affichée sur son tableau de bord – environ douze heures. Les tartes aux cacahouètes de *Mamie Sue*, plus précisément.

Comme s'il en existait d'autres sortes.

D'aussi loin qu'elle s'en souvienne, elle avait vécu, respiré, marché, parlé, rêvé, mangé, cuisiné, emballé, posté et sué pour les tartes aux cacahouètes, chaque jour.

Il n'y avait donc rien d'étonnant à ce qu'elle éprouve quelques difficultés à accepter le fait que son avenir allait désormais se résumer aux cupcakes.

Vingt-neuf ans. Le nombre de semaines et de jours était peut-être légèrement approximatif, les maths n'étant pas son fort – réalité implacable et incontestable au vu de la tournure qu'avait prise sa vie –, mais elle était sûre de son calcul en ce qui concernait les heures. Mamie Laureen avait raconté l'accouchement de la mère de Kit en plein milieu de la cuisine de *Mamie Sue* à qui voulait l'entendre.

Cette histoire faisait donc partie intégrante de la légende des Bellamy – déjà foisonnante et haute en couleur – avant que le récit de Kit venant au monde entre les sacs en toile de jute remplis de cacahouètes et la cuisinière Wedgewood à six brûleurs vienne s'y ajouter. Après tout, comme le disait si bien mamie Reenie : « Les femmes Bellamy ont toujours su faire leur entrée. »

Ce que Kit essayait de comprendre à présent, c'était comment les femmes Bellamy – et elle en particulier – se débrouillaient pour mettre en scène leur sortie.

Il n'y avait aucune tradition instaurée sur ce plan-là. À la connaissance de Kit, aucune Bellamy n'avait rendu son tablier. Sur les trois générations précédentes, tout du moins. Personne n'avait jamais laissé tomber quoi que ce soit. Ou qui que ce soit. Sûrement pas la famille, et certainement pas l'entreprise familiale.

Kit, elle, s'était rendue coupable des deux.

Non pas qu'il y ait vraiment eu une entreprise dont elle aurait claqué la porte – ni une véritable famille à qui tourner le dos, d'ailleurs. Elle avait réussi à les détruire toutes les deux avant de fuir. Elle n'aurait jamais dû écouter Teddy. « Impliquer des investisseurs nous permettra de développer l'activité de *Mamie Sue* pour en faire le genre d'empire mondial dont elle aurait rêvé », avait assuré son beau-frère avec une sincérité à toute épreuve et un sourire de star.

« Ne jamais faire confiance à un homme qui a des yeux de biche et un sourire Colgate. »

Le conseil avisé de son arrière-grand-mère résonnait à ses oreilles aussi distinctement que si elle avait été assise à côté d'elle. Elle répondit dans un murmure :

— J'ai bien compris la leçon, mémé Sue. Ça, oui, je l'ai comprise.

Les treize derniers mois avaient vu défiler leur lot d'avocats, de juges, de révélations choquantes, et Kit ne savait pas si elle se relèverait un jour d'une trahison aussi abjecte. Depuis la Grande Déclaration de Teddy au cours de ce qui avait finalement été la dernière réunion du conseil d'administration de *Mamie Sue*, elle était passée, chancelante, de l'état de pétrification qui avait suivi le choc à la culpabilité et l'anéantissement total, avant de passer au stade de la fureur acharnée puis de s'abandonner, tout récemment, à une clémente torpeur.

Les femmes Bellamy qui l'avaient précédée se retournaient sûrement encore dans leur tombe. Kit avait contre-attaqué et ne pouvait qu'espérer qu'elles auraient au moins été fières du cran et de la détermination dont elle avait fait preuve dans sa lutte pour défendre la cause pour laquelle elles avaient travaillé si dur. Mais même cette bataille n'apportait qu'une maigre consolation, puisqu'en fin de compte Teddy et ses prestigieux avocats, les Westlake, avaient gagné la guerre.

L'entreprise et les femmes qui l'avaient bâtie avaient chacune connu des obstacles et des déboires.

— Mais aucune n'a foiré au point de se faire reprendre toute la baraque à son insu, marmonna-t-elle, et, comme si cela ne suffisait pas, par un fabriquant de distributeurs automatiques de friandises.

Elle avait craché ces derniers mots comme si elle venait de goûter un produit de ces machines. Était-ce seulement comestible ?

Les délicieuses tartes aux arachides de *Mamie Sue* – faites à la main, avec amour, suivant la recette exacte de mamie Sue, celle qu'elle avait utilisée pour lancer cette entreprise dans sa propre cuisine plus de soixante-dix-huit ans auparavant –, ne devraient jamais, ô grand jamais, être distribuées sous plastique ; ou être stockées dans la rangée E5 d'un distributeur automatique *Crousti-D-Lices*, à 1 euro pièce.

— J'aurais dû le flinguer direct à la réunion du conseil d'administration, grommela-t-elle.

Est-ce qu'un jury l'aurait reconnue coupable ? Elle en doutait. Elle n'aurait eu qu'à se soumettre à l'attention des jurés les bandes montrant ce faux jeton prétentieux de Teddy tenant ses grands discours devant chacun des conseils d'administration dans lesquels il avait réussi à s'immiscer ces dernières années, profitant du fait que les anciennes générations de femmes Bellamy n'y présidaient plus.

C'était probablement mieux que mamie Sue elle-même ait quitté cette terre avant que Teddy entre en scène. Kit venait d'obtenir son bac quand, à l'âge de quatre-vingt-quatorze ans, mamie Sue – qui avait manié le rouleau à pâtisserie pratiquement tous les jours de sa longue vie – leur avait prouvé à tous qu'ils avaient tort, en s'éteignant paisiblement pendant son sommeil. Jusqu'à son dernier souffle, ils avaient été convaincus qu'elle vivrait à jamais.

Sa belle-fille, Laureen, et sa petite-fille, Katie, la mère de Kit, avaient repris les rênes de la compagnie qu'elles avaient dirigée avec la même assurance et la même intransigeance que mamie Sue. Malheureusement, peu de temps après, mémé Reenie avait vu son état de santé se détériorer rapidement et le lourd diagnostique d'un Alzheimer précoce était tombé. La délivrance que lui apporta son décès fut suivie, seulement quelques années plus tard, par la mort tragique des parents de Kit dans un accident de voiture. La jeune femme avait à peine vingt-quatre ans quand elle se retrouva, bien plus tôt que prévu, à la tête de l'entreprise familiale, avec Trixie, sa sœur de deux ans sa cadette. Kit, au moins, avait œuvré pour la société dès qu'elle avait été en âge de se hisser sur un tabouret et d'étaler de la farine sur une planche à pâtisserie. Trixie, elle, avait toujours été plus intéressée par le train de vie et le standing apportés par l'entreprise familiale. C'est pourquoi Teddy, marié à Trixie depuis moins de deux ans à la mort de leurs parents, était intervenu et avait pris en charge les parts de la compagnie qui revenaient à sa femme.

Kit se rappelait le soulagement que sa famille avait éprouvé quand Trixie avait choisi Teddy Carruthers. Elle s'était fiancée à vingt ans à peine, mais, après une adolescence passée en grande partie à ramener le plus formidable éventail de junkies et de nazes – sa façon de se « rebeller » lorsque leurs parents ne lui autorisaient pas à vivre la vie qu'elle était certaine de mériter –, ils avaient été tellement contents qu'ils avaient donné de bon cœur leur consentement au couple.

En ce qui la concernait, Kit avait toujours trouvé Teddy un tantinet trop mielleux et bien trop imbu de sa personne. Tout ce que la famille voyait, cependant, c'est qu'il était malin, ambitieux, et issu d'une vieille famille d'Atlanta, ce qui signifiait qu'il n'épousait pas Trixie pour son argent.

Personne n'aurait pu imaginer la vraie nature de l'ambition, ni l'étendue de la cupidité de cet homme un peu trop propre sur lui. Kit ne s'était doutée de rien, cela allait sans dire à présent.

Elle s'autorisa un moment pour se délecter de la vision de ce qu'aurait été le procès quand les jurés se seraient rendu compte du plan machiavélique de Teddy – concocté avec le soutien de sa sœur, beaucoup trop accaparée par sa nouvelle vie en tant que Trixie Carruthers, à profiter de ses cercles de Country Clubs et de son investissement dans des œuvres de bienfaisance, pour prêter la moindre attention à la façon dont son mari misait ses droits dans l'entreprise familiale.

Avec l'aide des Westlake – avocats si malins, si onéreux et ô combien arrogants –, Teddy avait déployé son plan sournois, qui consistait à faire entrer des investisseurs afin d'extorquer à Kit, aux membres du conseil d'administration et à tout le personnel de *Mamie Sue*, l'autorité pour vendre la société à *Crousti-D-Lices*, qui n'était intéressée que par le fait de détenir les droits sur la marque. Ils feraient produire la marchandise en masse dans un autre pays et l'expédieraient dans des cartons ; et des générations d'employés qui avaient mis tout leur cœur, toute leur âme et leur foi dans cette entreprise se retrouveraient donc à la rue. Avec Kit pour voisine.

— À la sortie du tribunal, je serai une femme libre.

Libre, elle l'était, indéniablement. Libre de l'entreprise familiale qu'elle avait aimée de tout son cœur. Libre de sa famille – si tant est qu'elle puisse considérer Trixie et Teddy comme telle – qui avait, par pure cupidité, transformé cette entreprise tant aimée en une farce de mauvais goût. Combien d'argent fallait-il à un couple pour vivre ? La question se posait. Kit était également libre de la maison familiale, tant aimée elle aussi, et de la cuisine utilisée par mamie Sue pour donner le jour à cette fragile activité presque un siècle auparavant. Cette même maison sommairement vendue par Trixie et Teddy à la seconde où le juge avait rendu son verdict lors du dernier recours en appel possible de Kit.

Pas de doute, Kit était libre de recommencer sa vie à zéro. Il ne lui restait rien.

Youhou.

Elle avait dépensé à peu près tout ce qu'elle avait et tout ce qu'elle aurait reçu de la vente de l'entreprise pour payer les avocats qu'elle avait engagés pour lutter contre Teddy et *Crousti-D-Lices*. Son beau-frère avait été stupéfait de la voir rendre les coups, incapable de comprendre pourquoi elle n'était pas reconnaissante pour cet argent procuré par la vente et n'en profitait pas pour s'évader sous des cieux plus cléments. Trixie avait même eu le culot de lui demander comment elle avait pu la trahir ainsi et traîner sa propre famille en justice. Au seul souvenir de cette conversation, Kit était au bord de la crise d'apoplexie.

En voyant que Kit ne cédait pas, les chastes larmes de Trixie, le réconfort des : « Là, tout va bien, ce n'est que le business » de Teddy en la cajolant avaient très vite laissé place à la rage la plus complète quand il avait fallu qu'ils paient de leur poche pour continuer à se battre.

Ça n'avait pas servi à grand-chose : la famille de Teddy roulait sur l'or et Kit savait pertinemment qu'il n'aurait aucun mal à payer la note salée de frais de justice établie par les Westlake. Au moins cela lui avait-il donné l'impression d'avoir représenté sa famille du mieux qu'elle avait pu. C'était ce qui comptait pour elle, faire ce qui était juste envers tous ceux qui avaient travaillé à la sueur de leur front pour faire de *Mamie Sue* l'entreprise qu'elle était devenue. Ou avait été, en tout cas.

Évidemment, ils se retrouvaient tous dans le même bateau à présent – se démenant pour trouver un boulot et essayer de prendre un nouveau départ. On verrait bien ce que leur réservait la suite des événements.

Kit ferma les paupières de toutes ses forces pour empêcher de couler les larmes de colère et de culpabilité qu'elle sentait perler. Elle avait déjà pleuré bien trop souvent. Seulement, comment avait-elle pu laisser cela arriver ? Comment n'avait-elle pas vu clair dans son jeu ? Ces deux questions la rongeraient toute sa vie. À travers le reflet de la lumière sur les larmes inondant ses yeux, elle discerna le panneau indiquant la direction du pont qui enjambait le détroit d'Ossabaw et menait à sa destination finale.

Sugarberry Island.

Kit devait admettre que, pour quelqu'un qui doit tout reprendre à zéro, rien que le nom avait des échos de conte de fées et laissait présager, voire promettait, un dénouement heureux. Mais elle ne savait même pas à quoi cela pouvait bien ressembler. Elle s'estimerait heureuse, après une journée de labeur, d'avoir pu contribuer à quelque chose d'important pour quelqu'un qu'elle estimait. Évidemment, selon les dires de sa consœur, Charlotte, Sugarberry lui offrait tout cela et plus encore.

Deux semaines s'étaient écoulées depuis le verdict qui avait fait triompher Teddy et *Crousti-D-Lices*. Depuis quatorze jours, *Mamie Sue* n'appartenait officiellement plus à aucun membre de la famille Bellamy. Et cela faisait presque autant de mois qu'elle n'avait plus d'emploi stable. Après tout ce temps, dégotter une offre d'emploi aussi alléchante que celle-là relevait vraiment du miracle. Charlotte l'avait pistonnée pour une offre potentielle juste après l'annonce de la vente de *Mamie Sue* dans les journaux, il y avait un an de cela. Mais Kit avait refusé le boulot quand elle avait décidé de se battre contre Teddy et *Crousti-D-Lices*.

Un an après, la guerre était finie. Après quelques retards de son côté, Leilani Dunne cherchait toujours quelqu'un pour prendre la tête de *Péché mignon*, le projet de vente par correspondance et de service traiteur qui viendrait se greffer à sa pâtisserie prospère, *Petits délices*, anciennement *Cakes by the Cup*.

Kit savait qu'elle aurait dû jubiler face à une telle chance et remercier sa bonne étoile que cette offre soit toujours d'actualité. Seulement, le poste était si important pour son employeur potentiel qu'elle ne l'accepterait pas à moins d'être absolument certaine de vouloir y rester. Elle ne pourrait pas supporter, en l'état des choses, de décevoir quelqu'un d'autre.

Cela expliquait pourquoi elle avait entrepris les cinq heures de route jusqu'à l'île située au large de la côte géorgienne – un lieu complètement différent d'Atlanta, ancien berceau des tartes de *Mamie Sue* et, si tout se passait bien au cours de l'entretien d'embauche sur place, ancien berceau de Kit Bellamy.

Charlotte l'avait prévenue que Sugarberry n'avait rien d'une grande ville, et qu'elle n'était pas la plus glamour des îles qui se trouvaient dans la partie centrale et méridionale de l'archipel. Située presque tout au nord, elle était restée en grande partie sauvage, avec quelques zones peuplées et aménagées. Son amie la lui avait décrite comme une authentique bourgade du Sud, avec un cachet insulaire unique. Kit n'avait rien trouvé à redire à cela. S'évanouir dans la nature d'une île encore à l'état sauvage, après avoir fait la une des journaux à Atlanta pendant un an, avait un petit goût de paradis. C'était pour le reste qu'elle était indécise.

Elle avait bien entendu les capacités requises, mais ce nouveau poste serait aux antipodes de ce qu'elle avait connu chez *Mamie Sue*. Elle repensa à toutes les histoires que lui avaient racontées sa mère, mamie Reenie et mémé Sue pendant son enfance à propos de son arrière-grand-mère, jeune épouse de militaire, lançant sa propre entreprise dans la cuisine de la résidence Bellamy pendant la Première Guerre mondiale.

Kit ne s'était jamais lassée de ces récits dont elle raffolait, source d'inspiration et de motivation. Elle les aimait surtout parce que, en racontant ces beaux souvenirs, des sourires nostalgiques se dessinaient sur le visage des trois femmes. Kit avait adoré être un maillon de cette chaîne, se voir transmettre tant de traditions, faire partie de quelque chose de si important, récolter les fruits du dur labeur, du talent et des rêves de ses ancêtres.

Des rêves qu'elle avait réduits à néant en l'espace de six malheureuses années.

Elle réprima avec force la culpabilité et la colère qui la submergeaient. Désormais, elle allait de l'avant, elle découvrirait de nouvelles possibilités. Son trentième anniversaire se profilait à l'horizon. Mentalement, elle le voyait en quelque sorte comme sa date butoir pour faire le ménage dans sa vie et avoir un projet bien défini. Si tout se passait bien, elle aurait de l'avance. Pour ce qui était de la seconde moitié, en tout cas.

— « Et tout le monde aime prendre de l'avance ! », s'exclama-t-elle.

Un léger sourire s'esquissa sur son visage lorsqu'elle prononça cette phrase dont Reenie leur avait si souvent rebattu les oreilles.

Sans le chagrin et la colère qu'elle ressentait, Kit aurait sans doute été enthousiaste à l'idée de monter une petite entreprise indépendante et de pouvoir mettre la main à la pâte dès ses débuts. Faire partie d'une nouvelle histoire avec ses propres traditions et légendes était une opportunité à saisir, voire une bénédiction. Tandis qu'elle passait sur la grille au bout du pont et bifurquait en direction de Sugarberry, elle songea aux conseils avisés, aux encouragements et aux craintes qu'auraient pu formuler les femmes de la famille Bellamy.

— Je sais que je vous ai laissées tomber, souffla-t-elle. C'était affreux de ma part. Impardonnable. J'ai accordé ma confiance à tort. J'ai baissé ma garde parce que je pensais que les intérêts de l'entreprise étaient bien gardés. Mais s'il existe un moyen de regagner votre estime, vous pouvez être sûres que je saurai le trouver.

Sur cette note d'optimisme, inédit depuis qu'elle était sortie, anéantie, du tribunal un an auparavant, elle fit le tour de la minuscule mais charmante place centrale et alla se garer sur le petit parking dans l'allée qui menait derrière la rangée de magasins parmi lesquels se trouvait *Petits délices*.

— Et voilà, terminus.

Et train au départ.

Comme on le lui avait indiqué, elle frappa un coup bref sur l'encadrement de la porte à moustiquaire qui se trouvait à l'entrée de service. De la musique lui parvenait par la porte entrouverte derrière la moustiquaire. Il s'agissait de « *Theme From a Summer Place* », ce qui la fit sourire. Mamie Sue adorait cette musique, principalement parce qu'elle adulait « le beau Troy Donahue » qui avait joué aux côtés de Sandra Dee dans *Ils n'ont que vingt ans*, le film des années 1950 d'où était tirée cette composition. Par-dessus la musique, on percevait nettement une conversation animée. Comment ne pas prêter une oreille indiscrète ?

— Ma foi, j'étais aussi surprise que n'importe qui, sauf peut-être Birdie. On aurait pu me faire tomber en m'effleurant avec une plume quand elle m'a annoncé que le frère cadet d'Asher avait demandé la garde de sa petite-fille. Mais, maintenant que Morgan est bel et bien à Sugarberry, je ne sais plus quoi penser de tout ça.

— Eh bien, il me semble que c'est une bonne chose, intervint une seconde voix, plus jeune, plus posée. Très bonne chose, même. J'imagine qu'il est là parce qu'il veut que Birdie fasse partie de la vie de Lilly.

— Qu'il dit. Mais est-ce qu'on peut vraiment croire un Westlake sur parole ?

Kit avait le poing levé, prête à frapper une nouvelle fois à la porte, mais se figea en entendant prononcer ce nom.

Westlake.

Elle secoua la tête. Simple coïncidence. Les Westlake qui avaient aidé à fomenter la destruction de quatre générations de dur labeur et de dévotion devaient très certainement avoir des homonymes en Géorgie. La plus âgée des interlocutrices avait parlé d'un Morgan et d'un Asher. Kit n'avait jamais entendu parler d'eux, mais cela ne voulait pas dire grand-chose. Elle n'avait pas effectué de recherches sur la firme à laquelle Teddy avait fait appel. Elle n'en avait pas eu besoin.

Les Westlake étaient une institution à Atlanta, tout comme leur cabinet d'avocats dont la fondation remontait à plusieurs générations. Quelle que soit la renommée qu'aurait pu atteindre son entreprise de pâtisserie, les Westlake ne jouaient pas dans la même cour que les Bellamy. C'était une famille nantie depuis toujours. Tout le monde connaissait les Westlake, au même titre que la famille royale.

Kit ne leur avait jamais prêté attention, ni à leurs apparitions régulières dans l'actualité politique et sociale. Ils n'avaient jamais représenté d'intérêt à ses yeux. Avant de les voir assis à l'autre bout de la salle d'audience, dans le dédain le plus total, elle n'aurait pu nommer aucun d'entre eux. Kit savait seulement que Teddy et l'un des Westlake avaient été dans la même fraternité étudiante, ce qui expliquait qu'ils aient associé leur nom prestigieux et leur pouvoir à la cause de Teddy et de *Crousti-D-Lices*. Trixie, quant à elle, avait probablement dû étudier leurs chroniques en détail. Kit n'avait pas l'intention de demander à sa sœur un cours de rattrapage sur le sujet de sitôt.

— J'ai entendu dire qu'il avait acheté une maison à l'extrémité nord de la route côtière, reprit la plus jeune des deux femmes. Il projette donc de rester. Ça ne compte pas pour du beurre, ça.

— L'avenir nous le dira. On veut tous le bien de cette enfant, mais, étant donné la façon dont Delilah s'est laissé marcher dessus par les Westlake et les a laissés rejeter Birdie – sa propre mère… – comme ils l'ont fait… je ne crois pas en ce revirement soudain.

— N'as-tu pas dit que Morgan était le vilain petit canard de la famille ? Selon leurs critères, du moins. Ces derniers temps, ça a été la folie, avec l'approche de la publication du livre de cuisine, et je dois reconnaître que je n'ai pas prêté autant d'attention aux potins qu'à mon habitude. Mais j'ai entendu dire que… enfin, je ne sais pas trop. Il donne l'impression de vouloir bien faire. On pourrait au moins lui accorder le bénéfice du doute, non ?

— Très bien, on l'accueillera comme on sait si chaleureusement le faire à Sugarberry.

D'une voix qui sonnait comme un avertissement affectueux, la plus jeune reprit :

— Alva…

— Il n'y a pas d'Alva qui tienne, mademoiselle Lani May. Je n'ai pas mon mot à dire dans cette histoire.

— Sauf en tant que meilleure amie de Birdie depuis quarante ans ou plus.

— Je ne veux simplement pas la voir souffrir de nouveau. Elle a eu Delilah tard, bien après avoir abandonné tout espoir d'avoir un enfant un jour. Tous ceux qui vivent sur cette île savent que cette fille était la prunelle de ses yeux. Quand tu vois comment cette même fille l'a remerciée… et maintenant elle aussi nous a quittés…

Elle ne parvint pas à finir sa phrase. Après une courte pause, elle reprit d'une voix plus chevrotante :

— Je ne pourrais pas supporter que cette famille fasse encore des dégâts. Je n'ai jamais rencontré Olivia Westlake, et que Dieu ait pitié d'elle si jamais ça arrivait. J'aurais quelques petites choses à dire à cette vieille bique aigrie.

— Elle n'a pas déjà l'intention de lui rendre visite, si ?

— Pas que je sache, mais il faudra s'y préparer. On n'est pas à l'abri de la voir…

Elle s'interrompit et, machinalement, Kit se pencha plus près de la porte pour pouvoir entendre la suite.

— Birdie a eu trop de malheurs, reprit la femme plus âgée. Ce n'est pas dans l'ordre des choses pour une mère que de voir ses enfants mourir. Tu sais, elle n'a pas assisté à l'enterrement. Elle s'est rendue à Atlanta quelques jours après, pour dire adieu à sa fille dans l'intimité.

— Cela valait sans doute mieux ainsi, mais c'est honteux que ça ait dû se passer comme ça. Je suis contente qu'elle t'ait pour veiller sur elle, Alva.

— Ah, mais oui, je veille sur elle, et je ne me suis pas gênée pour le faire savoir.

— Je n'en doute pas. (La réponse était un peu sèche, mais pleine de sympathie.) Et puis, évidemment, on va tous faire en sorte que ça colle entre elle et la petite Lilly. Les retrouvailles ont déjà eu lieu ?

— Pas encore. Ils sont censés se rencontrer autour d'un pique-nique ou quelque chose dans le genre, mais M. Morgan prend son temps.

— Vu tout ce qu'ils traversent en ce moment, ce n'est peut-être pas une mauvaise idée. C'est beaucoup de chamboulement dans la vie de cette petite. Alors un pique-nique, peu importe quand il a lieu, est une idée charmante. L'automne a été si doux. Je n'arrive pas à croire que l'on soit presque en novembre et que la température ne descende pas en dessous de vingt-cinq degrés. Je ne m'en plains pas, cela dit, dit Lani en s'esclaffant. Ni Baxter ni moi ne regrettons les hivers new-yorkais. N'hésite pas à me dire si je peux aider pour le pique-nique, le moment venu ; quelques cupcakes pourraient instiller un peu de bonne humeur.

— Je transmettrai ta proposition à Birdie. Elle adore tes cupcakes façon charlotte à la fraise. Ce serait parfait.

— Marché conclu. Ce sera mon cadeau de bienvenue à la petite Lilly.

— Tu imagines, n'avoir vu ta petite-fille qu'une seule fois, le jour de sa naissance ? Tu sais, Lilly vient d'avoir cinq ans.

— C'est ce que l'on m'a dit. En tout cas, je crois toujours qu'on devrait accorder à son oncle le bénéfice du doute, d'être revenu. J'ai l'impression qu'il veut bien faire les choses pour la petite : lui procurer une famille, un foyer, des racines. Et, d'après ce que je sais, pour arriver à ses fins il n'hésite pas à s'opposer à cette vieille bique aigrie dont tu parlais tout à l'heure. Acte honorable, à mon humble avis.

— Tu as sans doute raison. Il n'est pas marié, n'a pas d'enfants à lui, ajouta Alva. Changer complètement son mode de vie comme ça…, dit-elle en soupirant bruyamment. S'il n'avait pas fait partie de la famille Westlake, j'aurais pris la tête du comité d'accueil. En l'état des choses, j'enquête encore.

— Sur quoi ?

— Sur lui. Dans l'intérêt de Birdie, bien entendu.

— Ben voyons, répliqua Lani d'un ton sec. J'espère que tu ne comptes pas le mentionner dans ta rubrique. Je crois que ce ne serait dans l'intérêt de personne, surtout pas celui de Birdie.

— Enfin ! Je ne ferais jamais une chose pareille, rétorqua la plus âgée des deux.

Même Kit, qui n'avait pas encore fait la connaissance de cette dame, n'était pas sûre d'avaler ça. Pourtant, elle ignorait à quoi faisait référence cette « rubrique » dont elles venaient de parler. Cet enterrement à Atlanta, en revanche… Elle savait maintenant de quels Westlake il était question. Déjà, au cours du procès, elle avait su qu'une tragédie avait frappé les Westlake avec le décès d'un de leurs héritiers et de sa femme dans un accident de voiture. Kit avait été trop préoccupée par son propre avenir et celui de ses employés – sans parler du fait que perdre des êtres chers de cette façon faisait ressurgir des souvenirs douloureux – pour y prêter attention, d'autant qu'il s'agissait des Westlake. Toujours est-il qu'elle était pratiquement certaine que Lani et Alva parlaient du même événement. Et cet événement avait aussi voyagé jusqu'à Sugarberry. Par la même route qu'elle.

Crotte.

— Tout ce que je sais, c'est qu'il a trente-deux ans, qu'il est riche, cultivé et, en l'occurrence, plutôt bel homme. Donc, poursuivit-elle d'un air entendu, la question que je me pose, c'est : comment se fait-il qu'un homme comme lui ne soit pas marié ? À mon avis, quelque chose ne tourne pas rond chez ce type.

La jeune femme s'esclaffa.

— Je ne crois pas que l'association de tous ces ingrédients conduise forcément au mariage pour tout le monde.

— Bah, nous verrons bien. S'il s'imagine qu'il va venir faire le paon à Sugarberry…

— Il a amené sa nièce de cinq ans. Je doute que ce soit pour se pavaner.

— Oui, mais les gens pleins aux as comme lui n'élèvent pas leurs enfants eux-mêmes, ils laissent ça à des nounous ; donc, en attendant, on ne sait pas si c'est du lard ou du cochon, fit remarquer Alva d'un ton contrarié. Mais, fais-moi confiance, s'il y a anguille sous roche, je le saurai.

— Oh, je te fais confiance, rétorqua sèchement Lani. Mais, s'il avait voulu faire le paon, il ne serait pas venu à Sugarberry. Cette île ne regorge pas vraiment de femmes célibataires.

— Parle pour toi, jeunette ! s'indigna Alva. En plus, ce n'est jamais une mauvaise chose de s'installer dans un joli coin.

La jeune femme éclata de rire.

— Ça, c'est l'Alva que je connais et que j'admire.

Kit se rendait compte que cela faisait bien trop longtemps qu'elle se tenait devant cette porte, mais elle avait la tête qui tournait à force d'entendre autant parler des Westlake. Les doutes qu'elle avait à propos de cette histoire d'emménagement à Sugarberry l'assaillirent soudain. Mais elle ne pouvait décemment pas partir sans se présenter. Elle devait bien cela à Charlotte qui avait pris la peine d'organiser cet entretien. Profitant de ce temps mort dans leur échange, elle frappa à la porte sans attendre.

— Il y a quelqu'un ? appela-t-elle pour se faire entendre par-dessus le fond sonore et la conversation. C'est Kit Bellamy.

La porte s'ouvrit à la volée et Kit dut baisser les yeux d'environ trente centimètres pour rencontrer ceux de la minuscule dame âgée qui apparut soudainement.

— Oh, bien le bonjour !

— Bonjour, répéta Kit avec un grand sourire qui lui sembla être le premier depuis des lustres.

Comment faire autrement ? La femme – Alva, devina-t-elle – mesurait à peine un mètre cinquante, avait des yeux pétillants et un sourire chaleureux ; des perles pendaient à ses oreilles, soulignant le col claudine amidonné de son chemisier jaune citron, qu'elle avait combiné avec un cardigan vert mousse orné de boutons de nacre.

L'archétype de la grand-mère, à la possible exception de ses cheveux crêpés qui formaient une formidable choucroute de boucles et de frisettes d'une couleur plutôt déconcertante : une nuance insolite de rouge. Ajoutez à cela le fait qu'elle arborait par-dessus cet ensemble un tablier qui tenait plus d'une affiche du film *Pirates des Caraïbes* – et plus particulièrement de la vedette du film, le capitaine Jack Sparrow, personnifié par le très fanfaron Johnny Depp. Kit n'arrivait pas à en détacher son regard.

Alva baissa les yeux sur son tablier, puis les releva avec une expression radieuse.

— J'aime bien les pirates.

— Euh… moi aussi, j'aime bien, bégaya Kit.

Alva recula d'un pas et lui fit signe de la suivre.

— Magnifique, je sens que je vous aime déjà. Entrez donc. Soyez la bienvenue à Sugarberry.

Chapitre 2

— Moggy, elle est où la maman tortue ?

Morgan Westlake s'agenouilla dans le sable humide à côté du nid de caouanne, ramenant son regard au niveau de celui, ténébreux, de sa nièce, Lilly.

— La maman tortue a construit ce nid pour protéger ses œufs. Ensuite, il a fallu qu'elle retourne dans l'eau.

Lilly observa le monticule de sable sous lequel reposait une multitude d'œufs.

— Est-ce qu'elle va venir les chercher ?

Morgan baissa les yeux. Pas un jour ne passait sans que Lilly lui brise inconsciemment le cœur. Il se disait souvent que ce n'était pas une mauvaise chose. Elle avait besoin de lui pour l'aider à cicatriser. Peut-être le sien cicatriserait-il à son tour par la même occasion. Il plongea son regard dans ses yeux bleus et ô combien sérieux, puis sourit.

— Elle n'a pas besoin de revenir. Quand les œufs vont éclore, les bébés tortues sauront qu'ils doivent aller tout droit dans l'océan.

— Ils le savent comment ?

— Ils le savent, c'est tout.

Il lui prit la main en se relevant et frotta son jean pour en ôter le sable.

— Un peu comme les bébés savent qu'ils sont censés marcher à quatre pattes.

— Les bébés tortues vont pas avoir froid ?

— Ils ont cette belle coquille pour leur tenir chaud.

Lilly sembla y songer un instant avant d'acquiescer.

— Est-ce qu'on peut venir les regarder quand elles sortiront de leurs œufs ?

Il sourit en l'entendant prononcer « eufe ».

— Ce serait génial. Mais, d'après ce que je sais, ils éclosent pendant la nuit.

Lilly adopta aussitôt un air inquiet.

— Mais alors, comment elles vont faire pour aller jusqu'à la mer ?

Morgan s'accroupit de nouveau, sans lui lâcher la main.

— Eh bien, c'est l'une des choses que les scientifiques d'ici tentent de comprendre. Ils pensent que c'est grâce à la lune qui se reflète sur la surface de l'eau et la fait scintiller.

Il savait que l'hypothèse la plus répandue était qu'une éclosion nocturne réduisait les risques pour les petits d'être repérés par les prédateurs. Mais Lilly n'avait certainement pas besoin d'entendre ces précisions.

— Ce serait plus facile avec le soleil. Ils pourraient voir l'eau avec leurs *œils*.

— Je suis d'accord avec toi, mais s'ils décident d'éclore la nuit, ils doivent avoir une très bonne raison. C'est pour ça que je vais aider le Pr Langley à obtenir plus de subventions et de dons. Comme ça, il pourra agrandir le centre de recherche et découvrir le secret des tortues de mer.

Lilly médita sur la question tandis que Morgan se relevait une nouvelle fois. Il sentit la main de Lilly se crisper dans la sienne et baissa les yeux pour trouver les siens levés vers lui.

— Peut-être que les bébés ont peur… parce qu'ils ont pas de maman. Alors ils sortent pendant la nuit pour pas qu'on les voie, dit-elle en lui tirant la main. Ils ont pas peur du noir, hein, dis ?

Morgan commençait à regretter son idée de montrer ce nid à Lilly. Il avait estimé que cela pourrait être à la fois intéressant et ludique, mais n'avait pas imaginé qu'elle en viendrait à se faire du souci pour les bébés tortues.

— Je pense qu'ils sont impatients. Ils vont nager pour la première fois.

La moue inquiète de Lilly s'atténua quelque peu.

— J'aime bien nager. C'est Mlle Pam qui m'a appris.

— Moi aussi, j'aime bien nager.

Morgan se souvenait de ses propres cours de natation, bien qu'il fût plus jeune que Lilly à l'époque. Son professeur s'appelait M. Hans. Il avait pris des cours en même temps que son frère, Asher, d'un an et demi son aîné. Il avait essayé de faire les mêmes choses que son frère à partir du moment où il avait compris qu'il en avait un.

— Qui est-ce qui va apprendre aux tortues à nager ?

— Eh bien, je pense qu'elles sont naturellement bonnes nageuses. Tu te rappelles les photos que je t'ai montrées, où on voit leurs drôles de pattes ? Les sortes de petites palmes ?

Elle acquiesça.

— Des pattes-palmes.

Son visage s'illumina. Et, ainsi, elle illumina la vie de son oncle.

— Ouais.

— Pourquoi elles nagent la nuit ? Faut pas nager dans le noir.

Il la fit pivoter sur elle-même, et elle poussa un petit cri. Il n'avait plus l'habitude de l'entendre se manifester de la sorte.

— À moins d'avoir des pattes-palmes. Si tu en as, tu peux nager quand tu veux.

— Je veux des pattes-palmes !

Elle se mit à rire, et il la serra dans ses bras. Il n'avait pas la moindre idée du temps qu'il lui faudrait pour que ses propres blessures se referment, mais entendre rire Lilly de nouveau allait beaucoup l'aider. Il fallait qu'il trouve en échange un moyen d'apaiser la tristesse de la fillette.

— Moggy, tu m'écrases, se plaignit-elle en mimant la suffocation, exercice que seul un enfant de cinq ans est capable de réussir avec un tant soit peu de crédibilité.

— Désolé.

Mais il souriait toujours en l'embrassant sur le crâne.

Il la prit dans ses bras pour la ramener à travers les dunes sur le chemin balayé par le sable, jusqu'à l'endroit où il avait garé sa voiture, puis il la déposa à côté de la Range Rover.

Il ouvrit la porte arrière du côté passager et l'aida à grimper sur le siège et à s'attacher. Il l'embrassa sur le front et tira gentiment sur une mèche de ses cheveux foncés avant de s'extirper du crossover. Il s'apprêtait à refermer la portière lorsqu'il vit que Lilly regardait en direction des dunes.

Il en fit autant, mais ne distingua rien. Lorsqu'il reporta son regard sur Lilly, elle avait retrouvé son air sérieux. Elle ne quittait pas les dunes des yeux.

— Tout va bien se passer pour eux, Lilly.

Elle leva la tête vers lui, avec une lueur de défi.

— Tu promets ?

Morgan ressentit un nouveau pincement au cœur.

— J'en parlerai au Pr Langley.

— Le monsieur du centre de… cherche… pour les tortues ?

— Recherche. Un centre de recherche. C'est lui qui est chargé de prendre soin des tortues sur cette île.

— Est-ce qu'il va les aider à nager, comme Mlle Pam avec moi… quand ils auront né ?

— C'est pour ça qu'il est là.

— Ils n'auront pas peur de lui ?

— Mlle Pam ne te faisait pas peur, si ?

Il repensa à M. Hans et se reprocha d'avoir posé cette question. Son professeur de natation était quelqu'un de très imposant.

Lilly fit signe que non avant de préciser :

— Je l'aimais bien, mais j'avais peur de l'eau.

— Donc Mlle Pam t'a aidée et, après, toi aussi tu as bien aimé l'eau, c'est ça ?

Elle acquiesça.

— Les tortues ne vont pas avoir peur du Pr Langley. En général, ça se voit quand quelqu'un veut nous aider.

— Comme toi quand papa et maman sont partis au ciel ?

Morgan se sentit instantanément paralysé. C'était la première fois qu'elle parlait d'eux depuis qu'on lui avait annoncé la nouvelle. Cela faisait neuf mois.

Il se pencha à l'intérieur de la voiture et l'embrassa sur la joue.

— Oui, réussit-il à grand-peine à articuler, la gorge nouée. Exactement comme ça. Et si tu venais voir le Pr Langley avec moi ? Peut-être qu'il voudra bien te montrer les tortues dont il s'occupe au centre de recherche.

Elle planta son regard méfiant et beaucoup trop lucide dans le sien.

— Des vraies tortues ?

— Comme celles qui sont dans les œufs qu'on a vus sur la plage.

— Alors oui, merci, dit-elle, faisant preuve d'une politesse exagérée.

Face à tant de déférence, Morgan se raidit et la dévisagea. Il savait d'où venait la modération dans sa voix.

La joie faisait briller ses yeux, mais elle restait sagement assise, chevilles croisées, mains sur les genoux, et, à la façon dont elle lui avait répondu, il lui avait semblé entendre sa propre mère. Il ne remettait pourtant pas en cause les bonnes manières. Il estimait la politesse nécessaire dans les échanges humains. Mais, au fond, tous les enfants devraient pouvoir se libérer et agir comme des enfants. Lilly en particulier.

C'était précisément la raison pour laquelle il avait quitté Atlanta à la première occasion acceptable, même s'il avait débattu assez vivement avec sa mère sur la définition du terme « acceptable ».

— Ça marche.

Il s'installa sur le siège du conducteur et démarra. Il lui sourit et lui fit un clin d'œil dans le rétroviseur, puis chassa le souvenir de la dispute qui l'avait violemment opposé à sa mère avant d'ajouter :

— On fait comme ça, alors.

Lilly s'enfonça dans la banquette, visiblement satisfaite. Pour l'instant du moins.

Il était rentré du Colorado pour l'enterrement et pour assumer ses responsabilités légales en tant que tuteur de Lilly. Asher et sa femme, Delilah, l'avaient choisi comme parrain à la naissance de leur enfant et il n'avait donc pas été surpris quand ils avaient décidé de lui donner le rôle de tuteur dans l'improbable éventualité où il leur arriverait malheur à tous les deux.

Il avait accepté le rôle de parrain avec joie et beaucoup de sérieux, et avait tout fait pour être exemplaire, malgré la distance qui le séparait de sa nièce. Mais le job de tonton cool n'avait rien à voir avec celui de parent à temps plein.

Il était resté au domaine familial à Atlanta jusqu'à l'anniversaire de Lilly, mais ils n'étaient tous les deux que depuis un mois. Il était toujours en phase d'apprentissage et de découverte, stupéfait par les rafales de questions de la fillette. Elle avait été entourée d'une armée d'employés pour y faire face, mais il avait eu tôt fait de comprendre que même eux devaient avoir trouvé la tâche ardue.

Bien entendu, étant lui-même d'une curiosité insatiable, il admirait ce trait de caractère qu'il trouvait par ailleurs plutôt agréable. Morgan avait toujours pensé que la meilleure façon d'apprendre était de poser des questions sur tout et tout le temps, quoi qu'en pense sa famille, qui respectait le protocole à la lettre. Il avait même fini par en faire son métier.

Il ne valait peut-être pas un clou en ce qui concernait l'éducation des enfants, et il avait des sueurs froides quand il pensait trop à ce qui l'attendait, mais il savait qu'il y avait certaines choses qu'il ne ferait jamais. Jamais il ne briderait la curiosité de cette enfant ou ne briserait son envie d'apprendre, de grandir.

— Moggy ?

— Oui, ma puce ?

— Comment les tortues sont rentrées dans les œufs ?

Il faillit s'étouffer en partant d'un éclat de rire.

Tu disais, gros malin ?

Morgan ôta le ruban adhésif du dernier carton qu'il avait vidé, l'aplatit et l'ajouta au tas. La maison qu'il avait trouvée à Sugarberry était plus petite que son ancien chalet à Steamboat Springs, mais ce qui lui manquait le plus, c'était sa grande remise. Bien que l'hiver approche à grands pas, il avait toute une garde-robe de vêtements chauds dont il n'allait pas avoir l'utilité sur la côte géorgienne, beaucoup plus tempérée, et le malheureux garage dont il disposait à présent était à peine assez grand pour abriter son Range Rover. Peut-être allait-il louer un garde-meubles sur le continent, à Savannah. Initialement, il avait aussi prévu de se trouver un bureau là-bas. Il ne fallait que vingt-cinq minutes pour traverser par le pont. Il y avait pire comme trajet jusqu'au travail. Lilly passerait le plus clair de son temps à l'école, une fois qu'il l'aurait inscrite, et, quand viendraient les vacances d'été, il aurait trouvé une solution.

Il était en pourparlers avec une autre structure située sur l'île de Jekyll, plus au sud dans l'archipel, pour les aider dans quelques tâches juridiques mineures quand cette histoire de centre de recherche avait atterri sur son bureau. Lilly et lui n'étaient officiellement installés que depuis quelques semaines, mais il sentait déjà se tisser avec l'île un lien plus fort que ce qu'il avait imaginé. Il avait décidé de s'installer à Sugarberry à cause de la grand-mère maternelle de Lilly – à cause de ses deux grands-mères, en fait, mais pour des raisons différentes – et parce qu'il tenait à ce qu'elle bénéficie d'une qualité de vie semblable à celle qu'il avait trouvée dans le Colorado, tout en lui assurant la proximité et le soutien du peu de famille qui lui restait.

Sugarberry, perdu dans la nature sauvage, était à la fois un havre de paix et une petite bourgade typique du Sud. Quant à l'atmosphère détendue, un peu plus exubérante que dans d'autres îles, elle n'était pas sans lui rappeler le village de montagne où il avait élu domicile au cours des huit dernières années.

Pour l'instant, il ne connaissait personne d'autre sur cette île que le Pr Gabriel Langley. Mais dans le court laps de temps qu'il lui avait fallu pour trouver cette maison et y emménager, il avait ressenti la même impression de proximité entre les habitants que lorsqu'il avait monté son cabinet dans l'Ouest.

Connaissant les relations houleuses qu'entretenait la grand-mère maternelle de Lilly avec sa fille, Delilah, et avec sa mère à lui, Morgan avait eu un doute quant à l'accueil qui leur serait réservé à Sugarberry. En fin de compte, il était convaincu qu'une fois que les insulaires auraient fait leur connaissance, qu'ils auraient compris qu'il voulait sincèrement recréer des liens familiaux et retrouver des racines stables, ils les accueilleraient chaleureusement. Sans cette certitude, il ne serait jamais venu. Sugarberry faisait résonner en lui quelque chose qu'il n'avait pas soupçonné. Lilly aussi.

Il l'aimait plus que tout, et cela depuis qu'il l'avait prise dans ses bras tremblants juste après sa naissance. Le premier enfant qu'il avait pris dans ses bras. Un simple gazouillis et un sourire avaient suffi à ravir son cœur. Bien qu'il n'ait pas eu l'occasion de la voir aussi souvent qu'il le souhaitait, ce lien n'avait fait que se renforcer au fil des ans. Maintenant que leurs vies étaient sens dessus dessous, que tout n'était plus que chaos, elle n'en finissait pas de le surprendre et de le fasciner ; elle s'insinuait dans son cœur et dans son âme par des sentiers dont il ignorait l'existence. Jamais auparavant il n'avait ressenti quelque chose d'aussi fort.

Comment pouvait-il songer à gérer ses affaires autre part qu'à Sugarberry, où il serait avec elle chaque fois qu'elle aurait besoin de lui ?

— Moggy ?

Il se détourna du carton qu'il était occupé à ouvrir, et porta son regard sur Lilly, debout dans l'encadrement de la porte de ce qui allait devenir son bureau.

— Qu'est-ce qu'il y a, ma puce ? Tu as terminé le coloriage de ta page ?

Il se dirigea jusqu'au coin de la pièce où il avait organisé son bureau et ses meubles de rangement en L, puis désigna le flanc du caisson à dossiers tourné vers son fauteuil de bureau.

— J'ai pensé qu'on pourrait l'accrocher là.

— Je ne sais pas de quelle couleur sont les pattes-palmes. J'ai oublié.

Plus tôt dans la matinée, le Pr Langley était arrivé en voiture au moment où ils sortaient du parking du centre de recherche. Morgan avait fait demi-tour et regagné le complexe, que le professeur avait fait visiter à Lilly. En présence du scientifique, elle était restée plongée dans un silence qui frisait la timidité maladive, mais la curiosité avide et la jubilation pétillaient dans ses yeux au moment où il l'avait emmenée voir les tortues placées en observation dans les aquariums. Quand elle avait compris que certaines d'entre elles étaient blessées ou malades, elle avait chuchoté un millier de questions pressantes et anxieuses à l'oreille de Morgan pour qu'il interroge le gentil docteur. À son tour, celui-ci avait eu l'obligeance de lui expliquer avec douceur pourquoi les tortues étaient là et ce qu'il faisait pour les aider.

Le Pr Langley lui avait offert le livre de coloriage sur les tortues distribué aux écoliers lors des classes vertes. Pendant tout le trajet du retour, elle avait bondi sur son siège. Ils avaient ensuite dû ressortir pour acheter des crayons de couleur. Quel genre de gamin n'a pas une gigantesque boîte toute cabossée, remplie de crayons grignotés à la mine cassée ?

Eh bien, lui, pour commencer. C'est pourquoi ils possédaient désormais tous les deux une boîte de crayons flambant neuve.

— Je n'en suis plus très sûr non plus, lui répondit-il. Mais, tu sais, j'ai un tas de dossiers sur elles, dit-il en balayant du regard le bazar sans nom qui l'entourait. Tiens, juste là.

Elle patientait, immobile, lorsqu'il commença les fouilles.

— Ah, voilà !

Il déterra le dossier que Gabriel lui avait remis lors de leur premier entretien et lui tendit le document en haut de la pile, une brochure d'appel aux dons en couverture de laquelle figurait une imposante tortue. Fort heureusement, il remarqua les photos de caouannes mortes ou à l'agonie imprimées au dos avant que Lilly ne la lui prenne des mains. Jugeant ce document inapproprié pour une enfant de cinq ans, il le rangea dans le dossier.

— Euh, attends, il faut trouver la tortue parfaite, se justifia-t-il.

Il feuilleta le reste du dossier avant d'en retirer la même brochure dont il déchira soigneusement la couverture pour la lui donner.

— Je dirais qu'elles sont vertes, peut-être un peu marron.

Elle examina minutieusement la photo, releva la tête et dit :

— Merci, oncle Moggy.

Il lui sourit. Elle savait se montrer épouvantablement polie à certains moments ; mais, à d'autres, ses bonnes manières étaient tout simplement craquantes.

— Je t'en prie, mon cœur. Dis-moi quand je peux venir voir.

Il la regarda se réinstaller à la table de la cuisine, qu'il pouvait voir par l'ouverture voûtée reliant son bureau au salon. Elle représentait vraiment un drôle de petit mélange. Une grande partie de son attitude taciturne provenait du tumulte auquel elle avait si récemment dû faire face, cette catastrophe qui avait complètement chamboulé sa vie et celle de son entourage. Mais elle avait toujours été attentive à tout, chaque fois qu'ils passaient du temps ensemble. Elle lui réservait toujours un sourire et un petit rire, et il avait très tôt dans sa vie de parrain mis un point d'honneur à provoquer son hilarité aussi souvent que possible.

Il admirait cette enfant tout à fait normale, naturellement curieuse, très brillante – peut-être trop brillante par moments –, qu'on devinait derrière cette façade impeccablement soignée qui caractérisait les Westlake. La matriarche voulait la forcer à rentrer dans le moule, tout comme elle avait forcé Asher et, plus tard, sa jeune épouse Delilah. Morgan était son seul échec – d'après son schéma de pensée, du moins.

C'était précisément de ce schéma que Morgan voulait éloigner Lilly le plus rapidement possible. De son vivant, Delilah n'avait représenté qu'un obstacle insignifiant pour Olivia, étant donné que cette dernière l'avait déjà mise à sa botte. Alors, maintenant que son frère et sa belle-sœur n'étaient plus là, sa mère aurait eu une emprise totale sur Lilly. Ce que Morgan n'aurait jamais laissé faire.

Il aimait sa mère, à sa façon, et voyait bien qu'elle n'était qu'une victime de son éducation et d'un mode de vie qui avait profité aux Westlake durant des siècles. Il comprenait sa détermination à se conformer aux lois édictées par ses ancêtres.

Mais Morgan ne voyait pas les choses du même œil – ni pour lui ni pour la fillette qu'il avait prise sous son aile. Sa mère continuerait à faire partie de la vie de Lilly, mais la vie de sa nièce ne se résumerait pas à Olivia. La vie que sa grand-mère lui réserverait avait été exposée très clairement dès les obsèques. C'était d'ailleurs la principale raison pour laquelle il avait quitté la propriété familiale dès que possible.

Suite à cette tragédie, la vie de Lilly était en plein bouleversement. Il avait donc estimé qu'il valait mieux partir trop tôt que trop tard. Même ainsi, il leur avait fallu attendre presque un an avant de faire leurs valises.

Morgan n'avait peut-être pas d'expérience en tant que parent, mais il avait été un enfant autrefois. Qui plus est élevé chez les Westlake, tout comme Lilly. Il savait qu'il existait tant d'autres choses à découvrir et à faire, à comprendre et à apprendre, au-delà de l'horizon oppressant et restrictif que laissait voir le cadre familial – sans parler de tout ce qu'il y avait à ressentir ailleurs. Morgan comptait montrer tout cela à Lilly et lui ouvrir les portes sur le monde entier, tout en gardant un pied à Atlanta.

Il avait certes mis la barre très haut, mais se fixer des objectifs était une bonne chose.

Morgan ne voulait pas amputer la vie de sa nièce davantage ; il ne désirait que l'embellir. La meilleure façon pour lui de prendre le recul nécessaire pour faire les choix qui s'imposaient avait été de déménager à Sugarberry. Avant ces neuf mois, il n'avait eu à se préoccuper que de lui-même. Mais il savait très bien, pour en avoir lui-même fait l'expérience, ce que serait la vie de Lilly à Atlanta. Il ne retournerait pas y vivre, et ne laisserait certainement pas la fillette y grandir.

Sur ce point, il avait fait le bon choix. Venir à Sugarberry ? Rapprocher Lilly de sa grand-mère maternelle ? Couper sa nièce d'un style de vie trop fastueux pour l'élever dans une petite maison au bord de l'océan ? Comment savoir s'il ne faisait pas fausse route en prenant de telles décisions ?

Pour le moment, il aurait été heureux de la faire rire de nouveau.

— Moggy, j'ai fini ! appela-t-elle, l'arrachant à ses pensées.

Il jeta le dossier sur la pile de documents éparpillés sur son bureau et se rendit dans la cuisine.

— Voyons voir.

Elle lui tendit le livre de coloriage.

— C'est très joli.

L'œuvre était clairement celle d'un enfant, mais il remarqua qu'elle s'était appliquée pour ne pas déborder. Était-ce dans sa nature ou cela résultait-il de l'endoctrinement de sa chère grand-maman, très à cheval sur les bonnes manières chez les jeunes demoiselles ? Il verrait cela en temps voulu.

— Est-ce que tu me laisserais en faire un ?

Elle acquiesça et feuilleta son livret.

— Celui-ci, décréta-t-elle.

Elle posa le cahier à plat sur la table et indiqua du doigt le dessin qu'elle avait choisi avant d'expliquer :

— C'est une tortue garçon.

— Vraiment ? s'étonna-t-il, conquis.

Il lui restait un millier de choses à faire s'il voulait mettre en place le projet avec le Pr Langley, sans parler du travail de consultant qu'il effectuait toujours pour ses clients dans l'Ouest. Pour le moment, cependant, rien ne semblait aussi important qu'un coloriage. Il tira la chaise et s'assit.

— Alors, la tienne, c'était une fille ?

Elle écarquilla les yeux et il eut l'impression de l'avoir légèrement vexée.

— Ça ne se voyait pas ?

— Oh, si, bien sûr, essaya-t-il de se rattraper, craignant de multiplier les faux pas.

Surtout ne me demande pas à quoi je le vois, s'il te plaît, l'implora-t-il silencieusement, cherchant une vieille astuce de parents pour s'en sortir.

Elle reprit son livre et revint à la page qu'elle avait coloriée.

— Regarde. Sa queue est petite, fit-elle remarquer en retournant à l'autre page. Celles des tortues garçons sont plus longues. Tu as écouté le Pr Langley ou pas ? demanda-t-elle en levant la tête vers lui.

Morgan ne savait pas s'il devait éclater de rire ou prendre un air penaud. Par moments, l'intelligence de ce génie miniature dépassait de loin son jeune âge ; avec toutefois un défaut d'élocution sur le mot « tortue » (qu'elle prononçait sans le « r ») et le nom de l'estimé Pr Langley (auquel elle rajoutait au moins une ou deux syllabes). Avec le sentiment d'être totalement démuni face à son adorable attitude d'intello, il ne put qu'espérer parvenir à mieux contrôler ce genre de situations avant qu'elle grandisse trop, sans quoi il finirait par devenir un parent complètement soumis.

— Bien sûr que je l'ai écouté. Je n'ai pas dû retenir cette information.

— J'ai utilisé ces couleurs-là, lui dit-elle en poussant la pile de crayons de couleur devant lui.

— Tu es certaine que ces couleurs ne sont pas pour les tortues filles ? la taquina-t-il.

— Les tortues sont toutes de la même couleur.

Elle accompagna sa réponse d'une mimique qui lui fit comprendre qu'elle se demandait si elle n'avait pas un peu présumé de l'intelligence de son oncle.

— Je sais. Je voulais voir si tu avais bien suivi.

C'était une blague, mais elle hocha la tête comme si elle avait su que la ressemblance de son dessin par rapport à l'original serait passée en revue. Il se sentit très Westlake sur le moment. En principe, il faisait tout pour éviter cela.

Il se mit à colorier, mais ses énormes paluches ne faisaient pas bon ménage avec le tout petit livre de coloriage. Il releva la moindre inspiration discrète de Lilly chaque fois qu'il débordait. Avec un sourire, il leva les yeux.

— Je ne suis pas du genre à rester dans les lignes.

— C'est pour ça qu'il y en a, précisa-t-elle avec beaucoup de douceur, comme si elle avait affaire à un idiot. Pour qu'on sache où il faut s'arrêter de colorier.

Son sourire s'élargit.

— Je les considère plus comme une indication générale.

Remarquant qu'elle regardait toujours le dessin, les sourcils légèrement froncés, il lui demanda :

— Est-ce que ça t'embête si c'est un peu brouillon ? Tu sais, tu peux dessiner comme tu l'entends. C'est ton dessin. Tant que tu le trouves beau, c'est tout ce qui compte.

Elle se tourna vers lui avec une curiosité manifeste.

— Tu le trouves beau comme ça ?

Il fit semblant d'inspecter avec gravité son dessin à moitié terminé.

— Je le trouve pas mal.

— D'accord.

Très clairement, elle n'était pas du même avis.

Étouffant un rire, il reprit son coloriage et tenta de garder son sérieux chaque fois qu'elle soupirait quand il débordait. Ce qu'il fit peut-être un peu plus que nécessaire, jugeant qu'il serait bon pour elle d'être exposée à de nouveaux points de vue. Au moins, il savait maintenant qu'il s'agissait d'une opinion personnelle, qu'elle ne lui avait pas été imposée.

Son œuvre achevée, il apposa d'un geste théâtral sa signature au bas de la page et retourna le livre pour qu'elle puisse admirer son travail.

— Voilà. Qu'est-ce que tu en dis ?

Elle l'examina avec la même attention qu'il avait feint d'y porter un peu plus tôt, puis le regarda dans les yeux.

— Tu as fait de ton mieux, oncle Moggy, le félicita-t-elle.

Elle tendit sa main, minuscule, et la posa sur la sienne, bien plus grande, et poursuivit :

— On peut aller montrer nos coloriages au Pr Langley ? Il te donnera peut-être un livre de coloriage pour que tu t'améliores.

Il éclata de rire, puis porta la main de Lilly à ses lèvres pour l'embrasser.

— Bonne idée.

Peut-être que cela ne me fera pas de mal à moi non plus de voir les choses d'un autre œil.

Chapitre 3

— Comme vous le savez, cela fait près d'un an que je veux lancer ce projet, mais avec tout ce que j'avais sur les bras – tenir le magasin et terminer le livre de cuisine avec Baxter – lancer *Péché mignon* aurait été de trop. Nous en sommes donc toujours aux étapes préliminaires. Charlotte m'a dit tellement de bien de vous. Je suis vraiment contente que nous ayons réussi à planifier cet entretien, même si je suis navrée des circonstances qui vous amènent.

Kit n'avait pas su à quoi s'attendre de la part de Leilani Dunne – Lani, comme elle lui avait demandé de l'appeler –, en dehors du flot de compliments servis par Charlotte à propos de son talent phénoménal et de ses qualités humaines. Kit avait à peu près le même âge qu'elle et toutes deux s'étaient déjà vu confier d'importantes responsabilités et avaient connu de jolis succès. Lani avait tracé son propre chemin, tandis que l'existence de Kit était sur des rails, mais les deux voies avaient fait d'elles des femmes audacieuses, prêtes à entreprendre de grands projets avec assez d'assurance pour croire en leur réussite.

Lani l'avait déjà démontré avec *Petits délices*. Quant à Kit, il lui restait à prouver qu'elle pouvait monter un projet toute seule, sans l'aide des femmes Bellamy et de mamie Sue. Pour de nombreuses raisons, il était crucial qu'elle sache si elle en était capable. Elle devait se racheter après l'échec qu'elle avait rendu possible et se prouver qu'elle n'était pas qu'une ratée.

Elle était nerveuse, voire un peu terrifiée, à l'idée qu'on lui confie de telles responsabilités, mais Kit ne pouvait nier qu'elle se sentait beaucoup plus intriguée et enthousiaste que lorsqu'elle avait frappé à la porte près d'une heure auparavant. Alva avait fait les présentations avant d'aller s'occuper du magasin et de la caisse afin que Lani puisse s'entretenir avec elle dans l'arrière-boutique. Lani s'était attendue à un tête-à-tête d'environ trente minutes, avec une conversation plus sérieuse et plus longue quand elle accepterait le poste – ou bien des heures de trajet pour retourner à Atlanta, en cas de refus.

Cependant, elles s'étaient très vite trouvé des affinités – la sympathie qu'elles éprouvaient pour Charlotte, leur amour commun pour la pâtisserie, et enfin le fait qu'elles aient toutes deux conscience du nombre d'épreuves à surmonter quand on gérait un commerce – bien que leurs expériences respectives soient on ne peut plus éloignées l'une de l'autre.

Elles en arrivèrent finalement au cœur de l'entretien.

— Nous avons loué le local mitoyen. C'était une boutique de tailleur, mais, quand le propriétaire est tombé malade et a dû partir, Baxter et moi avons sauté sur l'occasion. Nous nous sommes dit que ce serait peut-être notre seule chance de développer notre activité, expliqua-t-elle en souriant. Ici, quand on ouvre un magasin, ce n'est pas pour le fermer après quelques années. C'est un contrat à vie, qui peut durer sur plusieurs générations. Nous ne savions pas si cette chance se représenterait un jour.

— J'en connais un rayon sur ce genre de contrats, répondit Kit avec un sourire empreint d'amertume.

Elle fut surprise de la réaction de Lani, qui tendit la main pour prendre la sienne.

— Je sais. Et honnêtement, je trouve ce qui vous est arrivé révoltant. C'est parce que vous savez ce que c'est que de s'engager pleinement que j'aime particulièrement votre profil. Je pense qu'il convient tout à fait pour ce poste.

— Merci, répondit Kit, sincère.

Ce compliment n'atténuait en rien sa culpabilité, mais cela lui faisait du bien de constater que tout dans sa vie n'avait pas été inutile, que l'expérience qu'elle avait acquise et s'était forgée avait un tant soit peu de valeur aux yeux de quelqu'un. Kit enchaîna :

— Vous me comprenez, et ça compte aussi beaucoup pour moi.

Lani s'adossa contre sa chaise et lui adressa un grand sourire. Son visage rayonna quand elle reprit son exposé sur son nouveau projet.

— Il y a assez de place pour procéder aux aménagements, mais encore pas mal de rénovations à faire.

Il peut sembler prématuré de recruter un gérant maintenant, mais j'ai pensé que ce serait l'idéal pour amener cette personne à s'impliquer et à poser la première pierre, littéralement.

— C'est bien vu. Personnellement, je préfère faire partie du projet le plus en amont possible. Je sais qu'il s'agit de votre bébé, mais il me semble qu'il n'y a rien de tel que le travail d'équipe.

— Exactement. Chacun apporte quelque chose de différent dans ce projet. Avec *Petits délices*, ou même avec *Gâteau*, la pâtisserie de Baxter dont je m'occupais à New York, nous avons tout fait sauf de la vente par correspondance. *Gâteau* avait un service traiteur, et nous couvrons un certain nombre d'événements organisés ici, sur l'île. Mais nous ne disposons pas des infrastructures nécessaires pour honorer les commandes plus importantes, du moins pas de façon régulière. L'enseigne de Charlotte à Savannah commence vraiment à prendre de l'ampleur et, bien qu'elle livre des deux côtés…

— J'adore la façon dont elle et Carlo ont monté leur affaire, intervint Kit. C'est comme ça que l'on s'est rencontrées, en travaillant ensemble lors de certaines réceptions à Atlanta. Je trouve que *Sucré-Salé* est une très bonne idée, et le nom bien trouvé.

— Tout à fait d'accord, renchérit Lani avec enthousiasme. Et notre partenariat commence à être connu à Atlanta. Certains organisateurs lui demandent de négocier avec nous pour associer le nom de l'émission de Baxter, *Hot Cakes*, à des événements plus importants.

— Comment est-ce que Charlotte le prend ?

— Oh, très bien. On sait toutes les deux que c'est par le bouche à oreille qu'un commerce prospère. Si je tiens à ce que *Petits délices* reste une petite enseigne intimiste très ancrée à Sugarberry, Charlotte, elle, a de plus grandes ambitions pour son entreprise. Je lui confie toutes les commandes qu'on ne peut pas honorer, et ça lui a profité. Cela dit, elle ne peut déjà presque plus accepter d'engagements supplémentaires, et Carlo et elle ne sont pas encore décidés à agrandir leur affaire tout de suite.

— Pourquoi fonder *Péché mignon* dans ce cas ? Et comment avez-vous trouvé ce nom ? C'est tellement charmant. C'est pour faire écho au nom de *Petits délices* ?

— Oui, mais pas seulement ; il y a une raison personnelle. C'est le surnom que mon père donnait à ma mère.

— Oooh, je trouve ça adorable !

Les yeux de Lani brillèrent d'émotion et de tendresse.

— Moi aussi. Je n'arrive même pas à en parler sans me mettre à pleurer. C'est ridicule.

— Je parie que votre père en est très fier.

— Il préférerait que je donne son prénom à mon enfant. Il multiplie les allusions, je le vois venir avec ses gros sabots. Mais bon, le shérif n'est pas réputé pour sa subtilité. Je crois qu'il a commencé approximativement deux secondes après que Baxter m'a passé la bague au doigt. Mais oui, ça l'a beaucoup touché.

— En tout cas, *Péché mignon*, ça sonne très bien !

— C'est aussi ce qu'on s'est dit. Je n'arrive pas à croire qu'on va franchir le pas ! Entre la publication du premier livre de recettes de Baxter l'année dernière, le reportage qui est passé dans son émission et qui a été tourné ici même à Sugarberry, et son émission maintenant tournée à Savannah programmée sur une grande chaîne, je dois dire que les choses vont beaucoup mieux que je ne l'avais imaginé ! En tout cas, elles vont bien plus vite que ce que j'avais prévu en quittant New York pour venir m'installer ici. Il y a un marché à prendre sur la vente par correspondance, car certaines personnes intéressées par nos produits ne peuvent pas se déplacer jusqu'ici. Et puis on a de plus en plus de demandes pour le service traiteur. J'ai pensé qu'en créant une filiale qui s'occuperait uniquement des réceptions, ça me permettrait de conserver en l'état la boutique où tout a commencé, ce qui me tient à cœur.

— En plus, si j'ai bien compris, le prochain livre de cuisine va parler de vous et de votre mari, de votre collaboration, des circonstances dans lesquelles vous vous êtes rencontrés et avez commencé à travailler ensemble… Cette publicité aura sûrement un impact sur les commandes.

— Certainement, vu la tournure des événements depuis l'arrivée de Baxter…

Elle laissa sa phrase en suspens et esquissa un sourire. Kit décela dans ses yeux ce quelque chose, cette étincelle, quand elle parla de l'homme qu'elle avait épousé récemment. Kit avait déjà perçu cette lueur dans le regard de sa propre mère et dans celui de mamie Reenie. Elles étaient devenues des femmes Bellamy en épousant des hommes Bellamy, et leurs sentiments avaient été aussi forts, aussi tendres que ceux de Lani.

Kit avait toujours eu envie de trouver un jour son âme sœur. Elle avait cru à plusieurs reprises l'avoir dénichée, mais elle n'avait jamais ressenti ce qui faisait pétiller les yeux de Lani. Elle y voyait le signe qui lui permettrait d'avoir la certitude d'avoir trouvé le bon.

— J'ai vu son émission sur vous deux et je dois dire… Je suis certaine que la demande va exploser dès la parution de votre bouquin.

Lani se mit à rire et rougit légèrement.

— Il est peu probable que nous arrivions à inaugurer *Péché mignon* avant la sortie du livre, mais j'aimerais que ce soit dans ces eaux-là. Nous avons commencé à l'écrire il y a un peu plus d'un an. Entre-temps, la chance nous a souri et nous avons connu un véritable essor, c'est pourquoi l'éditeur nous a demandé de le finir en un temps record. Et maintenant ils planchent dur pour le peaufiner. En général, le délai pour publier un manuscrit est de dix à douze mois. Nous le leur avons envoyé début août et la sortie est prévue en mars.

Kit écarquilla les yeux.

— Mais c'est dans cinq mois à peine !

Lani sourit, et dans ses yeux brillait toujours la même flamme.

— Je sais.

Elle leva la main pour arrêter toute remarque de la part de Kit.

— Comme je disais, je ne pense pas que nous serons prêts à ce moment-là, mais j'aimerais que nous ayons une idée précise de la date d'ouverture pour pouvoir mettre au point un plan de communication. On pensait à début juin.

Kit s'appuya contre le dossier de sa chaise.

— Ça fait beaucoup de choses d'un coup.

— Je sais, c'est un gros morceau. Mais c'est aussi pour ça que nous étions curieux d'en parler avec vous, Baxter et moi. Vous avez de l'expérience dans la gestion d'opérations commerciales de grande envergure. Votre contribution et votre savoir-faire vont nous simplifier la vie.

— Simplifier ne me semble pas le terme exact. Ça va demander beaucoup de temps et d'énergie, nous allons devoir tous nous y mettre.

— Oui, mais nous serons à l'abri d'un faux pas, ajouta Lani. Après l'entretien que nous venons d'avoir, je suis convaincue que vous êtes *la* personne qu'il nous faut pour ce poste. Mais j'ai besoin que vous en soyez certaine, vous aussi. Ce sera peut-être mon bébé au bout du compte, comme vous l'avez si bien dit, mais j'ai besoin de quelqu'un qui s'investisse autant que moi dans ce projet. J'ai besoin de quelqu'un qui sache anticiper l'avenir de cette entreprise. Je compte prendre soin de ma pâtisserie. Je ne veux pas avoir à m'occuper de *Péché mignon* en plus. Ni maintenant ni jamais.

Kit s'efforça d'intégrer ces informations.

— Ça fait beaucoup de choses d'un coup, répéta-t-elle, abasourdie.

Lani eut un sourire compatissant.

— Je suis sûre que vous avez un paquet de questions. Vous devriez prendre un peu de temps, vous balader sur l'île. Baxter est aux studios à Savannah. Il devrait se libérer à peu près à l'heure de fermeture de la pâtisserie. J'ai pensé que nous pourrions le rejoindre sur le continent et aller dîner ensemble en ville, tous les trois, faire plus ample connaissance. Nous pouvons vous réserver une chambre à l'hôtel, si vous le souhaitez.

Kit n'avait même pas réfléchi au problème du logement. En arrivant, elle n'avait pas exclu la possibilité de se retrouver rapidement sur le chemin du retour.

— Oh. C'est très gentil de votre part, mais ne vous donnez pas cette peine. Pour ce qui est du dîner, ce serait avec plaisir, mais…

Le visage de Lani se décomposa.

— Oh, non, la rassura Kit en riant. Pas dans ce sens-là. Je ferais volontiers un tour sur l'île pour visiter les environs. Si Baxter rentre à Sugarberry plus tard, est-ce que vous connaissez un petit restaurant ici ? Je ne suis pas difficile.

— Si, mais adieu la conversation en privé…

— J'imagine qu'avec un mari célèbre…

— Ah, non, rien à voir avec ça ! pouffa Lani. On fait partie du paysage maintenant, l'aura de célébrité de Baxter s'est éteinte depuis longtemps. Enfin, les insulaires sont tous fiers de le compter parmi les leurs. Et ils s'approprient bien évidemment le succès de la pâtisserie, du livre de cuisine et du reste. Dans ce cas de figure, c'est vous qui seriez le centre d'intérêt. Intégrer la grande famille de Sugarberry, implique de renoncer à votre vie privée. Impossible d'échapper aux curieux qui viendraient juste dire bonjour histoire de voir à quoi ressemble la petite nouvelle.

Kit éclata de rire.

— Oui, je suis déjà passée par là. *Mamie Sue* était un monde en soi. Un village à part entière. Habité par des familles – plusieurs générations, en fait – qui travaillaient pour la société depuis ses débuts. C'est ce qui me manque le plus.

Son sourire se figea, laissant deviner sa profonde affliction.

— Je suis désolée, assura Lani dont le sourire s'évanouit également. Je ne peux même pas imaginer à quel point cette histoire a dû vous faire souffrir.

— Ce n'est pas grave.

— Si, ça l'est. Bien sûr, j'en ai entendu parler dans les journaux et à la télé, mais…

— Ils m'ont fait passer pour une sorte d'héritière ingrate, d'enfant gâtée. Je vous assure que…

— Ne vous inquiétez pas, Charlotte m'a raconté la vraie version de l'histoire. Je n'ai… Je n'ai plus que mon père pour toute famille, ajouta-t-elle après une brève hésitation. Je n'ai jamais eu de frères et sœurs, mais j'étais proche de ma mère et de ma grand-mère. J'ai même des souvenirs de mon arrière-grand-mère. Et je ne parviens pas à imaginer ce genre de trahison.

— Merci, dit Kit, surprise par la compassion de Lani.

— J'ai quitté New York, je suis venue ici pour m'occuper de mon père quand il a eu une crise cardiaque. J'avais perdu ma mère…

— … quelques années plus tôt, acheva Kit avec un bref sourire. Vous oubliez qu'à cause de l'émission de Baxter, on connaît toute votre vie. Le bel Anglais chef à la télé et la chef-pâtissière surdouée devenue la reine du cupcake.

Lani, les joues empourprées, se mit à rire.

— C'est vrai, j'ai tendance à oublier que même les gens en dehors de Sugarberry sont au courant. Je suis bien consciente que vous préféreriez être ailleurs, que si vous le pouviez vous seriez à la tête de l'empire légendaire fondé par les femmes Bellamy. Je sais que la blessure est encore vive. Ce n'est peut-être pas le meilleur moment pour vous. Tout ce que je peux vous dire, c'est que vous êtes faite pour ce poste. Il vous reste seulement à décider s'il est fait pour vous.

Kit sourit.

— Bon, alors c'est décidé, ce soir on dîne sur l'île. Si je dois faire partie de cette grande famille, je veux qu'on fasse les présentations dès que possible.

La gratifiant d'un sourire, Lani repoussa sa chaise et se pencha par-dessus son bureau, main tendue.

— Vous êtes engagée.

Elles se serrèrent la main.

— Merci. Mais vous avez raison, il est indispensable que ce travail me convienne.

— Je comprends parfaitement. Sachez que je n'hésiterai pas à utiliser mon époux incroyablement séduisant, avec son charme naturel et son accent british sexy en diable, pour rendre l'offre plus alléchante.

Kit rit de bon cœur tandis qu'elle attrapait son sac à main et son pull.

— Si seulement…

Lani fit le tour du bureau.

— À ce propos, les journaux n'ont pas dit grand-chose sur votre vie privée, en dehors de l'histoire de la famille Bellamy en général.

— C'est parce que je n'en ai pas, répondit Kit avec un sourire narquois.

— Oh, je ne voudrais surtout pas paraître indiscrète. J'évoque juste la question pour vous faire savoir que, s'il y avait quelqu'un, nous serions ravis de vous aider pour la transition.

— Je ne viens pas accompagnée. Et je suis sûre que je m'en sortirai.

Elle offrit un nouveau sourire à Lani et se dirigea vers la porte de service.

— Si j'accepte le poste, bien entendu !

— Je n'hésiterai pas non plus à utiliser mes cupcakes comme pots-de-vin, l'avertit Lani. Ça ne vaut pas les tartes aux cacahouètes de *Mamie Sue*, mais, une fois qu'on y a goûté, on ne peut plus s'en passer.

Elle se tourna vers Kit, une étincelle dans le regard, et ajouta :

— « Dit-elle avec modestie. »

Kit se délecta des senteurs exquises de vanille et de chocolat avant de soupirer.

— Miam, encore plus alléchant que l'Anglais sexy dont le cœur n'est plus à prendre.

— Vous savez que vous allez accepter ce poste. Vous êtes ici chez vous, renchérit Lani en s'esclaffant.

Kit jeta un coup d'œil à la ronde. Elle n'avait pas encore vu le magasin à proprement parler, encore moins les futurs locaux de *Péché mignon*. Mais elle trouvait que cette cuisine était à mi-chemin entre celle de grand-maman – meublée de vieux fourneaux et appareils électriques d'époque rafistolés avec amour – et celle de *Mamie Sue* – beaucoup plus vaste, installée dans un entrepôt équipé de tous les appareils nécessaires à la préparation des tartes. Quand la société s'était agrandie et développée avec Laureen aux commandes, puis sous la direction de la mère de Kit, elles avaient déployé beaucoup d'efforts pour préserver une ambiance chaleureuse et accueillante dans ces cuisines industrielles. Mamie Sue n'avait demandé qu'une seule chose : qu'il y ait toujours « de vraies mains pour faire de vraies tartes ». Et il n'en avait jamais été autrement.

On retrouvait un peu de cela dans la pâtisserie de Lani, et Kit s'y sentait naturellement à l'aise. Elle avait l'impression d'avoir sa place ici. Elle se tourna de nouveau vers Lani, qui patientait tranquillement pendant qu'elle observait la pièce. Kit voyait dans ses yeux la fierté qu'elle tirait de son enseigne et la crainte d'un jugement négatif de sa part.

— J'ai une question très importante.

— Allez-y, l'encouragea Lani, une pointe d'appréhension dans la voix.

Kit désigna le tablier de Lani, rehaussé de motifs des fameux lapins de Beatrix Potter.

— Est-ce que moi aussi j'aurai le droit de porter des tabliers aussi cool pour travailler à *Péché mignon* ?

— Absolument, répondit Lani dans un long soupir de soulagement.

Kit sortit de la pâtisserie tout sourires. Elle avait cru ne plus jamais se sentir le cœur aussi léger qu'à ce moment-là.

— Vous l'auriez appréciée, murmura-t-elle, sentant la présence de mamie Sue, de mémé Reenie et de sa mère aussi fort que si elles marchaient à ses côtés.

Elle n'est pas du Sud, mais elle a le sens de la famille.

Kit remonta dans sa voiture et sortit du parking. Elle avait décidé de faire le tour de l'île, en prenant son temps, avant de revenir sur la place centrale pour flâner devant les magasins et, pourquoi pas, jeter un petit coup d'œil par la fenêtre du bâtiment mitoyen à *Petits délices*, qui abriterait bientôt *Péché mignon*.

En toute franchise, l'entretien s'était très bien déroulé, au-delà de toutes ses espérances. Cela tenait sans doute à ce que Kit s'efforçait de ne pas entretenir de vains espoirs. Espérer, c'était s'exposer à la déception. À présent, l'essentiel était de canaliser cette effervescence naissante et le désir qu'elle éprouvait de relever ce nouveau défi pour prendre du recul et étudier les différentes options qui s'offraient à elle, de façon rationnelle et objective.

Cependant, elle avait du mal à étouffer cette petite décharge d'adrénaline à l'idée de gérer *Péché mignon*, et le sentiment de soulagement qui l'accompagnait. Après l'année qui venait de s'écouler, cette opportunité était un don du ciel qu'elle ne s'attendait pas à recevoir.

Alors pourquoi se faisait-elle violence, encore une fois, pour ne pas pleurer ? S'engageant sur la route qui faisait le tour de l'île, du côté qui donnait sur l'océan, elle trouva sa réponse. C'était à cause de ce que Lani avait dit à propos de la famille. La sienne lui manquait tellement. Même sa sœur, qu'elle aimait malgré tout. Elle ne comprenait pas quelle altération génétique avait pu faire de Trixie quelqu'un de si différent des femmes Bellamy.

D'abord furieuse devant le comportement de Trixie, Kit avait fini par comprendre que sa sœur n'y pouvait rien. Elle n'était tout simplement pas de la même trempe que le reste d'entre eux. Elle n'était pas autant attachée que Kit à la famille, à son histoire, aux liens qui les rapprochaient. Les choses étaient ainsi faites.

Et Kit, dans tout cela, où cela l'avait-elle conduite ?

— Ici, dit Kit à voix haute, pour voir si ces mots sonnaient juste.

Comme une confirmation ; ou plutôt une affirmation.

— Voilà où ça m'a conduite : ici, à Sugarberry.

Essayant de s'imaginer vivre sur cette île, l'ombre d'un sourire se dessina sur son visage. Sugarberry était un mélange surprenant. C'était une petite île intime, un endroit agréable, avec un port de pêche au sud et la place centrale juste au nord. Cette dernière, avec son alignement de boutiques et le parc au centre, était encadrée par des ruelles étroites bordées d'habitations. Au-delà s'étiraient paresseusement des zones urbaines, jusqu'à la pointe nord de l'île, constituée majoritairement de marécages et d'étendues sauvages. Quelques maisons étaient éparpillées le long de la route côtière. Quelques-unes donnaient sur le détroit, mais la plupart étaient orientées vers le large. Il y en avait de toutes les tailles, placées sporadiquement, nichées dans les dunes, avec l'océan en guise de jardin.

Kit dépassa la dernière puis continua sur une portion de route bordée à droite par les dunes et les herbes folles et à gauche par des étendues sauvages et marécageuses. Contrairement à la zone en voie d'urbanisation, ce coin-là rappelait que l'on était bien sur une île et non dans un avant-poste séparé du continent par un simple pont. La plage, les dunes, les embruns. Même avec les vitres relevées, elle pouvait entendre le bruit des vagues.

Quand elle atteignit l'extrémité nord de la route, elle aperçut un panneau indiquant la présence d'une association de protection de la faune sauvage. Son regard fut attiré par une magnifique sculpture en bois représentant une tortue de mer. Elle ralentit, poussée par la curiosité, mais les dunes empêchaient de voir au-delà. Enfin, presque : un cerf-volant d'un vert éclatant virevoltait dans le ciel, bien au-dessus de l'horizon. Elle sourit du caractère insolite de ce spectacle : le cerf-volant représentait lui aussi une tortue de mer. Elle se dit qu'il était là pour marquer l'emplacement du centre de recherche de l'association, peut-être pour attirer les touristes et les visiteurs, mais une question lui traversa l'esprit : comment le maintenaient-ils en l'air ?

Juste après le panneau, elle aperçut l'étroit chemin de terre recouvert de débris de coquillages qui menait, selon toute vraisemblance, au centre de recherche. Kit regarda l'heure sur le tableau de bord de la voiture et vit qu'il lui restait encore beaucoup de temps avant de devoir retrouver Lani et Baxter pour le dîner. De plus, elle avait déjà repéré le café-restaurant *Chez Laura Jo*, leur lieu de rendez-vous, et savait donc exactement où se rendre le moment venu. Alors pourquoi ne pas visiter un peu ?

Il n'y avait que deux véhicules sur le minuscule parking attenant au bâtiment biscornu et délabré qui s'élevait sur un étage. Elle eut envie d'aller explorer l'intérieur, mais, au lieu de cela, ses pas la menèrent presque inconsciemment sur le petit sentier qui serpentait entre les dunes jusqu'à l'océan ; et au cerf-volant en forme de tortue. Elle aurait pensé qu'il serait, par un moyen quelconque, ficelé au bâtiment principal, mais peut-être le complexe était-il plus vaste que ce qu'elle avait cru.

Elle s'emmitoufla un peu plus dans l'épaisseur de son pull. L'automne avait été très doux dans le Sud, mais l'après-midi touchait à sa fin et la constance des vents marins rendait le fond de l'air plus frais.

— Un temps à faire du cerf-volant, murmura-t-elle.

Elle arriva au bout du chemin et déboucha sur une série de constructions, véritables pavillons ouverts qui abritaient ce qui semblait être des rangées de paillasses boulonnées aux dalles de béton. Au-delà s'étendait, à perte de vue, une plage déserte.

— Regarde, Lilly ! Les pattes-palmes savent aussi voler !

Au son de cette voix masculine, Kit se tourna immédiatement dans sa direction. Elle repéra l'homme sur la plage, à une vingtaine de mètres de là, les poignées du cerf-volant à la main. Quelques mètres plus loin, une petite fille accroupie observait quelque chose dans le sable.

Kit le regarda se démener pour garder le cerf-volant en l'air tandis qu'il se rapprochait de l'enfant. Cette dernière leva les yeux sur lui et il se pencha pour voir ce qu'elle lui montrait. Ensuite, il lui tendit la poignée autour de laquelle était enroulée la ligne du cerf-volant.

Le vent et le bruit des vagues emportèrent leur conversation et Kit ne put entendre de quoi ils parlaient, mais la fillette arborait un air résolument sceptique. Finalement, l'homme la prit par la main et l'aida à se relever. Tout en la protégeant de la force et de la fraîcheur du vent, il lui présenta la poignée du cerf-volant. Après lui avoir jeté un dernier coup d'œil, elle la lui prit des mains. Il ne lâcha pas tout de suite, pour faire bonne mesure, mais laissa lentement échapper la ligne.

Kit put voir le visage de la fillette très nettement lorsqu'elle le leva au ciel, manifestement ébahie et émerveillée. Elle regarda l'homme, puis de nouveau le cerf-volant. Kit contemplait ce tableau en souriant. Les choses simples, comme faire du cerf-volant, pouvaient procurer tellement de joie. Elle reporta son attention sur le visage de l'homme. Elle s'attendait à le voir rire ou sourire, mais il regardait l'enfant avec… elle n'aurait pas vraiment su dire quoi. Il était un peu trop loin. Mais elle était certaine qu'il ne souriait pas…

Jusqu'à ce que l'enfant se tourne vers lui de nouveau. Il lui adressa alors immédiatement un sourire radieux. Lorsque la fillette s'absorba de nouveau dans la contemplation de la tortue-cerf-volant dansant dans les airs, Kit le vit s'essuyer les yeux. À cause du vent, sans doute.

L'instant d'après, il se retourna, comme s'il sentait une présence étrangère, et ses yeux se posèrent directement sur elle. Il lui sourit poliment et hocha brièvement la tête pour la saluer.

Ne sachant pas comment réagir et ayant soudain l'impression de s'immiscer dans un moment de complicité entre père et fille, elle leva la main pour le saluer en retour avec un petit sourire.

Plutôt beau garçon, le papa, se dit-elle.

Il était grand, mince, avec des cheveux bruns un peu en bataille. Ou était-ce dû au vent ? Quoi qu'il en soit, le vent avait de quoi jouer avec cette tignasse. Beau sourire, aussi. Impossible de dire à cette distance, mais elle pariait sur un regard chaleureux. La petite fille lui ressemblait beaucoup. C'était un petit gabarit, mais elle avait la même chevelure brune épaisse, ainsi qu'en témoignait la queue de cheval qui dépassait à l'arrière de sa casquette.

Kit retrouva son sourire. Tous deux portaient un sweat-shirt – bleu marine pour lui, rose pour elle – et leurs jeans étaient mouillés et couverts de sable au niveau des genoux.

Tel père, telle fille.

Joli petit couple.

Elle décida alors qu'il était temps de remonter par le sentier et de les laisser à leur intimité. Son sourire ne la quitta pas tandis qu'elle marchait entre les dunes, même lorsque ses pensées se firent plus douloureuses. Elle n'avait jamais connu un tel moment privilégié avec son père. Il n'était pas du genre à pratiquer des activités en plein air. Ni aucune des activités qu'on peut partager avec son père, à vrai dire. Il avait suivi la tradition des hommes Bellamy instaurée par le frère de mamie Sue, qui, trop chétif pour aller à la guerre, était devenu banquier. C'est ainsi que les hommes Bellamy avaient apporté leur contribution à l'entreprise familiale. Son père en avait été un parfait exemple. Il passait son temps à travailler et faisait montre de la même ferveur que les femmes pour *Mamie Sue*.

Kit l'avait aimé profondément et savait, sans l'ombre d'un doute, qu'elle avait été aimée en retour ; mais, le plus souvent, ils ne se voyaient qu'à l'heure du dîner. Quand bien même elle avait l'habitude de passer peu de temps avec lui, il lui manquait chaque jour depuis qu'il était parti pour de bon.

Elle repensa à l'homme sur la plage et poussa un petit soupir en ouvrant la porte du centre de recherche. La vie réservait son lot de surprises. Elle espérait que cette fillette était consciente de la chance qu'elle avait.

Chapitre 4

Morgan rembobina la ficelle avec l'aide de sa petite assistante.

— Le soleil va bientôt se coucher. Il commence à faire froid. Qu'est-ce que tu dirais d'aller dîner en ville ?

Il gagnait du terrain sur les cartons du déménagement, mais il n'avait pas encore trouvé le temps de faire les courses et de cuisiner pour Lilly. D'habitude, il se nourrissait de la première chose qu'il trouvait à acheter quand il sortait prendre l'air au bureau et se rendait compte qu'il n'avait pas mangé depuis des heures. Pour les gosses, il fallait quelque chose d'un peu plus équilibré, et surtout de plus nourrissant.

— Où ça ? s'enquit-elle.

— Voyons. Il y a un petit café-restaurant sur la place centrale. *Chez Laura Jo.*

Les autres options étaient le pub et une petite pizzeria, et aucun des deux ne convenait pour leur première sortie en public. Il voulait finir d'emménager, la laisser prendre ses marques, avant de la confronter à de nouvelles rencontres. Y compris celle avec cette grand-mère inconnue. Enfin, plutôt la grand-mère dont elle ne se souvenait pas, puisqu'elle n'était encore qu'un nouveau-né lors de leur première et unique rencontre.

Après mûre réflexion, il songea que le dîner en ville n'était pas une si bonne idée. Ils ne savaient pas sur qui ils allaient tomber, ou comment les gens réagiraient quand ils apprendraient qui ils étaient. Il allait probablement devoir prendre la température avant.

— Qu'est-ce que tu dirais d'une pizza ? On pourrait en commander une et manger à la maison.

— Je ne sais pas.

— Tu ne sais pas si tu as envie de pizza ? s'étonna-t-il.

Depuis quand les enfants refusent de la pizza ?

Elle secoua la tête et expliqua :

— Je ne sais pas si j'aime bien.

Logique. C'était une Westlake. Ils ne faisaient pas dans la restauration rapide à emporter, et n'étaient pas habitués à manger quoi que ce soit qui sorte d'une boîte.

Il replia le cerf-volant, puis prit la main de sa nièce et l'emmena le long du sentier qui menait au centre de recherche.

— Bon, alors que dirais-tu d'essayer ? Si ça ne te plaît pas, nous pourrons toujours nous rabattre sur le supermarché et acheter ce qui nous fait envie.

Ils avaient survécu jusqu'à présent grâce au stock de céréales, de sandwichs, de soupes et de plats réchauffés que Coraline, la gouvernante, avait fait préparer en cachette et charger dans le coffre de la voiture de Morgan avant leur départ d'Atlanta. Du reste, on pouvait toujours compter sur le beurre de cacahouètes et la confiture qu'il avait achetés au cours du périple. Cependant, après quelques semaines sur l'île, leurs provisions venaient à manquer.

— D'accord, approuva-t-elle.

— Super. Allons rendre le cerf-volant à Gab… au Pr Langley… Ensuite, nous irons à la pizzeria.

Il allait demander le numéro à Gabriel et prendre la commande par téléphone. Ainsi, il lui suffirait de passer récupérer sa pizza en coup de vent et de repartir pour la maison.

— Est-ce qu'on peut retourner voir Patpalme avant ?

Morgan fut soulagé que le jeune âge de Lilly ne lui permette pas de déceler la petite touche ironique qui se cachait derrière son sourire. Il avait pensé qu'elle trouverait les tortues intéressantes, qu'elles l'empêcheraient de penser à tout le reste. Cependant, il était encore une fois tombé dans le piège du pire-que-mieux : en une journée à peine, elle avait fait une fixation sur les tortues.

— Bon, deux minutes, pas plus. Et seulement si le Pr Langley est d'accord.

La main de Lily se resserra autour de la sienne à mesure qu'ils pressaient le pas. Il faudrait qu'il se penche sérieusement sur ce problème d'autorité. Aujourd'hui, c'étaient les tortues, demain ce serait… mon Dieu, non, il préférait ne même pas y penser.

Ils passèrent la porte et traversèrent le rideau d'épaisses lanières en plastique conçu pour empêcher les oiseaux et autres animaux d'entrer dans le bâtiment, puis ils se dirigèrent vers le hall d'accueil. Morgan entendit des voix provenant du labo, qui se trouvait de l'autre côté du petit hall d'entrée, et s'y dirigea donc. C'était aussi par là que se trouvait la clinique.

Il vit le professeur en grande conversation avec la femme qui était apparue sur la plage un peu plus tôt. Elle l'écoutait attentivement parler de... quelque chose en rapport avec son travail, sans doute. Un rictus se dessina sur le visage de Morgan lorsqu'il se rendit compte qu'il n'avait jamais vu Gab si nerveux. Quand la femme s'esclaffa à une de ses remarques, Morgan aurait juré voir son aîné rougir – en dépit de son teint déjà tanné par le soleil. Il ne fut qu'à moitié surpris par cette réaction.

Sa visiteuse était plutôt grande pour une femme. Elle portait un chino beige et un pull bleu clair, ce qui empêchait d'apprécier sa silhouette, mais ce n'était pas là ce qui expliquait le teint de pivoine du professeur ou l'analyse plus poussée de Morgan. Elle avait de flamboyants cheveux auburn – tout à fait naturels, d'après lui –, dégagés au niveau des oreilles et du cou, mais plus longs sur le dessus. Quelques mèches épaisses avec lesquelles le vent avait joué ajoutaient à sa coiffure une petite touche faussement négligée qui la rendait incroyablement sexy.

Il était sur le point de faire demi-tour et d'annoncer à Lilly qu'ils allaient devoir repasser une autre fois quand Gabriel les vit et leur fit signe de s'approcher.

— Bonjour, Lilly, l'appela-t-il. Comment c'était, le cerf-volant ?

La main de l'enfant se resserra autour de celle de Morgan, et elle se colla contre sa jambe. Il baissa les yeux vers elle.

— Tout va bien. Tu connais le Pr Langley maintenant.

Elle leva son visage vers lui, redressa légèrement le dos et regarda Gabriel.

— C'était très bien, répondit-elle, interprétant du Westlake à la perfection. Merci de nous l'avoir prêté.

— Mais je t'en prie. Tu peux venir l'emprunter quand tu veux, lui répondit Gab avec un grand sourire.

Morgan sourit à son tour, heureux que Lilly se soit exprimée seule, même s'il ne s'agissait que d'un rôle de composition. Elle n'avait pas desserré la main d'un iota. Il détestait avoir joué, par inadvertance, le rôle d'Olivia. Il avait l'espoir qu'en temps voulu, quand elle aurait guéri et que de l'eau aurait coulé sous les ponts, elle serait un peu moins sur la défensive et se sentirait plus en confiance avec son entourage.

— Merci, répéta-t-elle.

Elle tira sur la main de Morgan et, quand il baissa les yeux vers elle, murmura :

— Demande-lui pour Patpalme.

Ce fut un de ces moments – qui venait s'ajouter à une liste qui s'allongeait de manière exponentielle – où il évaluait les différentes options se présentant à lui. D'un côté, il voulait l'encourager avec douceur à parler pour elle-même, ne serait-ce que pour laisser entrer d'autres personnes dans sa vie, pour rendre son monde meilleur, plus intéressant, pour la consoler et faire attention à elle, ou tout simplement pour lui apporter un peu d'amitié. De l'autre, il voulait la protéger du monde extérieur en la gardant dans un cocon, jusqu'à ce qu'elle soit complètement prête à y faire face.

— Tu peux le lui demander, toi, proposa-t-il calmement, sans que les autres l'entendent.

Elle ne dit pas un mot, mais ses yeux l'imploraient.

— D'accord, on va faire chacun notre tour. Cette fois, c'est moi qui demande, mais la prochaine fois c'est toi. Ça marche ?

Elle acquiesça et il caressa du pouce les doigts effilés qu'il tenait toujours.

Il se tourna vers Gab.

— Est-ce qu'il serait possible d'aller voir Patpalme une dernière fois aujourd'hui ? Lilly lui a fait un dessin.

La fillette lui lança un regard désapprobateur et il se demanda ce qu'il avait fait de travers. Son regard se posa ensuite sur la jeune femme, puis sur le sol. Ah. Apparemment, il en disait trop devant des inconnus.

— Merveilleux ! s'extasia le professeur. Je suis sûr qu'il va l'adorer. Peut-être que tu pourrais le montrer aux autres tortues aussi – si ça ne te dérange pas de partager. Elles n'ont personne pour leur faire des dessins.

Lilly eut l'air bouleversée de l'apprendre.

— Moggy aussi a fait un dessin, s'empressa-t-elle de dire.

Gabriel gloussa. Ce grand type osseux à la barbe grise dégageait quelque chose de profondément rassurant, en dépit de son apparence.

— Excellent.

Il se rapprocha d'elle, à distance respectable, et s'agenouilla pour se retrouver à la même hauteur qu'elle.

— Tu sais, peut-être qu'on pourrait installer un panneau d'affichage là-bas et inviter les gens à apporter leurs dessins ou tout ce qu'ils veulent partager avec les tortues pendant leur visite. Qu'est-ce que tu en dis ? Tu serais partante pour m'aider ?

Lilly chercha Morgan des yeux, serrant tellement le poing qu'elle coupait de nouveau la circulation dans ses doigts. Seulement, ce n'était pas pour les mêmes raisons.

— Est-ce que j'ai le droit, oncle Moggy ? souffla-t-elle dans un murmure plein d'attente.

Elle l'observait avec ses yeux de chien battu. Il était convaincu que ce qui restait de son cœur brisé volerait en éclats s'il refusait.

— Bien sûr. C'est une idée formidable.

La fillette reporta son attention sur le Pr Langley.

— Oui, monsieur. Merci. Beaucoup.

Elle répondait avec politesse, mais avec une émotion dans la voix qui faisait vibrer chaque mot.

Gab sourit et se releva.

— Bon, dans ce cas, le projet est accepté. Va voir Patpalme. Tu pourras peut-être en profiter pour repérer l'endroit où tu voudrais mettre le panneau, d'accord ?

— Oui, monsieur. D'accord, répondit-elle directement, sans avoir besoin d'intermédiaire cette fois.

Morgan sourit. Ce qui semblait un petit pas aux yeux des autres était sans doute un grand bond en avant pour elle. Une partie de lui se détendit. L'échange qui venait d'avoir lieu tendait à confirmer que Lilly s'en sortirait, en définitive. Elle était à la fois bien trop curieuse et obstinée pour céder sous les mauvais coups du sort.

Elle tira sur sa main et fit un geste de la tête en direction de la zone réservée aux soins.

Morgan poussa un petit rire.

— Je te suis.

Il emboîta le pas à la petite fille, qui contenait son impatience à grand-peine, puis jeta un regard par-dessus son épaule en direction de la jeune femme qui se tenait toujours derrière le professeur et ajouta :

— Désolé de vous avoir interrompus.

— Oh, ne vous en faites pas, répondit la jeune femme avec un sourire décontracté, je ne faisais que passer.

Il fut captivé par les yeux verts de cette jolie rousse au teint laiteux. Ils scintillaient chaque fois qu'elle souriait, dévoilant une dentition éclatante. Il se sentit tomber sous le char…

— Oncle Moggy, souffla Lilly avec une pointe de colère, tirant sur sa main de tout son poids. S'il te plaît.

De nouveau, Morgan laissa échapper un petit rire accompagné d'un haussement d'épaules en guise d'excuses.

— Je dois y aller. (Puis, désignant Gab d'un signe de tête.) Faites attention avec celui-là, ou vous allez finir par lui faire don de votre temps et votre argent.

Devant le froncement de sourcils du professeur, la moquerie de Morgan se changea en autodérision.

— Tout bien réfléchi, faites comme si je n'avais rien dit, vu que je suis justement censé l'aider à trouver des ressources.

— Il y a pire comme manière de mettre à profit son temps et son argent, rétorqua la jeune femme avec un sourire furtif. Et puis, qui sait, si je décide de rester, c'est peut-être ce que je finirai par faire.

— Super, commenta Morgan, soutenu par un grognement approbateur de la part de Gab. Donc, vous pensez vous installer à Sugarberry ?

— Moggy, le pressa Lilly en transformant chaque syllabe en une authentique plainte infantile.

Elle est capable de supplier, c'est bon à savoir, pensa-t-il.

— Ravi d'avoir fait votre connaissance, lança-t-il en suivant maladroitement Lilly. Je m'appelle Morgan, au fait. Et le petit monstre, c'est ma nièce, Lilly.

Le sourire de la jeune femme vacilla à ces mots.

— Ah. Euh. Moi, c'est Kit, répondit-elle après un moment d'hésitation.

En y repensant, elle avait simplement répondu par politesse.

Morgan encaissa le petit coup à l'estomac que cette réaction lui avait donné sans se départir de son sourire. Elle était nouvelle ici. Dieu seul savait à quoi il aurait droit lorsqu'il se mêlerait à la population locale.

— Profitez bien de votre séjour, Kit.

Sur ces mots, il entra dans la clinique et disparut.

Il ne serait pas aisé de faire disparaître une telle femme de ses pensées.

C'est donc lui, Morgan Westlake. Ça se tient : sexy, séduisant et adorable avec sa nièce.

Et célibataire, se dit-elle alors que ce détail de la conversation qu'elle avait surprise entre Lani et Alva lui revenait en mémoire. Mais elle ne parvenait pas à effacer tous les souvenirs, beaucoup plus lourds, des mois passés au tribunal à affronter ces avocats insupportables et pleins de morgue du cabinet de sa famille. La dernière chose dont elle avait envie, c'était de mêler à sa nouvelle vie un homme lié, même indirectement, à la chute de l'ancienne.

— Désolé, s'excusait le Pr Langley, je n'aurais pas dû vous laisser plantée là.

— Non, non, ne vous inquiétez pas, le rassura-t-elle.

Ce professeur en écologie et biologie environnementale avait le physique de son emploi. Elle lui donnait entre soixante-cinq et soixante-dix ans.

C'était un homme grand et maigre, presque osseux, avec des cheveux gris, un peu longs et plutôt fins, à l'instar de sa barbe. Il portait des lunettes à monture métallique, une blouse blanche par-dessus un chino délavé et des chaussures de marche éculées. Quelques stylos alignés dans la poche de sa blouse et un Opinel rangé dans un étui passé à sa ceinture complétaient sa panoplie d'Indiana Jones de l'environnement. Il parlait d'une voix calme et posée, mais une lueur scintillait dans ses yeux noisette lorsqu'il abordait le sujet des espèces en voie de disparition, qu'il aimait indubitablement, et à la sauvegarde desquelles il se vouait.

Kit l'avait tout de suite apprécié.

— En fait, je suis vraiment curieuse du travail que vous faites ici, dit-elle avec sincérité.

Après le démantèlement fatal de *Mamie Sue* et les problèmes familiaux qui l'avaient opposée pendant des heures à Trixie la Vengeresse et Teddy l'Arrogant, Kit se croyait anéantie pour l'éternité. Entre cette sombre histoire et son avenir incertain, elle avait été obnubilée par le rachat de l'entreprise.

Elle n'aurait jamais imaginé que les tortues de mer lui changeraient les idées, et elle n'attendait rien d'autre qu'une conversation agréable et intéressante avec le gentil docteur ; mais elle ne pouvait nier le réconfort qu'elle éprouvait en s'autorisant à penser à autre chose qu'à ses problèmes – même l'espace d'un court instant.

Kit relança la conversation :

— Comment en êtes-vous arrivé à travailler ici ? Pourquoi les tortues ?

— J'ai toujours voulu travailler avec les animaux. J'ai grandi dans les Smoky Mountains. Mon père était garde forestier là-bas et il m'a beaucoup appris sur les animaux, leurs modes de vie et leur sort – étroitement lié à celui de l'environnement dans lequel ils évoluent. Pour ce qui est des tortues, j'ai déménagé à Savannah pour occuper un poste d'enseignant dans l'un des lycées de la ville et j'ai fait la connaissance de professeurs qui consacraient leurs recherches aux tortues. L'une d'entre eux en particulier a… retenu mon attention, dit-il en souriant.

Kit sourit.

— Je vois, le grand amour, n'est-ce pas ?

— Le coup de foudre… pour la ravissante professeure comme pour les tortues. Elle, Anne, a en fait commencé à travailler ici il y a près de vingt ans.

Kit voulut poser la question évidente, mais ne souhaitait pas commettre de maladresse en remuant ce qui pouvait se révéler un souvenir désagréable.

Mais la curiosité se lisait sur son visage. Il leva la main et dévoila une simple alliance en or à son doigt.

— Elle travaille au lycée à Savannah, mais elle m'assiste ici quand elle peut. Nous vivons tous les deux sur l'île de Sugarberry.

Le sourire de Kit s'élargit et un petit soupir lui échappa peut-être par mégarde.

— Je trouve ça merveilleux. Les deux histoires d'amour. Le fait que vous partagiez la même passion.

— C'est une chance, en effet.

Il n'y avait pas la moindre condescendance dans ses paroles, seulement du bonheur et une joie sincère.

— Vous avez des enfants qui se dévouent aussi à la cause des tortues ?

— Pas d'enfants pour nous, malheureusement, dit-il simplement. Les tortues sont le seul objet de notre attention.

— Ce qui en fait les tortues les plus chanceuses des environs.

Elle fit un pas en avant et lui tendit la main avant d'ajouter :

— Je ne sais pas encore ce que l'avenir me réserve pour les prochains jours, mais, si jamais je reste, j'aimerais discuter plus longuement, peut-être trouver un moyen de vous aider. J'ai besoin d'un… comment dire…

— D'un passe-temps ? avança-t-il, sans méchanceté mais comme pour la tester.

Kit ne l'en blâmait pas. Elle savait que certaines personnes considéraient le bénévolat comme quelque chose de cool, d'intéressant et d'amusant – à raison, d'ailleurs –, mais il s'agissait d'un centre de recherche, et le travail qui y était accompli était à prendre au sérieux.

— J'allais plutôt dire que j'avais besoin de me concentrer sur quelque chose de différent de mon contexte actuel, pour changer. On pourrait dire que je repars à zéro, mais cette fois-ci je tiens à garder un équilibre entre travail et vie privée. N'importe quel genre d'activité extraprofessionnelle serait un fameux pas en avant.

— Tout ça me paraît sensé et j'admire votre détermination, dit-il en lui serrant la main. Nous en discuterons davantage à ce moment-là. Je ne refuserais pas l'aide et l'enthousiasme de quelqu'un qui souhaite vraiment s'impliquer. En ce qui concerne Sugarberry, c'est le bon endroit pour un nouveau départ, ou un départ tout court. Il y fait bon vivre. Nous serions heureux de vous avoir ici, mademoiselle Bellamy.

Elle lui sourit.

— Si tous les habitants de Sugarberry sont comme vous, vous feriez bien de me commander une blouse blanche.

Il lui rendit son sourire et lui décocha un clin d'œil.

— Je crois que devrais aller voir comment se porte ma nouvelle recrue.

Le sourire sur le visage de Kit ne faiblit pas. Elle se sentait trop bien, détendue, et elle voulait se raccrocher à ce sentiment aussi longtemps que possible.

— La nièce de M. Westlake ?

Le regard du professeur Langley se fit plus perçant.

— En effet, l'adorable Lilly. Nous venons à peine de nous rencontrer, mais je suis déjà convaincu qu'elle fera le bonheur de notre grande famille, ici. J'espère que la réciproque sera vraie.

— Je l'espère également.

Devant le regard interrogateur du professeur, elle ajouta :

— J'ai déjà eu affaire à sa famille. J'ai aussi entendu parler en ville de son emménagement à Sugarberry. Cela ne me regarde pas, mais j'ai cru comprendre qu'ils traversaient une période difficile et je trouve ça bien qu'elle ait découvert quelque chose qui l'intéresse.

Le Pr Langley l'observa un instant avant de répondre :

— Oui, je suis du même avis. Peut-être cela s'applique-t-il à vous aussi ?

Elle sourit brièvement. Le gentil docteur était un observateur très perspicace ; il devait faire preuve d'une efficacité redoutable dans son travail.

— Peut-être.

— Dans ce cas, j'espère que ça marchera pour vous deux.

Kit n'était pas vraiment sûre de savoir à quoi il faisait allusion, mais elle hocha la tête en souriant.

— Moi aussi, dit-elle en faisant mine de partir. Merci d'avoir pris le temps de me parler ; et merci aussi pour vos encouragements. J'espère vous revoir bientôt.

— Moi de même. Faites bon voyage, mademoiselle Bellamy.

— Oh, je ne vais pas très loin…

Elle s'interrompit en voyant dans son regard sagace qu'il avait cherché à lui extorquer cet aveu et laissa échapper un éclat de rire.

— Très intelligent !

— Parfois, il suffit de se poser les bonnes questions.

Elle se dirigea vers le hall d'accueil, le sourire aux lèvres. Elle jeta un coup d'œil par-dessus son épaule et vit qu'il n'avait pas bougé. Elle lui lança :

— Vraiment très chanceuses, ces tortues.

Il sourit, leva la main et la salua.

Elle lui rendit son salut et sortit du centre.

— Bon, dit-elle à voix haute tout en se dirigeant vers sa voiture. C'est un bon début.

Le soleil avait presque atteint l'horizon et l'air s'était considérablement rafraîchi. Elle respira un grand coup et se tourna lentement, le regard porté sur les dunes. Elle repensa à la tortue cerf-volant virevoltant dans les airs et à la fillette qui venait de perdre ses parents et qui s'était – peut-être – fait de nouveaux amis parmi les tortues échouées. Elle essaya de chasser de ses pensées l'oncle canon, pro du cerf-volant, mais il n'était pas facile à oublier. Malheureusement, il en allait de même pour son nom de famille.

Pourtant, elle avait le sourire aux lèvres lorsqu'elle remonta enfin dans sa voiture. Évidemment, elle aurait largement préféré un environnement sans Westlake, mais étant donné tous les points positifs en marge, elle était prête à accepter ce compromis.

Après tout, ils n'étaient pas condamnés à passer leur temps ensemble.

Kit se remit à penser au poste qu'on lui avait proposé, à Lani, la chef pâtissière débordante de passion et d'enthousiasme, à son séduisant mari et à la petite dame âgée pleine de vie – Alva, l'amoureuse des pirates. Sa décision prise, Kit tapa du poing sur le volant.

— Prête ou pas, Sugarberry, me voilà.

Caché derrière Gab, Morgan observa Kit lorsqu'elle sortit du bâtiment.

Le professeur ne parut pas le moins du monde surpris en le découvrant là quand il se retourna.

— C'est quelqu'un de bien. Elle en a dans la tête. Et dans le cœur.

— Vous pouvez dire ça en moins de dix minutes de causette ?

Langley sourit.

— Certains sont plus faciles à comprendre que d'autres. Pas de faux-semblant pour elle. Elle dit ce qu'elle a sur le cœur.

Gabriel tira le dossier qu'il avait calé sous son bras et examina une donnée qui figurait en haut de la page. Il ajouta sur le ton de la conversation :

— Vous avez déjà dû en avoir la preuve.

Morgan savait déjà que Gabriel Langley était tout le contraire de ce qu'il laissait paraître avec son attitude de Pr Tournesol.

— Première fois que je la vois, dit-il.

Cependant, il devait reconnaître qu'il était assez intrigué, en dépit de l'absence d'intérêt qu'elle lui avait témoigné, pour espérer que leurs chemins se croiseraient de nouveau. N'était-ce pas précisément parce qu'il s'était senti rejeté ?

— Je ne sais pas pourquoi elle a eu cette réaction.

— Il me semble que c'est votre nom de famille qui l'a troublée.

— J'avais cru comprendre. Mais je ne m'explique pas pourquoi. Je sais que les habitants de l'île se méfient, surtout pour Birdie Wiggins, vu les antécédents de ma famille. Je crois qu'ils vont se rendre compte que je ne cherche qu'à améliorer les choses, pour Lilly et pour Birdie. Je suis venu dans leur intérêt. Sincèrement.

— Oh, je ne remets pas vos intentions en cause. Il faut juste leur laisser le temps.

— Mais elle – Kit – n'est pas d'ici. Je me demande comment elle a entendu parler de moi.

— Il me semble qu'elle a surpris une conversation en ville.

— J'ai l'impression que les rumeurs vont bon train, ici…

— Non, elle a juste entendu dire que vous emménagiez. Elle était au courant de la situation de la petite Lilly. Il est possible que cela lui évoque quelque chose. Personnellement, j'entends.

— Pourquoi dites-vous cela ?

Gab releva les yeux et enfonça ses lunettes sur son nez.

— Une lueur dans ses yeux. Parfois on a certaines intuitions. Cela explique peut-être sa réaction avec vous. Difficile à dire. Fort sympathique, du reste.

Voyant que Morgan ne savait plus quoi ajouter, Gab feuilleta son dossier et se replongea dans sa lecture. Après quelques instants, il ajouta :

— On dirait qu'elle a décidé de rester à Sugarberry. Peut-être aura-t-elle aussi l'occasion de voir que vous êtes bien intentionné. Elle pourrait revoir son jugement.

Morgan sourit, à la fois surpris et touché.

— Alors, professeur, on joue les entremetteurs ?

— Non, pas le moins du monde…

L'ombre d'un sourire passa sur son visage alors qu'il tournait une nouvelle page, mais il ne prit pas la peine de développer.

Toujours souriant, Morgan changea de sujet :

— Lilly et moi allons vous laisser. C'est bientôt l'heure du dîner. Est-ce que, par hasard, vous auriez le numéro de la pizzeria ?

— Le menu des pizzas à emporter se trouve dans le dossier sur le meuble de rangement, là-bas.

— Super ! dit Morgan en traversant la pièce. Merci pour votre patience et votre compréhension. Avec Lilly, je veux dire. J'étais loin d'imaginer qu'elle ferait une telle fixation sur les tortues, mais…

Gabriel releva les yeux, lui adressant un doux sourire plein de tendresse.

— Les tortues ont besoin de toute l'attention qu'on peut leur donner. Elle est la bienvenue ici.

— Merci. Ça me fait très plaisir. Je ne sais pas toujours comment m'y prendre pour m'occuper d'elle, mais c'est la première fois que je la vois se passionner pour quelque chose depuis…

Voyant que les mots ne sortaient pas, Gab intervint :

— Je me réjouis de voir que les tortues sont importantes à ses yeux. J'en suis très touché.

— Je sais que c'est beaucoup demander, mais je ne voudrais pas qu'elle se fasse du souci pour elles. Enfin, qu'elle ait peur de les perdre. Je préfère lui éviter de voir les tortues qui sont… disons… en soins intensifs. Il ne faudrait pas qu'elle souffre d'autres pertes.

— Je comprends. Il y en a beaucoup ici qui se portent plutôt bien, et qui seront complètement rétablies lorsque nous les remettrons en liberté. Si vous voulez apporter votre aide, nous pouvons très bien la laisser s'occuper de celles qui sont en bonne santé.

— Pas forcément juste de celles qui sont en parfaite santé. De préférence de celles qui ne sont pas à l'article de la mort. En fait, elle s'est entichée du grand bonhomme là derrière. Elle l'a appelé…

— Patpalme, compléta Gab en souriant. Oui, j'ai entendu ça. Il va rester parmi nous un bon bout de temps, mais il se remet bien.

— Dans ce cas, ils sont faits l'un pour l'autre.

— Nous devrons le relâcher un jour, le prévint Gab.

— Espérons que d'ici là elle aura compris que c'est pour son bien. Est-ce que vous les relâchez sur l'île ?

— Juste là, sur la plage, acquiesça le professeur.

— Alors peut-être pourrons-nous participer à d'autres remises en liberté avant que ce soit le tour de Patpalme, pour que Lilly comprenne comment ça fonctionne, ce que ça signifie pour les tortues et pourquoi c'est une bonne chose qu'elles aient la chance de rentrer chez elles.

— C'est une excellente idée.

— Je lui ai aussi montré le nid. J'ai pensé que ça attiserait sa curiosité ou, du moins, lui procurerait une distraction. Elle se fait beaucoup de souci pour ces bébés tortues.

— Tout comme nous, à vrai dire. La saison est déjà bien avancée pour l'éclosion d'un nid. Ce ne serait pas une première, mais c'est assez inhabituel sous nos latitudes. C'est le dernier nid.

— L'automne a été plutôt chaud, fit remarquer Morgan.

Gabriel hocha la tête.

— Quand bien même, l'air se rafraîchit assez vite la nuit, et la température peut chuter à tout moment. Si le mercure descend trop bas, les œufs sont menacés. Nous faisons des relevés de température du sable et nous les surveillons. La mère a choisi un bon emplacement, suffisamment éloigné de la mer, à l'abri de formations de bassins, et nous n'avons pas enregistré de gros orages ou de pluies torrentielles. Nous avons donc planté des piquets autour et posé un grillage pour tenir les prédateurs éloignés. Il ne nous reste plus qu'à attendre de voir comment ça se déroule.

— Vous savez combien il y a d'œufs dans ce nid ?

— Nous l'avons sondé plus tôt dans la journée et en avons compté cent seize.

— Waouh ! Et quel pourcentage survivra, à votre avis ?

— Impossible à dire. Disons que plus tôt aura lieu l'éclosion, plus les petits auront de chances de survivre.

— Est-ce qu'il serait envisageable de les retirer du sable et de les faire éclore à l'intérieur ?

— Pas ici. Ils devraient éclore sous deux semaines, nous pensons donc que tout devrait aller pour le mieux.

— Est-ce que vous allez assister à l'éclosion sur la plage ou la surveiller d'une quelconque façon ?

— Nous avons installé une caméra sous l'auvent du pavillon le plus proche du nid. C'est encore un peu loin, mais nous distinguerons assez bien les mouvements sous le sable pour savoir quand l'éclosion se produit.

Morgan enregistra le numéro de la pizzeria sur son téléphone et remit le dossier en place.

— Est-ce qu'elles seront hors de danger une fois sorties ? Vous pensez qu'elles survivront ?

— Leurs chances de parvenir à l'âge adulte sont maigres, mais si nous sommes présents lors de l'éclosion, nous ferons de notre mieux pour tenir éloignés les prédateurs et les aider à trouver leur chemin vers l'océan. Nous n'aurons pas à nous inquiéter des crabes et des oiseaux pendant la nuit. Le gros du travail consiste à limiter le nombre d'obstacles créés par l'homme – les détritus, les filets de pêche, ce genre de choses – pour que leur trajet jusqu'à l'eau ne soit pas encombré. Et nous éteindrons toutes les lumières pour ne pas les désorienter.

Il rabattit les feuilles sur le dossier, qu'il coinça sous son bras avant de poursuivre :

— Si la vidéo donne quelque chose, nous pourrions faire un montage et montrer à Lilly les bébés qui sortent du sable et leur laborieux voyage jusqu'à l'océan. Il ne faut pas rater ça.

Morgan sourit.

— Ce serait formidable. Je serais ravi de vous y aider. J'ai monté beaucoup de films pour des clients – pour des procès et des collectes de fonds –, donc j'ai eu le temps de me faire la main.

Gab lui rendit son sourire.

— C'est bon à savoir. Vous n'avez aucune idée de ce à quoi vous vous engagez.

— Ce serait avec plaisir, renchérit Morgan en souriant de plus belle. Cela me permettrait de faire quelque chose en dehors du travail.

Gabriel prit un air entendu.

— C'est drôle, Mlle Bellamy a dit quelque chose dans le même genre.

Morgan secoua la tête et ricana.

— Heureusement que vous ne jouez pas les entremetteurs… !

Il se dirigea vers la porte du laboratoire où Lilly tenait compagnie à Patpalme.

— Disons simplement que je ne *joue* pas les entremetteurs, répliqua Gab avec un sourire empreint de sagesse.

En approchant de la porte, Morgan entendit Lilly fredonner, et sa gorge se noua. Il se tourna vers le scientifique, sans prêter attention à ce qu'il venait de lui dire.

— Merci infiniment. Encore une fois.

Le professeur se contenta de lui faire un signe de la main avant de se diriger vers l'entrée du bâtiment.

Morgan s'arrêta quelques instants devant la porte qui donnait sur le bloc vétérinaire, refusant de déranger Lilly tout de suite. Elle chantait si doucement qu'il ne parvenait pas à comprendre les paroles, mais la comptine avait des accents réconfortants, et il sentit quelque chose s'apaiser en lui.

La chanson se termina et il entra dans la pièce.

— Coucou, ma puce, l'appela-t-il, juste assez fort pour qu'elle l'entende. C'est l'heure de la pizza.

Elle repoussa le tabouret sur lequel il l'avait installée et dit au revoir à Patpalme, puis à toutes les autres tortues.

Morgan avait depuis longtemps cessé de compter le nombre de fois où il avait versé des larmes durant ces neuf derniers mois mais, cette fois-ci, il pleurait de joie. Soigner pour être guéri. Il en savait assez de la vie et se connaissait suffisamment pour savoir qu'il s'en remettrait un jour. Il savait déjà que Lilly jouerait un rôle déterminant dans sa guérison. Peut-être qu'elle-même en sortirait guérie.

Il la souleva et la fit délicatement tourner.

— Tu aimes le pepperoni ?

— Je ne sais pas, répondit-elle en passant ses bras autour de son cou.

— On essaie ça ?

Elle appuya sa tête contre son épaule.

— D'accord.

Son corps était complètement détendu et pesait de tout son poids dans ses bras, mais ce fardeau allégeait son âme. La journée avait été très longue ; il semblait donc naturel qu'elle soit si fatiguée. Pour une fois, son épuisement était dû à une journée riche en découvertes captivantes. Il y en aurait encore plus comme celle-ci à l'avenir. Cela renforça sa conviction d'avoir pris la bonne décision en l'amenant dans cette clinique pour tortues.

Elle somnolait déjà à moitié quand Morgan passa la porte. Il traversa le laboratoire et adressa un signe de la tête au professeur qui lui répondit d'un sourire en le voyant transporter son petit paquet assoupi avant de lui rendre son salut. Il traversa ensuite le rideau de plastique et se dirigea vers l'entrée principale. Gabriel les avait suivis jusqu'à la sortie.

— Vous savez, murmura ce dernier pour ne pas troubler le sommeil de Lilly, vous devriez essayer de découvrir pourquoi.

Morgan s'arrêta.

— Pourquoi quoi ? lui demanda-t-il tout bas.

— Pourquoi votre nom de famille a déclenché cette réaction chez cette jeune femme.

— En quoi est-ce important ?

Le professeur sourit. Son regard se fit plus perçant, à l'affût de la moindre réaction.

— Eh bien, vous allez m'aider à trouver des fonds et à monter des vidéos, et Kit rejoindra notre équipe pendant les vacances de Noël, quand mes stagiaires m'auront abandonné… Je pense donc que vous allez être amenés à vous revoir plus d'une fois.

— Ah bon ?

— Elle va revenir. Régulièrement, je dirais. Il vaudrait mieux partir sur des bases saines. Il est essentiel que le calme règne dans cet endroit.

— Je ne pense pas qu'elle fasse de scandale. En ce qui me concerne, bases saines ou pas, ça n'a pas d'importance.

Langley sourit de nouveau.

— Peut-être que ça devrait en avoir. Trouvez-la et cherchez à comprendre.

— Comment suis-je censé m'y prendre ?

— C'est une petite île, ça ne devrait pas être trop dur.

— Mais…

Gabriel croisa les bras et Morgan se rappela qu'il avait affaire à un ancien prof de fac.

Je ne donne pas cher de la peau de l'étudiant qui sous-estimerait cet aimable vieil homme.

— Vous êtes avocat, fit-il remarquer. Vous devriez savoir manier les mots. L'inspiration viendra, ne vous en faites pas.

Morgan secoua la tête en souriant. Sa nièce lovée dans ses bras, il traversa le parking jusqu'à sa voiture.

Intrigué par l'obstination du professeur quant à son attirance pour Kit, il se demanda :

OK, mais est-ce que les mots que je trouverai seront les bons ?

Chapitre 5

Après cinq jours de grand vent, Kit se retrouva de nouveau à frapper à la porte de service de la pâtisserie. Le temps était venu de faire connaissance avec d'autres personnes que Lani et Baxter, qui était en effet à la hauteur de sa réputation. Baraqué, blond, du charme à revendre et un petit accent irrésistible. Lui et sa femme avaient été adorables le soir où ils étaient allés dîner tous les trois. Si seulement cette soirée pouvait être aussi réussie.

Alva ouvrit la porte et lui fit signe d'entrer.

— Ça caille dehors. Entrez vite vous mettre au chaud.

L'été indien avait touché à sa fin à l'approche de l'hiver et le thermomètre avait chuté la nuit précédente jusqu'à tomber en dessous des températures saisonnières. Il n'avait pas fait plus de dix degrés cet après-midi-là. Pour un mois de novembre sur la côte de Géorgie, c'était le pôle Nord.

Kit entra en trombe dans la cuisine et Alva s'empressa de refermer la porte derrière elle.

— Vous avez changé de couleur de cheveux, constata Kit en souriant à Alva. Et moi qui pensais que nous formerions le clan des rousses…

Alva posa une main sur son épaisse chevelure tout en boucles habilement mises en plis et laquées. Ses cheveux n'étaient plus roux à présent, mais des reflets roses persistaient.

— Oh, c'était juste un rinçage que je testais. Laura Jo n'arrêtait pas de me bassiner depuis qu'elle s'est fait teindre en roux l'année dernière. Je lui avais dit que ça ne m'irait pas, mais elle ne lâche rien tant qu'elle n'obtient pas ce qu'elle veut. Elle prétend que c'est cette couleur qui a fait craquer Felipe, son compagnon, qui tient le magasin de pêche. J'ai bien essayé de lui faire comprendre que je n'avais pas besoin d'artifices, mais quand elle a une idée dans la tête, elle ne l'a pas ailleurs. J'étais déjà installée dans le fauteuil du salon de Cynthia avant d'avoir pu dire « ouf ».

— L'important c'est de vous sentir bien. Les gens n'arrêtent pas de me répéter que mes cheveux sont trop courts, mais quand on travaille en cuisine toute la journée…

— J'imagine que ces « gens » sont des hommes ? intervint Alva. Je ne comprendrai jamais leur sempiternelle obsession pour les cheveux longs. Tenez, l'autre soir, on regardait la télévision avec Hank, et il a fait un commentaire à propos de cette actrice – c'est quoi son nom, déjà ? – qui s'est fait couper les cheveux pour un rôle.

— Hank, c'est votre mari ?

À sa grande surprise, elle vit le visage d'Alva passer par différentes teintes de rose – dont aucune n'était assortie à sa couleur de cheveux – et passer nerveusement ses mains sur son sempiternel collier de perles.

— Non, voyons, mon mari était ce cher et tendre Harold, à présent disparu. C'était l'homme de ma vie, celui-là. Hank Shearin est le gérant du supermarché qui se trouve à l'angle. Il n'arrête pas de bloquer l'allée derrière la pâtisserie avec ses camions de livraison. Vous ne trouverez personne de plus agaçant que lui. D'abord il vous bassine avec ses idées arrêtées, la seconde d'après il vous fait du gringue et vous invite au restaurant.

— Ah, dit Kit pour toute réponse, ne sachant pas très bien quelle contenance adopter. Quoi qu'il en soit, il n'y a pas d'obsession pour les cheveux longs qui tienne avec moi, ils devront faire sans.

Elle effleura de la paume les épis qui se dressaient sur son crâne et repoussa en arrière les mèches qui tombaient sans cesse sur son front, puis elle ajouta :

— Je les raserais, si ça ne tenait qu'à moi.

— Mais certaines femmes le font. Ça pourrait aller avec la forme de votre visage. Ça va bien à notre amie Dree en tout cas. Vous l'avez déjà rencontrée ?

— Non, pas encore, mais j'ai encore plus hâte de faire sa connaissance maintenant. Complètement rasée ?

— Non. Il lui en reste au milieu. Alors, vous avez un amant ? Un mari ?

Surprise par la question, Kit esquissa un sourire.

— Non, et non.

Alva lui renvoya son sourire et lui tapota le bras.

— Qu'à cela ne tienne, ma chère, nous n'aurons qu'à nous pencher sur le sujet.

Kit manqua de s'étouffer et n'eut pas le temps de reprendre son souffle pour formuler une réponse que déjà Alva l'embarquait, bras dessus bras dessous, jusque dans la cuisine. Elle lui tapota la main et se pencha vers elle pour lui souffler :

— Si vous savez vous y prendre, un seul homme suffit à remplir les deux rôles.

Complètement démunie face à ces remarques, Kit sourit, un peu plus inquiète quant au déroulement de la soirée.

Lani s'avança vers elle, vêtue d'une veste de cuisinier portant le sigle de *Gâteau* sur la poitrine, en souvenir du temps où elle avait tenu la pâtisserie de Baxter à New York. Ses cheveux étaient noués en une simple queue-de-cheval.

— Je te prendrais bien dans mes bras, mais j'ai les mains pleines de pâte à gâteau, dit-elle en agitant ses doigts couverts de farine. Viens, je vais te présenter tout le monde.

Pour Kit, les derniers jours n'avaient été qu'une longue succession de rendez-vous d'affaires, de négociations de contrats, de verres pour arroser tout ça. Elle avait levé une petite armée d'artisans du cru alliés pour prendre en charge la conversion de l'ancienne boutique de tailleur en un local de traiteur par correspondance. Tout cela était lourd à porter mais, dans le même temps, cela restait bien moins éprouvant que ce qu'elle avait vécu durant l'année qui venait de s'écouler. Elle avait, du reste, un avenir beaucoup plus joyeux en perspective.

Cependant, la soirée n'avait rien à voir avec le travail ; c'était une réunion entre amis. Elle avait d'ordinaire beaucoup d'assurance dans ce domaine, mais elle découvrait seulement l'étendue des dégâts que pouvait engendrer l'odieuse trahison dont elle avait été victime. Dans sa tête, elle savait que Trixie et Teddy étaient les seuls responsables de ce qui s'était passé, mais elle avait perdu toute confiance en son propre jugement après avoir été spoliée de façon aussi ignoble par des proches en qui elle avait toute confiance. C'était plus fort qu'elle.

Jusque-là, les gens qu'elle avait rencontrés s'étaient montrés très chaleureux, mais elle ne savait quel accueil lui serait réservé en société ou si elle parviendrait encore à relever les subtiles nuances qui entrent en ligne de compte lorsque l'on se trouve pour la première fois en compagnie d'un cercle d'amis de longue date. Elle savait que Lani espérait qu'ils sympathiseraient tous les uns avec les autres. Elle aussi ; mais cela faisait beaucoup de choses à assimiler et à gérer en même temps.

— Votre attention, s'il vous plaît. Je vous présente Kit Bellamy, mon amie et consœur pâtissière et…

Elle marqua une pause pour créer un suspense, au grand dam de Kit, qui sentait une boule d'angoisse lui tordre le ventre.

— … la nouvelle gérante de *Péché mignon* !

Des acclamations montèrent du petit groupe – parmi lequel, fort heureusement, se trouvait Charlotte – et Kit ne lut dans leurs yeux que de la joie à cette annonce. Elle se détendit et leur adressa un bref signe de la main.

— Bonjour, tout le monde. Merci pour votre invitation.

— Bienvenue au Cupcake Club ! lança Charlotte, rayonnante de fierté.

Kit n'aurait su dire si elle était fière du club en lui-même ou si elle s'enorgueillissait d'être celle qui l'avait intégrée au cercle, mais ce n'était que du bonheur, alors cela lui convenait.

— Merci. Je suis heureuse d'être parmi vous.

— Règle numéro un, s'interposa Alva en faisant un pas en avant. Ce qui se passe au Cupcake Club…

Brandissant spatules par-ci, poches à douille par-là, tous achevèrent à l'unisson :

— … reste au Cupcake Club !

Kit sourit. Comment faire autrement avec cette minuscule dame de quatre-vingt-quatre ans, aux cheveux roses, couverte de perles et arborant fièrement un tablier à l'effigie d'un pirate – Errol Flynn cette fois – plantée en face de vous ?

Elle fit glisser deux doigts sur ses lèvres pour imiter une fermeture Éclair.

— Motus et bouche cousue. Merci de cet accueil chaleureux. Ça sent vraiment bon ici.

— C'est ma nouvelle recette ! s'exclama Alva, la conduisant un peu plus loin dans la pièce. Thanksgiving approche à grands pas et je voulais faire quelque chose pour marquer le coup. (Elle prit un cupcake sur une grille posée sur l'un des plans de travail.) Cupcake à la patate douce façon Alva. Goûtez-moi ça.

Kit accepta la pâtisserie.

— Ça a l'air délicieux.

— Glaçage de fromage frais à la cardamome. La recette de Lani, ajouta Alva.

— Je peux ? demanda Kit en ôtant le papier.

— Évidemment, répondit le groupe à l'unisson.

Elle enleva la moitié du papier et s'en servit pour rattraper au vol les miettes qui tombèrent lorsqu'elle mordit le cupcake à belles dents.

— Mmm, approuva Kit, la bouche encore pleine. Miam.

Le visage d'Alva irradiait de fierté.

— J'en préparerai pour la soirée poker que j'organise pour les fêtes la semaine prochaine.

Kit prit une autre bouchée.

Elle a bien dit poker ?

Avant qu'elle n'ait eu le temps de poser la question, un jeune homme s'approcha d'elle. Il était grand, musclé et très bronzé. Il prit sa main libre et s'inclina en une profonde révérence.

— *Bonjour**, dit-il d'une voix profonde. C'est un plaisir de vous rencontrer, *mademoiselle** Kit. Je m'appelle Franco, ajouta-t-il dans un grand sourire.

Miam, songea Kit. *Attirant, à l'aise dans une cuisine et français avec ça !*

La soirée s'annonçait de plus en plus intéressante.

— Attendez. Le Franco de Charlotte ? Son meilleur ami…

Elle s'était rendu compte qu'elle parlait tout haut et elle avait réussi à se rattraper avant d'ajouter « gay ».

C'est pas vrai !

Ça ne faisait pas cinq minutes qu'elle était arrivée et elle mettait déjà les pieds dans le plat.

— … et confident ? suggéra-t-il, une petite lueur dans les yeux suggérant qu'il savait ce qu'elle avait été sur le point de dire.

— *Oui, monsieur**, répondit Kit en riant, retombant sur ses pattes plus facilement grâce à la bouée qu'il lui avait lancée. J'ai entendu tant de choses sur vous.

— Rien de plus normal, *mon amie**, reprit-il sans relâcher son sourire. Car je suis un grand chef.

Kit éclata de rire, sous le charme.

— Je ne suis pas si maladroite d'habitude. Désolée. Je suis très heureuse de faire enfin votre connaissance.

---

* Les mots en italique suivis d'un astérisque sont en français dans le texte. (*NdT.*)

— Pas de souci, lui dit-il en reprenant son accent natal du Bronx, ce qui provoqua un nouvel accès d'hilarité de la jeune femme.

Elle savait que c'était un ami proche de Charlotte et Lani, qu'ils s'étaient connus à New York et installés dans le Sud en même temps. Il travaillait avec elle et Carlo dans leur entreprise de traiteur et comme second de cuisine dans l'émission de Baxter. Elle avait beaucoup entendu parler de lui au cours des réceptions sur lesquelles elle travaillait avec Charlotte, mais ne l'avait encore jamais rencontré.

Elle ne se rappelait pas très bien si Charlotte lui avait déjà expliqué pourquoi Franco avait choisi de se faire passer pour un Français, mais ce rôle lui conférait un tel charisme qu'elle s'en fichait pas mal.

Elle se tourna vers Charlotte, qui s'était faufilée entre les tables pour venir à leur rencontre.

— Tu ne m'avais pas dit qu'il était aussi beau !

— S'il te plaît, n'en dis pas plus ou on n'en finira pas de l'entendre, ordonna Charlotte, son ravissant accent soulignant chaque mot.

Elle jeta un regard à Franco, qui se refaisait une beauté. Même affublé d'un tablier de *La Panthère rose*, le visage de l'inspecteur Clouseau brodé sur le devant, il arrivait à être canon. Charlotte reprit :

— En fait, il ne s'arrête jamais.

— Je suis une force de la nature, *ma charmante amie**.

— *Oui**, mais c'est pas une flèche, répliqua Charlotte.

Tout le monde s'esclaffa.

— J'adore vos tabliers, au fait, déclara Kit.

— Oh, j'allais oublier !

Lani alla chercher un sac qu'elle tendit à Kit.

— Dree t'en a fait un. Elle va arriver plus tard. Ça change un peu des trucs ridicules dont on a l'habitude ici, donc inutile de t'inquiéter si ça ne te va pas. On voulait juste avoir quelque chose pour fêter le nouveau projet et ton arrivée.

— Est-ce que Dree se plaît dans son nouveau travail ? s'enquit Alva.

Elle était retournée à sa table et était affairée à étaler le fromage frais sur les cupcakes à la patate douce qui restaient.

Lani fit un signe de tête pour inciter Kit à ouvrir le sac.

— Nous n'avons pas encore eu l'occasion d'en parler. Elle nous donne un coup de main le week-end, mais plus pour longtemps – ce qui, de façon très égoïste, m'attriste beaucoup –, mais je suis ravie pour elle. Après toutes ces années d'études, je suis vraiment contente qu'elle ait trouvé un boulot dans sa branche juste après avoir décroché son diplôme. (Lani se tourna vers Kit.) Dree est graphiste. C'est elle qui a créé toute la signalétique, les cartes de visite et tout le bazar pour *Petits délices*. C'est comme ça que nous nous sommes rencontrées. Elle vient de décrocher un poste dans une petite boîte de marketing à Savannah qui travaille principalement avec des programmateurs de jeux vidéo, des éditeurs graphiques et des trucs dans le genre. Allez, ouvre-le, je meurs d'envie de le voir, insista-t-elle en battant des mains à l'intention de Kit.

— Tu ne l'as pas vu ? s'étonna Kit.

Elle brossa sur le sac les traces de farine laissées par les doigts de Lani.

— Elle a dit qu'elle voulait faire quelque chose pour *Péché mignon* et pour te souhaiter la bienvenue.

— C'est super sympa ! s'exclama Kit, sincèrement touchée. J'ai vraiment hâte de la rencontrer.

— Allez, ouvre ! crièrent les quatre autres membres du club, piaffant d'impatience.

Kit partit d'un grand éclat de rire, se sentant déjà chez elle.

— OK, OK.

Elle ouvrit le sac et en sortit délicatement le tablier emballé dans du papier de soie. Elle le déposa sur le coin de plan de travail propre le plus proche et commença à déplier son cadeau. Son hoquet de surprise mêlé de plaisir reçu en écho celui du reste de la troupe alors qu'ils s'agglutinaient autour d'elle.

— Waouh. C'est…

Abasourdie, Kit leva les yeux vers Lani.

— C'est elle qui l'a confectionné ?

Sur le visage de Lani se lisait une fierté toute parentale.

— Parfaitement. Elle est incroyablement douée !

— Le mot est faible.

L'image était une véritable fresque qui recouvrait toute la surface du tablier d'un monde imaginaire aux couleurs riches et éclatantes, avec un niveau de détails époustouflant. Sur la partie supérieure, des fées portaient une bannière où « Péché mignon » était inscrit en caractères gothiques.

— Oh, regarde ! s'extasia Lani en pointant du doigt une partie de l'image. C'est la boutique. Attends, c'est toute l'île de Sugarberry.

Elle avait raison. Le tablier représentait l'île entière, transformée en un monde fantastique, où des cupcakes poussaient sur les arbres.

— Là ! C'est nous !

Charlotte indiquait sept fées qui papillonnaient au-dessus de la place centrale, offrant des cupcakes dans leurs mains tendues.

Kit sourit en en reconnaissant certaines. La fée Alva avait des cheveux argentés coiffés à la perfection et des perles autour du cou. Les ailes de la fée Lani, par jeu de transparence, formaient un gâteau complexe avec un cœur en son centre. La fée Charlotte aussi possédait des ailes extraordinaires, une pièce montée sculptée sur un côté. Kit indiqua la tache rouge sur les ailes.

— C'est quoi, un piment ?

Avec un sourire timide, les joues virant au rose, Charlotte expliqua :

— Oui. La famille de Carlo vient de Cuba.

Elle tendit la main et traça du doigt le contour des ailes et le cœur qui formait la pointe de l'une d'entre elles.

— Je ne vois pas Franco.

Il montra d'un geste la fée au béret incliné sur le côté. Son personnage était plus grand que les autres et portait un pantalon noir au lieu d'une robe.

— Qui eût cru qu'une fée mâle pouvait être aussi sexy ? fit observer Kit en lui lançant un petit sourire.

— Oh, chérie, rétorqua-t-il d'une voix traînante, ça fait des années que je le sais.

Tout le monde éclata de rire.

Alva indiqua du doigt la fée Dree, la plus – comment dire ? – macabre du lot. Son apparence – une coupe punk féérique, un mince anneau à l'arcade sourcilière et des éléments de dragons fantaisistes dessinés sur les ailes – rendit Kit encore plus curieuse au sujet de la jeune artiste.

— Qui est-ce ? demanda-t-elle en désignant une fée aux boucles blondes et affichant un grand sourire. Est-ce un pansement qu'elle a sur l'aile ?

— C'est Riley, répondit l'aînée du groupe. C'est elle qui a pris les photos pour le livre de recettes de Lani et Baxter. (Alva posa son doigt sur le bandage sur le dessin.) Mais elle va bien. Elle est juste un peu maladroite par moments.

— Elle a réalisé un travail de styliste culinaire, corrigea Lani. Elle n'a pas pris les photos.

Alva haussa ses sourcils élégamment soulignés au crayon.

— Je ne comprends toujours pas pourquoi il faudrait mettre en scène la nourriture. Une belle assiette, pourquoi pas quelques jolies bougies, et le tour est joué !

Lani lança un regard complice à Kit dans le dos d'Alva et elles sourirent.

— Elle fait du très bon boulot. Il faudra que je te montre ses compositions pour le livre de recettes. On devrait bientôt recevoir les exemplaires d'auteur.

— J'ai hâte de voir ça. Où est-elle ? Est-ce qu'elle participe à vos séances de cuisine aussi ?

— Elle fait partie du club, répondit Charlotte. Tu vas l'adorer. Tout le monde l'adore.

— Elle fait la promotion d'un bouquin avec sa moitié, pour le moment. Ça va faire du bruit.

— Ah bon ? s'étonna Kit. Elle écrit des livres de cuisine aussi ? Ou alors lui ?

— Oh, non. C'est Quinn Brannigan.

— Quinn Branni… hein ? L'authentique Quinn Brannigan ?

Pendant des années, Kit avait vu son beau visage lui sourire au dos de ses ouvrages. Elle reprit :

— J'ignorais qu'il vivait ici.

— Il s'est installé cet été, précisa Lani.

— Coup de foudre, précisa Alva, les mains jointes sous son menton. Un vrai conte de fées. C'est vraiment un beau mec, ajouta-t-elle à l'adresse de Kit, les yeux pétillants.

— D'abord Baxter Dunne et maintenant Quinn Brannigan ? C'est quoi ici, une version spéciale de l'île de la tentation dédiée aux écrivains canons ? Parce que, si c'est le cas, qu'est-ce que je fabriquais à Atlanta toutes ces années ? Il faut prendre un ticket ? C'est par ici qu'on fait la queue ?

Alva tapota de nouveau la main de Kit.

— Je te l'ai dit, ma chère, laisse-nous juste un peu de temps.

Kit secoua la tête, un sourire aux lèvres – sans toutefois être certaine qu'il s'agissait bien d'une plaisanterie – et reporta son attention sur le tablier. L'aile de Riley était aussi rehaussée d'un cœur. Elle remarqua qu'il n'y en avait pas sur celles de Dree. Ni de Franco. Peut-être était-ce une manière de distinguer ceux qui connaissaient l'amour dans leur vie et ceux pour qui ce n'était pas encore le cas. Sur les ailes de la fée Alva, elle avait également brodé un cœur ; mais celui-là avait lui-même des ailes d'ange. Elle eut un pincement au cœur. *Le regretté Harold*, en déduisit-elle.

Elle considéra les invités amassés autour du plan de travail.

— Vous êtes tous extraordinaires.

Lani passa son bras autour des épaules de Kit, se pencha vers elle et tendit l'autre bras.

— Et toi, tu es là, dit-elle en désignant la fée qui la représentait sur le tablier.

Son cœur se serra quand elle distingua la fée aux cheveux roux et courts tenant une part de tarte dans la main.

— Oh, laissa-t-elle échapper dans un souffle.

L'étreinte de Lani se resserra.

— Je suis sûre qu'elle a voulu rendre hommage à *Mamie Sue*, en aucun cas te faire de la…

— Non, s'empressa de dire Kit, s'efforçant de faire disparaître la boule qu'elle avait dans la gorge. Je l'adore. C'est parfait, ajouta-t-elle dans un sourire, tentant de réprimer ses larmes. J'ai vraiment hâte de rencontrer Dree pour la remercier. C'est vraiment formidable. Je ne sais pas comment elle a pu confectionner cette merveille aussi vite. Je suis arrivée il y a à peine une semaine…

— Je crois que la plus grande partie du dessin était déjà réalisée et qu'elle attendait juste de savoir qui était la nouvelle recrue pour apporter la touche finale.

— Je vais en prendre le plus grand soin. J'ai presque peur de le porter pour travailler. Je m'en voudrais de l'abîmer.

— Elle l'a fait pour que tu le portes, protesta Lani.

— Je sais, mais je me sentirais tellement mal si jamais je le…

— Mets-le tout de suite ! insistèrent-ils en chœur avant de partir d'un fou rire général.

Elle aurait voulu le contempler davantage, mais s'exécuta et passa le tablier. Franco repoussa ses mains et s'occupa des attaches à la taille, faisant promptement un nœud qu'il serra bien fort avant de rabattre les extrémités dans un geste théâtral. Bon sang, qu'est-ce qu'il était mignon.

— Faites-nous une démonstration, *mademoiselle**, suggéra-t-il en mimant une pirouette au-dessus de la tête de Kit.

La jeune femme écarta les bras et tourna sur elle-même.

Alva, admirative, se lança dans une imitation de hurlement de loup – aouh aouh aouh ! D'abord stupéfaite, Kit se mit à rire et se détendit complètement. Elle ondula des hanches et fit un nouveau tour sur elle-même, pour le plus grand plaisir de Franco qui l'agrippa et la fit tournoyer autour de la table. Elle poussa un petit cri aigu de surprise, mais fit de son mieux pour garder la cadence.

— Laisse-toi faire, lui lança Lani.

Quelqu'un mit de la musique et la pièce se changea bientôt en piste de danse. Alva et Charlotte faisaient des pas disco et Lani se trémoussait sur place comme une choriste.

Kit les trouva un peu cinglés. Cela ne l'empêcha pas de continuer à danser avec Franco ; et à rire comme cela ne lui était plus arrivé depuis longtemps.

Elle n'avait peut-être pas de cœur sur ses ailes de fées, mais le sien était en voie de guérison. Et pour cause : bienvenue au Cupcake Club.

Chapitre 6

— Je peux mettre ma jupe verte ?

Morgan se détourna de la pile de documents qu'il triait sur son bureau récemment rangé.

— Fais-moi voir.

Lilly lui montra la jupe de tulle vert clair qui semblait parsemée de petits diamants.

— Mais où as-tu été dénicher ça ? lui demanda-t-il en souriant, incapable d'imaginer Olivia laisser Lilly s'habiller avec quelque chose d'aussi fantaisiste.

Son expression s'adoucit.

— Je l'ai mise pour aller à l'anniversaire de Mallory Worth. On était toutes habillées en fées.

— C'est… ravissant, hésita-t-il.

Il ne voulait pas lui briser le cœur. Il appuya ses coudes sur le bureau et lui demanda :

— Est-ce que tu as les ailes qui vont avec ?

Un sourire se dessina timidement aux coins des lèvres de Lilly, qui hocha la tête.

— C'est ma jupe préférée dans tout l'univers.

— Alors je crois que tu devrais la porter. Les ailes aussi. Ce n'est pas un jour comme les autres.

— Non, murmura-t-elle.

Elle fit demi-tour pour décamper, mais s'arrêta net et se tourna de nouveau vers lui.

— Merci, oncle Moggy.

Tellement bien élevée.

Il ne put réprimer un soupir auquel succéda un sourire franc.

— Mais je t'en prie. Allez, va vite te changer. Il ne faudrait pas arriver en retard.

Il s'attendait à ce qu'elle file à toute vitesse, mais elle resta dans l'embrasure encore un moment.

— Est-ce que tu as besoin de moi pour t'habiller ?

Il était encore un peu gauche en ce qui concernait l'habillement de la fillette. La plupart du temps, il la laissait choisir ce qu'elle voulait porter et se contentait de s'assurer qu'elle était assez couverte quand il faisait froid, et pas trop quand il faisait chaud. Il se doutait que cela changerait au moment de la mettre à l'école, mais il avait encore les vacances devant lui pour y réfléchir.

— Non, je peux le faire toute seule. Tu crois que grand-mère Wiggins va la trouver jolie ? demanda-t-elle en considérant la tenue qu'elle s'apprêtait à revêtir.

Morgan reposa le dossier qu'il venait de tirer d'une pile de documents et repoussa sa chaise de son bureau. Il s'avança vers Lilly et s'accroupit devant elle.

— Elle va l'adorer. À mon avis, elle mourra d'envie d'avoir la même.

Lilly esquissa un sourire à cette remarque.

— Les grands-mères ne s'habillent pas en fées.

L'image d'Olivia affublée de cette panoplie se forma instantanément dans l'esprit de Morgan et il faillit s'étouffer.

— Possible. Mais je parie que certaines mamies trouveraient ça génial.

La petite fille songea à cela un instant.

— Est-ce que grand-mère Wiggins trouvera ça génial ?

— Je n'en doute pas une seconde. Et je parie aussi qu'elle préférerait que tu l'appelles juste « mamie Birdie ». Mais allons lui demander nous-mêmes. Dépêche-toi, on va acheter des cupcakes sur le chemin.

Lilly écarquilla les yeux.

— Des cupcakes ?

Morgan acquiesça.

— Birdie… mamie Birdie… m'a demandé ce que nous apportions pour le dessert au pique-nique. Il y a une pâtisserie sur la place centrale qui fait des cupcakes très originaux. C'est une bonne idée ?

— La meilleure !

Elle tourna les talons et détala dans le couloir pour rejoindre sa chambre.

Morgan resta là, à regarder fixement dans sa direction, même après qu'elle eut fermé sa porte. Certains jours, avec Lilly, tout se passait bien ; d'autres fois, c'était plus éprouvant. La journée d'aujourd'hui s'annonçait bien. Très bien. Il espéra qu'il serait du même avis le soir venu. Il avait l'estomac noué à la perspective de ce pique-nique. Il ne pouvait même pas imaginer ce qu'il se passait dans la tête de la fillette.

— Fais attention à tes ailes, la mit-il en garde alors qu'il ouvrait la porte de *Petits délices*.

— J'en prends soin.

Elle s'immobilisa à peine entrée dans la boutique, contraignant Morgan à rester sur le pas-de-porte.

— Waouh, s'émerveilla-t-elle.

Morgan la fit avancer un peu et referma la porte derrière lui. Il faisait moins froid que les jours précédents, mais plus qu'habituellement à cette époque de l'année.

— J'approuve : waouh.

La boutique était décorée de telle façon qu'on se serait cru dans la maison de Hansel et Gretel. C'est du moins ce à quoi le magasin lui faisait penser. Des vitrines d'époque offraient à la vue quantité de cupcakes alléchants disposés sur d'antiques plats à gâteaux sur pied recouverts d'une cloche en verre.

— Super, la robe de fée !

Lilly et Morgan se tournèrent vers la personne qui venait de parler et virent une jeune femme d'une vingtaine d'années qui tenait la caisse – un autre objet de collection superbement restauré. Une série d'étagères encastrée, sur lesquelles étaient exposés divers accessoires de pâtisserie kitsch et rétro ainsi qu'une collection de livres de cuisine écrits par le mari de la patronne, s'élevait jusqu'au plafond derrière la jeune femme. Morgan le reconnut pour l'avoir vu dans la célèbre émission *Hot Cakes*.

Cependant, toute son attention était absorbée par la caissière. À sa décharge, il n'était pas évident de décrocher le regard de sa crête iroquoise courte, teinte en violet, et de la multitude d'anneaux en argent qui transperçaient son arcade sourcilière.

— Merci, répondit Lilly à ce compliment.

Elle avait repris le ton inculqué par ses précepteurs et se colla contre la jambe de son oncle.

— Moi aussi, j'ai des ailes comme les fées, poursuivit la caissière. Tu veux les voir ?

Morgan sentit sa nièce se presser un peu plus contre sa jambe, mais elle acquiesça, les yeux écarquillés.

La jeune femme fit le tour du comptoir, dévoilant un tablier sur lequel figurait Gandalf, du *Seigneur des anneaux*. L'image était bluffante, à vrai dire, et l'arrière-plan semblait avoir été peint à la main. Lilly se collait de plus en plus à Morgan à mesure que la demoiselle s'approchait.

Morgan remarqua le nom de la caissière – Dree – brodé sur le bord supérieur de son tablier et lui tendit la main.

— Bonjour, « Drè », je m'appelle…

— Morgan Westlake, intervint la jeune femme sans la moindre trace de sarcasme. (Sans aucune trace de rien du tout, en fait.) C'est une petite île, tout se sait. Au fait, mon nom se prononce « Dri ».

— Ah. Dans ce cas : bonjour, Dree, reprit-il en rectifiant le tir. Nous venons chercher quelques cupcakes.

— Pour le pique-nique. Avec Birdie Wiggins.

— Comment le savez-vous ?

Un sourire étira ses lèvres qui, à sa grande surprise, n'étaient pas maquillées. Peut-être avait-elle tout utilisé pour ses yeux.

— Toute petite île, répéta-t-elle.

Elle s'accroupit pour être au niveau de Lilly et se tourna pour leur présenter son dos. Elle passa sa main à l'arrière de son crâne et releva les piques de sa crête qui lui recouvraient la nuque.

Lilly inspira bruyamment.

— Est-ce que vos cheveux vous font mal ? demanda la fillette, visiblement inquiète. Ça a l'air pointu.

La question surprit Morgan ; ainsi que Dree, d'après le sourire qu'elle lança à Lilly.

— Mes cheveux ? Non. Tu peux les toucher. C'est pointu, mais c'est doux.

Avec une expression de crainte mêlée de curiosité, Lilly secoua la tête avant de répondre :

— Non, merci.

Le sourire de Dree s'élargit.

— Pas de problème, mais n'hésite pas à me demander si tu changes d'avis. Ce que je voulais te montrer, c'est ça.

Elle bascula la tête en avant et écarta un peu plus l'échancrure du col de son haut, révélant un tatouage très élaboré, avec de nombreux détails et une mise en couleurs complexe, représentant une paire d'ailes de fée qui partaient de chaque côté de son cou et disparaissaient sous l'encolure de son tee-shirt et lui descendaient vraisemblablement jusqu'en bas du dos.

Lilly ouvrit des yeux grands comme des soucoupes.

— Ce sont des vraies ? demanda-t-elle dans un murmure étouffé.

— Aussi vraies que les tiennes, répondit Dree. Tu peux les toucher si tu veux.

Morgan n'était pas sûr que la découverte des tatouages soit une bonne idée pour Lilly. Il imaginait déjà la conversation qu'ils auraient à ce propos lorsque sa nièce de cinq ans le supplierait de la laisser se faire tatouer. Mais, de toute façon, le mal était déjà fait.

Dree se tourna de nouveau face à eux mais resta accroupie, en équilibre sur les talons. Morgan faillit intervenir, inquiet de ce que la jeune femme pourrait raconter à son influençable nièce. Néanmoins, aveuglée par la fascination, Lilly en avait oublié sa timidité et prit la parole en premier.

— Comment vous les avez eues ?

— C'est une sorte de dessin.

Les yeux de la petite fille s'agrandirent davantage.

— Vous avez fait un coloriage sur votre peau ? Vous ne vous êtes pas fait gronder ?

Dree eut le mérite de lancer un regard à Morgan. Celui-ci se contenta de sourire dans un timide haussement d'épaules. Elle s'était fourrée là-dedans toute seule, après tout.

— Non. Quand tu auras mon âge, tu pourras prendre ce genre de décision toute seule.

— Vous avez quel âge ?

— Lilly…

D'un geste de la main, Dree indiqua à Morgan de ne pas s'en faire.

— Je viens d'avoir vingt-deux ans. Et tu peux me tutoyer, tu sais.

— D'accord. Moi, je viens d'avoir cinq ans.

— Oui, c'est ce qu'on m'a dit.

— Qui ça ? demanda Lilly, étonnée.

Elle leva les yeux vers Morgan, puis se tourna de nouveau vers Dree.

— Mon petit doigt.

La jeune femme sourit de plus belle lorsque Lilly prit un air dubitatif. Elle avoua tout bas :

— C'est ta mamie Birdie qui me l'a dit.

Une fois de plus, la petite fille écarquilla les yeux.

— Tu la connais ?

Dree hocha la tête.

— Oui. Elle et Alva, une des autres dames qui travaillent ici, sont de grandes amies.

La jeune femme lança un nouveau regard à Morgan, sans attendre son feu vert pour poursuivre :

— Elle est très heureuse que tu sois là.

Lilly se colla de nouveau contre la jambe de Morgan, qui lui posa une main sur la tête en faisant bien attention au serre-tête qui soutenait des antennes de fée. Il s'apprêtait à ramener la conversation aux cupcakes lorsque Lilly reprit la parole.

— Moi aussi, murmura-t-elle.

La main de Morgan, à présent posée sur la frêle épaule de sa nièce, se crispa machinalement alors que son cœur bondissait de joie.

Dree sourit.

— Tant mieux. Bon, allons choisir les cupcakes que tu veux lui apporter. Je sais quel est son préféré. Mais je voudrais que tu me dises lequel tu préfères, toi.

Elle commença à se relever, mais Lilly tendit le bras instinctivement et lui toucha l'épaule avant de retirer sa main précipitamment, comme surprise de sa propre impulsivité.

Dree lui fit un clin d'œil et se tourna une dernière fois, baissant un peu le col de son tee-shirt pour découvrir son cou et les ailes de fées.

— Elles sont très belles, dit la fillette, admirative.

Morgan, quant à lui, élaborait son réquisitoire contre la pratique du tatouage sur des personnes mineures.

La jeune femme se releva et se tourna vers eux.

— C'est aussi ce que je me suis dit. Viens, allons regarder les cupcakes.

Lilly eut à ce moment une réaction qui le laissa pantois : elle prit la main de Dree et elles allèrent contempler les vitrines.

Morgan resta planté là, se demandant à partir de quel moment la situation lui avait complètement échappé. Il n'aurait pas imaginé une seule seconde que Lilly se sentirait à l'aise avec Dree, la fille tatouée, avec des piques sur la tête et des piercings partout. C'était tout bonnement improbable.

— Moggy ! s'écria la petite fille après quelques secondes. Viens voir. Ils ont des tortues !

Aïe, aïe, aïe.

Il les rejoignit.

— Des tortues ? C'est pas vrai !

— On ne dirait pas des tortues, mais Dree dit qu'on appelle ça des tortues quand même.

Outre les moments passés avec Patpalme et ses compatriotes rescapés, autrement dit au moins une fois par jour depuis qu'il lui avait montré le nid une semaine et demie auparavant, c'était la première fois qu'il la voyait à ce point surexcitée depuis l'accident. C'était sans nul doute la première fois qu'elle était aussi pipelette – en public, du moins. Il sourit intérieurement à la pensée que Lilly avait des choix singuliers pour ce qui était des personnes auxquelles elle accordait sa confiance, mais il l'admirait de choisir sans se soucier du qu'en-dira-t-on.

Il se pencha au-dessus d'elle et lut la description.

— Miam. Cupcakes Tortues, au chocolat, caramel et noix de pécan. Je crois que j'ai trouvé mes préférés aussi.

Tout à fait ravie d'entendre cela, Lilly lui prit la main et la serra fermement.

— On peut en prendre ?

— Pourquoi pas… Tu penses qu'on devrait demander lesquels mamie Birdie préfère ?

La fillette hocha la tête et se tourna vers Dree.

— Facile. Les cupcakes façon charlotte à la fraise.

Lilly regarda Morgan.

— J'ai déjà goûté ?

— Je ne pense pas, si tu veux tout savoir, répondit-il en riant.

Il se tourna vers Dree, qui était allée se placer derrière la vitrine, et lui dit :

— Nous allons en prendre trois de chaque, s'il vous plaît.

Elle hocha la tête et commençait à préparer leur commande lorsque la clochette de la porte annonça l'arrivée d'un nouveau client. La main de Lilly se crispa dans la sienne, et inversement. C'était leur première apparition publique sur l'île et, même s'il était conscient qu'il leur fallait se préparer à rencontrer des gens, il avait espéré que, puisque c'était un jour de semaine, les contacts avec la population seraient sporadiques.

— Salut, Dree ! Est-ce que Lani est derrière ? J'ai une question à lui poser sur… Oh, pardon. Je ne savais pas que tu avais des clients.

Morgan se retrouva nez à nez avec la femme rousse qu'il avait rencontrée au centre de recherche. Elle avait changé ; il ne parvenait cependant pas à dire en quoi.

— Bonjour. Kit, c'est bien ça ?

— C'est ça, monsieur Westlake, répondit-elle en refermant la porte derrière elle.

— Appelez-moi Morgan. Vous vous souvenez de Lilly ?

Kit fit un signe de la main à la petite fille. Apparemment, le costume de fée lui donnait des pouvoirs – ou peut-être était-ce sa rencontre avec Dree, la troublante femme aux ailes de fée, ou encore les vapeurs de cupcakes qui lui montaient à la tête –, car elle lui rendit son salut.

— Votre commande est prête, annonça Dree, détournant l'attention de Morgan.

Il se tourna face au comptoir.

Lilly lui lâcha la main et se dirigea vers la sortie. Elle s'arrêta à côté de Kit.

— On va faire un pique-nique. Tu savais aussi ?

Qui était cette enfant et qu'avait-elle fait de sa petite nièce, si timide et réservée ? Morgan aurait bien voulu le savoir.

— On m'en a peut-être touché un mot, répondit Kit.

Morgan fut sensible à sa franchise.

— Est-ce que tu connais ma mamie aussi ?

— Je suis nouvelle ici, donc je ne l'ai pas encore rencontrée. Mais j'ai entendu dire que c'était une dame très gentille – et la meilleure amie de ma chère Alva. Je pense que si Alva l'aime autant, je l'aimerai aussi.

Lilly sembla analyser ce raisonnement.

— On va lui apporter des cupcakes. Elle aime ceux avec des fraises. Moi, j'ai pris les tortues.

— Moi aussi, j'aime bien les tortues. En cupcake et en vrai. Tu connais le Pr Langley, non ?

Lilly hocha la tête, suspicieuse.

— Il m'a présenté ton ami, Patpalme.

La petite ouvrit des yeux ronds.

— C'est vrai ?

Kit acquiesça.

— Il m'a dit que les tortues t'aimaient beaucoup ; et tes dessins aussi. Ils sont très beaux.

— Y en a, c'est oncle Moggy qui les a faits.

La fillette se tourna vers son oncle comme pour ajouter quelque chose, mais se retint.

Kit se tourna aussi vers lui.

— Vous avez colorié des tortues ?

— Et comment ! Je ne suis pas aussi doué que Lilly pour rester à l'intérieur des lignes.

Il jura l'avoir entendue marmonner : « Tiens donc. »

— Il essaie de s'améliorer, expliqua Lilly.

Morgan remarqua que Kit se maîtrisait pour ne pas exploser de rire.

— Est-ce que tu veux en faire aussi ? Le Pr Langley peut te donner un livre de coloriage. J'ai une boîte de crayons, si tu n'en as pas.

— Ça a l'air rigolo. Je lui demanderai la prochaine fois que je le verrai.

— Il vaudrait mieux qu'on y aille.

Morgan tendit l'argent à Dree, qui avait retrouvé son air blasé d'ado punk. De toute évidence, elle ne trouvait de l'intérêt qu'aux personnes mesurant moins d'un mètre vingt. Elle lui tendit le carton fermé par une ficelle et lui dit :

— Cool, cette gamine.

Il sourit à cette remarque.

— Oui, c'est le mot. Merci.

— Avec plaisir.

Il décela une pointe de sympathie dans la réponse de Dree et songea que Lilly lui avait préparé le terrain. Prenant sa nièce par la main, il ne put s'empêcher de repenser à la leçon de morale de Gab et ce qu'il lui avait recommandé de faire ; mais le moment était mal choisi. Il fit un signe de tête à Kit.

— Ça m'a fait plaisir de vous revoir.

— Bon pique-nique.

Le sourire de Kit se fit moins amical quand elle passa de Lilly à lui.

Paradoxalement, son sourire à lui s'élargit. Dree était peut-être un peu renfermée, et il pouvait comprendre sa méfiance à son égard. Il était nouveau ici et n'avait pas encore eu le temps de prouver ses bonnes intentions envers Birdie. Cette femme, en revanche, avait érigé une véritable forteresse autour d'elle. Du reste, elle ne connaissait ni Birdie ni lui. Il se sentit soudain tout aussi curieux que Gab d'en découvrir les raisons. Sans trop réfléchir, il lui lança :

— On retourne au centre de recherche demain après-midi. On prendra les crayons.

Lilly leva vers eux un visage souriant, plein d'espoir et d'excitation.

— Tu peux venir colorier avec nous. Toi aussi, ajouta-t-elle à l'intention de Dree.

— Je serai à mon autre travail ; mais peut-être une prochaine fois, expliqua la jeune femme en reprenant instantanément son sourire chaleureux.

Lilly hocha la tête et reporta son regard débordant d'attentes sur Kit.

— Tu pourras venir ?

— J'ai beaucoup de travail avec la construction du nouveau magasin…

Elle se tut en voyant les épaules de Lilly s'affaisser. Morgan vit qu'elle était sur le point de céder. Il était content de savoir qu'il n'était pas le seul à craquer devant cette gamine.

— Vers quinze heures ? insista-t-il.

Elle lui lança un regard qui, malgré le sourire qu'elle affichait, signifiait qu'elle n'appréciait guère sa manière d'utiliser la fillette pour la contraindre. Il sourit de plus belle ; il n'éprouvait aucun remords. Cela ne le gênait pas que d'autres aient des choses à lui reprocher, tant qu'il savait de quoi il s'agissait.

— J'essaierai d'être là, dit-elle en souriant à Lilly.

Ravie, la fillette lui rendit son sourire et fit un signe de main à Dree tandis que Morgan la contournait pour ouvrir la porte. La jeune tatouée la salua, hocha la tête et lança à Morgan un regard indéchiffrable.

— Pas commodes, maugréa Morgan en posant le pied sur le trottoir.

Lilly sautillait à côté de lui et elle lui rappela tellement l'enfant qu'elle avait été avant l'accident, celle qui l'avait fait craquer toutes ces années, qu'il en oublia le malaise qu'il avait pu ressentir. Il se rendait compte un peu plus chaque jour qu'il avait fait le bon choix en s'installant à Sugarberry. D'ailleurs, celle qui avait motivé sa décision les attendait au foyer socioculturel.

Le bâtiment était situé à seulement un pâté de maisons de la place centrale, mais les pas de Lilly se firent de plus en plus lents à mesure qu'ils en approchaient. Sa main se crispa dans la sienne et elle se colla à lui ; l'exubérance dont elle avait fait preuve à la pâtisserie se volatilisa aussi vite qu'elle était apparue. Quand ils atteignirent le chemin pavé qui menait aux portes d'entrée, elle s'arrêta net.

— Que se passe-t-il ?

Sans quitter les portes des yeux, elle lui demanda :

— Est-ce qu'on est obligés d'y aller ?

— Je pense que nous devrions. Tu te rappelles ce qu'ont dit Kit et Dree ? Ta grand-mère attend ce pique-nique avec impatience, tu sais ?

Lilly acquiesça, mais on aurait dit qu'elle s'apprêtait à monter sur l'échafaud et non à faire un pique-nique.

Le petit moment d'agacement qu'avait eu Morgan en sortant de la pâtisserie, d'être jugé sur les agissements de sa famille sans doute, n'était rien à côté de la colère qu'il ressentit à cet instant à l'égard de sa mère. Il n'avait pas eu son mot à dire sur la façon dont Olivia avait isolé Delilah et Lilly de sa famille, mais il aurait au moins dû essayer. Chacun à leur façon, tous les adultes les plus importants dans la vie de la fillette l'avaient abandonnée, y compris lui.

Le pique-nique avait donc à ses yeux une importance capitale. C'était la première étape pour réparer les dégâts.

Morgan s'accroupit et tira doucement sur la main de Lilly pour qu'elle se tourne vers lui.

— Voici ce que je te propose : on y va, on dit bonjour et on lui donne les cupcakes. Ensuite on voit comment ça se passe.

— On pourra partir après ?

— Si on n'a vraiment pas envie de rester. J'espère que ça ne sera pas le cas.

Lilly tourna la tête et enfouit son visage contre son épaule. Surpris d'un tel revirement en l'espace de quelques minutes, Morgan la prit dans ses bras et la serra contre lui. Les doigts de sa nièce s'enfoncèrent dans son épaule de toute leur force. Il était sur le point de lui dire qu'ils feraient peut-être bien de reporter le pique-nique quand elle lui souffla :

— Et si elle ne m'aime pas ?

— Oh, mon ange !

Des larmes inondèrent subitement ses yeux. Il battit des paupières pour les chasser tandis qu'il l'embrassait sur le crâne. Il relâcha son étreinte et plongea son regard dans le sien.

— Elle t'aime très fort. Elle t'a toujours aimée. Simplement, les familles prennent des décisions étranges pour des raisons qui nous échappent. Mais mamie Birdie a toujours voulu te connaître.

Lilly sembla enregistrer cette information, cependant il ne savait absolument pas si elle l'avait cru, et encore moins si elle l'avait compris. Comment aurait-il pu expliquer le raisonnement d'Olivia à une fillette de cinq ans ?

— Allons dire bonjour, ensuite on verra ce qu'on fait. D'accord ?

Lilly acquiesça, mais le cœur n'y était visiblement pas.

— Je ne te demanderais jamais de faire quelque chose si je pensais que ça n'était pas bon pour toi. Tu le sais, ça ?

Elle acquiesça derechef, avec un peu plus de conviction.

— Tu as bien aimé Dree, pas vrai ?

— Oui. Elle a des cheveux rigolos. Et des boucles d'oreilles sur le visage.

Lilly avait dit cela d'un ton monocorde, comme s'il était de notoriété publique qu'il s'agissait là de critères garantissant systématiquement la sympathie des gens.

Le sourire aux lèvres, Morgan décida qu'il allait l'enfermer séance tenante dans sa chambre jusqu'à ses dix-huit ans. Voire vingt et un.

— Et tu as bien aimé Kit ?

— Elle aime les tortues. Et aussi, ses cheveux sont de la même couleur que sur mes coloriages.

— J'aime bien sa coiffure, déclara Morgan.

Elle lui allait bien. Il y avait beaucoup d'autres choses chez elle qu'il trouvait à son goût ; comme ses grands yeux vert émeraude et son teint lumineux. Le problème était qu'elle l'avait manifestement pris en grippe.

— Donc tu as déjà rencontré des gens gentils aujourd'hui. Je crois que la plupart des habitants de Sugarberry sont gentils.

— Pourquoi ?

— Eh bien, parce que c'est un endroit où il fait bon vivre. Ils sont heureux ici.

— Tu aimes bien ici ?

Morgan opina du chef.

— Chaque jour un peu plus.

Il hésitait à lui retourner la question, mais il savait qu'il ne pouvait pas rater une occasion de savoir ce que ressentait Lilly.

— Et toi, tu aimes bien ?

Elle prit un air si contemplatif qu'il dut s'empêcher de la prendre dans ses bras de nouveau. Cette enfant était tout en contrastes : tantôt polie et réservée, tantôt curieuse et sociable.

— J'aime bien les tortues. Et la plage. J'aime bien ma chambre ; elle est bleue.

Après avoir vu son ancienne chambre, très classique et formelle, il s'était dit en y entrant qu'il lui laisserait choisir la décoration de la nouvelle. Il lui avait proposé de la peindre de la couleur qu'elle préférait – dans les limites du raisonnable – en la voyant déjà opter pour quelque chose de rose bonbon. Ils avaient regardé ensemble les échantillons de peinture et elle n'avait choisi que des nuances de bleu. Ils s'étaient mis d'accord sur un très joli bleu ciel pour les murs et un jaune de Naples pour le plafond et les tours de fenêtres. Ils n'avaient pas encore mis de rideaux ni de couvre-lit – il n'y avait que les volets et une simple couverture, mais elle l'aimait bien. Cela lui fit chaud au cœur.

À cet instant, il aurait souhaité avoir un moyen de réconforter la petite Lilly.

— C'est déjà pas mal, hein ?

Elle approuva d'un signe de tête. Il se redressa et la prit par la main.

— Bon, entrons voir si nous pouvons ajouter ce pique-nique à la liste des choses qu'on aime bien.

— Elle existe, cette liste ? s'enquit-elle en le regardant d'un air chiffonné.

— Mais oui. La liste officielle des choses qu'on aime à Sugarberry. Elle s'allonge d'heure en heure.

Elle réfléchit à cela avant de conclure :

— D'accord.

Sur ce, ils se dirigèrent vers l'entrée.

Morgan poussa un discret soupir de soulagement et décréta que si Birdie Wiggins n'était pas la version grand-mère de Glinda la bonne sorcière du Sud, ils partiraient sur-le-champ. Le maelström d'émotions contradictoires commençait à peser sur ses épaules.

Chapitre 7

— Plutôt bien foutu. Pour un tonton.

Kit lança un regard à Dree en passant derrière le comptoir. Elle se dirigea vers l'arrière-boutique pour rejoindre Lani.

— C'est un Westlake.

— Ça veut pas dire qu'il peut pas être bien foutu. Pour un tonton.

Kit émit un petit soupir. La poussée d'hormones causée par leur rencontre fortuite ne s'était toujours pas calmée et elle ne pouvait donc décemment pas nier qu'il ne l'avait pas laissée indifférente.

— Je sais. Bon sang.

Était-ce un sourire que Dree avait esquissé ? Difficile à dire. La jeune femme était un mélange ambigu de cynisme désabusé et de génie créatif, mais Kit devait parfois faire un effort pour se rappeler que c'était la même personne qui avait imaginé et créé son tablier incroyablement féerique.

— Dis à Lani qu'il nous faut d'autres tortues, lança Dree. Elles font un malheur aujourd'hui.

— Pas de problème.

Kit poussa la porte battante d'un coup de hanche et entra dans la cuisine.

— Lani, je…

Elle s'interrompit et la pâtissière se saisit de la télécommande de la chaîne hi-fi pour couper la chique à Elvis Presley, juste entre « *a little more action* » et « *a little less conversation* ». Elle n'écoutait pas la musique aussi fort pendant les heures d'ouverture que lorsqu'elle faisait ses pâtisseries seule au petit matin ou tard après la fermeture, comme Kit avait eu l'occasion de s'en rendre compte, mais il y avait généralement de la musique lorsqu'elle travaillait. Quand Kit lui avait demandé pourquoi, elle lui avait expliqué qu'elle avait pris l'habitude de travailler en musique depuis l'ouverture de la pâtisserie ; elle disait que cela exacerbait sa créativité.

Ayant été élevée par des femmes obstinées et légèrement excentriques, Kit s'accommodait tout à fait de cette explication.

— Dree m'a signalé que nous n'avions plus beaucoup de tortues.

— En effet, j'ai jeté un petit coup d'œil quand j'ai entendu cette voix au timbre profond. Il est plutôt…

— Beau gosse ? Je sais. Pour un tonton.

— Tonton ou pas, il est sacrément canon, dit Lani en haussant un sourcil. Vous vous êtes dévorés des yeux, cela ne m'a pas échappé non plus.

— Absolument pas. Personne n'a dévoré qui que ce soit, je peux te l'assurer.

— Si tu le dis, répondit Lani en feignant l'indifférence. (Elle regarda Kit avec un rictus sournois.) Mais je sais que tu as faim, et lui aussi, je l'ai vu dans vos yeux, ajouta-t-elle avec un sourire narquois.

— Moi, je dis qu'il y a tout ce qu'il faut ici, intervint Alva.

Elle se tenait devant un plan de travail à l'autre bout de la pièce, affairée à démouler les cupcakes et à les aligner sur une grille afin de les laisser refroidir.

— Pour quoi faire ? demandèrent Lani et Kit d'une même voix.

— Si vous avez faim.

— Quoi ? s'étonna Lani. Oh, non, on ne parlait pas de cette faim-là.

Alva se contenta de hausser les épaules et retourna à son travail.

— Si tu veux dévorer quelque chose des yeux, je te conseille les photos de Hugh Jackman sur Google. Dee Dee Banneker dit qu'il retire souvent son tee-shirt. Eh bien, figurez-vous qu'elle a raison ! s'exclama-t-elle sans cesser d'aligner les cupcakes. C'est ce qui me plaît chez lui.

Lani se mit à rire et Kit resta bouche bée. Elle ne s'était pas encore tout à fait habituée aux différentes facettes d'Alva Liles. Elle était à la fois une gentille vieille dame attentionnée et une octogénaire déchaînée qui organisait des soirées poker tous les mois et écrivait pour le journal local une rubrique potins-conseils qui n'avait rien à envier aux articles les plus scandaleux de *Closer*. Kit ne savait jamais à quoi s'attendre avec elle. Cela faisait partie du personnage.

Kit se tourna vers Lani en souriant.

— Je viens de parler au téléphone avec George, le frère de l'électricien. Il nous a été recommandé pour la démolition de ce mur, mais il n'est pas disponible avant deux semaines.

— Tu ne peux pas simplement l'abattre à la masse ? Lorsque mon Harold et moi avons emménagé dans notre première maison, il a détruit trois murs rien qu'avec une grosse massue et une bonne dose de détermination pour faire de notre cuisine et notre salle à manger une seule grande pièce. Lui aussi, il enlevait souvent son tee-shirt, ajouta Alva après une brève hésitation, le sourire aux lèvres.

Elle laissa échapper un bref soupir avant de se remettre au travail en achevant son anecdote :

— Ça me manque encore.

Kit entendit Lani soupirer à côté d'elle et tourna la tête dans sa direction.

— J'espère que je penserai toujours à Baxter de cette façon quand j'aurai quatre-vingt-quatre ans.

— Je vous ai vus tous les deux. Ce sera le cas, ça ne fait aucun doute.

Kit se pencha vers Lani pour ne pas être entendue d'Alva et ajouta tout bas :

— Alva m'a parlé d'un certain Hank, le gars qui tient le supermarché. Est-ce qu'ils sont ensemble ?

— Eh bien, répondit Lani dans un murmure, ils font semblant de se quereller sans cesse : monsieur bloque toujours l'allée avec ses camions de livraison et madame cherche des noises au conseil municipal dont il est un des membres éminents. Mais tout le monde pense qu'ils ne font pas que se disputer. Chaque jeudi, ils se volatilisent tous les deux à l'heure du déjeuner.

Kit sourit.

— C'est mignon de se préserver un moment dans la semaine pour se retrouver autour d'un repas.

— Appelle ça un « repas » si tu veux, rétorqua Lani en mimant les guillemets.

Kit pouffa mais s'arrêta net en voyant Lani hocher la tête.

— Tu es sérieuse ?

Kit se tourna vers Alva, qui fredonnait du Elvis en balançant les hanches tandis qu'elle s'attaquait au glaçage des cupcakes. Elle reprit d'un ton empreint de révérence :

— Je veux tellement être comme elle quand je serai vieille. Enfin, peut-être sans les cheveux roses.

— Ça se marie bien avec le jogging en velours framboise pourtant.

— Incontestablement. (Elles échangèrent un regard complice.) Alors, qu'est-ce que je fais pour le mur ?

— Rappelle l'électricien et demande-lui s'il n'a pas d'autres armoires à glace parmi ses frangins.

Kit esquissa un sourire. Cela ne faisait que dix jours qu'elle était à Sugarberry, mais elle se sentait déjà à l'aise. Lani était quelqu'un d'ouvert et d'avenant, à l'image du Cupcake Club. Tous ceux qu'elle avait rencontrés sur cette île l'étaient, à vrai dire.

Ses pensées se tournèrent immédiatement vers la seule personne qui la mettait dans tous ses états. Morgan Westlake contrariait ses plans. À un moment où elle devait être à fond sur ce nouveau projet, pour terminer *Péché mignon* et procéder à son inauguration, la dernière chose dont elle avait besoin était d'un objet de diversion brun d'un mètre quatre-vingts avec des épaules carrées et les plus jolis yeux qu'elle ait…

— Elle vous a dit qu'elle avait un rencard coloriage hyper chaud avec Tonton canon ?

Kit cligna des yeux et l'image d'un Morgan souriant se dissipa à l'entrée brutale de Dree dans la cuisine, un plateau vide à la main. Il lui fallut un instant avant que la remarque de Dree lui monte au cerveau. Cet instant causa sa perte. Les femmes du Cupcake Club ne laissaient rien passer.

Lani écarquilla les yeux de surprise réjouie pendant que Kit bredouillait un démenti maladroit :

— Ce n'est pas un rencard. Et il n'est question ni de coloriage ni de quoi que ce soit d'autre.

— Bien sûr que c'est un rencard, répliqua Dree, faisant glisser son plateau vide dans l'un des grands éviers et s'emparant d'un nouveau plateau, couvert de cupcakes tortues tout frais.

— Je le savais ! s'exclama Lani. Les yeux de merlan frit, ça ne trompe jamais.

— Nous n'avions pas des…

— C'est quoi un rencard coloriage ? s'enquit Alva. Est-ce qu'il s'agit d'un acte sexuel ? Parce qu'à mon époque…

— Non, intervint Kit précipitamment.

Elle ne se sentait pas d'attaque pour entendre ce qu'Alva avait pu faire impliquant du coloriage ou de la peinture. Elle tenta d'expliquer :

— C'est sa nièce…

— Une petite vraiment adorable, soit dit en passant, glissa Lani. Je te l'ai dit, j'ai un peu lorgné. Très mignon, le petit costume qu'elle portait. C'est pas aujourd'hui le grand jour ? Celui où elle va rencontrer…

— … Birdie, acheva Alva. C'est bien aujourd'hui. Et je peux vous dire que Birdie est aussi stressée et intenable qu'une jeune maman. Je crois que c'est la première fois que je la vois dans cet état. Je lui ai conseillé de se calmer un peu avant de nous faire une crise cardiaque. J'ai dû la convaincre de ne pas dévaliser le rayon jouets du supermarché.

— Je comprends qu'elle soit anxieuse à l'idée de devenir enfin grand-mère, commenta Lani. Lily est sa seule petite-fille. Je n'ose même pas imaginer ce qu'elle a dû ressentir toutes ces années, privée de tout contact avec elle.

— C'est clair. Donnez-moi cinq minutes avec cette vieille rombière d'Olivia Westlake et je vais lui dire ses quatre vérités, à celle-là, s'emporta Alva. Je ne comprendrai jamais sa propension à tout gâcher.

— Pareil pour moi, renchérit Lani. Je suis contente que Morgan ait eu les…

— … couilles ? suggéra Dree. Moi aussi. Elle a quelque chose de spécial, cette gamine. Je l'aime bien.

Sur ces mots, elle sortit de la cuisine avec son plateau. Lani et Alva reportèrent leur attention sur Kit.

— Alors…

Lani la jaugeait du regard et Kit avait appris, depuis le peu de temps qu'elle avait signé son contrat, qu'il ne servirait à rien d'essayer de dévier la conversation. La jeune pâtissière reprit de plus belle :

— Parle-nous de ce rencard.

Alva avait fini de démouler les cupcakes. Elle s'essuya les mains avec un torchon et s'approcha d'elles.

— C'est quoi, cette histoire de coloriage ? Un jeu coquin ? Je n'aurais pas cru ça de lui. Mais qui peut vraiment prédire ce genre de penchants ? Ah, je me souviens du jour où on a surpris Harvey Rickenbottom dans la grange avec Louise Granger et ses deux…

— Ce n'est pas lui qui m'a invitée. Pas vraiment. C'est Lilly, s'empressa d'expliquer Kit en désespoir de cause.

Lani la regarda et articula un remerciement silencieux.

Kit lui lança un sourire de connivence et poursuivit :

— Lilly me parlait des tortues et je lui ai confié que je les aimais bien aussi, expliqua-t-elle en haussant les épaules. Donc, elle m'a demandé d'aller faire du coloriage avec elle. Il ne faut vraiment pas chercher plus loin.

— Tu t'es rendue à plusieurs reprises au centre de recherche depuis que tu es ici, je me trompe ? l'interrogea Lani.

Kit acquiesça.

— J'y suis allée sur un coup de tête le premier jour – celui de notre entretien – et j'ai beaucoup apprécié le Pr Langley. J'ai énormément de respect pour son travail ; et puis… avec ce nouveau départ dans ma vie, j'ai pris conscience qu'il me fallait une activité en dehors du boulot. J'aimais *Mamie Sue*, mais c'était toute ma vie, mon travail et ma maison ; parce que j'en avais décidé ainsi. Je pense que c'est aussi pour ça que je manquais de recul.

— C'est souvent comme ça, avec les entreprises familiales, même dans les meilleures circonstances, expliqua Lani. On a fait peser beaucoup de responsabilités sur tes épaules, très jeune. Après, il a aussi fallu que tu composes avec ton beau-frère. Ça n'a sûrement pas été facile.

— J'ai dû faire face à des problèmes très particuliers, oui. Mais, malgré le décès de ma grand-mère et de mes parents, c'était la plupart du temps merveilleux. C'est ça qui m'a sauvée, vraiment. C'était la seule constante dans ma vie, la seule chose que je savais indéfectible. J'aimais cette entreprise. De tout mon cœur. Chacun de ses rouages. Et je pense que cet amour m'a rendue aveugle. Je lui étais tellement dévouée que j'étais persuadée qu'il en allait de même pour tout le monde.

— D'après ce que je sais, c'était le cas. Exception faite de Teddy…

— … et les membres du conseil d'administration auxquels il graissait la patte. (Lani s'apprêta à dire quelque chose, mais Kit l'arrêta d'un geste de la main.) Ne t'embête pas. Tu n'as pas à prendre ma défense. Je sais que j'ai foiré en beauté. Ce n'est que quand tout s'est terminé, si subitement, que je me suis rendu compte que je n'avais pas seulement perdu mon travail, ou ma vocation. J'avais *tout* perdu. Mon existence n'était plus qu'un gouffre béant, car je n'avais jamais rien construit d'autre. Bien sûr, j'avais des amis, de la famille. Mais mes amis étaient tous des employés de *Mamie Sue* ; quant à ma famille…

Lani posa une main sur le bras de Kit.

— Les guerres intestines ne sont pas normales dans une famille. Personne ne peut prévoir ça. On est vraiment désolés pour toi.

Kit prit la main de son amie dans la sienne.

— Je sais, et votre soutien me va droit au cœur, déclara-t-elle en les regardant toutes les deux dans les yeux. J'ai appris que si je ne considérais ma vie qu'en termes de choses perdues, je n'avancerais jamais. De la même façon, jamais je n'aurais pu imaginer que l'on me ferait cadeau d'une si extraordinaire opportunité de recommencer. Et je vous suis vraiment reconnaissante. D'être ici. Avec vous tous.

Alva posa sa minuscule main sur les leurs et les serra affectueusement.

— On est vraiment heureux de te compter parmi nous, Kit. Tu fais partie de notre famille maintenant.

Kit sentit les larmes monter, et c'est seulement à ce moment-là qu'elle se rendit compte qu'elle n'avait pas pleuré une seule fois au cours des dix derniers jours. Ne serait-ce que pour fêter ça, il aurait fallu sortir le champagne.

— Votre affection compte plus pour moi que vous ne pouvez l'imaginer. C'est pour ça que je suis retournée voir Gabriel – le Pr Langley. Je l'admire beaucoup, mais j'apprécie aussi sa compagnie. La dernière fois, j'ai fait la connaissance de sa femme, Anne. Ils sont tous les deux adorables et leur union repose sur des liens exceptionnels.

— C'est vrai, admit Lani. Moi aussi, je les aime bien, tous les deux.

— Il me fait penser à mon père, même s'ils n'ont pas grand-chose en commun…

Kit s'esclaffa en tentant – sans succès – d'imaginer son père échanger ne serait-ce que quelques mots avec quelqu'un comme le professeur. Elle poursuivit son explication :

— J'imagine que j'ai le même sentiment de sécurité avec lui. Je sais que c'est idiot…

Lani passa spontanément un bras autour des épaules de Kit et resserra son étreinte. Elle la rassura :

— Non, ce n'est pas idiot du tout. Tu sais que je suis venue ici pour être plus près de mon père. Bon, on a traversé des périodes assez difficiles, lui et moi, surtout après la mort de ma mère. Très honnêtement, je n'étais pas sûre de moi quand j'ai emménagé ici. Je veux dire, j'étais sûre de mon coup, mais pas lui. Et j'ai bien cru qu'on n'arriverait à rien.

— Mais maintenant ça va, relativisa Kit. J'ai vu le shérif Trusdale l'autre jour et il bombe le torse à s'en faire craquer les coutures dès qu'on parle de toi.

Lani sourit et des larmes de bonheur vinrent faire scintiller ses yeux.

— C'est un homme dur sous bien des aspects, mais une crème pour les choses essentielles. Alors oui, je suis vraiment contente que tout se soit arrangé entre nous, dit-elle en serrant une nouvelle fois son étreinte autour des épaules de Kit. Bref, tout ça pour dire que le fait de te trouver une nouvelle famille avec Gab, ou Anne, ou n'importe lequel d'entre nous, est une très bonne chose.

— Merci.

Une fois de plus, Kit fut surprise par la sincérité et la compassion de ses amies. Elle reprit :

— Je suis vraiment fascinée par son travail, donc je continuerai à l'aider avec plaisir dès que j'aurai un peu de temps libre.

— Et à propos du cas Westlake ? lui demanda Lani. En fait, je trouve que Morgan a l'air de quelqu'un de bien, qui essaie de faire les choses comme il faut. Sa nièce est craquante, on est tous un peu sous le charme. Je sais que sa famille a joué un rôle dans la vente de *Mamie Sue*…

— Comment est-ce que tu sais ça ?

Kit n'avait parlé à personne de sa rencontre avec Morgan le jour de son arrivée, ni de l'appréhension qu'elle éprouvait à l'idée qu'un Westlake habitait Sugarberry. C'était son problème, pas le leur.

Alva décocha un sourire.

— J'ai fait des recherches sur Google. Et il se pourrait que j'aie lu un article ou deux sur la vente de ton entreprise familiale, dit-elle en posant une main réconfortante sur le bras de Kit. Ne t'en fais pas, chérie, on dirait bien que les chiens peuvent faire des chats.

Lani ajouta :

— Tu peux lui faire confiance. S'il avait un cadavre dans le placard, elle…

— Mademoiselle Lani May, ne me faites pas passer pour ce que je ne suis pas. Je ne furetais pas. Je couvrais seulement les arrières d'une amie chère, déclara Alva en se tournant vers Kit. En fait, il s'est spécialisé en droit de l'environnement. Il est allé s'installer dans le fin fond du Colorado il y a plus de six ans et a coupé les ponts avec sa famille pendant tout ce temps. En temps normal, je trouverais ça triste, mais, d'après ce que je sais de sa mère, je trouve qu'il a plutôt bien fait. En fait, je suis même surprise qu'il soit resté sur le même continent que cette grosse co…

— Ce qu'elle veut dire, je crois, coupa Lani, ce que nous voulons dire toutes les deux, c'est qu'il semblerait que tu n'aies pas à t'inquiéter : Morgan n'a rien en commun avec les membres du clan Westlake qui ont aidé ton beau-frère.

— C'est bon à savoir, commenta Kit avec des sentiments partagés. Je sais que le bruit court qu'il est ici dans l'intérêt de sa nièce, ce qui est vraiment remarquable. Seulement, je ne veux pas construire ma nouvelle vie avec les débris de l'ancienne. Il n'est peut-être pas impliqué dans cette histoire, mais il est directement lié à des gens qui le sont. Et c'est un lien avec lequel je ne veux rien avoir à faire.

— Lui non plus, d'après ce que l'on dit, argumenta Alva. C'est pour ça qu'il s'est installé à Sugarberry.

— À votre avis, pourquoi n'a-t-il pas directement emmené Lilly dans le Colorado ? demanda Kit.

Elle était curieuse, tout en sachant qu'elle ne devrait pas. Le monde fourmillait d'autres hommes qu'elle pouvait rencontrer et trouver intéressants, et qui ne s'appelaient pas Westlake. Elle devrait leur réserver sa curiosité. Si elle parvenait à arrêter de penser à ces magnifiques yeux bleus et à ce sourire à se damner, elle pourrait enfin s'y mettre.

— Il est resté ici pour donner à Lilly une chance de connaître le reste de sa famille, expliqua Alva.

— Tout en ne l'éloignant pas trop des Westlake, j'imagine, ajouta Lani.

— C'est une manœuvre intelligente, poursuivit Kit. Je sais qu'il vient de perdre son frère et sa belle-sœur, et qu'il se retrouve à élever une petite fille, sans compter qu'il aide Gab dans son combat pour préserver les tortues en voie de disparition ; ce qui lui vaut déjà le statut de héros local, mais…

— Et il est canon, renchérit Alva. Ça ne peut pas faire de mal. Je me demande ce qu'il cache sous son tee-shirt.

Elle médita la question tandis que Lani souriait.

Kit se contenta de soupirer.

— Oui, c'est le candidat parfait pour le rôle du prince charmant. J'en suis bien consciente. Mais je n'ai aucune intention de me rapprocher de lui. Il doit y avoir un million d'autres hommes là-dehors qui n'ont rien à voir avec *Mamie Sue*, ni avec la vente, ni avec quoi que ce soit dans cette histoire. Je ne veux rien avoir à faire avec les Westlake. Je n'ai vraiment pas besoin de ça.

Elle lança un regard aux deux femmes et ajouta :

— J'espère que vous pouvez me comprendre.

Lani lui sourit et serra son épaule dans sa main.

— Je te comprends parfaitement, ne t'en fais pas. Je pense juste que… non, rien. L'important, ce n'est pas ce que je pense, mais ce que tu fais. Je ne sais pas et ne pourrai jamais savoir ce que tu as enduré. Alors tourner la page du dossier Westlake doit vraiment te sembler la meilleure solution.

— Exactement.

Kit passa son bras autour de la taille de Lani et la serra contre elle.

— Merci de me soutenir même si tu n'es pas d'accord, ajouta-t-elle.

— Oh, mais je comprends. C'est juste que…, je voudrais bien savoir ce qu'il cache sous son tee-shirt aussi. Je dis ça comme ça, lança-t-elle, tout sourires.

— Bon, est-ce que vous allez enfin me dire ce que vous entendez par « rencard coloriage » ? reprit Alva qui ajusta son tablier et remit en place la charlotte sur sa tête. J'ai une rubrique à écrire et j'ai l'impression que c'est le genre d'info juteuse susceptible de m'intéresser.

Lani et Kit éclatèrent de rire.

— Je suis certaine que tu as déjà tout ce qu'il te faut en matière de potins, rétorqua Lani. Comme toujours.

Et j'espère ne pas en faire partie, pria Kit.

Elle avait tellement entendu parler de la rubrique d'Alva qu'elle avait pris le temps d'en lire quelques-unes. Elle espérait que son amie ne publierait rien la concernant avant un bon moment. Elle avait cette manie d'appuyer ses arguments sur des anecdotes locales – généralement pas des plus flatteuses. Kit s'était déjà fait descendre en flèche et lyncher par la presse plus qu'à son tour. Elle cédait volontiers sa place. À vie, si possible.

— Alors est-ce qu'au moins tu vas aller faire du coloriage avec Lilly ? lui demanda Lani. Bon, je sais que c'est une Westlake aussi, mais…

— Je ne vais pas envoyer sur les roses la pauvre petite orpheline, alors arrête de me regarder comme ça.

— Pour info, j'aurais utilisé les mêmes mots si tu avais songé, ne serait-ce qu'une seconde, à revenir sur ta parole, lui dit Lani en souriant jusqu'aux oreilles.

— Je m'en doutais, répondit Kit en lui rendant son sourire. Mais que son oncle soit là ou pas n'a aucune importance. Je le fais pour la petite. On est bien d'accord ?

— Parfaitement, l'assura Lani.

Néanmoins, Kit avait très bien vu le clin d'œil entendu que s'étaient lancé les deux femmes.

D'un soupir, elle accepta provisoirement sa défaite.

— Vous savez quoi ? Je crois que je ne vais pas avoir besoin de rappeler l'électricien, après tout. Je vais me charger de ce mur toute seule.

Elle quitta la pièce en songeant que, en contrepartie de la compassion et de l'amitié qu'elles lui témoignaient, ces femmes allaient constamment fourrer leur nez dans ses affaires, dorénavant. Autant qu'elle s'y fasse.

Elle entendit l'éclat de rire de Lani quand Alva lui demanda :

— Alors, ils sortent ensemble ? Ils feraient un beau couple.

Oh, mon Dieu, dans quel pétrin s'était-elle encore fourrée ? Sérieusement.

Elle se dirigeait vers la sortie quand Dree la héla :

— Si tu as besoin d'une massue ou d'une hache, j'en ai dans le coffre de ma voiture.

Pourquoi est-ce que ça ne me surprend pas ? se demanda Kit.

Dans un grand éclat de rire, elle prit congé en leur faisant un signe de la main.

Chapitre 8

— Est-ce que Kit est déjà là, oncle Moggy ?

— Pas encore, ma puce, répéta Morgan pour la dixième fois. On n'est pas sûrs qu'elle puisse venir. Elle est très occupée avec la construction de la pâtisserie.

— Mais il y a déjà une pâtisserie.

Lilly leva les yeux de son chef-d'œuvre Crayola en cours et ajouta :

— Celle de la dame aux ailes de fées.

— Elle s'appelle Dree.

— Je l'aime bien.

— Je sais.

— Peut-être qu'on pourrait lui demander de venir faire du coloriage avec nous un jour ?

— Peut-être.

— Pourquoi est-ce que Kit construit une pâtisserie ?

Morgan se figea, le marteau dans une main et le panneau d'affichage qu'il accrochait dans l'autre. Si Lilly continuait de le mitrailler de questions ainsi, il ne viendrait jamais à bout de sa tâche. Il supposait qu'il devrait s'estimer heureux de la voir aussi bavarde aujourd'hui. La veille, ça avait été l'extrême inverse.

Le pique-nique avec Birdie ne s'était pas bien passé. Entre les doutes de dernière minute de Lilly à propos de la rencontre avec sa grand-mère retrouvée et l'état d'agitation de la vieille dame, ça avait été quelque peu tendu et délicat à gérer, ce qui était une première depuis son arrivée à Sugarberry. Malheureusement, il avait fallu que cela tombe sur la seule personne avec qui il avait espéré voir Lilly nouer des liens d'amitié instantanément, comme cela avait été le cas avec Kit et Dree. Peut-être aurait-il fallu que Birdie ait les cheveux verts ou un tatouage spécial.

Bien entendu, Birdie n'était pas du tout comme on pouvait s'y attendre en entendant son nom. Elle avait paru très amicale et sociable lorsqu'ils s'étaient parlé au téléphone, donc il n'avait pas été surpris de ce côté-là. Cependant, en raison de son surnom, il s'était imaginé une personne beaucoup plus petite et fragile. En vérité, elle était assez grande, mince frisant le dégingandé, et bien plus âgée que ce à quoi il s'était attendu. Il savait qu'elle avait eu Delilah assez tard, mais il avait imaginé qu'elle devait avoir dans les soixante ans, à peine plus âgée que sa propre mère. Néanmoins, Birdie devait avoir dépassé les soixante-quinze ans, ce qui voulait dire qu'elle avait eu Delilah passé la quarantaine.

Birdie était un personnage haut en couleur – avec ses cheveux blonds coupés en un carré court et son cafetan coloré –, encore dynamique et pleine d'énergie. Elle était volubile. Extrêmement volubile. L'exubérance qu'elle avait manifestée lors de leur visite

– aussi légitime fût-elle –, renforcée par sa grande taille et ses vêtements bariolés, avait beaucoup intimidé Lilly, qui s'était cachée derrière lui dès l'instant où ils étaient entrés. Il l'avait gentiment poussée à sortir de sa cachette au moins pour faire preuve de politesse, si ce n'était de sociabilité, mais il l'avait sentie trembler. À l'inverse de sa mère, il ne considérait pas l'aisance en société comme plus importante que la compassion et l'empathie.

À la décharge de Birdie, elle avait tout de suite compris son erreur et tempéré son enthousiasme ; mais cela n'avait effacé en rien la première impression de Lilly. Morgan avait réussi à convaincre sa nièce de s'asseoir à la table du foyer sur laquelle sa grand-mère avait si joliment disposé le pique-nique. Mais la petite fille avait peu mangé et à peine dit quelques mots. Morgan avait parlé de la pluie et du beau temps avec Birdie, espérant que Lilly verrait qu'elle était gentille, ou du moins qu'elle n'avait rien à en craindre, mais ses efforts n'avaient pas changé grand-chose. C'était Birdie qui avait finalement mis fin à leurs retrouvailles en proposant de les revoir un autre jour, dans un endroit qui conviendrait à Lilly.

La vieille dame avait décalé un banc derrière eux et s'était assise près de sa petite-fille sans trop s'approcher – il lui était impossible de se baisser à cause de ses genoux usés et de ses hanches fatiguées. Calmement, avec douceur, elle avait expliqué à Lilly combien elle était heureuse de cette rencontre et qu'elle espérait qu'elles finiraient par devenir bonnes amies. Elle lui rappela que c'était un don du ciel que d'avoir dans sa vie des gens qui l'aimaient et prenaient soin d'elle.

Lilly avait hoché la tête, sans pour autant regarder sa grand-mère dans les yeux. Morgan l'avait regardée, lui, contrit. Birdie lui avait simplement fait un clin d'œil, lui signifiant que, même si elle était évidemment déçue, elle ne se sentait pas offensée le moins du monde.

La grand-mère de Lilly leur avait empaqueté assez de nourriture pour une semaine, insistant pour qu'ils ne lui laissent que deux des cupcakes qu'ils avaient apportés. Elle choisit son préféré et celui de Lilly ; elle fit remarquer que, la prochaine fois qu'elles se verraient, elles pourraient discuter de celui qu'elles avaient le plus aimé.

Morgan la soupçonnait d'avoir plus d'un cadeau pour Lilly, à voir le sac qu'elle avait caché sous une table voisine, mais elle avait choisi de n'en offrir qu'un seul avant qu'ils partent. Dans la conversation, Morgan avait mentionné à Birdie qu'ils donnaient un coup de main au centre de recherche, espérant que cela pousse Lilly à prendre part à la discussion. Cela n'avait pas fonctionné, mais ses paroles n'étaient pas tombées dans l'oreille d'un sourd.

Birdie avait offert à sa petite-fille un carnet de peinture spécial, avec un coffret de pinceaux, lui expliquant que, si elle peignait avec un peu d'eau par-dessus ses coloriages, les couleurs changeraient comme par magie. Morgan n'avait pas vu Lilly y toucher depuis qu'ils étaient rentrés, mais elle était parvenue à murmurer un « merci » à sa grand-mère quand elle les avait reçus.

Seul Morgan avait remarqué les yeux de Birdie, gorgés de larmes de joie, et ses yeux s'étaient humidifiés un peu aussi devant ce tableau. La vieille dame ne demandait pas grand-chose, et n'espérait pas plus. Il savait aussi que, même si la journée ne s'était pas déroulée comme ils l'auraient voulu, le fait de revoir son unique petite-fille, peu importe combien de temps, était un cadeau qu'elle n'avait probablement jamais pensé recevoir un jour. Morgan avait fait exprès d'attendre que Lilly ait pris un minimum de repères à Sugarberry avant d'organiser ces retrouvailles, et peut-être aurait-il dû le faire plus tôt ; mais il voulait que sa nièce apprenne à connaître les habitants de l'île et qu'ils passent plus de temps ensemble. Le premier contact avec sa grand-mère était quelque chose d'important, et il ne voulait pas qu'il se fasse au hasard d'une rencontre dans la rue.

Il était encore sceptique quant au choix du moment, mais le regard de Birdie à cet instant-là avait levé toutes ses craintes concernant sa décision de venir s'installer à Sugarberry.

Il trouvait du réconfort dans l'idée que tous ceux à qui ils avaient eu affaire sur l'île s'étaient montrés charmants envers Lilly. Il était donc convaincu qu'avec le temps, et quand la confiance se serait installée, tout s'arrangerait.

— Est-ce qu'il y aura aussi des cupcakes à la pâtisserie de Kit ?

Morgan s'extirpa de ses pensées et plaça le coin du panneau là où il avait fait une croix sur le mur.

— En fait, le magasin de Kit fait partie de la boutique de cupcakes.

— Comment ça ?

— Eh bien, la pâtisserie où travaille Dree va vendre des cupcakes aux gens comme nous, qui vivent ici et vont les acheter directement au magasin, tandis que Kit va s'occuper des commandes de cupcakes pour les grandes fêtes et pour envoyer aux gens qui ne vivent pas à Sugarberry mais qui veulent des cupcakes.

Il n'en avait rien su, bien sûr, jusqu'à ce que Birdie le mette à la page quand ils lui avaient offert les pâtisseries.

— Les autres gens n'en ont pas où ils vivent ?

— Si, sûrement. Mais tu as goûté les cupcakes tortues de Lani au déjeuner et tu les as trouvés vraiment bons, n'est-ce pas ?

— Trooop bons.

Morgan rata le clou et le marteau finit sa course sur le panneau d'affichage en liège. Il tourna la tête vers Lilly, le sourire aux lèvres.

— Trooop bons ? Vraiment ?

Elle acquiesça avec enthousiasme.

— Les plus meilleurs.

— Bon, tu vois ? Si quelqu'un a envie des plus meilleurs, trooop bons cupcakes, il pourra maintenant s'en procurer où qu'il habite.

Lilly retourna à son coloriage et Morgan mit à profit ce bref répit avant la prochaine salve de questions pour enfoncer le clou dans le mur en trois coups de marteau.

Les coups qu'il avait donnés pour replier l'extrémité du clou résonnaient encore lorsque Lilly demanda :

— Est-ce qu'on peut appeler Kit ?

Morgan poussa un soupir, mais il la regarda en souriant.

— Pas aujourd'hui. On passera peut-être voir Dree plus tard. On pourra lui laisser un message pour Kit et lui demander de se joindre à nous la prochaine fois.

Lilly s'arrêta de crayonner et leva les yeux sur lui.

— Est-ce qu'elle est fâchée ? Qu'on ne lui ait pas acheté de cupcakes ?

— Non, ma puce, elle n'est pas fâchée. En plus, Dree et elle vendent les mêmes pâtisseries. Simplement, elle est très occupée et n'a pas dû avoir le temps de passer.

— Est-ce qu'on peut aller voir les travaux dans son magasin ?

D'où lui venait cette obsession pour Kit ? Morgan n'en avait pas la moindre idée, pas plus que pour sa fixation sur les tortues. Il savait qu'il devrait se réjouir qu'elle ne le tanne pas avec les tatouages de fées – même s'il n'était pas assez idiot pour céder sur ce point.

— Nous pourrions peut-être aller jeter un coup d'œil. Je ne pense pas qu'il y ait grand-chose à voir. Je me renseignerai tout à l'heure, d'accord ?

Il se retourna à moitié vers le panneau d'affichage et présenta son travail d'un geste théâtral du bras.

— Qu'est-ce que tu en dis ?

Lilly observa le panneau pendant un instant et répondit :

— C'est en traviole.

Morgan la regarda par-dessus son épaule.

— « En traviole », hein ?

Lilly acquiesça et pointa du doigt.

— Ce côté-là n'est pas pareil.

Son oncle se planta face au panneau.

— Mmmoui, tu as raison.

— Tu peux le remettre correctement ?

— Je peux essayer, mais je vais devoir aller emprunter d'autres clous à ce cher professeur, dit-il en déposant le marteau sur le meuble. Continue de colorier, je reviens tout de suite, d'accord ?

— D'accord.

Elle reprit son coloriage ; Morgan tourna les talons, sortit de la pièce et entra en collision avec Kit. Il lui attrapa les bras en la voyant basculer en arrière et ils trébuchèrent tous les deux avant de retrouver leur équilibre.

— Je suis vraiment désolé, je ne vous avais pas vue.

Elle laissa échapper un bref éclat de rire.

— Ne vous en faites pas, je n'ai rien. Je ne crois pas, en tout cas.

Il faillit se noyer dans ses yeux et en oublia de répondre. Verts et pétillants, éclairés par son sourire franc ; le contraste avec son attitude méfiante de la veille, quand ils s'étaient rencontrés à la pâtisserie, était frappant. Il se surprit à la dévisager.

— Morgan ? Vous allez bien ? s'enquit-elle alors que son sourire s'estompait.

— Ça va, murmura-t-il. Très bien.

Les pupilles de Kit se dilatèrent et il eut conscience qu'une tension différente s'installait. Son corps réagit instantanément au message et son regard se posa sur les lèvres de la jeune femme.

Elle en fit autant. Après un instant, leurs yeux se croisèrent de nouveau. Était-il possible que Morgan ait commencé à approcher, pendant une fraction de seconde, son visage du sien, et qu'elle ait écarté les lèvres, un tout petit peu, et poussé un léger soupir ?

Elle se reprit, nerveuse, clignant des yeux écarquillés.

— OK, bon, tant mieux. Moi aussi, ça va. Très bien. Vraiment… très bien.

Morgan la laissa aller quand elle recula.

Jamais il n'aurait pu prédire qu'ils partageraient un moment aussi… intime. Et il n'aurait certainement pas su prédire la réponse instinctive de la jeune femme à cette intimité. Ils ne pouvaient nier ce qui s'était passé. De curieux instants en instants curieux, il en était arrivé à ne plus pouvoir s'empêcher de penser à ses lèvres et au goût qu'elles pouvaient avoir.

— Euh… est-ce que Lilly est là ?

Son regard passa de sa bouche à son visage entier. Ses pensées et son corps étaient encore absorbés par leur récente collision. Les joues de Kit s'étaient teintées de rose. Il aurait parié qu'elle détestait cet effet secondaire de la pâleur de sa peau typiquement irlandaise. Lui trouvait cela plutôt charmant.

— Elle est dans le labo ; elle fait du coloriage. Je suis en train d'installer un panneau pour y afficher les dessins de tortues que font les enfants.

— Quelle bonne idée !

Kit avait répondu d'un ton détaché, mais elle gardait les yeux rivés sur ses mains, ses pieds, ou la pièce. En fait, partout, sauf sur lui.

De plus en plus curieux.

Le sourire de Morgan se fit encore plus radieux.

— Mademoiselle m'a informé que je l'avais accroché « en traviole ». Je pars donc en quête d'autres clous.

— « En traviole », hein ? reprit-elle en souriant.

Ils se regardèrent de nouveau dans les yeux. Il soutint son regard et elle ne détourna pas le sien.

— Je ne refuserais pas un coup de main pour le remettre d'aplomb, si vous n'y voyez pas d'inconvénient.

Avec un sourire narquois, elle étudia son visage, comme si elle essayait de comprendre ce qu'elle devait lire entre les lignes.

— Tant que vous ne comptez pas me confier le marteau…

Il haussa un sourcil.

— Est-ce que je dois craindre quelque chose ?

Le sourire de Kit s'élargit de façon fugace, révélant ainsi la blancheur de ses dents.

— De ma part ? Non. Disons que j'ai la sale manie de viser les doigts plutôt que le clou. J'essaie d'apprendre de mes erreurs.

Morgan se demanda s'il n'y avait pas une double lecture à faire, mais il n'insista pas.

— Alors vous tenez le panneau et je m'occupe du marteau.

— Je crois que c'est à ma portée.

— Vous allez apporter votre contribution au panneau des arts ? demanda-t-il en désignant d'un mouvement de la tête le livre de coloriage qu'elle tenait dans la main.

— C'est celui du Pr Langley, expliqua-t-elle. Mais je n'ai malheureusement plus un seul crayon de couleur sur moi.

— Qu'à cela ne tienne. Vous avez devant vous l'heureux propriétaire d'une superbe boîte de soixante-quatre crayons flambant neufs.

— Lilly m'a dit qu'elle avait des crayons.

— C'est le cas. Mais, là, je parlais des miens, merci du peu.

Elle leva les yeux au ciel.

— Des crayons rien qu'à vous ? Dans une de ces boîtes vendues avec un taille-crayon ?

— On ne peut rien vous cacher.

— J'en rêvais quand j'étais petite. J'ai dû me contenter de la boîte de vingt-quatre. J'ai essayé de faire comprendre à ma mère que j'avais besoin de plus de couleurs, mais elle a estimé que j'en avais bien assez.

— Moi, je crois qu'on n'a jamais assez de couleurs. Du reste, je suis quelqu'un d'accommodant ; je consens donc à partager.

Elle hocha la tête sans se départir de son joli sourire malgré le caractère saugrenu de la situation.

Morgan se sentit séduit, curieux et plus encore. Elle ressemblait à un adorable lutin avec sa courte tignasse rousse, la pâleur de son teint encore taché de rose et ses yeux verts papillonnants. Un lutin qui lui décochait un sourire complice. Un mélange détonnant et incroyablement sexy.

— Je vous préviens, dit-elle. Je n'étais pas tendre avec mes crayons de couleur. J'avais un petit faible pour le bleu céruléen.

— Donc vous aimez le bleu ? Lilly aussi.

— Ce n'était pas particulièrement pour la couleur ; je trouvais juste le nom super classe. « Cé-ru-lé-en ». Ça avait quelque chose d'exotique, même pour une gamine de cinq ans.

— Ah, vous êtes donc une crayonneuse chevronnée.

Elle haussa un sourcil, perplexe.

— À quel âge avez-vous commencé à colorier ?

Il sourit.

— Ça fait à peu près dix jours.

— Quoi ? Votre maîtresse en maternelle avait la phobie des crayons ?

— Mes précepteurs étaient plus soucieux de m'enseigner les différences esthétiques entre la peinture à l'huile et l'aquarelle.

— À cinq ans ?

Morgan lui fit un sourire pour toute réponse, se bottant les fesses intérieurement d'avoir amené le sujet de l'éducation chez les Westlake sur le tapis. Il n'était pas encore tout à fait sûr de la raison pour laquelle son nom l'avait mise sur la défensive la première fois qu'ils s'étaient rencontrés, mais les choses évoluaient dans le bon sens pour l'instant. Il ne tenait absolument pas à inverser la tendance.

Elle n'émit aucun commentaire sur l'aisance financière qu'impliquait le fait d'avoir des précepteurs. Au lieu de cela, elle sourit de plus belle.

— Et ? demanda-t-elle.

— Et quoi ?

— Aquarelle ou peinture à l'huile ? Qu'est-ce que le petit Morgan préférait ?

Il lui décocha un sourire, surpris – agréablement – par son humour pince-sans-rire.

— Peinture à l'huile. Je suppose que j'ai toujours eu un faible pour les couleurs vives.

Ses yeux étincelèrent une nouvelle fois.

— Surveillez bien vos crayons de couleur aujourd'hui, et tout particulièrement votre bleu céruléen. Je ne donne pas cher de sa mine.

Il se rapprocha d'un pas. Ce n'était pas un acte prémédité, mais il sentit une force invisible l'y pousser. Elle ne recula pas et – pour son plus grand plaisir – ne détourna pas non plus le regard.

— Je n'y manquerai pas.

Il observa que ses lèvres étaient douces, ses joues roses, et qu'elle le regardait intensément. Il détestait l'idée de renoncer à la complicité qui s'était si facilement installée entre eux, mais il ne pouvait ignorer ce je-ne-sais-quoi qui subsistait dans l'esprit de Kit et jetait une ombre au tableau.

— Je peux vous poser une question ?

— Bien sûr.

Elle ne s'était pas éloignée ou mise sur la défensive, mais l'intensité de son regard était beaucoup moins subtile à présent.

— Est-ce que j'ai dit ou fait quelque chose qui soit à l'origine de votre froideur envers moi ? demanda-t-il en plongeant son regard dans le sien. Pas aujourd'hui, mais avant ?

Déstabilisée, son sourire vacilla et elle eut l'air sincèrement surprise.

— Pourquoi me demandez-vous ça ?

Il retrouva le sourire.

— Je pensais que seuls les avocats répondaient aux questions par une autre. Attendez, vous êtes avocate ?

Elle haussa légèrement les sourcils avant de rétorquer :

— Moi, avocate ? Jamais.

Il ricana.

— Ah, c'est donc ça… Condamné par mon métier ?

Elle se rendit compte de son erreur.

— Non, non. Désolée. Ce n'est pas ça. Le Pr Langley m'a dit que vous l'aidiez à lever des fonds pour la recherche. C'est vraiment formidable de votre part. Je ne voulais pas dire que… bref, passons.

Gabriel avait parlé de lui à Kit. Le gentil docteur avait dit vrai : il ne jouait pas les entremetteurs, il en était un.

Morgan prit conscience que cela ne le gênait pas du tout.

— Pas avocate, donc. Eh bien, moi, j'en suis un. J'aide le professeur. Je défends principalement des causes environnementales.

— Je sais.

— Ah bon ?

— Petite île…

Kit sembla hésiter à poursuivre, puis se décida :

— Et pourtant, on dirait que vous ignorez qui je suis.

Sans pourtant se l'expliquer, il ne pensait pas que cette remarque était à la source de ce tir à la corde mental.

— Je sais que vous allez travailler pour Lani Dunne, que vous serez chargée de développer la vente par correspondance de ses pâtisseries.

— … Et que mon nom de famille est Bellamy ?

— Oui, répondit-il sans parvenir à se souvenir si c'était Birdie ou Gab qui le lui avait dit. Est-ce que cela a une importance particulière ?

— Ça ne vous évoque rien ?

— Je suis désolé, dit-il, un peu perdu. Ça devrait ?

Il ne savait pas à quoi s'attendre lorsqu'il lui avait demandé ce qu'elle lui reprochait. Il avait cru que c'était parce qu'il faisait partie de la famille Westlake, ce qui suffisait à susciter toutes sortes de réactions – loin d'être positives – chez bien des gens. À Sugarberry, il pensait que cela tiendrait au fait que sa mère avait exclu la grand-mère maternelle de Lilly. Pour Kit, en revanche, il s'agissait de quelque chose de beaucoup plus personnel ; et il ne savait plus quoi penser.

Elle prit un instant pour faire le point.

— Non. Pas vraiment.

Elle marqua une nouvelle pause et tenta de retrouver son sourire. Toute trace de méfiance s'était volatilisée, mais le cœur n'y était plus tout à fait. Elle reprit :

— Bon, maintenant que les présentations sont pliées, où est ce panneau en traviole ?

Estimant manifestement la discussion close, elle se tourna vers la porte qui donnait sur le labo, mais il la retint.

— Qu'est-ce que votre nom de famille m'aurait appris sur vous ?

Elle lui jeta un regard par-dessus son épaule.

— Rien d'important. Oubliez ça.

— J'aimerais en être capable.

Elle se tourna face à lui.

— C'est-à-dire ?

— Je suis quelqu'un de curieux, dit-il en souriant. Ça m'a valu pas mal d'ennuis. Mais c'est aussi ce qui m'a poussé à choisir cette carrière et qui me rend meilleur dans ce que je fais. Je ne peux donc pas vraiment considérer cette particularité comme une tare.

— Je suis sûre que si vous posez la question aux habitants de cette île, ils seront heureux de vous renseigner.

— Oui, mais les rumeurs et les informations de seconde main sont déformées par la subjectivité de celui qui les fournit. Il est toujours préférable de prendre les informations à la source.

Elle réprima un sourire, mais il l'aperçut poindre aux coins de ses lèvres. Des lèvres qu'il se surprit à contempler et à désirer de nouveau, ardemment.

— Apparemment, il faut ajouter la ténacité à votre curiosité, ironisa-t-elle.

— Coupable, votre honneur.

— Je ne doute pas que ce trait de caractère soit aussi à l'origine de votre succès professionnel.

— Ça m'a bien aidé, à certains moments.

— Je vois. On dirait que c'est génétique.

Son sourire s'évanouit.

— Qu'est-ce que vous entendez par là ?

— Que j'ai pu observer de près la ténacité des avocats Westlake. Je n'ai pas décelé en eux une once de curiosité, en revanche. Ils ne semblaient pas beaucoup s'intéresser à moi ni au sort qu'ils me réservaient. Tout ce qui leur importait, c'était de gagner. À n'importe quel prix – et j'ai entendu dire qu'il était loin d'être dérisoire. Étant donné que mon beau-frère est un Carruthers, il a certainement les moyens de payer la note.

Morgan ne souriait plus du tout à présent, mais il conserva, en dépit de son incompréhension, un ton calme et agréable.

— Je ne fais pas partie du cabinet Westlake. Je n'y ai jamais été associé.

— Je sais.

— Pourtant, vous me mettez dans le même panier, on dirait.

— Non, pas du tout. Je ne crois pas en ce mythe du péché héréditaire.

— Donc vous en avez personnellement après moi ? À cause de quoi ?

Il pensa à Lilly, mais il ne croyait pas un instant que Kit se soit fait une opinion, en bien ou en mal, sur le fait qu'il en ait la garde. Elle avait, semble-t-il, un problème avec le cabinet d'avocats Westlake. Lilly et lui n'avaient rien à voir avec ça.

— À vrai dire, je n'ai rien contre vous, avoua-t-elle tandis que ses épaules se détendirent. En fait, vous avez l'air d'un type plutôt bien. Sinon, je n'aurais pas rigolé avec vous il y a une minute.

— Seulement, nous ne rigolons plus du tout, maintenant. Et j'ai la nette impression que nous ne rigolerons plus ensemble avant un bout de temps. J'en suis vraiment désolé. J'ai beaucoup apprécié ce moment. Peut-être aurais-je mieux fait de ne pas évoquer ce sujet, mais j'ai compris dès notre rencontre qu'il y avait un problème, et je voulais juste crever l'abcès.

— Non, ne vous inquiétez pas. Je suis contente que vous ayez abordé le sujet. Je suis juste encore un peu à cran. Voire très à cran. D'avoir été confrontée à votre famille, j'entends. Quand j'ai appris que vous étiez un Westlake, je me suis méfiée. Ça me paraît légitime.

— Compréhensible, oui. Quand vous ignoriez encore que je n'avais rien à voir avec eux, leurs procès ou leurs méthodes de travail. Je suis un peu comme le vilain petit canard de la famille, dit-il en souriant sans conviction.

— D'après ce que les gens racontent, vous seriez plutôt le preux chevalier dans une famille de vilains petits canards...

Il sourit franchement à cette remarque.

— Ça fait plaisir de savoir que les habitants de l'île pensent du bien de moi. Il est important que nous trouvions notre place ici, Lilly et moi. Je veux que nous nous installions pour de bon, notre avenir est ici. Ce que les gens pensent de ma famille au sens large les regarde, je ne peux rien y changer et je n'essaierai pas de les convaincre du contraire. Mes proches ont bien mérité leur réputation et ses conséquences. Mais je n'ai rien à voir là-dedans, absolument rien.

— Bien reçu, répondit-elle. Contente de le savoir.

— Bon, alors, toujours méfiante ou ça va ?

— Euh... encore un peu. Désolée pour ma franchise. Pas tellement à cause de vous, personnellement, mais plutôt à cause de notre... hum, hum.

Elle laissa sa phrase en suspens et regarda de nouveaux ses mains, ses pieds et les murs. Cependant, ses yeux s'étaient posés sur les siens au préalable, et avaient fait un petit détour par ses lèvres.

Le sourire de Morgan s'élargit.

— Donc c'est à cause de notre... hum, hum. Est-ce que c'est parce que vous ne voulez pas être attirée par qui que ce soit ayant un lien avec les Westlake et encore moins par un Westlake pure souche ?

Elle releva brusquement la tête à cette question et ouvrit de grands yeux en voyant qu'il avait fait un pas vers elle. Elle planta son regard dans le sien et il savoura la lueur qui y brilla une nouvelle fois. Il savait que ses propres yeux reflétaient le même désir – voire davantage.

— Je ne suis pas attirée par…

— Kit, coupa-t-il, interrompant sa tentative de déni. Je pourrais vous dire que je suis aussi surpris que vous de notre… hum, hum, mais ce n'est pas le cas.

— Ça vous arrive souvent de vous retrouver à deux doigts d'embrasser une parfaite inconnue ?

— Vous voyez ? Moi aussi, j'ai pensé que nous étions sur le point de nous embrasser. Mais non, ça ne m'était jamais arrivé ; pas une seule fois.

Son regard descendit jusqu'à ses lèvres et s'y attarda. Il la vit déglutir. Cela lui fit songer que lui aussi avait la bouche un peu sèche. Il reprit :

— J'en ai encore envie. Évidemment, ça ne me surprend pas. J'éprouve une attirance pour vous depuis notre première rencontre.

— Les femmes ouvertement méfiantes à votre égard vous attirent ?

— J'étais un peu perdu face à votre méfiance, mais j'étais curieux d'en découvrir la raison.

— C'est chose faite.

Son ton s'était adouci, mais il se sentait toujours absorbé par ces beaux yeux verts.

Il ne demandait qu'à y plonger.

— Oui.

Il n'essaya même pas de masquer ce qu'elle pouvait être en train de lire dans ses yeux.

— Très bien, dit-elle d'une voix tremblante. Au moins, nous sommes d'accord maintenant.

Elle s'éclaircit la voix et dut se forcer à déplacer son regard depuis ses lèvres jusqu'à ses yeux. Elle poursuivit :

— Comme je vous l'ai dit, je n'ai rien à vous reprocher personnellement. Je pense même que vous êtes un chic type. Vous aimez votre nièce, ça saute aux yeux, et vous consacrez du temps à la cause du Pr Langley. Donc, de ce côté, pas de problème. Je ne veux simplement pas devenir…

La voyant chercher ses mots, Morgan proposa avec un rictus aux coins des lèvres :

— … aimable ?

Ses lèvres s'étirèrent en un sourire, mais elle poursuivit sur un ton tout aussi doux :

— Rien de plus qu'une bonne connaissance.

— Même si je dois admettre que ça me déçoit, je respecte votre choix.

Elle s'autorisa un petit sourire qui éclaira de nouveau ses yeux.

— Merci. Je vous en suis reconnaissante.

— Mais je vous préviens : si vous voulez que nous ne soyons que bons amis, il va falloir que vous arrêtiez ça.

— Quoi ?

— Regarder ma bouche comme si vous n'aviez pas mangé depuis trois jours.

Elle posa instantanément ses yeux sur les siens, le dévorant du regard, et le rose qui colorait ses joues de façon si exquise trahit ses pensées.

Prise la main dans le sac, elle fit néanmoins de son mieux pour nier :

— On peut ajouter « arrogant » et « égocentrique » à la liste de vos défauts.

— Pas du tout. Observateur, je dirais, lança-t-il en lui souriant. Sûr de moi quand je connais la vérité ; curieux quand je ne la connais pas. Et toujours optimiste.

— Veuillez noter, dans ce cas, que je vous signifie personnellement ne pas être intéressée. Je ne peux pas être plus claire. Ne soyez donc pas trop optimiste.

— Trop tard, j'en ai bien peur. Mais j'en prends bonne note. Amis, c'est tout.

— Merci.

— Il n'y a pas de quoi, dit-il, les mains dans les poches. Dites-moi, juste par curiosité, à propos de notre… hum hum.

Il changea légèrement de posture lorsqu'il vit les yeux de Kit descendre directement sur ses lèvres, entrouvrir les siennes et prendre une bouffée d'air. Il fallait à tout prix qu'elle arrête ce petit manège. Il commençait vraiment à se sentir à l'étroit dans son jean. Il précisa sa pensée :

— Si je n'étais pas un Westlake, vous seriez intéressée ?

Il attendit de voir son regard remonter vers le sien, et ce qu'il vit dans ses yeux l'encouragea à terminer sa question avec un sourire :

— D'en découvrir davantage sur notre… hum hum ?

— Euh… Eh bien, ce n'est pas le problème. La réponse est non.

Ses joues se firent un peu plus écarlates, et son regard avait retrouvé toute son intensité. Seulement, il ne s'agissait plus de désir à présent.

Il aurait aimé considérer cela comme un rejet, mais ce ne fut pas le cas. Bien au contraire. Elle renchérit :

— Et quand je dis non, c'est non ; ce n'est pas une manœuvre pour vous inciter à redoubler d'efforts.

Cette mise en garde le fit rire.

— Ouais, ma tenacité m'a aussi joué quelques tours.

— Ça, ça ne m'étonne pas.

En pensant à son rejet absolu de tout ce qui avait un rapport avec les Westlake, il rétorqua :

— Oui, j'imagine que vous voyez de quoi je parle.

Il recula de quelques pas, les mains fourrées dans ses poches. Jusque-là, les yeux de Kit ne s'étaient pas aventurés plus au sud que sa bouche, mais il ne voulait pas risquer de les voir descendre plus bas. Il enchaîna :

— Je ne présenterai pas d'excuses au nom de ma famille, d'autant que je doute fortement qu'ils éprouvent un jour le besoin de vous en faire ; ce serait donc hypocrite de ma part.

Chapitre 9

— Et tu lui as dit non comme ça ? Cash ?

Lani secoua la tête en passant d'une main experte sa poche à pâtisserie au-dessus d'une nouvelle grille de cupcakes évidés. Les cupcakes « Chocolat de la mort qui tue », plus précisément.

Heureusement que l'attention de Kit était absorbée par le fait que sa vie privée était étalée et débattue ce soir-là, lors de la réunion du Cupcake Club – rassemblements plus connus sous le nom de « potins et pâtisseries », d'après Alva, qui avait pris grand plaisir à le lui expliquer. Sans cela, elle aurait plongé sur le plan de travail et se serait jetée comme une forcenée sur cette garniture de truffes au taux calorique indécent. Si le chocolat était le remède à tous les maux, Lani venait de guérir le monde entier en une seule irrésistible recette.

Kit ne pouvait se prononcer au nom du monde entier, mais, en ce qui la concernait, elle était prête à mettre sa main à couper que ces cupcakes lui feraient voir la vie en rose. Elle commençait à penser que l'on surestimait beaucoup la notion de « vie privée ».

— Je lui ai seulement fait comprendre que je ne souhaitais pas davantage qu'une simple amitié, expliqua-t-elle. Et je vous en parle uniquement pour que vous arrêtiez tous d'essayer de me forcer la main. Il est sympa, mais je ne veux pas me mettre avec qui que ce soit pour l'instant. Il me semble que le moment est mal choisi.

— C'est toujours ce qu'on dit, objecta Alva. Et ceux qui le pensent finissent seuls. Le bon moment, c'est celui où tu rencontres la bonne personne.

Elle continua de saupoudrer de sucre ses cupcakes au pain d'épice et cita :

— À étalon donné on ne regarde pas la bride.

Elle fit une pause, soupira, puis recommença à saupoudrer ses cupcakes en concluant :

— Ce n'est pas moi qui dirais le contraire.

Lani laissa échapper un rire moqueur en voyant Franco, un rictus éclairant son visage, envoyer à distance un baiser passionné à Alva. Charlotte sourit tout en poursuivant la décoration complexe d'une rangée de cupcakes, leur donnant l'aspect d'un poulet vu du dessus. Quant à Dree… eh bien, les trois semaines passées à Sugarberry n'avaient pas suffi à Kit pour apprendre à la déchiffrer.

— Ça fait combien de temps, chérie ? la questionna Alva.

— Combien de temps ? s'étonna Kit en tournant la tête vers la minuscule octogénaire. Depuis quoi ? La dernière fois que je suis sortie avec quelqu'un ?

Alva lui décocha un sourire affectueux. En lisant la stupéfaction sur le visage de Kit, elle explicita :

— Oui, aussi, mais je voulais savoir depuis quand dure la traversée du désert. Depuis combien de temps tu n'as pas couché.

Cette fois, au moins, elle avait compris.

— Je parle de la dernière fois que tu as pris du plaisir, précisa l'aînée. Une mauvaise partie de jambes en l'air, ça n'a jamais soulagé qui que ce soit.

— Garde-toi bien de répondre, *mon amie**, l'avertit Franco.

Tous se tournèrent vers Kit et articulèrent silencieusement : « La rubrique ». Dans le dos d'Alva, Lani passa son pouce en travers de sa gorge.

— Ce n'est pas le problème, s'empressa de répondre Kit.

— Ma chérie, si tu ne te souviens même plus d'à quand ça remonte, alors si, c'est bien ça le problème.

Lani et Charlotte se mirent à ricaner mais se cachèrent immédiatement derrière leur poche à douille quand Kit leur lança un regard incrédule. Sentant qu'elle était sur le point de perdre définitivement le peu de contrôle qui lui restait sur sa vie privée, elle leur fit une révélation :

— Quand bien même ce serait le bon moment, et que j'aurais envie d'en finir avec cette… traversée du désert, pour ainsi dire, ce ne serait pas avec lui.

Tous se figèrent dans leur tâche respective. Même Dree.

— Vraiment ? s'enquit Lani.

Elle regardait Kit par-dessus sa poche à pâtisserie, les sourcils froncés. Elle avait posé cette question d'une voix traînante, avec une intonation sadique qui n'augurait rien de bon.

Crotte.

— Parce que c'est un Westlake ? demanda Alva.

Kit poussa un soupir de résignation et ses épaules, qu'elle gardait bien droites, s'affaissèrent.

— Pas dans le sens où vous l'entendez. Je sais qu'il est rapidement devenu une sorte de héros de l'île – il est parti à la rescousse de sa nièce, il a rendu possible les retrouvailles avec la seconde grand-mère de la petite –, mais, en réalité…

— En réalité il a pris ses distances avec sa famille depuis un bail, intervint Lani sur un ton un peu plus doux. Tu ne peux pas le tenir pour responsable de…

— Je le sais. On en a parlé, et je ne lui en tiens pas rigueur.

Comme un seul homme, ils posèrent sur elle un regard qui indiquait clairement qu'ils n'en croyaient pas un traître mot. Elle insista :

— Non, vraiment. Je sais qu'il n'a rien à voir avec ce qui est arrivé à *Mamie Sue*. Il n'avait même jamais entendu parler de cette histoire. C'est comme si…

— Comme si les erreurs de sa famille l'entachaient par affiliation, dit Alva. C'est ça ?

— Pas vraiment…

— Alors pourquoi ? la relança Charlotte.

Kit la regarda, estomaquée. Charlotte était la seule personne qu'elle avait connue avant Sugarberry et, de ce fait, Kit avait espéré qu'elle prendrait sa défense. Bien entendu, puisqu'elle connaissait tous les autres membres du club depuis plus longtemps, la donne était faussée dès le départ.

Kit n'avait absolument aucune envie de jouer la carte Westlake, en grande partie parce qu'elle ne tenait pas à entendre de ses propres oreilles à quel point cet argument était bancal. Le plus important était ce qu'elle ressentait.

— Je ne suis pas prête à m'investir dans une relation en ce moment.

Puis, avec un regard en direction d'Alva, elle ajouta :

— Quel que soit le type de relation.

Une partie de son cerveau refusait toujours d'admettre qu'elle parlait de sa sexualité avec des femmes qu'elle avait rencontrées – exception faite de Charlotte – moins d'un mois auparavant. D'ailleurs, Charlotte était plus un contact professionnel qu'une connaissance personnelle. Avant, elles ne se seraient certainement jamais avancées sur le terrain de la vie intime.

— Alors ne t'investis pas, répliqua Lani. Profite simplement de sa présence.

— *Oui, oui*[*] ! s'exclama Franco. Ne fais pas l'impasse sur ces autres genres de relations.

— Tout à fait d'accord, renchérit Alva. Personne ne dit que tu dois épouser Tonton canon, chérie.

— Tonton… canon ?

Kit faillit s'étrangler avec une bouchée de « Chocolat mortel » qu'elle avait condamné à la dégustation. L'ampleur de son désespoir avait mis à terre toutes les résistances qu'elle avait dressées contre le chocolat.

Les yeux d'Alva pétillèrent de malice.

— C'est comme ça qu'on l'appelle. C'est Dree qui a lancé ce surnom, mais je l'aime bien. Ça lui va bien, c'est le moins qu'on puisse dire, ajouta-t-elle en versant une autre mesure de sucre dans sa saupoudreuse.

— Je suis de son avis, ajouta Franco avec un soupir. Un tonton canon king size. Tiens, en parlant du King, ça fait une paie qu'on ne s'est pas fait une soirée Elvis.

— Ça, c'est parce qu'on n'a pas encore récupéré de la dernière fois, fit remarquer Lani.

Tous se tournèrent vers la même personne, y compris Kit.

Alva leva la tête et vit tous ces yeux posés sur elle.

— Quoi ? Moi, j'ai trouvé ça plutôt bien, lança-t-elle, comme absorbée par un tendre souvenir. Je me souviens de la première fois que je l'ai vu en concert. (D'une main couverte de sucre, elle agrippa son tablier au niveau du cœur.) Oh, là, là… C'était tout simplement scandaleux ! Cette façon de se déhancher. J'étais conquise, dès la première note, conclut-elle en rougissant, une étincelle dans les yeux.

— Attends un peu ! s'exclama Charlotte. Il est devenu une star dans les années cinquante. À l'époque tu devais avoir…

— Je venais tout juste d'avoir trente ans. C'est Harold qui m'a emmenée au concert. Vous comprenez, maintenant, pourquoi je l'aimais. Avec certains hommes, vous restez toujours un peu adolescente, dit-elle en retournant à ses cupcakes, tout sourires.

Elle ne spécifia pas si elle parlait d'Harold ou d'Elvis. Au lieu de cela, elle se mit à balancer le bassin d'un côté, puis de l'autre, en fredonnant le refrain de *Hound Dog*.

Kit se joignit aux rires du reste du club et ils entonnèrent le refrain en chœur. Bientôt, ils furent tous en train de danser. C'est seulement à ce moment qu'elle prit conscience qu'ils arriveraient à lui faire dire tout ce qu'ils voulaient savoir. Personne ne pouvait résister à une séance combinée de cupcakes, de danse improvisée et d'imitations d'Elvis.

Franco termina une prestation particulièrement entraînante de *Jailhouse Rock* – il s'avérait qu'il chantait très bien – par une glissade majestueuse et vint finir sa course directement sur le tabouret à côté de Kit. Il appuya sa tête contre le bras de cette dernière, leva les yeux sur elle et lui lança d'une profonde voix de baryton :

— Merci. Merci beaucoup.

Kit riait à gorge déployée et ne put répondre. Cela faisait du bien. Un bien fou. Elle avait besoin de rire, de faire des bêtises, de céder plus souvent à un brin de folie. Cela la réconfortait, et elle se sentait bien.

C'était tout à fait ça : elle se sentait à l'abri du monde. Elle avait confiance en ces personnes. C'était quelque chose de grandiose, au vu des événements de l'année qui venait de s'écouler. Ses nouveaux amis ne fouinaient pas dans ses affaires par intérêt personnel, mais uniquement parce qu'ils voulaient son bien.

Morgan Westlake, quant à lui, la mettait dans une situation embarrassante. Elle le voyait comme un danger, la poussant à désirer des choses que le bon sens réprouvait.

La tête toujours appuyée de façon surjouée contre son bras, Franco reprit avec un faux accent d'Elvis français :

— T'as passé une année pourrie, *chérie*[*]. T'as bien gagné le droit de t'amuser un peu, ajouta-t-il en agitant ses sourcils. En fait, ici, au Cupcake Club des sosies officiels d'Elvis, nous encourageons fortement tout ce qui est *fun*.

— À propos de *fun*, demanda Lani à Franco, quoi de neuf avec ton amoureux ?

Charlotte émit un long sifflement étouffé, faisant signe à Lani, dans le dos de Franco, de ne pas aborder le sujet, mais le mal était déjà fait. Franco, toujours sur le tabouret, s'était raidi. Il souriait toujours, mais la chaleur avait déserté ses beaux yeux marron.

Lani affecta un air confus.

— Désolée, fais comme si je n'avais rien dit.

Elle plissa le visage en une grimace et lança à Charlotte un regard qui criait : « Pourquoi tu ne m'as pas avertie ? »

— Quand est-ce que j'aurais pu t'en parler ? répondit Lani comme si la question avait réellement été posée.

— Je sais, je sais. Entre la promotion du livre et la naissance imminente de *Péché mignon*, je suis à la traîne question potins, déclara-t-elle en lançant un tendre sourire à Franco. Je t'aime, tu sais ? Et je suis sûre que ce misérable petit rat crèvera tout seul dans son coin.

— Oui, je le sais, répondit-il avec un sourire où perçait à peine un soupçon de tristesse. Et merci.

Il fit immédiatement tourner son tabouret pour se retrouver face à Kit, le sourire de retour sur son visage gracieux. Quand il lui adressa la parole, ce fut avec son accent du Bronx non déguisé :

— Faudrait qu'on fasse quoi, poupée, pour te convaincre de tirer ton coup avec Tonton canon king size ?

— Me convaincre de coucher avec quelqu'un dont je n'ai pas envie ? Pourquoi ferais-tu une chose pareille ?

— Oh, si, tu en as envie. J'étais là, je vous ai vus.

C'étaient les premières phrases que Dree prononçait de la soirée, et elle n'avait même pas levé les yeux de ses créations.

— Les yeux de merlan frit, avança Lani. Moi aussi, je les ai vus.

— Oh, non, pour l'amour du…

Kit leva les mains en signe de reddition sans condition.

— Les yeux de merlan frit, c'est un signe qui ne trompe pas, trancha Alva.

La réminiscence d'un moment de bonheur s'empara de l'octogénaire, qui se mit à fredonner *Teddy Bear.*

Se sentant cernée, Kit balaya la pièce du regard et l'arrêta sur Charlotte.

Lisant le désespoir dans ses yeux, cette dernière vint à sa rescousse :

— Il ne faut pas oublier la petite, dans cette histoire.

Kit saisit au vol, sans vergogne, l'excuse fournie par son amie.

— Exactement. Merci.

Elle ajouta à l'intention du groupe :

— La petite Lilly a vécu le pire cauchemar qu'on puisse imaginer pour un enfant. J'avais à peine plus de vingt ans quand j'ai perdu mes parents, et j'étais au trente-sixième dessous. C'est encore l'enfer par moments.

À peu près tous les jours depuis un an.

Elle aurait tout donné pour avoir sa mère à ses côtés durant le procès, ne serait-ce qu'une journée.

— Je ne peux que concevoir le chagrin qu'elle ressent, reprit-elle. Elle n'a pas besoin que son oncle lui complique la situation en faisant entrer dans sa vie des gens qu'elle ne connaît pas.

— Euh… elle fait beaucoup de nouvelles rencontres à Sugarberry, contra Lani. C'est sa nouvelle maison, alors ça ne risque pas de s'arrêter de sitôt. Par ailleurs, je l'ai trouvée adorable.

— Elle est cool, cette gamine, approuva Dree, toujours concentrée sur son projet.

Au lieu de faire des pâtisseries, elle avait choisi de dessiner. Tous ceux qui avaient posé les yeux sur le tablier qu'elle avait confectionné pour Kit à l'occasion de la future ouverture de *Péché mignon* ne tarissaient pas d'éloges, à tel point que Lani lui avait demandé de travailler sur un visuel qui reprendrait tous les éléments présents sur le tablier pour en faire le logo du magasin de vente par correspondance, et qui pourrait être utilisé pour assurer son identité visuelle ; tout comme elle l'avait fait pour *Petits délices.*

— Oui, elle est super, admit Kit. Je me suis bien amusée avec elle, à colorier des tortues. Elle est rayonnante, gentille, intelligente, et manifestement elle adore son oncle. Mais elle reste une...

— C'est elle qui t'a invitée au centre de recherche pour faire du coloriage avec elle, fit remarquer Lani. On dirait bien que c'est cette petite qui cherche à se rapprocher de toi.

— En effet, et c'est super qu'elle ait fait ça. Elle a beau avoir l'air d'un chaton sans défense, elle est forte ; et plus il y aura de gens à ses côtés, plus il lui sera facile de s'adapter...

— Il me semble que le mérite en revient aussi à Morgan, fit remarquer Lani. En amenant la petite à Sugarberry et en l'éloignant d'Olivia Westlake, il a prouvé qu'il n'avait pas peur de prendre position. Cet homme fait ce qu'il pense être juste.

Tout en parlant, Lani déversa d'une main experte la garniture de truffes encore chaude dans une autre rangée de cupcakes au chocolat noir évidés. Elle conclut son argumentaire :

— D'après ce que j'ai entendu dire, sa mère a un caractère bien trempé.

— Tu parles d'un euphémisme ! s'exclama Alva. Morgan agit pour le bien de sa nièce en s'installant ici et en lui permettant de rencontrer sa grand-mère maternelle.

— Au fait, comment ça s'est passé ? lui demanda Lani.

— Pas terrible. Birdie était émue aux larmes à la perspective de passer du temps avec ce petit ange. Imaginez-vous totalement coupés de votre seul et unique petit-enfant. Birdie se sentait vraiment coupable de cet enthousiasme trop accablant pour Lilly. Mais on ne peut pas vraiment le lui reprocher.

— Bah, ils s'installent ici pour de bon, elles auront d'autres occasions de se voir, la rassura Lani. Ça s'arrangera avec le temps. C'est obligé : tous ceux qui rencontrent Lilly tombent sous le charme.

— Je suis bien d'accord, enchaîna Alva en lançant à Kit un regard malicieux. Évidemment, à côté de ça, les adultes ont aussi besoin de s'adonner à des activités d'adultes.

Kit se contenta de soupirer, abandonnant tout espoir de dévier la conversation de sa lamentable vie sociale.

— Vous avez de la chance que je vous aime déjà, j'espère que vous le savez.

— On te pousse un peu parce qu'on tient à toi, *mi amor*, déclara Franco.

Kit s'esclaffa.

— Dans ce cas, je ne veux même pas savoir de quoi vous êtes capables quand vous forcez la main.

— Ça, je ne te le fais pas dire, renchérit Lani avec un rictus. Je garde encore des séquelles de leur bottage de fesses collectif.

— Et tu vois où tu en es maintenant ? répliqua Franco. Tu files le parfait amour, mariée à un séduisant Anglais.

Lani laissa échapper un soupir, la tête dans les nuages.

— Oh, oui, tellement séduisant…

— Riley et Quinn, c'est nous aussi, se targua Alva. Et Charlotte…

— Celui-là, je m'en suis chargée toute seule, rectifia l'intéressée.

— C'est vrai, acquiesça Franco.

— Mademoiselle « J'assure », la taquina Lani.

Charlotte sourit.

— J'ai juste attendu que vous ayez d'autres chats à fouetter.

— Je prends note, murmura Kit.

Tout le monde gloussa avant de lui lancer un regard lourd de sous-entendus. Elle considéra chacun d'eux sans sourciller avant de répondre à leur question muette :

— Ça n'arrivera pas. Ni avec Morgan ni avec personne. Pas en ce moment. C'est bien que Lilly soit entourée, mais côtoyer quelqu'un qui partage une relation intime avec son oncle n'a rien à voir.

— Les enfants ont plus de ressources que ce que tu ne crois. De plus, l'amour et le soutien ne font de mal à personne, quelle que soit la façon dont ils se manifestent. (Alva leva la main pour empêcher Kit de l'interrompre.) Si toutefois tu refuses d'envisager une relation avec Morgan, garde quand même bien à l'esprit que le choix est restreint ; il n'y a pas beaucoup de célibataires de moins de soixante-dix ans à Sugarberry.

— Il y a Dylan, suggéra Dree.

— Le mécanicien ? dit Lani en soupesant cette idée. J'imagine que oui. Si on aime le style James Dean dépressif.

— Et le problème là-dedans, c'est…

Dree laissa sa phrase en suspens.

— Il t'intéresse, *mon amie** ? s'enquit Franco.

— Je ne sors pas avec des hommes nés plus de dix ans avant moi, répliqua-t-elle sur un ton sec en arrêtant de dessiner. Mais bon, si c'était le cas…

Elle surprit tout le monde en agitant ses sourcils percés, le sourire aux lèvres.

— Parfois, l'âge n'est qu'un nombre, philosopha Kit.

— Parfois, répéta Dree. Pas cette fois.

Kit se prépara à l'inévitable déluge de recommandations et d'incitations de la part du club, mais tout le monde se remit au travail. Apparemment, Dree n'aurait pas le droit à son bottage de fesses – traitement de faveur réservé à cette petite veinarde de Kit.

— Écoute, chérie, reprit Alva après quelques minutes. Si tu prévois toujours de repousser les avances de M. Westlake à l'avenir, j'espère que tu ne refuseras quand même pas dans la foulée les propositions de la petite Lilly.

— Bien sûr que non, répondit Kit. Je ne suis pas sans cœur. Je pense seulement que, étant donné tout ce que l'on a traversé récemment, ce serait chercher les problèmes ne serait-ce que d'envisager…

— Ah, donc tu l'as envisagé ! conclut Lani en souriant allègrement.

— Ce n'est pas ce que j'ai dit. Nous ne sortons peut-être pas d'une relation amoureuse accidentée, mais nous avons tous les deux été victimes d'accidents de la vie plutôt graves.

— Un bon plan cul pour oublier son chagrin n'a jamais fait de mal, fit remarquer Lani.

— Et elle en sait quelque chose ! ajouta Charlotte.

Kit laissa retomber la tête en avant en la secouant.

— Des fois, c'est galère, mais faut toujours tenter le coup ! intervint Franco.

— Pour le moment, je vais me contenter d'éviter les galères. Je suis certaine que Morgan et moi allons devenir bons amis. C'est déjà le cas. Sugarberry est une petite île, après tout. Du reste, je tiens toujours à défendre la cause des tortues avec le Pr Langley, et je sais pertinemment que Morgan fait partie de son équipe et que Lilly s'investit aussi. Si elle veut me voir, j'accepterai. Je veux l'encourager à aller vers les autres et à s'intégrer. Mais ça s'arrête là, ajouta-t-elle en levant la main pour couper court aux protestations. Et ce ne sont pas des paroles en l'air. Vous pouvez donc m'épargner ce bottage de fesses. Je sauterai le pas quand je serai prête, avec l'homme de mon choix. Pas maintenant, c'est tout. Et pas avec lui.

— C'est lui que je sauterais, moi, enchaîna Dree sur le ton de la conversation, toujours attentivement penchée sur son carnet de dessins.

Tous les regards se figèrent sur elle. Sentant leur pression, elle leva les yeux et un sourire vint étirer ses lèvres.

— Parfois, l'âge n'est effectivement qu'une donnée chiffrée, se justifia-t-elle. (Elle se renfrogna en voyant que tous les regards restaient rivés sur elle.) Quoi ? J'ai vingt-deux ans, bon sang ! On n'a pas encore passé le stade de l'éducation sexuelle, papa et mamans ?

— Parlons-en, de ta sexuelle éducation, *mon amie**. Qu'est-il advenu de l'étudiant de maîtrise avec qui tu sortais ?

Franco s'approcha subrepticement de Dree, qui s'absorba dans son travail avec une attention décuplée.

— Je passe du temps avec lui, je ne sors pas avec. C'est un ami.

— Toujours la même histoire, observa Lani. Pourtant, tu nous rebats les oreilles avec ta vie sexuelle active…

— On est amis, répéta Dree en levant les yeux vers elle, et il n'y a pas d'ambiguïté.

Franco prit un tabouret pour s'installer en diagonale de Dree. Il appuya ses coudes sur le plan de travail et posa son menton dans ses mains. Puis il s'approcha d'elle avec un sourire entendu.

— Eh bien, s'il n'est pas sur la liste de ceux qui peuvent aussi faire office d'amants, je donnerais cher pour savoir qui y figure.

— Il n'y a pas de liste ; du moins pas pour l'instant.

Kit comprit à cet instant-là qu'elle était quelqu'un de vil et d'immoral, car elle fut soulagée de voir le dangereux rayon X de cette conversation à cœur ouvert se détourner vers une autre cible.

Lani mitrailla une autre rangée de cupcakes avec sa garniture avec une habileté remarquable.

— Tout le monde a une liste.

— J'imagine que tu veux dire que tu en avais une, avant, ironisa Charlotte. Tu es mariée. Entre toi et ton mari-pour-la-vie, c'est le genre d'amour « bisous baveux et œillades de merlan frit ». Donne ta liste tristement laissée en jachère à quelqu'un d'autre. Fais preuve de charité, un peu.

— Tu peux parler, répliqua Lani. Va voir Carlo, trouvez une église et mariez-vous une bonne fois pour toutes.

— Carlo et moi, on ne se fait ni des bisous baveux, ni des yeux de merlan frit. On sait se tenir.

Tout le monde pouffa de rire à sa remarque, y compris Kit, qui avait déjà travaillé avec les deux tourtereaux par le passé et les savait parfaitement capables de franchir la limite du baveux.

— Même quand mon Harold était en vie, je tenais une liste.

Un sourire nostalgique plissa les lèvres d'Alva, sur lesquelles elle avait appliqué un rouge intense. Une fois de plus, ils se tournèrent tous dans sa direction, avec des visages où se mêlaient à la fois l'attente et l'appréhension à l'idée de ce qu'elle allait bien pouvoir révéler.

— Ah bon ? risqua courageusement Lani.

Alva porta à son cœur une main couverte de sucre, dissimulant ainsi à moitié la tête du canasson à crinière violette qui ornait son tablier Mon Petit Poney.

— Ouh, là, là, oui, ma chère. Harold et moi avions conclu un marché. Si jamais mon chemin croisait celui de Tab Hunter, Paul Newman ou le séduisant Jimmy Stewart jeune et s'ils me faisaient ne serait-ce qu'un clin d'œil et un sourire… Bref, mon Harold, paix à son âme, aurait compris. Il y a certaines choses auxquelles une femme ne peut pas dire non.

Charlotte plissa le front.

— Tu n'aurais quand même pas…

— Eh bien, maintenant qu'ils ont tous rejoint l'Éternel, j'imagine que nous ne le saurons jamais.

Alva sourit et une lueur, que Kit avait appris à reconnaître comme une marque de malice, fit briller ses yeux bleu-gris. Elle reprit :

— Maintenant, j'ai une nouvelle liste. Mais plus mon Harold, dit-elle en souriant comme si elle passait sa liste en revue, puis se remit à sa tâche. Ça pourrait arriver.

— Je ne veux pas savoir, avertit Franco en regardant chacune d'elles. Il y a certaines choses qu'il vaut mieux ne jamais imaginer.

— Est-ce qu'Harold avait une liste à lui ? demanda Kit, curieuse.

— Audrey Hepburn, Grace Kelly et Mitzi Gaynor.

— Et alors ? lui demanda Lani en haussant un sourcil.

— Bredouille, comme moi ! annonça Alva avec un petit rire.

Tout le monde s'esclaffa. Lani s'adressa ensuite à Kit :

— Ah, au fait, avant que j'oublie : je t'ai monté les draps et les oreillers.

— Super. Merci. C'est vraiment gentil.

Depuis qu'elle avait accepté le poste, Kit logeait dans le petit studio situé au-dessus de la pâtisserie, qui servait aussi de réserve quand il n'y avait plus de place dans le magasin. Elle avait cru qu'elle aurait le temps de chercher un appartement à louer, mais à la seconde où elle avait signé le contrat, Lani s'était jetée à corps perdu dans le projet, comme un enfant avec un nouveau jouet. Kit ne pouvait pas lui en vouloir : il était grisant d'avoir une idée en tête et de la voir prendre forme. Elle était vraiment à fond dans *Péché mignon* et tout aussi déterminée que Lani et Baxter à faire en sorte de pouvoir inaugurer le magasin le jour de la sortie de leur livre de cuisine.

Le temps passait plus vite qu'ils ne l'imaginaient. Les dernières semaines s'étaient écoulées à une vitesse folle. Kit était heureuse qu'un projet de cette envergure accapare toute son attention. Elle le voyait comme une bouée de sauvetage à laquelle elle s'accrochait de toutes ses forces.

Il fallait cependant éviter de perdre de vue l'équilibre auquel elle aspirait. Elle avait déjà touché un mot à Gab de son envie de l'aider en tant que bénévole pendant les vacances scolaires, quand la plupart des stagiaires rentreraient dans leur famille. Elle se renseignerait sur les démarches à suivre la prochaine fois qu'elle tomberait sur Morgan. Elle avait fort apprécié l'atelier coloriage avec sa nièce, malgré la tension sexuelle qui n'avait pas faibli entre elle et lui. Cela finirait sans doute par passer, si elle l'ignorait assez longtemps.

Sans doute.

Heureusement, Lilly, qui s'était abandonnée à son amour récent pour les tortues, n'avait rien perçu de leur agitation hormonale. La fillette avait fait chavirer son cœur quand elle lui avait présenté la tortue en rééducation qu'elle avait surnommée Patpalme. Pour être honnête, seule une personne sans cœur pouvait passer du temps avec Lilly sans tomber sous le charme. Cette fillette à l'allure si sérieuse était tantôt timide, tantôt d'une franchise désarmante. Elle souriait comme l'enfant qu'elle était lorsque Morgan lui disait des âneries. Ce qui lui arrivait souvent, soit dit en passant. Ironiquement, cela contribuait à renforcer la tension entre eux. Tonton incontestablement canon.

Avec tout le respect qu'elle avait pour sa volonté et son engagement à élever sa nièce, cela ne la contraindrait pas à revenir sur sa décision de rester en dehors de cette histoire. Elle pouvait très bien adorer Lilly, apprécier et respecter Morgan, et avoir envie de tonton canon comme une dingue chaque fois que ses pensées se tournaient vers lui sans pour autant finir sous la couette avec lui. Elle devait le chasser de ses pensées ; mais, pour ce faire, il faudrait qu'ils arrêtent tous de remettre cette histoire sur le tapis.

— Avec qui est-ce que vous allez passer Thanksgiving ? demanda Alva.

La question fit mouche. Prise au dépourvu, Kit fut touchée en plein cœur. Le dernier Thanksgiving avait été assez tendu étant donné que le procès débutait à peine à cette époque-là. Ils vivaient encore tous dans la maison familiale. Ce serait la première fois de sa vie qu'elle passerait cette fête loin de sa famille.

Ce ne fut qu'en entendant Charlotte répondre que Kit se rendit compte que, absorbée dans ses pensées, elle avait perdu le fil de la discussion.

— On rentre à New York, dans la famille de Carlo.

— Tu vas porter ta bague de fiançailles, cette fois-ci ? s'enquit Lani avec une pointe d'insistance.

— Oui, répondit Charlotte.

Elle agita sa main, exhibant le diamant ancien, de petite taille mais magnifiquement serti qui ornait son annulaire.

— Bien, commenta Lani. Il était temps.

Kit avait déjà entendu l'histoire tragique de Charlotte et de la grande famille cubaine de Carlo : elle avait fait la connaissance de tout le monde l'automne précédent et leur avait beaucoup plu... en tant qu'associée de leur Carlo bien-aimé. Leur enthousiasme s'était largement dissipé lorsqu'ils avaient appris, au cours de l'été précédent, qu'il l'avait demandée en mariage avant même de la leur présenter ; et il lui avait offert la bague de la famille, rien de moins. Cette bague qu'ils ne l'avaient encore jamais vue porter.

Charlotte soupira.

— Oui. Enfin, je suis toujours en disgrâce aux yeux de la grand-mère de Carlo, mais au moins sa mère ne parle plus de moi en disant « cette femme ».

— Ça avance, donc, conclut Lani avec un sourire sans conviction.

— À ce train-là, elles me porteront dans leur cœur... oh, à peu de chose près pour mon soixante-quinzième anniversaire.

— Et ta famille revient cette année ? demanda Alva.

— Bien sûr que non. Pourquoi prendraient-ils la peine de venir alors que la date du mariage n'est pas encore fixée ? Mais c'est bien comme ça. Une fois tous les neuf ans, je ne pourrais pas en endurer davantage.

Kit savait aussi que Charlotte avait quitté Dubaï à l'âge de dix-huit ans pour intégrer une école de cuisine aux États-Unis, mais aussi pour empêcher ses parents de contrôler sa vie. À écouter Alva, ils avaient déjà tracé son avenir : ils avaient choisi l'homme qu'elle allait épouser et le nombre de petits-enfants qu'elle leur donnerait. Si cela avait été possible, ils auraient aussi décidé de la différence d'âge qu'ils devraient avoir et le sexe de chaque enfant, par ordre de naissance.

Si Kit avait appris une chose depuis le peu de temps qu'elle faisait partie du Cupcake Club, c'était que les problèmes familiaux étaient apparemment bien plus courants qu'elle ne l'imaginait. Même Morgan faisait partie de ce club-là.

— Pourquoi ne pas vous marier en secret ? s'interrogea Kit.

— Parce que nous serions reniés à jamais par nos familles respectives.

Kit se dit qu'ils n'y perdraient pas vraiment au change, d'après ce qu'elle avait entendu, mais elle garda cette réflexion pour elle. Elle était bien placée pour concevoir la complexité des relations familiales.

— J'essaie de ne pas y penser, mais ça fait quand même un an que nous sommes fiancés et…

Charlotte était probablement la personne la plus posée que Kit connaissait. Mais quand elle baissa les yeux sur sa bague de fiançailles, la nervosité se lut sur son visage. Devant cette réaction, Franco traîna son tabouret presque jusqu'au bout du plan de travail, se plaçant à un centimètre à peine de Charlotte.

Il porta la main gauche de son amie à ses lèvres et y déposa un baiser. Il leva ensuite sur elle ses yeux de chien battu.

— *Ma chérie*[*], tu n'as qu'un mot à dire et je les ferai tous disparaître. Je connais des gens…, ajouta-t-il en reprenant l'accent du Bronx.

Charlotte, les yeux embués de larmes, éclata de rire. À cet instant, Kit se demanda, une fois de plus, pourquoi les hommes bien étaient tous gays.

— Merci, dit Charlotte en s'appuyant contre l'épaule de Franco. Vous êtes la seule famille dont j'aie besoin.

— Tu devrais peut-être rester ici pour Thanksgiving ; instaurer de nouvelles traditions, suggéra Alva en faisant claquer ses mains. Pourquoi ne pas faire un repas entre nous ? On pourrait organiser ça chez moi !

Lani s'apprêtait à répondre, mais referma la bouche, soudain songeuse.

Charlotte secoua la tête, mais son regard indiquait qu'elle regrettait de devoir refuser.

— La famille de Carlo ne me le pardonnerait jamais si je l'empêchais d'aller les voir pour Thanksgiving.

— Si vous voulez mon avis, il devrait envisager de s'en faire greffer une paire ! s'exclama Alva.

Ce commentaire leur tira à tous, Charlotte comprise, un rire approbateur.

— Je suis d'accord, avoua cette dernière. Mais leur culture est très différente, très matriarcale ; surtout dans sa famille.

— Et alors ? Tu seras la matriarche de la famille que vous allez fonder ensemble, non ? Pourquoi ne pas instaurer dès maintenant ta légitime tyrannie ? suggéra Lani avec un sourire conspirateur. En plus,

Riley m'a dit hier soir qu'elle et Quinn arriveront à Sugarberry la veille de Thanksgiving.

Les yeux de Charlotte s'illuminèrent et sa volonté vola en éclats.

— Donne-toi le temps de réfléchir, au moins, lui conseilla Lani.

Alva s'emparait déjà d'un carnet et d'un stylo.

— Mon Dieu, mon Dieu, il ne reste même pas une semaine. Où va-t-on trouver le temps d'organiser tout ça ?

Franco se mit debout et alla se placer en face d'Alva. Il entoura de ses bras les frêles épaules de l'octogénaire. Leur différence de taille rendait le tableau plutôt cocasse. Le duo paraissait d'autant plus grotesque qu'il était affublé d'un tablier à l'effigie de la Panthère Rose et elle d'un petit poney à la crinière violette.

— Tu t'adresses à une assemblée de chefs aguerris, *ma chère amie**. Je crois qu'on arrivera à gérer.

Il prit la main d'Alva dans la sienne et s'inclina profondément pour lui faire le baisemain avant d'ajouter :

— Vos désirs seront des ordres.

Depuis qu'ils habitaient tous les deux sur l'île, Franco devait sûrement faire du charme à Alva. Malgré ses couches de fond de teint, de fard et de poudre soigneusement appliqués, la vieille dame se mit pourtant à rougir.

— Canaille, va !

— Tu n'as pas idée ! lança-t-il.

Ce qui déclencha un fou rire général.

— Plus j'y pense et plus je trouve que c'est une idée géniale, dit Lani, d'une voix pleine d'enthousiasme. Oui, il faut qu'on le fasse. Un dîner en famille avec le Cupcake Club. Mon père voudra être de la partie, évidemment. Tu sais, Charlotte, tu pourrais inviter la famille de Carlo. Puisque Quinn et Riley seront présents, on pourrait même leur demander de faire ça chez eux, suggéra-t-elle en se tournant vers Alva. J'espère que je ne te semble pas ingrate, mais c'est chez eux qu'il y a le plus de place.

— Et ils sont les seuls à posséder une cuisine à faire pâlir les grands chefs, ajouta Franco avec vénération.

Le coup de foudre entre Quinn et Riley avait eu lieu à l'automne de l'année précédente, lorsqu'il était venu sur l'île écrire son nouveau livre et que Riley avait été engagée pour la décoration de la maison qu'il avait fini par louer.

— Qu'en dis-tu, Kit ? demanda Lani. Tu serais des nôtres, n'est-ce pas ?

Kit attendait avec impatience de pouvoir rencontrer Quinn et Riley, mais elle n'avait pas particulièrement songé à ce qu'elle allait faire pour Thanksgiving. Ou plutôt elle avait savamment évité d'y penser. Elle comptait probablement travailler. Il y avait encore fort à faire. Cependant, elle avait maintenant une invitation. Elle ne pouvait nier que cela lui faisait chaud au cœur de se sentir si bien accueillie. Ravie, elle sourit.

— Je ne sais pas, ça dépend.

— De quoi ?

— S'il serait malvenu de ma part de demander à Quinn de signer un autographe sur un ou dix de ses bouquins entre le plat et le dessert.

Tous s'esclaffèrent.

— Ne crois pas que parce qu'il fait aujourd'hui partie de la famille il n'est pas passé par là avec chacun de nous.

— C'est bon à savoir. Je vais peut-être devoir placer discrètement un livre de cuisine dans les mains de ton mari, par la même occasion. Je sais que je vous ai déjà posé la question, mais comment se fait-il que deux des membres du club aient mis le grappin sur une célébrité ?

Lani se contenta d'un petit sourire.

— On met ça sur le dos des cupcakes.

Kit baissa les yeux sur le cupcake « Chocolat de la mort qui tue » entamé qu'elle tenait toujours et le reposa sur la table très lentement, avec une extrême précaution.

Lani pouffa, Charlotte sourit, Alva fit un clin d'œil et Dree secoua la tête. Franco, pendant ce temps, prit Kit par la main et, d'un geste expert, la fit tournoyer avant de la faire basculer dans ses bras.

— Il est déjà trop tard, *mon amie**, la prévint-il, se fendant d'un sourire. Tu as mordu dans le cupcake, mon petit cupcake. Tu es fichue.

Kit ne savait pas si elle devait mourir de rire ou de peur.

Chapitre 10

—Coraline, je sais qu'elle vous manque à tous.

Morgan changea le téléphone d'oreille et, après avoir vérifié que Lilly mangeait toujours bien son déjeuner à la table de la cuisine, il se recula un peu plus dans son bureau et poursuivit :

—Mais nous allons rester à Sugarberry pour Thanksgiving.

—Monsieur Morgan, Mlle Lilly devrait être en famille, tout comme vous.

—Mais elle *est* en famille, répondit-il calmement à la gouvernante de la famille Westlake.

Il s'était attendu à recevoir ce coup de téléphone. Il était simplement surpris qu'ils aient attendu le dernier dimanche avant Thanksgiving pour appeler.

—Nous commençons tout juste à prendre nos marques et, pour le moment, nous allons continuer.

—Vous reviendrez pour Noël, dans ce cas ?

—Cora…

—La maîtresse souffre aussi, le coupa-t-elle d'une voix vibrante d'émotion. Elle a déjà presque tout perdu. Il ne faut pas qu'elle vous perde, vous et la petite.

Morgan soupira. Il ne minimisait pas la peine dont chacun de ces mots était empreint ; mais cette peine, c'est Coraline qui la ressentait. Pour eux tous.

— Cora, elle ne nous a pas perdus. Seulement, nous n'allons plus vivre sous le même toit. Ça me touche de voir à quel point Lilly vous manque, comme à tout le personnel. J'ai promis que nous irions vous rendre visite le moment venu, et je tiendrai parole.

— Mais, maîtresse Olivia…

— Cora, nous savons tous deux fort bien que ma mère est incapable de faire preuve de sentiments à cette époque de l'année.

Pas plus qu'à n'importe quelle autre, aurait-il pu ajouter.

— Pour elle, reprit-il, les fêtes représentent uniquement des occasions de promouvoir le cabinet et de faire sa pub.

— Enfin, monsieur Morgan, c'est important de rejoindre sa famille pour les fêtes. Vous et mademoiselle Lilly êtes tout ce qui lui reste à présent.

— Je sais. Vous nous manquez, Coraline. Ainsi que tous les autres. J'ai beaucoup de respect pour la loyauté dont vous faites preuve à l'égard de ma mère, mais… (Il soupira de nouveau.)… Laissons tomber les faux-semblants, d'accord ? Nous souffrons tous de la perte d'Asher et Delilah, surtout en ce moment où nous nous préparons pour la première fois à passer les fêtes sans eux. Je sais que ma mère a été dévastée par la mort d'Asher, même si elle n'en laisse rien paraître.

— Elle doit rester forte, justifia Coraline.

— Oui, admit Morgan, résigné. Elle a toujours été douée pour ça. Elle nous a bien fait comprendre qu'elle n'avait pas manqué une seule journée de travail après l'accident, même si elle devait parfois travailler à la maison, par respect des convenances. Elle a fait abstraction de ses sentiments, les a étouffés et a continué son chemin. Est-ce que vous l'avez vue verser la moindre larme ? Ou est-ce qu'elle vous a semblé, d'une manière ou d'une autre, trop affectée par cette tragédie pour faire quoi que ce soit ?

Le silence se prolongea à l'autre bout de la ligne. Il reprit :

— Vous devez me trouver impitoyable. Pourtant, ce n'est pas mon intention, croyez-moi. Mais il faut regarder les choses en face. Je le dois à Lilly, poursuivit-il sur un ton plus doux.

Et à moi-même, pensa-t-il.

Revenir en Géorgie, même après des années d'absence, même après avoir trouvé sa propre voie – une vie qui lui convenait – s'était avéré beaucoup plus difficile que ce qu'il avait imaginé. Et pas seulement à cause des circonstances tragiques.

— Les gens ne vivent pas tous le deuil de la même manière, argumenta Coraline avec une certaine froideur. Et il faut bien que quelqu'un continue de faire tourner l'entreprise.

Implicitement, Coralie reprochait à Morgan de ne pas avoir remplacé Asher après sa mort pour apporter son aide, tant à la maison qu'au cabinet.

Morgan ne prit pas la peine de mentionner le fait qu'Asher n'avait été qu'une vulgaire marionnette, que c'était sa mère qui avait dirigé l'affaire familiale d'une main de fer, sans jamais renoncer à une infime partie de son pouvoir à moins d'y être contrainte. Cela n'allait certainement pas changer maintenant. Asher était de nature à échanger des poignées de main à longueur de journée et à faire bonne figure en société – un prérequis dans leur milieu –, mais Morgan n'était pas taillé dans le même bois. Aussi tragique qu'ait été la disparition d'Asher et Delilah, il ne se proposerait jamais pour prendre la place de son frère. Il serait incapable de jouer ce rôle ; et sa mère ne renoncerait jamais à sa mainmise sur l'entreprise, quand bien même il le souhaiterait – ce qui n'était résolument pas le cas.

— Oui, les gens vivent tous le deuil à leur façon, lui concéda Morgan. Mais il faut bien que vous compreniez que le dévouement de ma mère pour le cabinet Westlake a toujours primé sur le reste, et ce n'est pas près de changer. Je pense que Lilly bénéficierait plus d'un entourage attentif à ses besoins, et qui le manifeste de façon plus... ouverte.

Il s'était apprêté à dire « affectueuse », mais cela aurait été insultant envers le personnel de maison, qui aimait beaucoup la petite Lilly et l'avait toujours entourée de sa tendresse, comme il avait choyé Morgan. Néanmoins, il savait que les domestiques resteraient d'une loyauté indéfectible envers sa mère, et qu'ils obéiraient à ses ordres même si ceux-ci allaient à l'encontre de leurs convictions. Ou du bien-être de ses enfants ou de ses petits-enfants. Pour rien au monde il n'aurait laissé Lilly avec Olivia sans ses parents pour la protéger. Lui-même n'aurait jamais osé rester seul là-bas. Replonger Lilly dans ce cadre, alors qu'ils commençaient à peine à s'adapter à leur nouvelle vie, n'était pas une bonne idée.

— Je lui dirai donc de ne pas compter sur votre présence, dit Coraline avec une froideur toute professionnelle.

Il savait l'avoir blessée, et regretta de n'avoir pas eu le choix.

— Merci, Coraline. Et merci d'avoir appelé pour prendre de nos nouvelles. Tout se passe à merveille ici. Lilly va bien.

C'était pour cela qu'elle avait appelé. Il doutait que sa mère sache que Coraline leur téléphonait, ou même qu'elle ait songé un seul instant à Thanksgiving, sauf peut-être en redoutant ce que les gens penseraient de l'absence du seul fils qui lui restait ainsi que de son unique petite-fille à telle ou telle réception pour les fêtes.

Il gardait des fêtes de Thanksgiving de son enfance le souvenir de réceptions guindées et pompeuses. Le costume complet était de mise, tout le personnel aux petits soins et les convives rassemblés autour de la table de parfaits inconnus, peu enclins à adresser la parole aux enfants. Le Colorado lui manquait beaucoup, ainsi que les très bons amis qu'il s'y était faits, mais pas Atlanta. Il espérait que Sugarberry deviendrait leur refuge, à Lilly et à lui, et qu'il y trouverait ce que l'Ouest lui avait autrefois offert. Les repas de Thanksgiving qu'il y avait passés avaient été empreints de la magie des fêtes de fin d'année qu'il voulait faire découvrir à sa nièce.

Il voyait déjà Olivia circulant parmi ses invités, faisant preuve d'une efficacité hors du commun, avec une finesse et une élégance savamment travaillées, une détermination impitoyable et un souci du détail que tous autour d'elle lui enviaient – comme toujours. Son entourage n'était pas vraiment proche d'elle, mais toutes ses relations convoitaient sa place, sa fortune et la perfection avec laquelle elle les maintenait.

Il ne doutait pas qu'on chanterait ses louanges pour rester si stoïque et forte face à une telle tragédie. Mais il ne la laisserait pas se pavaner en exhibant Lilly comme un trophée. Ni cette année ni les suivantes. Du moins tant qu'il serait son tuteur.

Morgan avait eu honte de penser de telles choses par le passé, et s'était pendant très longtemps senti coupable. En gagnant en maturité, cependant, il avait fini par accepter la triste vérité. Il avait eu beaucoup plus de mal à se résigner au fait que rien de ce qu'il pourrait faire n'y changerait quoi que ce soit.

— S'il vous plaît, transmettez à tout le monde les amitiés de Lilly. Ainsi que les miennes. Souhaitez-leur un joyeux Thanksgiving de notre part. Je lui dirai que vous avez appelé.

Il entendit le soupir tremblant de Coraline à l'autre bout du fil et regretta que les choses soient ainsi faites.

— Passez un bon Thanksgiving, monsieur Morgan, lui souhaita-t-elle d'une voix de nouveau douce, ravalant son émotion.

Ce fut probablement son ton qui poussa Morgan à ajouter :

— Vous savez que vous êtes les bienvenus à Sugarberry.

Il était certain que le silence qui suivit était dû à la stupéfaction. Après une longue pause, Coraline répondit :

— Euh… bien. Merci. Nous avons d'autres obligations pour cette fin d'année, mais peut-être après…

Elle s'interrompit, comme si elle ne parvenait pas à déterminer si l'invitation était sérieuse ou s'il s'agissait simplement d'un élan de générosité inspiré par la magie des fêtes.

— Cela nous ferait plaisir, insista-t-il en souriant, tout à fait sincère. Je vous prierais simplement de me prévenir quelques jours à l'avance pour que nous puissions prendre nos dispositions.

— D'accord. Nous n'y manquerons pas, accepta-t-elle avec un mélange d'enthousiasme et d'anxiété dans la voix.

C'était la première fois, d'aussi loin qu'il s'en souvenait, qu'elle s'adressait à lui comme à une personne normale.

— Passez un bon Thanksgiving, Cora.

— Nous ferons de notre mieux. Et, s'il vous plaît, faites un gros câlin à Lilly de notre part, d'accord ?

— C'est d'accord.

Il raccrocha, ne sachant pas quel délire lunatique l'avait poussé à franchir cette limite invisible ; mais il était heureux de l'avoir fait. Coraline et le reste du personnel avaient été la véritable famille de Lilly, c'était indéniable. Il fut tenté d'annoncer la nouvelle à sa nièce, mais se ravisa au dernier moment, ne voulant pas la faire espérer tant que rien n'était décidé. Il ne savait pas qui Cora convaincrait de l'accompagner, mais, même si elle venait seule, Lilly et lui seraient contents.

Il se demanda si Coraline allait parler de l'invitation à sa mère ; et comment elle prendrait le fait que ses employés aillent à Sugarberry rendre visite à sa petite-fille alors qu'elle-même n'y avait pas été invitée. Il sourit, puis ricana. Il ignorait quelle serait sa réaction, mais il trouvait amusant d'imaginer sa tête quand elle apprendrait la nouvelle.

Il rangea son téléphone et prit une enveloppe sur son bureau avant de se diriger vers la cuisine.

— Tu as bientôt fini, ma puce ? Le Pr Langley nous attend.

— Ça y est.

Lilly glissa de sa chaise et alla déposer son assiette et son verre dans l'évier.

— Je peux mettre ma jupe de fée ?

Comment avait-il pu imaginer s'en sortir sans passer par la négociation fatidique ?

— Ma chérie, tu es très bien comme ça. En plus, tu l'as déjà mise les dernières fois où on y est allés.

— Mais Patpalme l'aime bien. C'est sa préférée.

— Je ne doute pas qu'il l'adore, c'est vrai qu'elle est très belle. Mais tu te souviens comme on s'est salis avec la peinture à doigts que t'a offerte Gab ?

Morgan ne le lui pardonnerait peut-être jamais complètement. De toute évidence, le professeur ignorait à quel point il était difficile de nettoyer les taches de peinture sur la peau, les cheveux et les vêtements – notamment les jupes de fée.

— Je n'ai toujours pas trouvé le moyen de laver ta jupe et je n'ai pas envie de l'abîmer, expliqua Morgan.

Lilly ne répondit pas tout de suite, et il s'infiltra aussitôt dans la brèche pour mener les négociations.

— Pourquoi ne pas porter ton pull rose avec la tortue ?

Il l'avait commandé sur Internet lorsqu'elle avait commencé à manifester un vif intérêt pour les tortues. Il s'était dit que cela ferait un beau cadeau à mettre sous le sapin, mais il avait flanché à la minute où il l'avait reçu et le lui avait offert sans attendre. Il fallait absolument qu'il s'améliore sur ce point avant le soir de Noël, sans quoi ils devraient déménager dans une plus grande maison. Il poursuivit son argumentation :

— Patpalme serait content de voir que tu portes quelque chose qui lui ressemble.

Elle mesura le bien-fondé de ce raisonnement tandis que Morgan priait tous les saints du paradis. C'était pour cela qu'il n'était pas avocat plaidant.

— D'accord.

Elle s'éclipsa dans sa chambre pour se changer. Morgan poussa un long soupir de soulagement qui n'aurait pas été plus profond s'il venait juste de convaincre quelqu'un de ne pas se jeter du toit d'un immeuble.

— Pourquoi ça ne peut pas être aussi simple à chaque fois ? murmura-t-il pour lui-même.

Lilly revint une minute plus tard avec deux bandeaux, trois chouchous et un serre-tête en plastique.

— Tu peux me faire des tresses ? demanda-t-elle en lui tendant son attirail de beauté.

La tête de Morgan bascula sur son torse.

— Toi, tu feras une excellente avocate de la défense, un jour.

— Je veux être docteur pour tortues. Comme le Pr Langley.

Le gentil docteur avait demandé à Lilly de l'appeler Gabriel, mais cette dernière était restée bloquée sur son patronyme. Morgan aimait sa façon d'en étirer les syllabes ; c'est pourquoi il ne la corrigeait pas.

— Ma foi, tu feras aussi un bon docteur pour tortues.

Il lui prit la main en se demandant s'il pourrait trouver sur Google comment faire des tresses. Ça lui avait sauvé la vie la semaine précédente, lorsque Lilly lui avait demandé de lui faire les ongles. Il pouvait toujours tenter. Ou pas. Il aurait besoin d'une explication en images, pas à pas, cependant.

— Et pourquoi ne pas attendre d'être revenus pour te coiffer ?

— On pourra peut-être demander à Kit de nous aider, proposa-t-elle, candide.

Trop candide.

Morgan, qui allait attraper la poignée de la porte d'entrée, se figea et baissa les yeux sur elle en plissant les yeux d'un air spéculatif.

— Je peux t'assurer que tu feras une excellente avocate de la défense.

Ils sortirent de la maison et il l'aida à grimper sur le siège arrière du crossover.

— Je ne sais pas si elle sera là aujourd'hui, mais si ce n'est pas le cas…

— Elle viendra, affirma Lilly avec conviction.

— Bon, très bien. Il faudra quand même lui demander si elle est d'accord.

Ils n'avaient pas croisé Kit depuis leur atelier coloriage de la semaine précédente. Gab avait confié à Morgan qu'il avait demandé à un de ses nouveaux bénévoles de l'avertir s'il la croisait.

Ah, là, là.

Morgan sourit en regardant Lilly dans son rétroviseur. C'était elle qui avait répondu au téléphone lorsque le professeur avait appelé pour fixer le rendez-vous. Apparemment, ils avaient bien papoté avant qu'il sorte de la douche.

Cela ne faisait plus aucun doute, il allait être obligé de l'enfermer dès qu'elle aurait atteint ses treize ans. Voire ses dix ans. Ou peut-être même à compter de la semaine suivante. Elle était bien trop maline pour être innocente.

Il s'engagea sur la route de coquillages brisés qui menait au centre de recherche. Sur le parking se trouvaient déjà quelques voitures, ce qui n'était pas surprenant pour un week-end, même en basse saison. Cependant, il s'était attendu à trouver le centre pratiquement désert en ce dernier dimanche avant Thanksgiving. Il avait pensé que tous ceux qui rendaient visite à leur famille seraient sur les routes, et qu'il n'y aurait donc que très peu d'activité touristique.

Il sortit de la voiture et en fit le tour pour aller ouvrir à Lilly, qui avait déjà défait sa ceinture. Depuis qu'il lui avait fait découvrir le nid, ils étaient passés voir les tortues à peu près tous les jours, ne serait-ce que pour saluer Patpalme. Morgan était inquiet à l'idée de la voir trop s'attacher, redoutant ce qui se passerait s'il arrivait quelque chose pendant le séjour d'une tortue à la clinique, ou bien quand l'une d'elles serait relâchée ou envoyée dans un complexe spécialisé dans les rééducations longues. Mais quand il voyait l'enthousiasme illuminer son visage, il se disait que cela ne pouvait être qu'une bonne chose.

Non ?

Depuis leur première visite, aucune tortue n'avait été relâchée, et les œufs n'avaient pas éclos. Il était temps d'expliquer à Lilly comment cela allait se dérouler.

— Allez, viens, le pressa-t-elle en lui prenant la main.

Il avait rangé le matériel capillaire de Lilly dans la poche de sa veste et récupéra l'enveloppe en papier kraft qu'il avait déposée sur le toit de la voiture.

— OK, OK.

Il devait bien admettre que l'enthousiasme de Lilly, comme toujours, était contagieux.

Mais à peine furent-ils entrés dans le centre que Lilly freina des quatre fers et se colla contre sa jambe. Une dizaine de personnes au bas mot, tous des adultes, s'activaient dans le hall d'accueil.

D'instinct, Morgan posa sa main sur l'épaule de la fillette. D'habitude, seuls Gab et occasionnellement sa femme, Anne, ainsi qu'une poignée de stagiaires et de bénévoles peuplaient le centre de recherche. Les touristes qui le visitaient n'étaient jamais très nombreux.

Morgan repéra Gab à l'autre bout de la pièce, en grande conversation avec deux autres personnes. Il agita la main dans sa direction pour le saluer, mais le gentil docteur était tellement absorbé dans la discussion qu'il ne le remarqua pas.

Soudain, Lilly tira sur sa manche. Elle regardait à travers la foule, en direction de l'entrée du labo et du centre de rééducation. Il suivit son regard et ses yeux se posèrent directement sur Kit, qui se tenait dans l'encadrement de la porte.

Elle leur fit un signe de la main. Ils lui rendirent son salut, avec plus d'enthousiasme du côté de Lilly. Morgan espérait simplement que tout irait pour le mieux, même s'il ne savait pas au juste en quoi consisterait cette amélioration.

Kit portait une blouse bleu turquoise avec le logo du centre, une tortue de mer, cousu au niveau d'une des poches. La couleur éclatante de sa blouse contrastait avec sa chevelure flamboyante et donnait de l'éclat à son teint laiteux. Il n'était pas assez près pour le voir, mais il aurait parié que ce bleu turquoise mettait en valeur ses yeux verts. Il se remémora l'étincelle qu'il y avait distinguée quand ils avaient failli s'embrasser, et n'avait rien contre le fait de la voir briller de nouveau. Il n'était pas vraiment sûr que ce qu'il ressentait en présence de Kit puisse s'atténuer avec le temps, même après des années.

— On y va, Moggy, chuchota Lilly.

Par quelque miracle, elle parvint à leur frayer un chemin à travers la foule avec une précision chirurgicale, tout en restant solidement cramponnée à sa jambe.

— Eh, lança-t-il à Kit lorsqu'ils atteignirent la porte. Pourquoi tout ce monde ?

Gagné : de près, elle était encore plus rayonnante.

Il se détendit un peu quand il la vit sourire. Il songea qu'il serait heureux de trouver un terrain d'entente avec elle. Dans l'intérêt de Lilly. En ce qui le concernait, il avait encore envie de plus. Mais la vie était ainsi faite.

— Un des professeurs du lycée de Savannah, où Gabriel enseigne occasionnellement, reçoit de la famille pour Thanksgiving et leur fait visiter l'île.

Apparemment, plusieurs d'entre eux ont tenu à venir voir son travail.

Il fut surpris quand elle se pencha un peu plus près, mais il comprit qu'elle jetait un coup d'œil derrière lui par l'encadrement de la porte.

— Je crois que j'ai entendu parler de dons, dit-elle en se redressant, tout sourires. Et du lourd. On dirait que la famille du bon collègue de Gab a un portefeuille bien rempli.

Presque aussitôt, son sourire se fit hésitant.

— Euh, OK. La boulette.

Elle eut une mimique gênée, mais ses yeux verts pétillaient d'humour.

— Mais non… On ne choisit pas sa famille, lança-t-il avant que son sourire se fige. Euh… désolé. La boulette.

Le sourire de Kit s'élargit.

— Eh bien, vous n'avez pas tort, on ne choisit pas sa famille. Ni, à plus forte raison, les pièces rapportées. Bon, j'ai comme l'impression que vous vous êtes renseigné sur mon compte. Aussi curieux que tenace, hein ?

Il haussa une épaule, mais son sourire était complètement décomplexé.

— Oui, j'ai fait mes recherches. Je n'ai pas trop approfondi, je voulais simplement comprendre ce qui s'était passé. Il semblerait que nous soyons tous deux coutumiers des problèmes familiaux.

— Dans mon cas, ce trait s'est déclaré plus tard. Je n'aurais jamais pu rêver d'une meilleure famille.

— Je suis navré.

— Pourquoi ? Je croyais que vous ne vous excuseriez pas au nom de votre famille.

— Pas en leur nom. C'est impossible. Je suis navré que vous ayez perdu votre entreprise familiale. D'après ce que j'ai pu lire, vous étiez sacrément investies, vous et les femmes de la famille Bellamy. Je trouve ça fantastique.

— Je trouvais ça fantastique aussi.

Elle n'ajouta rien et le silence s'éternisa.

Il ne voulait pas lui servir des platitudes qu'elle aurait trouvées insignifiantes en dépit de sa sincérité. Si elle ne parvenait pas à accepter l'idée qu'il n'avait pas été personnellement impliqué dans cette affaire, il doutait qu'elle prête la moindre attention à ce qu'un Westlake pensait de sa récente infortune. Au lieu de cela, il lui demanda :

— Ça fait quel effet de grandir au sein d'une entreprise familiale où règnent la joie et la bonne humeur ?

Elle prit un instant pour étudier la question, ou plus probablement pour analyser les raisons qui avaient pu l'amener à la poser.

— C'était une expérience unique, ça, c'est certain. Mais c'était toute ma vie et je n'ai donc rien connu d'autre. J'étais très attachée à cette pâtisserie.

Elle sourit, et les émotions qui se reflétèrent dans ses yeux firent vibrer quelque chose en lui.

— Ma mère, ma grand-mère, ainsi que mon arrière-grand-mère étaient des femmes formidables, de vrais modèles, continua Kit. Impossible de ne pas être contaminé par la passion et l'enthousiasme qu'elles manifestaient dans leur travail. Enfin, impossible pour moi. Ma petite sœur était manifestement vaccinée.

Elle avait essayé de faire passer cette remarque sous le couvert du cynisme, mais il décela dans ses yeux la douleur, la blessure qu'on lui avait infligée et l'accablante culpabilité qui pesait sur elle. Toute cette histoire était encore très récente ; il comprenait pourquoi elle était à cran.

— Tout le monde n'a pas la même facilité à suivre les traces de ses ancêtres, ironisa-t-il.

Lorsqu'elle releva la tête, il ajouta :

— Évidemment, je n'ai eu qu'à leur tourner le dos.

Elle le jaugea un instant.

— Oui. Grandir au sein d'une entreprise familiale comme la vôtre n'a probablement rien à voir avec mon expérience.

— Vous n'avez pas idée, répondit-il, toujours sur le ton de l'humour.

— En effet, acquiesça-elle simplement avec honnêteté.

Son expression changea et elle baissa la garde une fois de plus.

— Je n'ai pas eu l'occasion de vous le dire, mais je suis également navrée du malheur qui vous touche. Je...

Elle s'interrompit, jeta un coup d'œil rapide à Lilly et reporta son attention sur lui. Elle avait peur d'avoir dit quelque chose qu'il valait mieux épargner aux oreilles de la fillette touchée de plein fouet par la tragédie.

— Je… je ne voulais pas…

— Ne vous inquiétez pas, la rassura-t-il. Et merci. Je sais que vous avez souffert la perte de certains proches, vous aussi. J'ai lu un article à ce sujet. Je ne fouinais pas. Enfin, si, mais…

— Je comprends. On a beaucoup parlé du procès sur le rachat de *Mamie Sue* par *Crousti-D-Lices* dans les journaux, toute la vie des Bellamy a été étalée au grand jour. Je suppose que vous et moi avons enduré…

— … beaucoup de drames, termina-t-il à sa place en la voyant hésiter.

— Ouais.

Elle leva vers lui un visage souriant.

— C'est une belle histoire que celle de *Mamie Sue*. Votre arrière-grand-mère se lançant dans le commerce des tartes aux cacahouètes dans sa propre cuisine pendant la guerre et pérennisant l'entreprise comme elle l'a fait ; c'était exceptionnel pour une femme à son époque.

— Son frère l'a soutenue. Il était infirme et a donc été réformé pendant la guerre, mais il a mis son génie des mathématiques au service de l'entreprise pour la faire prospérer.

— Il était banquier, c'est bien ça ?

Kit acquiesça.

— Comme tous les hommes de la famille. C'était autant une tradition chez eux que pour les femmes de gérer l'entreprise. Ils investissaient les bénéfices de *Mamie Sue*, et mamie Sue, sa belle-fille et sa petite-fille – ma mère – ont toutes relevé le défi avec grand plaisir.

Kit eut un bref sourire et il vit passer dans ses yeux l'amour et la perte, ainsi que la culpabilité. Elle conclut :

— Moi aussi, j'y ai pris beaucoup de plaisir.

Il voulut prendre son visage dans le creux de sa main, apaiser sa douleur, l'empêcher de martyriser sa propre conscience. D'après ce qu'il avait pu lire, elle n'avait pu anticiper ce brusque retournement de situation. Sa foi en *Mamie Sue* avait été aussi absolue qu'aveuglante. Il ne lui jetterait pas la pierre pour cela, mais il était certain, vu l'expression sur son visage et l'émotion qui transparaissait dans ses mots, qu'elle était loin de se pardonner. Malheureusement, il n'était pas sûr qu'elle accepte la moindre tentative de réconfort de sa part.

— Je suis désolé, Kit, lui offrit-il.

Il se rendit compte qu'il voulait parler de la perte de son entreprise, mais aussi d'avoir manqué l'occasion de savoir un jour ce qu'aurait pu donner le « hum, hum » qu'il y avait eu entre eux. Il ne s'était pas dissipé ; il était toujours là, aussi palpable que la dernière fois. Peut-être encore plus, à cause des efforts qu'ils déployaient pour l'ignorer. Elle le captivait, et ce sentiment se décuplait avec chaque rencontre.

— Je suis soulagée qu'elles n'aient pas vécu assez longtemps pour voir à quel point j'ai tout foiré.

— D'après ce que j'ai lu, vous n'avez rien foiré. Vous avez fait confiance à votre sœur et votre beau-frère pour défendre les intérêts de cette entreprise qui vous tenait à cœur. Étant donné la fortune de la famille Carruthers, vous n'aviez vraiment aucune raison de penser qu'il en irait autrement.

— Est-ce que vous connaissiez Teddy ? Je crois qu'il a été membre de la même fraternité étudiante qu'un Westlake. C'est comme ça qu'il en est venu à faire appel au cabinet de votre famille.

— Peut-être était-ce mon frère, Asher, ou un de mes nombreux cousins ; moi, non. Cela dit, son nom de famille ne m'est pas inconnu.

— Votre entreprise familiale, reprit-elle après un instant, quelle est son histoire ?

La question le désarçonna.

— Je n'en suis pas très sûr.

Ce n'était pas vrai. Ses précepteurs lui avaient enseigné l'histoire des Westlake comme s'il s'était agi d'une discipline à part entière, au même titre que la géographie ou les sciences. Il doutait, cependant, qu'elle ait vraiment envie d'en entendre les détails obscurs. Il expliqua néanmoins :

— Les Westlake ont tenu diverses positions au sein du système juridique à travers l'histoire, du temps où les tribunaux étaient présidés par des membres de la famille royale plutôt que par des juges.

— Ça remonte à loin, donc.

— Oui, on peut dire ça, acquiesça-t-il avec un rictus. J'ai réussi à briser non seulement les espoirs fondés par ma mère, mais aussi ceux de mes aïeux, en choisissant de ne pas remplir ma fonction au sein de l'empire familial.

— Vous avez pourtant marché dans leurs traces dans le milieu du droit.

— Mais j'ai choisi une branche pourrie du droit, donc ça ne compte pas.

— Une branche pourrie ?

Il lui sourit.

— Aider ceux qui en ont besoin. Ceux qui, en général, n'ont pas de quoi payer un taux horaire faramineux.

— Ah.

— Je ne vous le fais pas dire.

— Comment ça s'est passé ? Vous avez dû subir beaucoup de pression.

— Manigancer ma grande évasion n'a pas été une mince affaire.

— J'ai l'impression qu'il s'agit d'un euphémisme.

Kit sembla plus attentive, plus impliquée, quand elle reprit :

— À quel moment, exactement, vous êtes-vous rendu compte que vous ne vouliez pas faire partie de cette histoire ? Ma sœur n'a jamais témoigné le moindre intérêt pour les tartes aux cacahouètes ni même pour l'entreprise qui en faisait le commerce, ou quoi que ce soit qui s'en rapproche, de près ou de loin. Même quand elle était petite.

— Je n'ai pas dû m'en rendre compte si tôt que ça. Ça m'a pris plus longtemps pour savoir ce dont j'avais envie ou pas. Je crois que, dans le cas de votre sœur, votre famille n'était pas en cause, mais plutôt un manque d'intérêt pour la profession.

— C'est vrai. Alors pour vous c'était l'inverse ?

— En fait, j'aime mon métier, beaucoup, même. Il fallait simplement que je trouve une façon de l'exercer qui me convienne.

— Mais ça n'était pas suffisant pour votre famille ? Je veux dire, vous avez quand même suivi une voie qui n'était pas totalement différente.

Sa réponse fut résolument ironique :

— Dans ma famille, c'est tout ou rien. Pas de demi-mesure.

Elle le surprit avec un rictus tout aussi ironique.

— Je vois très bien de quoi vous parlez.

Ils secouèrent tous les deux la tête en souriant. Toujours est-il que les différences qui les séparaient, le rôle qu'ils avaient joué dans la dynamique familiale et les conséquences que cela avait eu sur leurs vies n'auraient pu être plus limpides. Et Kit était encore abasourdie par le coup que lui avait porté la famille Westlake.

Morgan devrait se résoudre à l'idée que l'intérêt qu'il lui portait, son attirance pour elle ne mèneraient à rien. Il devait se faire violence pour arrêter de penser à elle comme il le faisait.

À cet instant, leurs regards se croisèrent et ils se sourirent spontanément de plus belle. C'était le genre de sourire de connivence qui accompagnait une plaisanterie en privé ou une confidence. Ces deux-là étaient résolument faits pour s'entendre.

Il n'avait jamais partagé cette complicité avec personne.

Bon courage pour tourner la page, songea-t-il.

C'est à ce moment-là que Lilly se faufila entre eux pour se frayer un chemin jusqu'à la porte.

— Est-ce que je peux aller voir Patpalme ?

— Bien sûr.

Il était réticent à mettre un terme à leur conversation, mais soulagé que Lilly se soit manifestée. Cela ne servirait à rien de pousser les choses plus avant.

— En route pour la…

— Morgan ?

L'intéressé se tourna vers Gab, qui venait de l'interpeller. Lilly tirait toujours sur sa main.

— Je vais l'emmener, proposa Kit.

Morgan tourna la tête dans sa direction, mais avant qu'il n'ait eu le temps de répondre, Lilly lui lâcha la main et prit celle que lui tendait Kit.

— J'ai mis ce pull exprès pour lui, lui expliqua-t-elle. C'est un cadeau de Moggy. Il y a une tortue dessus.

Kit et Morgan échangèrent un sourire alors que les deux demoiselles s'éloignaient vers le centre de rééducation.

— Merci, articula-t-il.

Il se tourna de nouveau vers Gab en secouant la tête. Lilly restait un grand mystère pour lui. Elle se montrait timide et introvertie devant des gens qu'elle ne connaissait pas, mais cela ne la gênait pas de prendre la main, de se laisser emmener et de bavarder avec quelqu'un qu'elle venait à peine de rencontrer. Il serait sans doute préférable de la mettre en garde à ce sujet, mais, dans ce cas précis, il ne pouvait aller à l'encontre de l'instinct de sa nièce.

— Dites-moi, commença Gab en arrivant à hauteur de la porte, j'aurais besoin que vous me rendiez un service. Un grand service.

— Bien sûr. Grand comment ?

— Pouvez-vous me donner quelques heures de votre temps ?

Le professeur semblait soucieux. Morgan écarquilla brièvement les yeux.

— Que se passe-t-il ?

— Comme vous pouvez le voir, je suis pris par une affaire ici, et…

— Kit m'a dit que vous receviez la famille d'un de vos collègues enseignants à Savannah.

Gabriel acquiesça, jetant un regard à la troupe en pleine effervescence.

— Oui. Plusieurs d'entre eux travaillent dans le même domaine. J'aimerais leur faire faire le tour du centre, la version VIP.

Morgan se pencha un peu plus près avec un sourire.

— J'ai entendu dire qu'il y avait des dons à la clé.

Cette remarque sembla rendre le scientifique encore plus soucieux.

— Oui, il y a de fortes probabilités. Mais ce n'est pas garanti, ajouta-t-il après avoir jeté un bref regard par-dessus son épaule.

— Gab ?

Le professeur reporta son attention sur lui.

— Oui, pardon. Très honnêtement, je cherche autant à pousser les autres chercheurs à s'investir de façon plus personnelle dans ce projet qu'à obtenir une aide financière. Ce sont des gros bonnets : leur collaboration pourrait nous attirer une bonne publicité et nous faciliter la tâche pour recevoir des subventions ou autres, à la longue.

Morgan commençait à comprendre sa nervosité.

— Sacrée opportunité, alors. C'est super.

— Génial, même. Seulement… je ne m'y attendais pas.

Morgan n'avait pas prévu de rester plus d'une heure. Lilly aurait eu tout le loisir de rendre visite à ses tortues, et Gab et lui se seraient occupés de la paperasse. Morgan exerçait toujours comme consultant sur un certain nombre d'affaires dans le Colorado, mais aussi dans l'Utah et l'Arizona, et le travail préliminaire qu'il avait effectué pour le centre de recherche du professeur avait déjà attiré l'attention de deux autres complexes : un sur la côte le long du golfe du Mexique ; l'autre en Floride, dans l'archipel des Keys. Il comptait se pencher là-dessus pendant la journée.

Cependant, devant l'air préoccupé de Gab, Morgan accepta de revoir ses plans.

— Qu'est-ce que je peux faire pour vous aider ?

— Le centre de Jekyll a appelé. Ils ont eu besoin de faire de la place ce matin pour des spécimens qu'on a déposés chez eux après un sauvetage d'urgence. C'est du costaud. On doit aller là-bas pour transférer quelques-unes de leurs tortues.

Chapitre 11

— Leur centre de recherche est largement quatre fois plus grand que le vôtre, répondit Morgan, abasourdi. C'est quoi, pour vous, du « costaud » ?

— Trois caouannes adultes, dont deux dépassent les cent trente-cinq kilos. Et une tortue luth de plus de quatre cents kilos. Toutes dans un sale état. La tortue luth a été heurtée par un bateau, les autres ont été blessées par des palangres, expliqua-t-il.

La palangre était une technique de pêche consistant à traîner derrière le bateau une longue ligne comportant de nombreux hameçons qui n'épargnaient pas les tortues de mer. Appartenant à la famille des reptiles, celles-ci devaient régulièrement se rendre à la surface pour respirer. Ainsi, lorsqu'un hameçon les accrochait, soit elles se noyaient, soit elles se débattaient, s'infligeant de profondes blessures pour s'échapper des palangres avant que les pêcheurs les hissent à bord. Les palangres et les chaluts représentaient le plus gros danger pour les tortues de mer, et l'une des principales raisons pour lesquelles elles figuraient sur la liste des espèces menacées.

— Ça en fait, de la tortue ! s'exclama Morgan.

— Oui.

— Bon, qu'est-ce qu'on doit ramener ?

— Cinq jeunes tortues : trois caouannes et deux très jeunes tortues à écailles, qui sont toutes petites. Il y a en plus une caouanne adulte de près de cent vingt-cinq kilos. D'un point de vue médical, elles sont toutes hors de danger. Ce sont des tortues en attente d'être relâchées ou prises en charge par un zoo ou un centre de rééducation longue. Nous les garderons ici le temps qu'elles soient prêtes à partir, ou que le centre de Jekyll puisse les reprendre, dit Gab avec une mine sinistre. L'heure n'est pas à l'optimisme quant à l'avenir des nouvelles arrivantes, loin s'en faut, mais juste au cas où…

— Je suis désolé. Évidemment que je vais y aller. Dites-moi seulement ce que je dois faire.

— Il faut que j'envoie deux personnes : une pour prendre le volant et une autre pour surveiller l'état des tortues pendant le transport. J'ai deux nouveaux stagiaires qui ne devraient pas tarder à arriver, mais je me disais que, peut-être, vu que vous avez fait connaissance avec Kit, vous pourriez y aller tous les deux…

— Ce ne serait pas mieux d'envoyer les stagiaires, mettre à profit leur expérience ? Enfin, ils doivent en savoir plus que Kit ou moi.

Le professeur secoua la tête.

— Non, ils débutent. Ils viennent donner un coup de main pour les vacances. Aujourd'hui, c'est leur premier jour. Le tout premier.

— Ah, quand même.

— L'un a dix-neuf ans, l'autre dix-huit. Ils sont tous les deux en première année, donc je me sentirais mieux si quelqu'un de plus aguerri s'en chargeait. L'équipe du centre de Jekyll connaît la procédure pour ce qui est du chargement, et ils vous expliqueront les précautions à prendre pour le trajet du retour. Les tortues sont en bonne santé, il faudra donc surtout les sécuriser pendant le transport. Ce n'est pas très loin, on est en basse saison, un dimanche, donc ça devrait rouler plutôt bien. À votre retour, je pourrai superviser le déchargement et l'installation des nouvelles venues. Les stagiaires auront tout préparé pour leur arrivée.

— D'accord, pas de problème. Attendez. Pour ce qui est de… Est-ce que Lilly peut nous accompagner ?

— Je ne pense pas que ce soit très recommandé. Je ne peux pas dire avec certitude ce qui vous attend là-bas, mais je crains que cela ne soit assez chaotique.

— Bien, je vois.

Morgan regarda en direction de la clinique.

— Je peux peut-être la laisser avec Kit et prendre un stagiaire avec moi ? Lilly a confiance en elle, et si Kit est d'accord…

Pour la première fois depuis le début de la conversation, Gabriel sourit.

— Je suis certain qu'elle en serait ravie. C'est un esprit vif, et elle montre un véritable intérêt pour le travail que nous accomplissons. Et pour Lilly.

Gabriel avait dit cela d'une façon qui sous-entendait que le véritable intérêt de Kit s'étendait au-delà de Lilly, mais Morgan ne pensait pas le professeur d'humeur à jouer les entremetteurs à ce moment précis.

C'est alors que les deux stagiaires arrivèrent. Ils se frayèrent un chemin à travers la foule toujours massée dans le hall d'accueil et s'approchèrent des deux hommes.

— Professeur Langley ?

Il s'agissait d'un garçon et d'une fille. Celle-ci mesurait un mètre cinquante, tout au plus. Morgan jugea qu'elle ne devait pas dépasser les quarante-cinq kilos toute mouillée.

Probablement pas la meilleure candidate pour le transport de tortues classées dans la catégorie poids lourds.

— Nous sommes les stagiaires de l'université.

Le second avait plus le physique d'un arrière de football américain que d'un scientifique.

Morgan s'accrocha à cette lueur d'espoir.

— Je m'appelle Flip, et voici Greta.

Cette dernière, blonde, pétulante et dynamique – la pom-pom girl indissociable du joueur de foot qu'était Flip, en somme –, prit le relais :

— Bonjour, je peux rester aussi longtemps que nécessaire aujourd'hui, mais Flip…

— J'ai reçu un coup de fil de ma famille, la coupa ce dernier. Ma grand-mère, qui a quatre-vingt-deux ans, vient d'être emmenée aux urgences. Je suis sincèrement désolé de passer en coup de vent et de devoir me sauver, mais toute la famille est chez moi pour les vacances, et ma mère est… Je dois vraiment…

— Il devait me ramener, reprit Greta sans lui laisser le temps de finir. Il a tenu à m'accompagner et voulait au moins vous rencontrer. Il est vraiment à fond dans ce projet, professeur Langley, et on est vraiment ravis de travailler avec vous et avec les caouannes. J'espère que cet incident ne va pas vous faire changer d'…

— Dès que j'arrive à l'hôpital et que j'en sais plus, je vous passe un coup de fil, promit Flip. J'ai vraiment envie de travailler ici, professeur Langley.

— Ça, c'est vrai, ajouta Greta. On en a tous les deux envie. Vraiment.

Gabriel et Morgan avaient observé l'échange entre les deux étudiants comme s'ils assistaient à un match de ping-pong fulgurant.

Gab serra la main que lui tendait Greta, puis celle de Flip, plus pour endiguer le flot de paroles qu'autre chose.

— Je suis heureux de vous voir aussi dévoués et j'apprécie votre enthousiasme. Flip, allez rejoindre votre famille, je suis de tout cœur avec vous et j'espère que ça va s'arranger. Mes pensées accompagnent votre grand-mère. Ne vous inquiétez pas pour votre travail ici, nous conviendrons de votre emploi du temps plus tard.

— Merci, professeur Langley.

Il se tourna vers Morgan, ne sachant pas ce qu'il était censé lui dire, puis leur fit un signe de la main et prit congé :

— Bon, je file.

Il marqua une pause et s'adressa à Greta :

— Est-ce que ça ira pour rentrer ?

— Nous trouverons une solution, promit Gabriel.

Flip hocha la tête.

— OK, super.

Le sportif disparut à travers la foule.

— C'est vraiment un type génial, commenta Greta.

Il y avait dans les yeux de la stagiaire – si Morgan avait vu juste – un peu plus que de la simple admiration pour l'engagement scientifique du garçon. Cela le fit sourire – et espérer de tout cœur qu'il ne regardait pas Kit de la même façon.

— Ça ne fait aucun doute, répondit Gab. Bon, nous avons du pain sur la planche aujourd'hui, donc ce sera tout sauf la routine. Plusieurs choses requièrent mon attention, mais dès que j'aurai terminé je viendrai vous briefer. En attendant, faites donc le tour du centre, des labos et de la clinique.

L'entrain se lut sur le visage de Greta.

— Parfait. J'y vais tout de suite, professeur Langley !

Sur ces entrefaites, elle partit en trombe commencer son exploration.

— Aïe ! se lamenta Morgan. Je crois que je ne me suis jamais senti aussi vieux qu'en ce moment même.

Gabriel partit d'un petit rire.

— Ça ne fera qu'empirer, mon ami, vous verrez. Mais un tel enthousiasme me met du baume au cœur.

Morgan fit de nouveau face à Gab.

— Je ne sais pas trop comment faire avec Lilly. Elle ne connaît encore personne ici avec qui elle se sente suffisamment à l'aise, à part vous et Kit.

Il regretta que les choses ne se soient pas mieux passées avec Birdie, mais il faudrait du temps pour cela.

— Je peux l'emmener avec moi pour la visite et ensuite la laisser faire du coloriage sous la surveillance de Greta.

— Il ne faudrait pas qu'elle soit dans vos pattes. Ça représente beaucoup pour vous. Et puis, Greta a l'air d'une fille bien, mais Lilly a souvent besoin de temps pour…

— Salut, doc.

Gabriel et Morgan levèrent les yeux. Ils ne distinguèrent pas très bien la personne qui venait de parler dans la masse, mais Morgan aurait reconnu cette crête violette entre mille.

— J'ai des échantillons, dit-elle en s'extirpant de la foule. Ils viennent d'où, tous ?

Des échantillons de cupcakes ?

Morgan trouva cela un peu bizarre, mais peut-être la pâtisserie offrait-elle des cupcakes aux différentes structures des environs pour une dégustation. Dree sortit une enveloppe kraft de sa besace noire.

— Dites-moi si ça vous va. Je crois que j'ai bien intégré le style que vous cherchiez et réussi à agencer les différentes informations de telle sorte que ça donne envie de lire.

Gabriel ouvrit l'enveloppe et en sortit une série de brochures pour le centre de recherche. Son visage s'illumina instantanément.

— Elles sont magnifiques. J'aimerais prendre le temps de les regarder de plus près, dit-il en levant les yeux sur elle. C'est un peu la folie pour l'instant.

— Aucun problème. Je m'en doutais un peu. En fait, j'allais vous demander si ça vous dérangeait que je reste un peu dans les parages. J'ai travaillé à partir de l'ancienne brochure et de notre discussion, mais ça m'a poussée à en savoir plus. J'ai eu quelques idées que je voudrais vous soumettre. Ne vous en faites pas, ajouta-t-elle avec un geste de la main, ce n'est pas grave si on fait ça un autre jour. Et ça ne vous coûtera pas un centime. C'est simplement quelque chose que j'ai envie de faire.

— Bien sûr, pas de problème.

Le téléphone du professeur vibra dans la poche de sa blouse. Il le consulta.

— C'est Jekyll. Il faut que je prenne l'appel.

— OK, répondit Dree.

Quand Gabriel se fut éloigné, elle se tourna vers Morgan et lui lança :

— Je suis contente que vous soyez là.

Il fronça un sourcil.

— Vraiment ?

— Oui. Si vous êtes là, votre nièce n'est pas loin.

Ça, c'est la Dree que j'ai rencontrée, pensa-t-il, amusé.

— Oui, elle est là. Pourquoi ?

— Elle est cool, cette gamine.

Il sourit.

— Je suis du même avis. Elle vous aime bien, elle aussi.

Dree se fendit d'un sourire et il fut surpris de constater à quel point cela métamorphosait son visage d'ordinaire intéressant mais atypique. Il n'arrivait pas à savoir quoi penser d'elle, entre sa crête, ses multiples piercings, ses yeux chargés de khôl et ses vêtements résolument unisexes. Lorsqu'elle souriait, en revanche, c'était une très belle jeune femme qui sortait de l'ordinaire.

Il repensa au tatouage fantaisiste qu'elle avait dans le cou, complexe et finement dessiné, très féminin. L'ensemble paraissait soudain plus cohérent lorsqu'elle souriait.

— Cool. Bon, pendant que je planchais sur le projet pour le doc, j'en ai profité pour fabriquer un album pour Lilly. Kit m'a dit que les tortues la branchaient pas mal, et je sais qu'elle kiffe le coloriage.

Elle plongea la main dans sa besace et en sortit un épais cahier à spirale dont la taille était à peu près deux fois inférieure à celle d'un album de coloriage classique.

— Rien de bien sorcier, mais… j'ai pensé que ça lui plairait, dit-elle dans un haussement d'épaules en tendant le cahier à Morgan.

Sur la couverture en carton noir mat était imprimée une très belle image – une tortue nageant seule dans l'océan immense. En dessous était inscrit, en caractères qui évoquaient les sirènes et autres créatures marines fantastiques : « Les Aventures de Patpalme et ses amis ».

Morgan ouvrit le cahier et constata que le contenu était séparé par cinq intercalaires étiquetés. Chaque partie comportait des pages couvertes de dessins de tortues et de paysages marins à colorier – certains simplistes, d'autres beaucoup plus élaborés – qui alternaient avec des pages sur lesquelles étaient tracées des lignes noires destinées à prendre des notes et d'autres totalement blanches.

— J'ai pensé qu'elle pourrait le garder. Colorier les dessins les plus simples maintenant et garder les compliqués pour plus tard. J'ai inséré des pages lignées au cas où elle voudrait écrire des histoires ou des pensées. Les pages vierges, ça, c'est elle qui voit ; elle peut dessiner ou continuer à écrire. J'ai utilisé du papier spécial, donc elle pourra utiliser des crayons, de la peinture, des feutres, tout ce qu'elle veut.

Morgan continua de feuilleter le cahier.

— C'est..., commença-t-il.

Il leva les yeux vers elle et constata qu'elle l'observait avec attention. Son expression impassible avait laissé la place à une sorte de nervosité due à l'appréhension. Elle tentait d'affecter un air indifférent, mais sa réponse signifiait visiblement beaucoup pour elle.

— C'est fantastique, acheva-t-il. Et très gentil de votre part. Vraiment superbe. Merci. Merci beaucoup. Elle va adorer.

Dree lui décocha un grand sourire qui la fit rayonner et donna envie à Morgan de l'encourager à le faire plus souvent. C'était quelqu'un qui possédait une réelle beauté, intérieure comme extérieure.

— Super, ça me fait plaisir !

— Où est-ce que vous avez trouvé ces dessins ? Ces images ? C'est un travail magnifique.

— Oh, c'est moi qui les ai faits.

Sa mâchoire faillit se décrocher sous le coup de la surprise. Il feuilleta de nouveau le cahier.

— Waouh ! Ça a dû vous prendre des heures !

— Pas vraiment. Enfin, je dessine des milliers de trucs pour Gab, et pour moi aussi. On dirait que plus on apprend à connaître ces petites bêtes, plus elles s'accrochent à vous. Et puis… Bref, c'est vraiment mon truc. Je m'amuse.

— Ça ne m'étonne pas. Vous êtes vraiment très douée.

— Ça a l'air de vous étonner, lança Dree avec un sourire empreint d'ironie.

Il leva les yeux immédiatement, confus.

— Non, pas du tout.

— Relax, on me sous-estime souvent. J'ai l'habitude.

— J'aimerais croire que je ne suis pas comme ça ; mais peut-être qu'en l'occurrence ça a été un peu le cas. Toutes mes excuses, dit-il en souriant de plus belle. Ça ne fait jamais de mal de revoir son jugement de temps en temps. Merci de m'en avoir donné l'occasion.

Elle eut l'air de l'observer sous toutes les coutures.

— Je m'étais préparée à ne pas vous apprécier avant même de vous avoir rencontré.

Il écarquilla les yeux, surpris non pas par cette déclaration mais par le fait qu'elle l'admette.

— C'est bien ce que j'ai cru comprendre, l'autre jour, à la pâtisserie.

— J'imagine qu'on avait tous les deux besoin d'une remise au point.

Il lui sourit.

— On dirait bien, dit-il en lui tendant le cahier. Ça vous dirait de le lui offrir ? Elle va adorer ce livre. En plus, si ça vient de vous… Il faut dire qu'elle est tombée sous le charme tout de suite, une fois n'est pas coutume.

— Idem. Je suis pas du genre très sociable.

— J'ai cru comprendre, répliqua Morgan alors qu'ils échangeaient un sourire sarcastique. Mais je crois surtout que vous aimez vous marginaliser.

— C'est marrant. Certaines fois. Je suis simplement comme je suis, cela dit.

— On devrait tous faire pareil.

Elle le regarda de haut en bas.

— Vous devriez faire l'affaire, Westlake.

Il ricana avant de serrer le cahier contre son torse et de lui tendre la main.

— Idem.

Elle lui serra la main. Ses doigts étaient longs, effilés, et ses mains beaucoup plus douces et graciles qu'il ne l'aurait pensé. Tout en contrastes, cette jeune demoiselle.

— Je ne devrais probablement pas vous le dire, reprit-elle, et ne vous montez surtout pas le chou, mais on vous arrange le coup.

Morgan fronça les sourcils.

— Le coup ? répéta-t-il, interloqué. À moi ? Comment ?

— Le mécano n'a pas une chance face à vous. C'est un chic type, mais pas fait pour elle.

— Quel mécano ?

L'espace d'un instant, Morgan pensa qu'elle parlait de lui et Lilly, qu'ils allaient les aider à s'intégrer dans la communauté de Sugarberry. Mais…

Hein ?!

Dree soupira de la façon qu'ont tous les jeunes de soupirer devant des vieux trop longs à la détente.

— Vous avez peut-être plus de chances que ce que vous croyez, c'est tout.

Elle secoua la tête en voyant son front se plisser davantage.

— OK, bon. Finalement, l'âge a peut-être son importance, marmonna-t-elle.

— Je suis désolé, je ne vois vraiment pas…

— J'essayais juste d'aider.

— Dree, Morgan.

Le Pr Langley arriva juste à ce moment, plus inquiet que jamais.

— C'était le centre de Jekyll. Ils ont vraiment besoin de nous *pronto*.

— Qu'est-ce qui se passe ? demanda Dree.

— On va devoir héberger quelques pensionnaires, lui expliqua Gabriel. Morgan, tu feras équipe avec Greta et je demanderai à Kit de s'occuper de la petite Lilly.

— Je peux m'occuper de Lilly, proposa Dree. Il y en a pour combien de temps ?

Morgan se tourna vers elle. Il n'aurait pas pensé à elle pour un baby-sitting, mais les opinions évoluaient, la preuve. Du reste, Lilly appréciait Dree.

— On va en avoir pour au moins trois heures. Peut-être même quatre ou cinq ? avança-t-il avec un regard à Gabriel, qui acquiesça. Gab doit s'occuper de cette visite, et puis il y a la stagiaire, et…

— N'en dites pas plus, je m'en occupe. Je vais apporter le cahier à Lilly et dire à Kit de vous rejoindre.

— Vous êtes sûre ? demanda Morgan. Enfin, je veux dire, Lilly sera très contente, mais c'est beaucoup vous demander.

— Plus vous parlerez, plus vous perdrez de temps. Quand je dis que je m'en occupe, je m'en occupe.

Elle tendit une main vers lui et agita les doigts.

— Allez, donnez-moi ça.

Morgan retrouva son sourire narquois en lui tendant le cahier à spirale.

— Merci mille fois.

— Pas de souci. En plus, maintenant, vous avez une dette envers moi, lui glissa-t-elle en passant à côté de lui.

— Je serai ravi de vous aider le jour où vous en aurez besoin.

Elle s'arrêta et le regarda droit dans les yeux.

— J'ai l'impression que vous êtes sincère.

Il lui sourit.

— Je suis simplement comme je suis.

— Ha ! Vous savez, on se ressemble peut-être plus que vous ne le pensez.

— Plutôt effrayant, non ?

Les lèvres de Dree s'étirèrent en un demi-sourire et elle se remit en route.

— Essayez seulement de ne pas lui raser la tête ni de la tatouer, et ça devrait aller, la héla Morgan.

— Vous en faites pas, rétorqua-t-elle en se retournant et en marchant à reculons, tatouages et coiffure, ce n'est que le mercredi.

— Très drôle.

— En plus, elle n'est pas du genre à se faire tatouer.

— Je suis ravi de vous l'entendre dire.

Dree s'arrêta une dernière fois avant de passer la porte battante qui menait à la clinique.

— Oh, si ce n'est pas ça, ce sera autre chose. Mais probablement pas ça. Probablement, répéta-t-elle en souriant.

Elle poussa la porte et la laissa se refermer derrière elle.

— Je suis sûr que tout va bien se passer, dit Gab en le regardant d'un air préoccupé.

— Oh, je n'ai aucun doute là-dessus.

Morgan jeta un coup d'œil en arrière, puis il entendit retentir un cri de joie de l'autre côté de la porte.

— C'est bien ça qui m'inquiète.

N'importe quel être humain capable d'une telle gentillesse, d'autant d'attention, et de passer autant de temps à confectionner un tel cadeau entrait dans la catégorie des gens bien d'après les critères de Morgan. Et donc Dree, avec toute sa complexité.

Un instant plus tard, la porte s'ouvrit et Lilly se précipita vers lui, le cahier contre sa poitrine. Kit apparut juste derrière la fillette.

— Moggy, Moggy, regarde !

Morgan s'accroupit pour attraper sa nièce en pleine course et faillit tomber à la renverse.

— Oui, je sais, c'est génial, non ?

Elle lui montra le cahier. Il n'avait pas vu ses yeux briller avec une telle intensité depuis très, très longtemps.

— Magnifique.

Elle avait étiré les syllabes et se mit à rire en même temps que lui. Elle continua :

— Dree va rester avec moi. Kit a dit que toi et elle, vous allez ramener des nouvelles tortues.

— Oui, c'est vrai. Ça va aller avec Dree ?

Lilly hocha la tête sans la moindre hésitation, mais demanda :

— On peut venir avec vous ?

— Malheureusement, il n'y a pas assez de place. Mais tu pourras les voir quand on reviendra et assister au déchargement.

Gab se pencha en avant, les mains sur les genoux.

— Si tu veux, tu peux nous aider à préparer leurs aquariums avec Dree.

Lilly leva vers lui des yeux pleins d'adoration.

— C'est vrai ? demanda-t-elle d'une voix étouffée.

— Je vais en parler à Greta. Elle viendra vous chercher dans un petit moment, d'accord ?

— D'accord, répondit Lilly avec une bouille d'enfant le jour de Noël. Merci, professeur Langley.

Gabriel eut un sourire radieux.

— Il n'y a vraiment pas de quoi, ma chérie. Je te remercie de ton aide.

— OK, enchaîna Morgan. Retourne voir Dree maintenant. On doit y aller.

Lilly se jeta dans les bras de Morgan et l'embrassa très fort avant de retourner dans l'autre pièce en sautillant, son cahier toujours serré contre son cœur. Morgan l'entendit parler à Dree de leur nouvelle mission d'une voix tremblante d'excitation.

Il se redressa et remarqua l'expression de Kit, qui regardait Lilly sortir de la pièce. Son visage radieux traduisait son attendrissement, mais aussi une profonde affection. La sincérité sans fard de son expression fit résonner quelque chose en lui et il sentit une drôle de palpitation dans son cœur.

— C'est un cahier vraiment génial que lui a offert Dree, fit-elle remarquer en se tournant vers lui.

— Elle est très douée.

— Je sais. Et encore, il faut que voyiez le tablier *Péché mignon* qu'elle a confectionné pour moi.

— J'en serais ravi.

Il se dépêcha d'ajouter :

— Lilly voudrait vous rendre visite au magasin pour voir comment avancent les travaux. J'ai bien essayé de lui expliquer comment ça fonctionne, mais le voir de ses propres yeux l'aiderait certainement à comprendre, dit-il dans un sourire. Elle a peur de vous vexer si nous ne vous achetons pas des cupcakes à vous aussi.

— Oh. Bien sûr, quand vous voulez. On en a terminé avec les démolitions à présent, donc c'est le bazar, mais pas dangereux.

— Super. Merci. Et merci aussi d'être là pour elle. Ça compte beaucoup.

— Oh, ce n'est rien. C'est vraiment une petite fille charmante. J'aime bien passer du temps avec elle.

— Euh, puis-je vous montrer le camion ? les interrompit Gab.

Les joues de Kit virèrent au rose.

— Oh, évidemment ! Désolée. On était juste…

— Ça, c'est bien vrai, intervint Morgan avec un petit clin d'œil à Kit.

Il se mit au garde-à-vous et s'écria :

— Passez devant, MacLangley. L'escouade de transfert de tortues part en mission.

Chapitre 12

Pendant le trajet jusqu'au centre de Jekyll, Kit s'assit à l'avant avec Morgan.

— C'est la première fois que j'assiste à cette partie de l'opération. J'ignorais qu'il avait son propre camion de transport. Plutôt sympa, en fait.

— C'était une ambulance avant. Gab l'a achetée aux enchères il y a quelques années. Il a dû remettre le moteur en état, et puis il l'a réaménagée pour pouvoir y accueillir un autre genre de patients.

— Logique.

— En fait, d'après ce qu'il m'a dit, l'idée lui a été soufflée par quelqu'un de Sugarberry. Dylan Ross. Il tient le garage sur les quais de l'autre côté de l'île. Il a fait la plupart des réparations gratuitement en guise de contribution au centre. Gab a seulement payé les pièces.

— Une bonne idée venant de quelqu'un de bien, alors.

— Oui, d'après ce que j'en ai entendu.

Morgan sembla se perdre dans ses pensées pendant un moment, et elle crut l'entendre murmurer quelque chose comme « Le mécano ? » dans sa barbe, mais elle ne lui posa aucune question.

— Vous, euh… Vous le connaissez ? demanda-t-il un instant plus tard.

— Qui ? Le mécanicien ? Non, je n'ai pas ce plaisir. Pourquoi ?

— Pour rien.

Elle lui lança un regard en coin, mais son attention était focalisée sur la route et un sourire flottait sur ses lèvres. Un silence prolongé s'installa tandis que Morgan poursuivait son chemin vers le sud. La situation n'était pas inconfortable, mais pas simple non plus. Kit avait eu beau rester concentrée sur le lancement de *Péché Mignon* et sur son nouveau travail bénévole pour le centre, Morgan réussissait toujours à s'immiscer dans ses pensées bien plus souvent qu'elle ne voulait l'admettre. La tension frémissante entre eux en était la cause. Kit passait des nuits agitées pleines de rêves saisissants sur des choses que sa conscience lui déconseillait d'explorer… mais dont son inconscient s'accommodait parfaitement.

À trop y penser, elle finirait par se dandiner bizarrement sur son siège.

Même si Morgan avait l'air d'être parti pour se contenter d'une simple camaraderie comme elle en avait émis le souhait, il y avait toujours ce je ne-sais-quoi dans ses yeux quand leurs regards se croisaient. Ce n'était pas vraiment un air amusé ni entendu. Peut-être un peu des deux. Apparemment, quelles que soient les barrières sociales qu'elle érigerait entre eux, il n'y aurait pas moyen de mettre un terme à cette sensibilité aiguë qu'ils partageaient.

Bien sûr, il lui avait avoué sans détour qu'elle lui plaisait. Et vu qu'elle avait coupé court, elle s'était dit qu'un homme avec autant d'allure ne s'attarderait pas davantage sur une telle cause perdue et se tournerait vers quelqu'un de plus accueillant. Vu son apparence et l'immense fortune de sa famille… ce ne devait pas être si difficile de trouver quelqu'un. Même sur une petite île comme Sugarberry.

Elle n'avait pourtant entendu aucune rumeur à ce sujet. Et Dieu sait que ses amis pâtissiers du Cupcake Club en connaissaient un rayon, question rumeurs. Elle aurait aimé qu'ils comprennent sa situation aussi bien que Morgan.

Elle n'avait pas été sûre de savoir dans quel état d'esprit elle serait lorsqu'elle le reverrait. Il avait fait l'objet de beaucoup de bavardages dans la cuisine, et accaparé ses pensées, mais rien de tout cela ne lui fit changer d'avis. Elle avait espéré, en le revoyant, qu'elle pourrait se montrer pragmatique.

Elle lança un autre regard en coin dans sa direction, et s'aperçut qu'il l'observait à la dérobée. Il fit un bref sourire, et la même expression indéfinissable se lut sur son visage… comme s'il savait exactement à quoi elle pensait. Est-ce qu'elle s'était mise à gigoter sur son siège, finalement ?

Elle ramena son regard vers le pare-brise de la façon la plus naturelle possible, mais tout le naturel du monde ne put empêcher le sang de lui monter aux joues. Sans parler des autres parties, plus sensibles, de son corps. Katherine Mary Margaret Bellamy, reprends-toi, bon sang!

Tout cela lui fit penser aux mains de Morgan. Elle les avait tout de suite remarquées, quand il maniait le cerf-volant. Des mains grandes, mais douces quand elles venaient protéger Lilly dans ses accès de timidité, et habiles quand elles enfonçaient des clous pour fixer des panneaux d'affichage. Elle savait ce dont elles étaient capables sur elle, aussi – du moins sur ses bras. Et… Il fallait vraiment qu'elle arrête d'y penser sans quoi elle finirait par faire plus que s'agiter sur son siège.

— Avez-vous des projets pour les fêtes?

Sa voix profonde et douce ne la tira pas de ses pensées coupables, bien au contraire.

— Thanksgiving? parvint-elle à dire, bien qu'elle dût discrètement s'éclaircir la voix pour en faire disparaître toute trace de lascivité.

Quel était son problème, au juste? Les inquiétudes d'Alva sur sa « traversée du désert » lui effleurèrent l'esprit. Cela faisait longtemps. Vraiment longtemps. Bon sang.

Morgan lui adressa un sourire en coin.

— Oui, c'est ça.

Elle lui rendit son sourire, se sentant terriblement ridicule. Quel âge avait-elle, seize ans?

— Nous, euh… Nous organisons un dîner de groupe.

— Nous?

—Ah, oui, pardon. Je veux parler du Cupcake Club.

Il afficha un grand sourire, qu'elle lui rendit.

—Vous avez un club pour les cupcakes ? Tout à fait mon genre d'organisation.

Plus détendue, Kit se mit à rire.

—C'est un groupe d'amis et d'associés de Lani qui se rassemblent toutes les semaines pour faire de la pâtisserie conviviale. Un peu comme un club de tricot ou de lecture… sauf que…

—Vous vous retrouvez autour des cupcakes.

—Plus ou moins. C'est un groupe assez… éclectique, mais je l'aime beaucoup, dit-elle en esquissant un sourire. Disons que j'y ai peut-être trouvé ma place. Ça n'a rien à voir avec *Mamie Sue*, mais ça comble un certain vide, créé par le fait de ne plus travailler en équipe tous les jours.

—Je crois que j'ai rencontré quelques-uns des membres de ce club. Ils ont l'air sympathiques. Même si j'admets que j'avais certaines réserves quant à Dree, ajouta-t-il après un éclat de rire. Ou peut-être est-ce elle qui en avait à mon égard, ou peut-être que c'était réciproque. En tout cas, grâce à elle, cela a changé aujourd'hui.

—C'est tout elle, elle est très surprenante, mais il vaut mieux l'avoir de son côté.

—Je ne voudrais surtout pas que ce soit l'inverse, en effet.

Kit se mit à rire.

— Eh bien, ça aussi, c'est vrai. Ils sont très fidèles. Nous ne nous connaissons pas depuis très longtemps, mais avec la boutique et tout le monde qui entre et qui sort tout le temps, j'ai l'impression que nous sommes déjà devenus des amis. Ça fait du bien. Un bien fou. Je ne m'y attendais pas du tout.

— On dirait que c'est une *entrée** réussie dans la vie de l'île.

— C'est vrai. J'ai de la chance… et je leur en suis reconnaissante.

— Voilà une bonne raison de fêter Thanksgiving ensemble, alors.

Elle s'installa plus confortablement dans son siège.

— Vous savez, vous avez raison. J'ignorais comment j'allais gérer… eh bien, tout ça – aller de l'avant. En fait, les fêtes qui arrivent m'attristent un peu – voire beaucoup –, mais c'était vraiment le cadet de mes soucis, tout compte fait. Je ne peux pas dire que j'avais tellement hâte d'y être. Mais maintenant… je meurs d'impatience.

— Il paraît que le hasard fait bien les choses.

— Exactement ! s'exclama-t-elle dans un éclat de rire. Et vous alors ? Retournez-vous chez vous avec Lilly pour les fêtes ?

Faisant elle-même partie d'une famille brisée, elle se sentait plus proche de lui qu'elle ne l'aurait imaginé. C'était la famille – celle de Kit lui manquait, et Morgan cherchait désespérément à échapper à la sienne – qui les avait amenés à se trouver au même endroit au même moment pour refaire leurs vies. Elle ne savait que penser de la profonde compréhension qu'elle ressentait à l'égard de Morgan, un peu comme le voyage qu'ils étaient en train de faire : pas désagréable, mais pas simple non plus.

— Nous restons à Sugarberry, dit-il. Nous sommes installés depuis peu, et je tiens à préserver les habitudes de Lilly. Elle a besoin de solides repères avant que la famille s'en mêle. Enfin, mon côté de la famille.

— J'espère ne pas être indiscrète, mais…

— Vu tout ce que nous savons déjà l'un de l'autre, je suis sûr que nous ne devrions pas nous soucier de cet aspect-là des choses.

Elle ébaucha un sourire.

— Oui… Peut-être pas. J'allais dire qu'Alva a raconté que le pique-nique avec Birdie ne s'était pas aussi bien passé que vous l'aviez espéré. Je n'ai jamais rencontré Birdie, mais j'ai beaucoup entendu Alva parler d'elle, et je sais qu'elle vous est très reconnaissante de vos efforts.

— Nous sommes deux à en faire. Nous y arriverons. Ça va juste nous prendre un peu de temps.

— Ça peut se comprendre, dit Kit. La pauvre petite en a déjà tellement vu. Vous aussi. J'imagine que ces premières fêtes depuis… tout ce qui s'est passé ne doivent pas être faciles. Je suis désolée. Vous n'êtes pas obligé de m'en parler. Je n'aurais probablement pas dû évoquer le sujet.

— Non, il n'y a pas de problème. En fait, je n'en ai parlé à personne et... ça soulage presque d'un poids.

Que répondre à cela ? Kit éprouva un léger malaise à l'idée de le voir s'ouvrir à elle, mais elle avait posé la question. Elle était si reconnaissante de l'amitié et du soutien que lui témoignaient les membres du Cupcake Club qu'elle ne pouvait pas lui tourner le dos alors qu'il semblait avoir les mêmes besoins.

— Comment vous en sortez-vous, tous les deux ? Est-ce que Lilly va bien ? Ça ne va pas être trop difficile pour Noël ?

— Honnêtement, je n'en ai pas la moindre idée. Cela fait très longtemps que je n'ai pas passé les fêtes à la maison, mais Asher et Delilah me manquent, et je me demande tout le temps si je fais les bons choix pour Lilly. Je lui ai toujours consacré du temps depuis qu'elle est née. Les fêtes sont une période très intense chez les Westlake, mais pas dans le bon sens du terme. J'avais donc pris l'habitude de venir les voir, elle et la famille, à d'autres moments de l'année. Ce sera vraiment notre premier Noël ensemble. Je ne peux pas empêcher qu'elle souffre, ni en faire un moment facile, mais je veux vraiment que ça se déroule dans une atmosphère détendue, aussi agréable que possible pour nous deux. Je veux qu'elle acquière des traditions sentimentales et des traditions un peu niaises, qu'elle croie au Père Noël et tout ça... Sans voir trop grand pour cette année, j'aimerais au moins faire en sorte que ce soit un moment qu'elle aura hâte de retrouver l'an prochain.

— Vous aviez toutes ces choses ? Dans votre enfance, je veux dire ? Je crois qu'une famille aussi ancienne et renommée que la vôtre doit avoir des traditions très solidement ancrées.

— Oh, oui, bien sûr, à la pelle.

Son ton se fit ironique… et las.

— Désolée, dit-elle. Je ne veux pas remuer…

— Non, ce n'est pas grave. Ma famille.

Après une courte pause, il ajouta en ricanant :

— Bon sang, par où commencer ? Nous avions des traditions, mais pas de celles qui font régner dans la maison une ambiance chaleureuse et conviviale. D'ailleurs, ma mère est tout sauf chaleureuse et conviviale. Les Westlake ne sont pas une famille très portée sur les sentiments et ne manquent jamais une occasion de transformer une fête en opération visant à promouvoir le cabinet familial. Ils ont tendance à considérer les fêtes comme une occasion de se faire des relations et de se pavaner devant les bonnes personnes dans des soirées mondaines parfaitement rodées. Chez nous, les fêtes ont toujours été à mille lieues de ce que Noël et Thanksgiving signifient à mes yeux.

— Je suis désolée, dit-elle, sincère. Votre description m'évoque… l'éloignement. Et la solitude, en fait.

— Oui, c'est bien de cela qu'il s'agissait. Heureusement, Lilly est jeune, il est encore temps de lui offrir le Noël dont j'ai toujours rêvé. En grandissant, mes amis me parlaient de leurs fêtes, et j'ai fini par en connaître la magie dans le Colorado.

Il haussa les épaules et ajouta :

— Disons simplement que je sais de quelle façon je préfère que ça se passe. Et c'est aussi ce que je veux pour Lilly.

— Vos amis de là-bas vous manquent-ils ?

— Oui, beaucoup. On est restés en contact pourtant, et j'ai toujours des missions de consulting qui me permettent d'y retourner de temps à autre, donc ça va. Enfin, mieux que ce que je pensais.

— Avez-vous songé à ramener Lilly dans le Colorado ? Après tout, c'était votre chez-vous.

— Tout s'est passé si vite… En tant que parrain de Lilly, je savais qu'Asher avait voulu faire de moi son tuteur légal en cas de disparition. Aucun de nous ne pensait que ce serait nécessaire, mais… finalement ça a été le cas. Et je l'aime tellement… Je serais prêt à tout pour elle.

Il fit ralentir le camion tandis qu'ils passaient sur les dos-d'âne d'un autre pont et lança un regard furtif à Kit :

— Nos vies ont été bouleversées cette nuit-là. Plus rien ne serait comme avant, quoi qu'il arrive. Je savais que je n'allais pas rester à Atlanta, du moins pas dans la maison familiale. Mais je n'ai jamais souhaité éloigner complètement Lilly de ma mère, dans leur intérêt à toutes les deux. Je veux qu'elle n'oublie ni ses parents ni les moments qu'elle a passés à Atlanta, et qu'elle soit entourée de toute la famille qui lui reste.

— Vous voulez parler de Birdie ?

Il acquiesça.

— J'ai décidé qu'il valait mieux nous installer ici – à une distance suffisante pour pouvoir élever Lilly comme je l'entends, mais en restant proche de tous.

— Vous voulez lui offrir un véritable foyer, pas une forteresse familiale, c'est ça ?

Il lui lança un autre regard.

— Exactement. C'est ce que vous avez connu ?

— Non.

Elle esquissa un sourire et poursuivit :

— Nous avons fait fortune assez récemment, et presque tout a été investi dans l'entreprise. On a gardé la maison que Mamie possédait pendant la guerre, elle est dans la famille depuis des générations. Comme les affaires ont bien marché, la maison s'est agrandie, avec des extensions ici et là, mais… même quand la situation a évolué, les gens sont en général restés eux-mêmes.

Elle laissa échapper un profond soupir avant d'ajouter :

— J'ai adoré cette maison. J'avais l'habitude de passer des heures à feuilleter les albums de vieilles photos que Mamie conservait. L'essentiel de ce que nous possédions se retrouvait sur ces photos, ça avait juste été rénové et agrandi. On avait des traditions, des tonnes, mais c'était…

Elle marqua une pause, puis laissa la phrase s'estomper.

— … exactement ce que je voudrais pour Lilly, finit-il calmement, un sourire avenant aux lèvres.

— Merci. C'est vraiment gentil de votre part de dire ça. Ma famille était tout pour moi. Disons que cette époque de l'année nous fait tous les deux regretter des choses du passé.

— Je suis désolé, dit-il.

Elle comprit ce qu'il voulait dire par là.

— Moi aussi. Vous savez, c'est amusant, mais, pour toutes ces raisons, j'ai été anéantie quand j'ai perdu l'entreprise, parce que c'était ma vie et aussi ma famille par extension, tout en même temps, et parce que j'avais l'impression d'avoir détruit l'œuvre bâtie par ma famille à la sueur de son front…

— Vous n'avez rien détruit, vous…

— J'ai laissé quelqu'un d'autre s'en charger, ce qui n'est pas tellement mieux. Ça aurait été autre chose si je n'avais pas réussi à faire tourner l'entreprise, à cause de la conjoncture économique ou que sais-je. J'aurais peut-être échoué, mais je me serais battue.

— D'après ce que j'ai lu, vous vous êtes vraiment battue. Et pas qu'un peu.

— C'est vrai. J'y ai mis tout ce que j'avais, littéralement. Mais, comme vous le savez, Teddy avait les reins plus solides. Et des avocats mieux payés.

Morgan lui lança un regard, mais fut rassuré de constater qu'elle esquissait un sourire, même s'il était un peu pincé.

— Si ce n'avait pas été votre entreprise familiale, ça aurait été une lutte tout aussi acharnée.

Elle se crispa.

— Excusez-moi.

— Vous n'avez pas à vous excuser. Ce sont eux qui devraient le faire.

— En fait, tout cela n'aurait jamais dû passer entre les mains des avocats et des tribunaux. J'aurais dû le savoir, j'aurais dû anticiper ça, mais j'ai juste…

— Vous faisiez confiance à votre beau-frère, à votre famille. Vous n'étiez pas entièrement responsable ; certaines choses échappaient à votre contrôle. Votre sœur détenait la moitié de l'affaire qu'elle gérait avec vous, n'est-ce pas ? Je veux dire, elle était responsable de la gestion de ses parts, et vous…

— Trixie n'a jamais rien compris aux affaires, et elle ne voulait pas de cette responsabilité. Je crois que la raison pour laquelle je n'ai rien vu venir, c'est que Teddy vient d'une famille presque aussi ancienne que la vôtre et est à la tête d'une immense fortune. C'est pour ça que ma famille l'a accepté. Pas par affinité, loin de là. Il peut se montrer assez… autoritaire. Mais il avait honnêtement l'air d'aimer ma sœur, et nous savions qu'il n'en avait pas après son argent, vu qu'il avait plus qu'il n'en faut pour être tranquille jusqu'à la fin de ses jours, voire plus. C'est ce qui m'a aveuglée. Même si nous avons réussi, nous avons investi beaucoup de nos gains dans l'entreprise, et la famille est toujours passée en premier. L'argent était une sécurité. Nous vivions confortablement, mais pas dans le luxe.

Elle ébaucha un sourire :

— De par leurs racines irlandaises, les Bellamy ont toujours été économes.

— Ce qui explique la boîte de vingt-quatre crayons de couleur.

Elle éclata de rire.

— Exactement.

— Il n'y a rien de mal à cela.

— Non, même si ma sœur n'est pas de cet avis. Mais vous voyez, à ce moment-là, nous nous sommes tout de même dit : « Voilà qui va nous sauver la mise. » Teddy pouvait lui offrir la vie qu'elle avait toujours pensé mériter, et il l'a fait. Nous n'avions plus à nous inquiéter de savoir si quelqu'un cherchait à profiter d'elle, et de nous, par extension. Je n'ai rien vu venir. Teddy était intraitable en affaires. Il contribuait activement à la croissance du patrimoine familial. Quand Trixie lui a cédé sa part pour qu'il la gère, au lieu de me la confier à moi, je n'y ai vu aucun inconvénient. Il a très rapidement démontré qu'il savait ce qu'il faisait et il avait l'air sincèrement intéressé. En cela, je le respectais vraiment. Il semblait dévoué à sa part de l'entreprise, à la famille, et, même si nous avons connu quelques différends, surtout concernant nos traditions et notre souhait de ne pas devenir trop gros trop vite, j'ai cru qu'il avait saisi l'état d'esprit de *Mamie Sue*.

— Si vous respectiez ses idées et ses choix, je comprends que vous lui ayez accordé votre confiance.

— Nous avions des objectifs différents, mais je m'en remettais à son sens des affaires. Tout ce qu'il voulait, c'était dégager plus de bénéfices avec *Mamie Sue*, alors que moi je souhaitais qu'on s'en tienne aux valeurs qui allaient de pair avec la fondation de cette entreprise. Nous nous sommes disputés, nous avons débattu au conseil d'administration, mais je sentais que, dans les situations critiques, il finissait par se ranger à mes idées et mes choix. En définitive, il a bossé à plein temps pour sa famille, et son travail pour nous était seulement secondaire, mais il pouvait parfaitement gérer la situation à la place de sa femme. Je savais qu'à ses yeux la réussite se mesurait en chiffres, mais je n'ai jamais soupçonné qu'il finirait par se retourner contre nous.

— C'est sans doute parce que votre objectif n'a jamais été de faire fortune avec cette pâtisserie que vous ne comprenez pas son état d'esprit, dit Morgan avec aménité. Ce n'est pas facile pour quelqu'un qui vit bien, se porte bien, est heureux et a l'impression d'avoir réussi, de comprendre que tout le monde ne poursuit pas le même but. Quelqu'un comme Teddy – je ne le connais pas personnellement, mais j'en connais beaucoup qui lui ressemblent – voit une entreprise en croissance comme un nouveau challenge, même si ce n'est qu'avec lui-même.

— Mais le commerce était déjà florissant. Nous n'avions certainement pas besoin de plus d'argent. Je veux dire, nous voulions continuer à croître, mais nous n'étions pas en difficulté, loin de là. Nous nous portions bien.

— Ce n'est pas une question de cupidité. Son objectif n'était probablement pas d'ajouter des zéros à son compte en banque. Le but du jeu, c'est de gagner.

Conquérir. Posséder, contrôler. Pas parce qu'on en a besoin, mais parce que c'est à notre portée. Parce qu'on est expert en la matière. C'est comme les alpinistes : ils ne peuvent pas regarder une montagne sans avoir envie de l'escalader. Teddy voyait *Mamie Sue* et… il ne pouvait pas s'en empêcher. Son cerveau est ainsi fait. Avoir de l'argent et gagner toujours plus, ça lui permet simplement d'évaluer son score. Ce n'est ni parce qu'il avait besoin de plus ni parce qu'il en voulait plus.

— Vous avez raison. Ça m'échappe complètement. C'était déjà le cas à l'époque et ça n'a pas changé aujourd'hui. Comment un homme cultivé, intelligent, peut-il détruire l'œuvre de sa propre famille ? Enfin, la famille de sa femme. Aurait-il été prêt à trahir de la même façon son affaire familiale ? Je comprends qu'il soit doué pour permettre aux entreprises d'augmenter leurs bénéfices, mais il pouvait se contenter de développer sa propre affaire. Pourquoi a-t-il voulu en faire autant avec les nôtres ? Pourquoi nous l'infliger si cela revenait à démanteler tout ce que nous avions construit à la sueur de notre front ? Démolir l'entreprise, c'était le cadet de ses soucis.

— Vous disiez que votre sœur n'avait jamais voulu de l'entreprise. Peut-être… Eh bien, je ne sais pas comment le formuler sans paraître vexant, mais…

— Non, je sais ce que vous allez dire, et je me suis posé la même question. A-t-il revendu l'entreprise familiale parce que Trixie ne voulait pas s'en embarrasser ? Ce n'était pas comme si Trixie voulait réellement s'en défaire, enfin pas à ma connaissance. Elle ne s'y est jamais impliquée. Elle n'a jamais eu à lever le petit doigt. Teddy aurait pu gérer ses parts quasiment sans rien faire, s'il avait voulu. J'avoue que je me suis déjà sentie débordée par les responsabilités qui me tombaient dessus sans crier gare. Ça m'arrivait tout le temps. Mais je gérais, et j'aurais continué à le faire, toute seule et avec le sourire. Il aurait pu me confier la gestion et se concentrer sur son satané travail. Mais c'était comme si…

— Comme s'il était accro ? suggéra soudain Morgan.

— Exactement !

— Je sais que ça vous échappe, Kit, et c'est une bonne chose. Vous n'êtes pas censée comprendre ça. Moi, je n'ai jamais pu. Pour les gens comme Teddy et ma mère, tout se résume à la compétition. C'est leur conception de la vie. C'est ce qui la leur rend intéressante, ce qui les motive. Ils ne se soucient pas des gens – jamais rien de sentimental et humain. Leurs semblables représentent un trop grand défi pour eux, et les sentiments, ça fait désordre. Autant prendre de la hauteur et se mettre dans une tour d'ivoire d'où on peut contrôler absolument tout ce qui nous entoure. Ensuite, votre existence devient une partie d'échecs complexe et retorse. Pour ces personnes, les enjeux du quotidien ne sont pas assez importants. Ils sont nés avec de l'argent et savent qu'ils en auront toujours. Ils sont voués à mener une vie confortable. Donc, il leur faut trouver des sensations fortes ailleurs.

— Ce que vous dites sonne tellement…

— Aseptisé ? Froid ? Insensible ? C'est le cas. Du moins, ça peut le devenir, si tel est votre état d'esprit. Si Teddy ressemble à ce point à ma mère, je suis sûr que ce qu'il a fait n'avait rien de personnel. Les raisons pour lesquelles cela vous blesse ne l'effleurent même pas, pas plus que vous ne soupçonniez qu'il soit capable d'une telle chose.

— Oui, il ne se doute de rien ! Vous avez parfaitement raison. Il était complètement bouleversé d'apprendre que j'allais contester la vente à *Crousti-D-Lices*. Il ne comprenait pas mes motivations. Dans cette revente, ma part était assez conséquente. Je ne sais pas ce qu'il imaginait que j'allais faire avec cette coquette somme, privée de mon entreprise familiale, mais…

— C'est précisément ça. Il n'aurait jamais vu la situation de cette façon. Il a pensé que vous alliez faire comme votre sœur et profiter de votre nouvelle vie pleine de temps libre, ou rebondir et vous lancer dans une autre activité.

Elle retomba en arrière dans son siège et soupira tristement.

— Eh bien, je suppose qu'il avait raison sur ce dernier point. Il fallait que je passe à autre chose.

Morgan lui adressa un large sourire.

— Oui. Vous ne m'avez pas l'air du genre à vous tourner les pouces devant le butin.

Elle aurait pu lui dire qu'elle n'était pas du genre à se tourner les pouces tout court, mais cela ne le regardait pas. Après avoir cumulé les notes d'honoraires des avocats qui avaient englouti sa part de la vente, elle avait engagé sa part de la maison familiale. En définitive, elle avait perdu, et les avocats avaient saisi l'argent qui lui revenait à la vente de l'entreprise et tout ce qu'elle possédait, y compris sa part de la maison après que Teddy et Trixie l'eurent vendue.

Les avocats lui avaient dit que si elle s'était battue contre n'importe qui d'autre, ils auraient eu une bonne chance de gagner. Les frais d'avocats étaient exorbitants, mais Teddy avait les reins solides et pouvait soutenir une longue bataille juridique. Triompher au tribunal n'était qu'une conséquence de son travail, quels que soient les frais engagés.

Son conseiller financier, lors de leur dernière entrevue avant qu'elle s'en défasse aussi – plus besoin d'en avoir sans aucune fortune à gérer –, lui avait dit qu'elle devrait s'estimer heureuse de ne pas devoir d'argent aux avocats, aux impôts ou à quiconque. Elle recommençait de zéro, c'est sûr, mais bon, elle n'était pas non plus au fond du trou. Elle avait pourtant encore du mal à voir le bon côté des choses.

— C'est ça qui me reste le plus en travers de la gorge.

— Quoi donc ?

Elle n'avait pas réalisé qu'elle avait parlé tout haut.

— Ah. Pardon. J'étais juste en train de…

Elle ne voulait vraiment pas en parler. Elle avait peur de se remettre à pleurer. Mais elle était déjà bien avancée et, comme il le disait, le fait d'en parler, particulièrement avec quelqu'un qui n'était pas directement impliqué dans l'affaire… Elle émit un petit rire en pensant à l'ironie de la situation.

— Quoi ? demanda-t-il.

— Je me disais que je ne tenais pas à entrer dans les détails, parce que ça risque de me faire pleurer. Ce serait le pompon. Et puis, c'est bien connu, c'est le rêve de toute personne qui conduit sur un long trajet : une copilote en larmes.

— Je ne veux faire pleurer personne, mais si vous voulez vider votre sac une bonne fois pour toutes…

— C'est ce qui me faisait rire. Je me disais que vous aviez raison quand vous disiez que ça vous enlevait un poids. En particulier, le fait d'en parler à quelqu'un qui n'est pas impliqué dans l'affaire. Et puis je me suis dit… Comme c'est bizarre que je déballe toute cette tragédie à un Westlake…

— Votre karma s'améliore peut-être, dit-il, riant lui-même.

— Encore une petite blague du destin, hein ?

Il haussa les épaules

— Ça se peut. Mais je ne suis pas impliqué, vraiment, alors… vous pouvez y aller.

— Eh bien, meilleur karma ou pas, écouter mes confessions n'est certainement pas bon pour le vôtre.

Il la regarda, l'air ouvert, aimable, et demanda simplement :

— Alors, qu'est-ce qui vous est resté le plus en travers de la gorge ?

Elle soutint son regard un moment ; puis il dut se reconcentrer sur la route. Mais elle ne le quitta pas des yeux. Il était vraiment gentil – un homme bien. Et c'était un Westlake. Question karma, elle ne voulait pas savoir comment ils en étaient arrivés là.

Après un silence prolongé, elle répondit à sa question.

— Perdre la maison. Si j'avais dû choisir entre l'entreprise de tartes et la maison, j'aurais choisi l'entreprise. Ce que j'ai fait, et c'est la raison pour laquelle j'ai engagé ma part de la maison pendant le procès.

— Qu'est-ce qui lui est arrivé ?

— Je n'ai pas pu racheter ma part, donc… elle est partie en fumée.

— En fumée, vraiment ?

— Trixie en possédait l'autre moitié et elle l'a toujours détestée. Compte tenu de son rang social, cette maison l'encombrait plus qu'autre chose. C'était une baraque un peu délabrée, mais construite sur un assez vaste terrain, et j'ai cru que, dans le pire des cas, une fois en possession de la maison, elle entreprendrait d'importants travaux de rénovation.

— Mais la moitié est allée remplir les poches de vos avocats. Vous ont-ils forcée à vendre pour toucher leur part ? Teddy n'avait certainement pas besoin de ça pour s'acquitter des frais…

— Oh, croyez-moi, nous n'en sommes jamais arrivés là. Trixie l'avait déjà mise sur le marché avant même que le dernier coup de marteau du juge ait fini de résonner dans la salle de tribunal.

Kit posa mollement les bras autour de sa taille, les yeux dans le vague. Elle poursuivit :

— Ce travail me manque terriblement. Mais je recommence à m'épanouir dans la nouvelle pâtisserie. C'est totalement différent, mais ça comble le vide.

— L'enjeu n'est pas le même…

— Oui, mais, je ne sais pas… ça me va. Ça correspond au genre de vie que je mène maintenant. Peut-être même que ça m'aurait convenu dans tous les cas. Après toutes les épreuves que j'ai traversées, ces nouvelles responsabilités sont exactement ce dont j'avais besoin. Je peux travailler avec Lani et Baxter ; assurer toutes mes tâches quotidiennes, faire de son ambition une réalité. Mais je ne suis pas responsable de la subsistance de centaines d'employés, et ça me convient parfaitement ! grogna-t-elle. Je suis sûre qu'ils ne s'en portent pas plus mal. Je ne suis pas employeur modèle, ces derniers temps.

— J'imagine à peine ce que vous avez ressenti tout au long de ces épreuves, mais je sais que vous êtes trop dure avec vous-même. Et si les employés de *Mamie Sue* vous connaissaient et savaient vraiment ce qui se passait… eh bien, je ne peux pas croire qu'ils vous en veuillent non plus.

— Ils ne se réjouissent certainement pas de voir que j'ai laissé l'entreprise aux mains d'une organisation qui n'avait aucunement l'intention de préserver leurs emplois.

— Pourtant…

Il avait décidé de ne pas aller plus loin, lui exprimant plutôt de la compassion :

— Je suis désolé que vous ayez perdu la maison aussi.

— Si on réfléchit en termes de karma, beaucoup de mes anciens employés n'ont pas été gâtés vu qu'ils n'ont pas retrouvé de travail après les licenciements, donc… Enfin, c'est comme ça. Je ne devrais pas me plaindre.

— Vous ne vous plaignez pas. Vous faites votre deuil – tout comme eux. Quelle qu'ait été la tournure des événements, vous êtes humaine et vous avez perdu tout ce qui comptait pour vous. Vous avez le droit d'en faire votre deuil sans vous sentir coupable de ça aussi.

Elle lui lança un regard.

— Il vous arrive de regretter ce que vous avez abandonné ? De penser qu'il est injuste d'avoir tout laissé tomber pour jouer ce nouveau rôle ?

Il fit ralentir le camion et s'arrêta à un feu rouge, puis la regarda droit dans les yeux.

— Pendant longtemps, je me suis senti coupable de vouloir m'éloigner de ma famille et de l'entreprise familiale. Ce n'est plus le cas. Je me suis fait descendre en flammes par la partie la plus éloignée de ma famille, car j'enlevais Lilly à ma mère… Mais il faut connaître ma mère pour comprendre que ce n'est pas un choix aussi cruel que ça en a l'air. Ma famille m'en veut surtout pour l'image que ça donnera de nous aux autres. En tout état de cause, c'est une bonne chose pour ma mère : elle n'a pas à s'occuper d'élever une enfant en bas âge, ni à supporter les souvenirs douloureux que Lilly peut lui évoquer. Elle n'a jamais considéré les autres, disons… comme ses semblables.

— Je suis désolée, dit Kit faiblement. Je n'aurais pas dû… Votre perte est tellement plus douloureuse que…

— Non, nous nous sommes tous les deux investis et nous avons tous les deux perdu. Nous avons souffert, et nous souffrons encore. Vous comprenez de quoi je parle. Vous aussi, vous avez subi une grosse perte. Nous savons tous les deux que la vie peut être dure, et parfois vraiment impitoyable. Mais, en toute honnêteté, Lilly est maintenant dans ma vie, et je m'en réjouis, même si les circonstances sont tragiques. Chaque jour, je redoute de tout foutre en l'air, mais je me sens… reconnaissant de pouvoir contribuer à son éducation.

— Vous l'aimez. Tellement que vous ne foutrez rien en l'air.

Morgan afficha un sourire et appuya sur l'accélérateur tandis que la circulation reprenait son cours.

— Oui, eh bien, je commencerai à y croire le jour où vous accepterez que vous n'avez pas à vous sentir coupable d'être en rogne.

Ils rirent tous deux.

— Bon sang, tout ça, c'est tellement… bizarre. Vous ne ressemblez en rien à votre famille, ou du moins à ceux que j'ai rencontrés. Je crois que je comprends ce que vous disiez sur eux. Je n'ai jamais rencontré votre mère – le procès était déjà bien avancé quand l'accident est survenu. Ça faisait les gros titres partout, bien sûr, et j'étais tellement absorbée par le procès que je n'y ai pas vraiment prêté attention. Je savais juste qu'il s'agissait du fils de la femme qui possédait désormais l'entreprise qui m'avait déclaré la guerre au tribunal. Je me suis demandé si… ça calmerait un peu le jeu ou si ça changerait quoi que ce soit à la situation, ou si… je ne sais pas… ça rendrait les avocats un peu moins…

— Vicieux ? avança-t-il.

Elle haussa les épaules.

— Peut-être. C'est terrible à dire, mais ils ont été impitoyables. Après cet accident tragique, je ne pouvais pas m'empêcher de me demander – parce que c'est précisément de cette façon que j'ai perdu mes parents – comment ils pouvaient lancer de telles attaques alors qu'ils vivaient un tel drame. Mais il n'y a jamais eu l'ombre d'un accroc, pas au tribunal. Même pas une demande d'ajournement pour leur laisser le temps de gérer la situation. Rien. Je sais bien qu'il s'agit d'un grand groupe, mais il y avait à ce procès des avocats portant le même nom de famille que vous, donc…

Elle secoua la tête et ajouta :

— Laissez tomber. J'aurais mieux fait de me taire. Je comprends maintenant, au moins un petit peu. C'est tout ce que je voulais dire.

— Tout comme je comprends vos réticences en apprenant mon nom.

Elle lança un regard dans sa direction, mais il était concentré sur la route.

— Teddy est du même style que votre famille. Et par conséquent je crois que ma sœur aussi. Vous savez qu'elle était furieuse contre moi quand elle a entendu que j'allais contester la vente ? Elle a dit que je trahissais la famille en traînant Teddy et l'entreprise de snacks devant les tribunaux.

Kit se mit à rire, même si le cœur n'y était pas.

— J'ai cru entrer dans un univers parallèle où tout le monde se mettait subitement à parler une langue totalement étrangère.

Morgan s'esclaffa à son tour.

— Vous venez de décrire ce à quoi ressemblait grosso modo chaque jour de mon enfance.

En lui souriant, elle regarda dans sa direction.

— Peut-être que le problème vient de nous et que c'est nous qui sommes barjes…

— Nous, barjes ? Je préfère ça à leur normalité et à leur morne routine.

Il la regarda à cet instant précis et, même s'il ne soutint son regard que quelques instants, la complicité entre eux devenait palpable, comme s'il avait tendu la main pour la caresser.

— Merci de me tenir compagnie dans le monde des barjes.

Elle éclata de rire, mais son corps eut une réaction bien plus… profonde. Il était tellement… merveilleux, vraiment. Elle le désirait et voulait sentir ses mains sur elle, comme dans ses rêves les plus fous.

— Et dire que je suis toujours célibataire, malgré des répliques de ce calibre, dit-il d'un air pince-sans-rire. Incompréhensible, vraiment.

— Et dire que j'ai cru que c'était un compliment, répondit-elle en riant. On est vraiment chez les barjes.

— Voyons… Je suis en route pour sauver des tortues géantes, et j'ai laissé ma Lilly aux bons soins d'une jeune femme dotée d'une crête, de multiples piercings et d'un tatouage d'ailes de fée dans le dos – tatouage que ma nièce de cinq ans lui envie. Il me semble que « barje » résume bien la situation.

Il se mit à rire.

— Heureusement que ma famille ne peut pas voir ce qui se passe, sinon ils me poursuivraient en justice pour la récupérer.

Kit haussa les sourcils, sa libido en chute libre.

— Vous avez vu les tatouages de Dree ?

— Son tatouage, rectifia-t-il. Un seul et unique tatouage. Elle l'a montré à Lilly le jour où nous sommes passés à la boutique et que Lilly portait son costume de fée.

Il regarda Kit en écarquillant les yeux. Il glousssa et se concentra de nouveau sur la route :

— Vous ne pensiez quand même pas sérieusement que je… Enfin, elle a au moins dix ans de moins que…

Il secoua la tête et ajouta :

— Et c'est qui la barje, maintenant ?

Kit haussa les épaules, mais elle réprima un éclat de rire.

— C'est une jeune femme extraordinaire et, comme elle le répète, l'âge ne signifie rien.

— Vous savez, elle m'a dit quelque chose de ce genre au centre, mais il me semble que ce n'était pas un compliment.

Il fit ralentir le camion et tourna en direction de Jekyll. Il se tut un instant ; puis, après ce qui sembla une hésitation, il lâcha :

— Elle a aussi prétendu qu'ils m'arrangeaient le coup, et ne me demandez pas qui sont ces « ils ». Je ne suis pas sûr de savoir ce qu'elle insinuait. C'est à ce moment qu'elle a fait sa réflexion sur l'âge.

Kit avait le choix entre sourire ou être atterrée. Elle n'en croyait pas ses oreilles. Dree avait donc dit à Morgan que le Cupcake Club jouait les entremetteurs ? Eh bien, c'était plausible, mais elle n'avait jamais considéré qu'ils passeraient directement à l'action. Bon, peut-être Alva. Et Franco. Elle esquissa un sourire, puis se mit à rire. Ou peut-être le Club tout entier.

— Si c'est nous sommes barjes et que Dree a tout compris, qu'est-ce qu'on peut en déduire ?

Morgan gloussa.

— Je crois que je préfère ne pas répondre à cette question.

Kit lui lança un regard en coin et sourit.

— Elle vous surnomme « Tonton canon ».

Après tout, pourquoi ne pourrait-elle pas balancer, elle aussi ? Kit crut que Morgan allait s'étouffer.

— Quoi ?

— Oh, allez… Ça ne doit pas vous surprendre que des femmes vous trouvent séduisant.

Elle afficha un large sourire :

— Alva aussi vous appelle comme ça.

— Alva, l'amie de Birdie ? Elle a quoi… ?

— Quatre-vingt-quatre ans. Vous voyez, votre charme opère sur toutes les femmes, sans limite d'âge.

Kit se remit à rire quand une pointe de rouge vint colorer les joues de Morgan. Ce qu'il était sexy, charmant et absolument adorable. *Me voilà dans de beaux draps.*

— Elle et Dree font partie du Cupcake Club.

Elle prit conscience de son erreur quand il lui adressa un sourire entendu.

— Ah. Alors ce sont elles qui m'arrangent le coup, j'imagine. Hmm. Je me demande bien comment elles vont s'y prendre !

Il ralentit à un autre feu rouge et ajouta :

— J'imagine que vous n'allez pas… m'en dire davantage ?

— Il ne vaut mieux pas.

Ses efforts pour garder contenance furent totalement anéantis quand il se mit à ricaner et qu'elle l'imita ; elle ne pouvait s'en empêcher.

Ils riaient encore quand le feu passa au vert.

— Bienvenue dans le monde des barjes ! lança-t-elle quand elle eut repris son souffle.

Il lui adressa un sourire.

— Nous formons un sacré duo, vous et moi.

— C'est ce que vous n'arrêtez pas de dire, répondit-elle d'un air pince-sans-rire.

Leurs regards se croisèrent et ils se dévisagèrent un instant, tandis qu'il ralentissait à l'entrée d'un virage. Ils arrivèrent dans le parking du centre de recherche.

— Peut-être que si je vous le disais encore plus souvent vous finiriez par me croire.

Chapitre 13

— Oh, là, là. Morgan, regardez comme elles sont petites.

Émerveillée, Kit contourna l'aquarium abritant deux des petites tortues à écailles qu'ils devaient ramener à Sugarberry. Elle s'accroupit pour les observer à travers la vitre :

— Oh, non… Celle-ci n'a que trois nageoires.

Morgan s'approcha d'elle et se pencha pour regarder.

— On dirait qu'elle se débrouille très bien avec.

— Oui, c'est vrai. Mais… Lilly va complètement craquer pour elle, vous savez, dit-elle en tournant les yeux vers lui.

C'est à cet instant que ça le frappa. Littéralement. Juste à côté d'un aquarium de tortues sur l'île de Jekyll.

Il ne comptait plus le nombre de fois où il avait entendu le fameux conseil : « Quand tu tomberas sur la bonne personne, tu le sauras. » Il n'y avait jamais cru. Il avait fait pas mal de rencontres lorsqu'il vivait dans le Colorado, et il se souvenait, avec tendresse, des femmes avec lesquelles il avait passé du temps.

Ils avaient eu des conversations animées, profondes et stimulantes sur la politique, l'environnement, la paix dans le monde et la philosophie. Ce n'était pas ça, la complicité, l'alchimie ? Il avait toujours pensé que les choses devaient lentement évoluer à partir de cela. Mais… ça n'avait jamais été le cas.

Jusqu'à cet instant, à deux pas de l'aquarium des tortues. Fasciné par ses ravissants yeux verts et son sourire, il voyait enfin les choses enfin.

Depuis le peu de temps qu'ils se connaissaient, il s'était ouvert à Kit, lui avait parlé de lui, de sa famille, de ses aspirations… ce qu'il n'avait encore jamais osé avec aucune femme. Elle avait fait de même, et il se doutait que ce n'était pas non plus dans ses habitudes. Peut-être était-ce ce lien étonnant qui avait permis à ses sentiments d'évoluer si vite ; il l'ignorait.

Pour qu'une relation prenne de l'importance, Morgan imaginait qu'il suffisait de passer du temps avec sa moitié et de lui accorder l'attention nécessaire. Le plus long moment qu'ils aient passé en compagnie l'un de l'autre était précisément ce voyage en voiture. Ces deux dernières heures – et chacune de leurs brèves conversations – avaient tissé entre eux un lien qui les unissait de façon intime, bien au-delà de leurs considérations sur le monde actuel.

Cette histoire de karma lui revenait soudain. Il comprenait enfin. Enfin, il savait… et il était le dernier homme sur Terre avec lequel elle voulait s'engager.

Pourtant, la complicité était bel et bien au rendez-vous. Ce n'était pas seulement dans sa tête, et cela n'allait pas disparaître simplement parce qu'elle le souhaitait.

Sois présent, implique-toi… et vois où ça vous mène, pensa-t-il. Dans le pire des cas, elle s'obstinerait à n'être que son amie, et il pourrait compter sur cette jeune femme fascinante qui aimait Lilly.

Dans le meilleur des cas ? Eh bien, il ne voulait pas s'avancer trop vite. Chaque chose en son temps.

— Morgan ?

Il sortit brusquement de sa rêverie… et serra les poings pour éviter de caresser le visage de Kit et d'approcher ses lèvres des siennes. Le besoin pressant de… Qu'est-ce que c'était, de la possession ? Oui. De la possession. C'était la seule façon de décrire le sentiment instinctif qui le parcourait. Il devenait fou. Il n'avait jamais été le genre de garçon à vouloir posséder une femme. Et pourtant, avec elle…

— J'étais juste en train d'imaginer la tête de Lilly quand elle verrait cette petite créature.

En fait, à cet instant, il se demandait comment elle aurait réagi s'il s'était penché pour l'embrasser. S'il commençait par posséder sa bouche… et poursuivait son chemin.

Son regard s'adoucit.

— Je sais. Je comprends parfaitement. Vous croyez que… Vous avez pensé qu'elle pourrait s'attacher ?

Il lutta pour reprendre le contrôle de ses pensées – et de ses pulsions.

— Oui, ça m'inquiète un peu. Il vaut mieux lui épargner d'autres pertes en ce moment. J'ai parlé à Gab, et il m'a dit qu'on pourrait la faire participer aux remises en liberté, le moment venu. Comme ça, elle verra les tortues rentrer chez elles. J'imagine que – si tristes que soient les circonstances – il y aura toujours de nouveaux résidents de passage sur lesquels elle pourra veiller. Si ça l'intéresse encore, alors elle n'aura plus qu'à apprendre que son rôle consiste à aider les tortues à rentrer chez elles, et elle se rendra compte que c'est une bonne chose.

— C'est une excellente idée.

Le sourire de Kit s'agrandit pour devenir plus avenant, tandis qu'ils se dévoraient des yeux.

Quel changement depuis la dernière fois qu'ils avaient passé du temps ensemble. Il ne pouvait renoncer à la lueur d'espoir, il ne le voulait pas. Il voulait glisser sa main dans la sienne, la serrer contre lui et partager cet instant avec elle. Un désir si simple, et pourtant il n'y avait rien de simple dans tout cela. C'était complexe, riche, et c'était une sensation si agréable. *Notre… « hum hum »… bien sûr.*

— Je sais que vous êtes inquiet, dit-elle, prenant à tort son silence pour de l'anxiété. Vous vous souciez de prendre soin d'elle, de l'élever. Je vous assure, j'aurais moi aussi très peur à votre place. C'est une énorme responsabilité. Il est évident que vous l'aimez, mais ce qui vous sauvera, c'est que vous veillez sur elle.

— Merci. Je fais de mon mieux.

Elle posa la main sur son bras.

— Personne ne peut faire plus.

Elle le serra, puis le lâcha, focalisant de nouveau son attention sur l'aquarium.

Aussi rapidement que l'idée lui était venue de prendre son temps pour séduire Kit, la perspective de l'avenir auquel ils étaient promis brisa ses rêveries. Le retour à la réalité fut assez brutal. Même si elle fermait les yeux sur son appartenance à la famille Westlake et décidait de s'investir dans une nouvelle relation, Morgan n'était pas seul. Il faisait désormais partie d'un lot. Avec toutes les épreuves qu'elle avait traversées, les nouveaux défis qu'elle avait relevés, cette nouvelle vie qu'elle commençait, il doutait qu'elle soit en quête d'un homme élevant une enfant. Peu importait l'affection qu'elle portait à Lilly. Et il la comprenait.

Cependant, son envie de poser sur les lèvres de Kit un baiser lent, profond et fougueux devenait de plus en plus difficile à gérer.

— Morgan ? Kit ? On vous attend là-bas.

Ils se levèrent et se retournèrent tandis que le technicien du centre de recherche les guidait jusqu'à l'arrière du bâtiment pour ensuite les aider à charger la tortue la plus âgée dans le camion. Comme ils s'apprêtaient à passer les portes battantes, le technicien se tourna vers eux.

— Il faut que je vous prévienne. Nos résidents les plus récents ne sont pas en grande forme.

— D'accord, dit Morgan. Merci.

Kit était devant lui et son hésitation était palpable. Il se pencha vers elle et dit calmement :

— Je peux m'occuper de cette partie du travail, si vous voulez. Vous pouvez utiliser la sortie principale et nous retrouver près du camion.

Il ignorait comment sa proposition serait reçue ; elle était plutôt du genre indépendante.

Elle leva vers lui un regard empreint de tristesse.

— Si je veux m'occuper de ces tortues et faire du bénévolat, il faut que je voie ça aussi.

— Vous êtes sûre ? Parce que…

Elle acquiesça.

— Oui, je suis sûre. Mais… Merci.

Son instinct lui dictait de la réconforter. Il fourra ses mains dans les poches de la blouse de laboratoire qu'on lui avait fournie pour protéger ses vêtements pendant la manipulation des tortues. C'était ça ou il prenait Kit dans ses bras.

De toute évidence, il avait quelques restes de l'éducation Westlake. Il ne s'était jamais considéré comme un homme très démonstratif en matière de sentiments. Il n'avait jamais eu l'occasion de les exprimer et aucune raison de les ressentir. Puis, Lilly était arrivée dans sa vie, faisant ressurgir des émotions enfouies depuis bien longtemps. En y réfléchissant, il réalisa que c'était précisément ce qui avait orienté sa carrière. N'était-ce pas pour cette raison qu'il éprouvait cette tendresse envers Kit ? Elle en avait besoin. Et lui aussi. Il ne voyait pas d'autre explication.

Et pourtant… il sentait qu'il la connaissait. Et qu'elle le connaissait – probablement mieux que n'importe qui.

Le technicien poussa les lourdes portes battantes et Kit lui emboîta le pas, suivie de près par Morgan.

Il avait vu des tas de photos de tortues en sale état. Aucune d'elles ne l'avait préparé à ce spectacle.

Kit eut le souffle coupé quand elle aperçut la grande tortue luth. Un côté de sa puissante mâchoire était mutilé, sa carapace avait été gravement endommagée, et une de ses nageoires avait été complètement déchirée. Elle porta la main à ses lèvres et chancela.

Aussi naturellement qu'il l'aurait fait avec Lilly, Morgan la saisit par les épaules et la fit se retourner, pour l'abriter de tout son corps. Elle ne lutta pas. La sentant frissonner, il baissa la tête, pressant ses lèvres contre sa chevelure.

— Morgan, l'appela-t-elle d'une voix tremblante.

Il entendit que les larmes n'étaient pas loin.

— Je sais, je sais, dit-il calmement.

— Oh, mon Dieu !

Elle vacilla et il la serra plus fort en l'entourant de ses bras.

Il accrocha le regard du technicien, qui était revenu sur ses pas pour voir où ils étaient. Le jeune homme hocha la tête et articula le mot « désolé ».

Morgan hocha la tête en retour.

— Laissez-nous juste une minute, d'accord ?

— Bien sûr. Je vous retrouve derrière.

— Je… je devrais pouvoir le faire.

La voix de Kit était à peine plus forte qu'un murmure :

— Elles ont besoin de nous. Enfin, je le savais déjà, mais maintenant…

— Maintenant, vous allez simplement travailler encore plus dur, murmura-t-il. Elles ont besoin d'aide à tous les stades de leur guérison. Tout ce que vous faites, quelle que soit l'activité dans laquelle vous vous impliquez, contribue à les aider.

Il sentit qu'elle acquiesçait contre son torse et renversait doucement sa tête, levant le visage vers le sien.

— On n'est pas obligés de tout faire, dit-il. Il suffit de faire ce que l'on peut, ce dont on est capable. Lilly, moi, vous.

Les yeux de Kit étaient pleins de larmes.

— Vous avez raison.

Elle reprit son souffle et commença à s'orienter vers les techniciens qui s'affairaient, mais Morgan la retint un instant.

— Retournons-y, aidons celles que nous pouvons aider et reprenons la route de Sugarberry.

Au moment où elle pensait qu'elle pourrait résister, qu'elle pourrait se forcer à regarder de nouveau, il posa ses paumes sur ses joues et dit :

— On les aide, Kit. Et en faisant sortir les autres, on aide celle-ci aussi. D'accord ?

Elle acquiesça, et il se tint près d'elle, faisant écran entre les manipulations en cours et le chemin vers la porte. Il posa une main réconfortante sur son dos, la guidant vers le technicien qui les accompagnait.

— Merci, dit-elle au jeune homme tandis qu'ils lui emboîtaient le pas dans la salle de l'aquarium. Pour ce que vous faites.

Il ébaucha un sourire en signe de compréhension.

— Merci à vous.

Kit renifla une dernière fois avant de s'essuyer les yeux, puis elle se reprit du mieux qu'elle put et se força à sourire.

— D'accord. Alors… qu'est-ce qu'on fait ?

Le technicien lui adressa un sourire.

— Par ici.

Elle regarda Morgan qui ne l'avait pas quittée des yeux.

— Merci à vous aussi.

— De rien, répondit-il, sentant son cœur commencer à s'emballer.

Me voilà dans de beaux draps.

Chapitre 14

— Pourquoi elle nage pas en traviole ?

Lilly pressa son visage contre l'aquarium pour observer la jeune tortue.

— Elle a trouvé un moyen de nager avec seulement trois nageoires, lui dit Morgan. Les tortues sont plutôt malines.

Lilly leva les yeux vers lui.

— Est-ce qu'elle va repousser ? Celle qui manque ?

Morgan secoua la tête en signe de dénégation.

— C'est pour ça qu'elle est ici. Pour apprendre à bien se débrouiller avec sa blessure. On va s'assurer qu'elle peut nager vraiment très, très bien, et on pourra la laisser rentrer chez elle.

— Dans l'océan ?

Morgan acquiesça.

— Peut-être que, le moment venu, tu pourras nous aider.

Elle écarquilla les yeux.

— Pour de vrai ?

Morgan afficha un sourire.

— Si le Pr Gab est d'accord. Mais je crois qu'il sera content de voir que tu veux participer.

Lilly tourna de nouveau les yeux vers l'aquarium.

— C'est quoi son nom ? Je peux lui en donner un ?

Kit avait observé toute la scène, le cœur submergé par l'émotion. Quand Morgan lui lança un bref sourire et un clin d'œil, elle sentit une tout autre sorte d'emprise sur son cœur. Elle lui rendit son sourire, se disant qu'elle aurait aimé pouvoir prendre part à leur échange. Avec lui, tout avait l'air si simple et naturel.

— Son nom est Donatello, dit Morgan à Lilly.

Kit savait que le nom de la tortue était inspiré d'une Tortue Ninja, héroïne d'un dessin animé qu'elle n'avait pas eu l'occasion de découvrir dans ses jeunes années. Peut-être l'aurait-elle connu si elle avait eu des frères, mais, hélas, ce n'était pas le cas. Toutefois, Morgan, incollable sur le sujet, l'avait abreuvée de leurs histoires et divers exploits pendant le trajet du retour à Sugarberry, avec leur précieuse cargaison de tortues.

Elle était restée à l'arrière du camion pour surveiller leurs passagers, mais la route avait été facile, donc elle avait pu bavarder avec Morgan pendant qu'il conduisait. Vu que les tortues étaient attachées à des civières et des planches, elle faisait plus office de baby-sitter qu'autre chose, et se réjouissait qu'il n'y ait pas eu de complications.

Elle aurait préféré mieux réagir face à la tortue blessée. Sachant que ces images resteraient gravées dans sa mémoire pour un bon moment, elle se félicitait d'avoir sous les yeux des tortues paisibles et les histoires amusantes des Tortues Ninja de Morgan lui permettaient de rester concentrée sur sa mission.

— Do-na-tel-lo, dit Lilly, en articulant bien. C'est rigolo comme nom.

— C'est le nom d'une Tortue Ninja, lui expliqua Morgan.

Il avait déjà dit à Kit que Lilly était probablement encore un peu trop jeune pour les dessins animés et les films, mais ses histoires étaient si touchantes et amusantes qu'elle l'avait encouragé à les raconter à Lilly, en les modifiant à sa guise.

— C'est quoi, une tortue soja ? demanda Lilly.

Morgan se lança dans l'histoire de Donatello et de ses frères tortues, Michelangelo, Raphaël et Léonardo.

— Donatello, c'était l'intello du groupe, le scientifique.

— Comme le Pr Langley ?

Morgan émit un petit rire.

— Exactement comme le Pr Langley, en fait.

Le téléphone de Kit sonna dans sa poche et, après avoir consulté le message, elle descendit de la table sur laquelle elle était assise.

— Bon, il faut que je retourne à la boutique. L'inspecteur est enfin arrivé.

Elle ôta sa blouse de laboratoire et l'accrocha à la rangée de patères courant le long du mur.

— Tu reviens demain ? demanda Lilly qui s'était momentanément détournée de l'aquarium.

— Je ne sais pas encore.

Kit fit une petite grimace et ajouta :

— Mais je donnerai au Pr Gab mes disponibilités pour la semaine, comme ça, il pourra te le dire. D'accord ?

— D'accord.

Lilly regarda une nouvelle fois la tortue qui nageait, puis ajouta à l'intention de Kit :

— Merci d'avoir amené Donatello ici. Il est heureux.

La jeune femme esquissa un sourire.

— Oui, je crois qu'il est content. Tu devrais lui dessiner quelque chose dans ton nouveau cahier.

Le visage de Lilly s'illumina.

— D'accord !

Elle retourna vers le laboratoire, certainement pour aller y chercher son cahier et ses crayons.

Kit se tourna vers Morgan.

— Désolée, j'espère que ça va aller.

— C'était parfait.

Elle se redressa près de l'aquarium.

— Venez, je vais vous accompagner jusqu'à la sortie, proposa Morgan.

Cela provoqua un nouveau petit sursaut dans sa poitrine.

— Vous n'êtes pas obligé.

Elle esquissa un sourire.

— Je sais.

Lilly revint dans un tourbillon et Morgan lui dit :

— Je vais accompagner Mlle Kit à l'entrée. Tu commences ton dessin, d'accord ? Et on ne met pas les mains dans l'aquarium. Ce n'est pas parce que c'est une petite tortue que…

— … qu'elle ne peut pas me mordre, termina-t-elle. Je sais. Le Pr Langley me l'a dit et Mlle Dree aussi : si on met les mains dans l'eau, ça fait peur aux tortues, et on peut plus jamais revenir ici si les tortues ont eu peur.

— Bien joué, Pr Gab ! glissa Kit à Morgan en lui lançant un sourire en coin.

— Je lui dois une fière chandelle, murmura Morgan en retour.

Puis il reprit d'une voix plus forte à l'intention de sa nièce :

— C'est exactement ça. Je suis content que tu comprennes. Fais un beau dessin pour Donatello, d'accord ? Je reviens tout de suite.

La tête de Lilly était penchée sur le cahier à spirale, qui avait l'air énorme ainsi posé sur ses petites jambes.

— D'accord, répondit-elle d'un air absent, déjà immergée dans son chef-d'œuvre.

Morgan suivit Kit jusqu'à l'entrée où elle récupéra son sac et son pull.

— Vous n'êtes vraiment pas obligé…

— Je sais, dit-il en lui tenant la porte du parking. Je voulais simplement vous remercier d'être venue aujourd'hui alors que vous êtes débordée.

— J'imagine que vous aussi. C'est le côté glamour de notre vie de bénévoles pour les tortues, n'est-ce pas ?

Il se mit à rire tandis qu'ils s'avançaient vers sa voiture.

— Et puis c'est devenu encore plus intéressant aujourd'hui, en fait. Je suis ravie d'avoir trouvé le temps. Lani m'a remplacée sans aucun problème.

— Je suis content qu'on ait eu le temps de parler. De clarifier un peu les choses. C'était… vraiment bien. C'est facile de parler avec vous et je vous remercie pour votre oreille attentive.

— Pareil pour moi, dit-elle avec sincérité.

Elle se tourna vers lui. Une sensation de chaleur réconfortante la poussa à ouvrir la bouche pour ajouter :

— Vous m'avez dit que vous vouliez fêter Thanksgiving à Sugarberry. Est-ce que… Est-ce que ça vous dirait avec Lilly de vous joindre à moi – à nous ? Notre groupe est sympathique, on y rit beaucoup. Je ne pense pas qu'il y aura d'autres enfants, mais Lilly connaît déjà Dree, Lani et moi. Elle va adorer Alva et Franco. Si vous pensez que ce ne sera pas trop dur pour elle, ça pourrait être une bonne façon de s'intégrer à la communauté de l'île. Enfin, plus qu'en venant simplement au centre. Alva essaiera d'inviter Birdie. Peut-être que dans un groupe comme ça, ce sera plus simple. Je ne sais pas. Je me disais juste…

Elle s'arrêta net, et ses lèvres se tordirent dans un rictus d'autocritique avant d'ajouter :

— J'imagine que je me mêle de ce qui ne me regarde pas. Vous n'avez qu'à me dire si je vais trop loin, je comprendrai.

Morgan avait fourré ses mains dans ses poches et se tenait simplement là, en lui souriant.

— Je pensais seulement… Bon, mon invitation tient toujours, bredouilla-t-elle, réalisant que son cœur se mettait à battre bien trop fort tandis qu'elle attendait sa réponse.

— Qu'est-ce que les autres penseraient de ma présence ? Je ne voudrais pas faire de la fête un…

— Croyez-moi, ce serait l'événement de la saison pour eux.

Elle fit une pause en réalisant les véritables conséquences de sa proposition. Elle aurait dû penser au fait que les membres du Cupcake Club avait déjà tenté de la pousser dans les bras de Morgan… Oh, là, là, mais où avait-elle la tête ? Elle ne voulait pas que Morgan et Lilly soient seuls chez eux pour Thanksgiving, voilà tout.

Rien de plus, bien sûr…

Elle pouvait sûrement faire comprendre à ses amis qu'il ne s'agissait que d'une invitation d'une nouvelle habitante de l'île envers un autre nouveau venu.

— Ça veut dire que vous allez y réfléchir ? demanda-t-elle.

— Vous êtes bien consciente de votre proposition ? En tant que célibataire, je n'ai jamais fait la cuisine pour une fête traditionnelle de ce genre. Je n'ai pas la moindre idée de ce que je vais préparer. Je vais tâcher de me trouver une bonne excuse pour esquiver cette lourde responsabilité.

— Vous avez déjà acheté une dinde ?

Il secoua la tête en signe de dénégation.

— Je me demandais si on ne pouvait pas instaurer une nouvelle tradition : le traiteur chinois de Thanksgiving.

Il afficha un grand sourire :

— On sort à peine des cartons. Je m'en voudrais de faire brûler la maison si vite.

Elle éclata de rire.

— Oui, bon, vu comme ça, un Thanksgiving aux baguettes, ça a en effet l'air plus sage.

Elle lui lança un regard pensif et dit :

— Vous vous y connaissez en sauce aux airelles en boîte ?

— Ça, je crois que je peux gérer.

— D'accord, vous pourrez apporter ça. Enfin, si Lilly est partante, en fait. Vous me tenez au courant ? Et, pour Birdie, je ne dirai rien…

— Je veux bien, mais seulement si le reste du groupe est d'accord.

— On va voir ça. Je suis contente que ça vous tente. Tout le monde s'est montré si gentil avec moi, ici… J'aimerais que vous puissiez être aussi bien entourés, Lilly et vous.

Son sourire se fit plus intense, tout comme le regard qu'il lui adressait.

Le silence s'installa quelques secondes, puis encore quelques secondes, pendant lesquelles leurs regards s'entremêlèrent avec une intensité croissante. Elle finit par retrouver l'usage de la parole

— Mais ne vous sentez pas…

— Non, ne vous en faites pas.

Il fit un pas dans sa direction et dit :

— Vous êtes unique, Kit Bellamy.

— Je… Merci.

Il était si proche qu'elle en était troublée… mais dans le bon sens. Elle éprouvait toutes les difficultés du monde à se rappeler pourquoi elle ne voulait pas de lui dans sa vie… parce que, en réalité, il lui faisait un bien fou.

Elle se souvenait de la façon dont il l'avait réconfortée quand elle s'était blottie contre son torse puissant. Elle ne pouvait pas regarder ses mains sans se remémorer la sensation de ses grandes paumes posées sur ses joues et le timbre profond de sa voix en train de l'apaiser, de l'encourager.

Grâce à lui, elle s'était sentie plus forte. C'est un moment qui aurait dû être gênant, peut-être pas sur le coup, mais du moins par la suite, cependant… cela n'avait pas été le cas. Bien au contraire.

— De rien.

Le regard de Morgan dévia paresseusement vers la bouche de Kit.

Le corps de la jeune femme réagit comme s'il venait d'effleurer de ses grandes mains l'extrémité de ses tétons. Rien au monde ne pouvait empêcher les yeux de Kit de se river à leur tour sur la bouche de Morgan… et de se demander comment ce serait si c'était sa langue qui effleurait ses tétons durcis. Elle dut réprimer un petit gémissement, mais ne fit rien pour le retenir quand il fit un autre pas vers elle, réduisant ainsi l'espace qui les séparait.

Ensuite, sa grande main passa une nouvelle fois le long de sa joue alors qu'elle tendait le cou vers lui.

— Juste pour voir, Kit, murmura-t-il. Juste… pour voir.

Les lèvres de Morgan frôlèrent les siennes, embrassant sa bouche lentement, l'explorant comme s'il avait tout le temps du monde et comptait profiter pleinement de chaque seconde.

Elle soupira contre ses lèvres et ferma les yeux tandis qu'un frisson de plaisir parcourait tout son corps.

Il savoura l'instant, passant les mains dans ses cheveux et inclinant la tête de Kit en arrière. Poussant plus loin ses explorations, son baiser se fit plus langoureux.

Elle passa ses mains sur les épaules de Morgan, puis effleura sa nuque de ses ongles pour enfoncer ses doigts dans son épaisse chevelure. Un râle résonna au fond de la gorge de Morgan et l'exploration lente et douce céda la place à un désir insatiable. Son bras s'enroula autour de la taille de Kit, la serrant plus fort contre lui. Les doigts de Kit s'emmêlaient dans les cheveux de Morgan tandis qu'elle plaquait fermement sa bouche contre la sienne.

Les braises qu'ils avaient entretenues depuis le jour de leur première rencontre se mettaient à étinceler et s'enflammer. Morgan plaqua le corps de Kit contre la portière de la voiture et se serra contre elle.

Il l'embrassa comme si c'était la dernière fois qu'il pourrait le faire. Elle oublia où elle était, qui elle était, et se laissa happer par ce baiser.

Soudain, le bruit perçant de son téléphone, qui vibrait entre eux, coincé dans la poche de son pull, les fit sursauter tous les deux. Elle tressaillit, et il lâcha ses lèvres, mais la garda enroulée autour de lui tandis qu'ils reprenaient leur souffle.

— Je ne sais pas vous, dit-il, la voix rauque, mais ça…

Il secoua la tête, d'étonnement ou de dénégation, elle n'était pas sûre. Il avait l'air aussi abasourdi qu'elle, et il la dévorait du regard – ses yeux, sa bouche, ses cheveux – dans une exploration aussi intime que son baiser l'avait été. Puis il la regarda bien en face.

— Kit, je…

— Nous ne devrions pas…

— Je sais.

Le regard de Morgan se dirigea de nouveau vers sa bouche, et il ferma brièvement les paupières avant d'ajouter :

— Je sais. Vous m'avez clairement fait comprendre ce que vous vouliez et ce que vous ne vouliez pas. Si on se lançait dans quelque chose, cela vous compliquerait la vie de mille façons…

Elle était sur le point de dire qu'ils ne devraient certainement pas rester sur le parking, où n'importe qui pouvait débarquer et les voir, mais il était apparemment déjà à mille lieues des convenances s'il envisageait déjà la suite. Elle essayait de reprendre ses esprits alors que son cœur battait la chamade.

—Morgan…

Il cherchait encore son regard, et elle comprit qu'il n'avait pas envie de faire ce que sa raison lui dictait. Enfin, ce qu'il pensait que sa raison lui dictait.

—Je voulais juste savoir si je ne m'étais pas trompé. Je… je ne m'attendais pas à ça.

Elle sentit le bout de ses doigts jouer à la racine de ses cheveux.

—En fait, je ne m'attendais pas à vous, ajouta-t-il.

Prise dans un tourbillon d'émotions et de désir, Kit ne sut par où commencer. Ses pensées étaient encore embrumées par ce baiser qui lui avait donné des sensations plus intimes, plus… charnelles que si elle s'était dévêtue pour lui faire l'amour sur le capot de la voiture. En y repensant, ça avait tout l'air d'une excellente idée.

Oh, là, là.

—Je… je ne m'y attendais pas non plus, parvint-elle à dire, tout en luttant pour se maîtriser…

Elle savait que cela au moins était vrai.

—Alors… Je ne vais pas… On ne va pas… Je, euh… Je vais vous laisser y aller. Vous devez vous occuper de votre inspection. Je vais retourner… m'occuper de Lilly. Et on sera juste… des amis.

Tout en elle rejetait cette idée. Sauf que, sur un plan rationnel et objectif, il avait probablement raison. Ils étaient à un tournant de leurs vies. Celle de Morgan était particulièrement compliquée. Ses choix n'engageaient pas que lui s'il passait du temps avec une femme et envisageait une relation sérieuse avec elle.

Quant à elle, même si elle pouvait fermer les yeux sur le fait de fréquenter un membre du clan Westlake, elle ne savait pas du tout si elle avait envie de s'embarquer dans une histoire avec un père célibataire. Elle s'était tellement évertuée à rejeter toute idée de relation entre eux qu'elle n'avait pas réfléchi à la façon dont son rôle de tuteur légal de sa nièce pourrait affecter une tout autre personne que Lilly – à savoir elle-même.

— J'imagine que ça veut dire que je dois arrêter de vous tenir comme ça dans mes bras.

La pointe d'humour de ses paroles ne parvint pas jusqu'à ses yeux… qui la dévoraient littéralement.

Mais il ne se redressa pas, ne retira pas son bras enroulé autour de sa taille et ne recula pas. Au lieu de cela, il balaya des mains les mèches de cheveux qui barraient le front de Kit, suivit du bout des doigts les contours de sa lèvre inférieure et la fit vibrer d'un désir si profond qu'elle ignorait si elle devait le contenir ou passer à l'acte sur-le-champ.

Elle ne voulait pas qu'il s'en aille, ne voulait pas perdre la chaleur de son corps, sa force. Elle ne voulait pas qu'il se détourne d'elle comme il était en train de le faire.

— Je pourrais me perdre en vous, Kit Bellamy. Bon sang, c'est peut-être déjà fait.

C'est seulement lorsqu'il laissa retomber sa main et qu'elle sentit qu'il relâchait son étreinte qu'elle esquissa un geste. Si elle avait réfléchi une seule seconde, elle aurait perdu son sang-froid et n'aurait pris aucun risque. Mais les risques faisaient partie des sensations que Morgan lui procurait.

— Peut-être que j'ai besoin de savoir, moi aussi.

Elle lui fit baisser la tête vers elle pour l'embrasser.

— Oh, Dieu merci !

Il afficha un grand sourire et l'embrassa en retour.

Le baiser était différent cette fois-ci. Chaque instant en était ardent, d'une intensité folle… Mais cette pointe de dernière-chance-avant-de-mourir avait été remplacée par les plaisirs de la découverte. Et elle se chargeait elle-même de poursuivre leur exploration.

Ils se séparèrent quand son téléphone sonna une deuxième fois… puis une troisième. Ils se mirent à rire, bien qu'à bout de souffle.

— Je crois que quelqu'un essaie de me faire passer un message.

— J'espère que ce n'est que pour votre inspection.

L'éclat de ses yeux était communicatif, tout comme l'étincelle malicieuse de son sourire.

Cela la fit sourire.

— Il faut vraiment que j'y aille. Ça fait une semaine que j'attends qu'ils passent pour nous donner les autorisations dont nous avons besoin.

— Je sais. Il faut que je retourne à l'intérieur aussi.

Il relâcha son étreinte autour de la taille de Kit, mais fit glisser ses mains le long de ses bras, puis joignit ses mains aux siennes.

— Je sais que ce n'était qu'un baiser…, dit-il. Mais il s'est passé plus que ça, n'est-ce pas ?

Elle secoua la tête.

— Oui, mais…

— Je ne prends pas ces choses-là à la légère.

— J'ignore ce que je veux, dit-elle avant de se mettre à rire. En fait, il y a un tas de choses dont j'ai envie.

Son rire s'évanouit, mais son sourire demeura tandis qu'elle levait les yeux sur le séduisant visage de Morgan.

— Il faut juste que je comprenne si j'en ai envie en ce moment, ajouta-t-elle.

Il ébaucha une réponse, mais elle l'arrêta :

— Je sais que je vous ai invités, vous et Lilly, au dîner de Thanksgiving, et la raison pour laquelle j'aimerais vous y voir tous les deux n'a pas changé, mais…

— Mais ça complique les choses, dit-il. Peut-être même beaucoup. Je comprends, Kit. Vraiment. Je sais…

— J'ai besoin de réfléchir, pour soigneusement… peser… le pour et le contre.

De ses doigts, il effleura sa joue.

— Je sais. Et je veux que vous pesiez tout… le pour et le contre. Si vous souhaitez toujours que nous venions, j'en parlerai à Lilly et, si elle se sent prête, nous pourrons venir… en amis.

Elle lui lança un regard narquois.

— Étant donné ce qui vient de se passer, vous pensez honnêtement qu'on y arriverait ?

Il éclata de rire.

— Vous voyez ? C'est pour ça que je vous ai embrassée. En fait, j'ai envie de vous embrasser depuis qu'on s'est rencontrés.

— Pourquoi ? Parce que je suis sincère ? Attendez, c'est vrai tout ça ?

— Oh que oui !

Il afficha un grand sourire.

Elle ne pouvait s'empêcher de le lui rendre. Ils ressemblaient à deux gamins en train de faire des bêtises et craignant de se faire prendre la main dans le sac.

— Bon, conclut-elle en riant. Maintenant qu'on a abordé le sujet qui fâche…

Il la resserra entre ses bras et appuya sa tête contre la sienne.

— Oh, et ça n'a pas fini de nous fâcher.

Sur ces paroles, le cœur de Kit s'emballa de la façon la plus délicieuse qui soit.

— Je… Vous avez peut-être raison.

Il se redressa de nouveau et la libéra de son étreinte, mais il laissa ses mains posées sur les bras de Kit. Il était du genre tactile, et elle ne trouvait pas ça désagréable, au contraire. C'était profondément réconfortant. Il était comme ça avec Lilly aussi.

— Écoutez, dit-il. Thanksgiving n'est que dans quelques jours. Lilly et moi nous débrouillerons très bien tout seuls.

— Avec une dinde laquée et du riz cantonais ? Je ne sais pas, Morgan…

— Moi, je sais. L'île est petite, et nos chemins vont continuer à se croiser. Mieux vaut décider maintenant ce qui est le mieux avant d'impliquer d'autres personnes.

— Oui, l'île est petite, dit-elle en soupirant parce qu'elle ne pouvait le contredire. Et, même si je les aime beaucoup, mes nouveaux amis ne sont pas du genre à se tourner les pouces et à laisser les choses suivre tranquillement leur cours… Vraiment pas. Ils vont s'immiscer, mettre le nez dans notre relation. Ils sont déjà en train de le faire. J'aimerais que ce soit moins compliqué. Je veux simplement… être juste. Envers vous. Envers moi. Envers Lilly. Je ne peux pas commencer par sauter et réfléchir aux conséquences ensuite.

— Moi non plus.

Il passa de nouveau les mains sur ses bras, serra ses mains dans les siennes et ajouta :

— Mais ce n'est pas l'envie qui m'en manque. Merci.

— Pour quoi ?

— Pour votre honnêteté. Je n'aurais certainement jamais dû vous embrasser. Peut-être que ni vous ni moi ne sommes dans une situation qui nous permet d'agir comme des adultes libres de toute obligation, libres de se laisser porter par les événements sans se soucier des conséquences.

Il tira légèrement sur les mains de Kit, pour qu'elle se rapproche de nouveau de lui :

— J'ai seulement beaucoup de mal à regretter ce qui nous est arrivé.

Il ébaucha un sourire, se pencha et posa un tendre baiser sur ses lèvres :

— Un dernier pour la route.

C'est celui qui la marqua le plus. Pas les baisers profonds, fous, indomptables, mais celui-ci, doux et honnête. Allez comprendre. Comment pouvait-elle prétendre avoir des pensées rationnelles quand il l'embrassait de cette façon ?

— Oui, dit-elle dans un demi-sourire.

Il finit par relâcher son étreinte pour de bon et recula.

Elle ne se souvenait pas de s'être jamais sentie aussi délaissée. C'était stupide, mais cela n'avait rien de drôle. Il lui fallut une volonté considérable pour rester plantée près de sa voiture quand il fit volte-face pour regagner le centre.

— Morgan ?

Une main déjà posée sur la porte d'entrée, il se retourna.

— Je ne regrette rien non plus, dit-elle.

Son téléphone sonna une fois de plus, les faisant sourire. Elle lui fit un petit geste de la main et grimpa dans sa voiture. Elle le regarda entrer, puis sortit du parking.

— Sauf peut-être de te laisser partir, murmura-t-elle tout bas.

Chapitre 15

— Allô, Gab, je voulais juste savoir si…

— Tout va bien. Elle colorie un dessin d'orage avec Dree et écrit une histoire sur Donatello et Patpalme. Dree la ramènera pour le dîner. Ne perdez pas votre temps libre en bavardages avec moi.

— D'accord, d'accord. Je sais. Je n'avais juste pas…, hésita Morgan. Bon, je raccroche alors.

Gab eut un petit rire.

— Ce sera plus simple.

— Anne et vous, vous n'avez pas d'enfants.

— On en a des centaines… dans nos classes ! À ce propos, j'ai quelques créatures à quatre pattes qui m'attendent. Alors, laissez-moi un peu tranquille, vous voulez bien ?

Morgan ébaucha un sourire, malgré un air penaud.

— Oui, chef. Et merci d'avoir permis à Lilly et Dree de rester dans les parages. Et aussi pour le coup de pied au derrière.

Il quitta les lieux et dirigea son crossover jusqu'à la grand-place de Sugarberry. Birdie l'avait appelé et demandé à le voir. D'où le baby-sitting organisé.

Elle vivait à quelques pâtés de maisons de la grand-place, près du port. En se garant dans l'allée de la coquette petite villa, il l'aperçut dans l'embrasure de la porte. Elle lui fit signe avant même qu'il ait éteint son moteur.

— Merci d'être venu, Morgan, dit-elle en l'accueillant à l'intérieur. Voulez-vous un peu de thé ?

Voyant que le thé était déjà installé sur la table basse, il acquiesça.

— Bien sûr.

Il s'assit dans l'un des deux fauteuils faisant face au canapé et à la fenêtre panoramique donnant sur la cour d'entrée.

— C'est vraiment gentil d'être venu me voir. J'espère que ça n'a pas été trop compliqué.

— Non, pas du tout.

Elle s'affaira autour du thé et il prit un moment pour étudier les lieux. L'intérieur était aussi propre et ordonné que l'extérieur, et décoré d'une façon que n'importe quelle dame de son âge aurait certainement trouvée à son goût. Du mobilier ancien, bien entretenu, mais trahissant son âge. Des lampes tempête, des carpettes sur le parquet, et des napperons. Beaucoup de napperons.

Ce qui sautait aux yeux, c'était les cadres accrochés aux murs. Parsemées entre les traditionnelles photos de famille dans de vieux cadres chargés et quelques peintures à l'huile ayant connu des jours meilleurs, se trouvait une quantité d'aquarelles, des marines et des plages… de Sugarberry, ou d'autres îles. Dans des styles et des dimensions variés, elles étaient toutes clairement de la même main. Chacune aurait mérité un regard plus attentif et conférait une certaine sérénité aux lieux, ce qui semblait constituer l'équilibre parfait avec l'énergie que Birdie semblait devoir contenir en permanence.

— Oh, s'il vous plaît, ne faites pas attention à mes peintures ! s'exclama-t-elle en suivant son regard. Simple vanité de vieille dame.

Elle lui tendit son thé sur une délicate soucoupe.

Il s'en empara, priant pour ne rien casser. La tasse seule était un peu perdue dans la paume de sa main, et la soucoupe vide semblait aussi fragile qu'une gaufrette ronde.

— Elles sont vraiment belles. Je me disais justement qu'elles ajoutaient une note apaisante à votre intérieur.

Son regard revint sur elle.

— Mais vous voulez dire qu'elles sont de vous ? poursuivit-il.

Elle acquiesça et ses joues rosirent, malgré sa peau tannée par le soleil de Sugarberry.

— C'est un passe-temps auquel je me suis mise il y a environ cinq ou six ans.

Elle détourna le regard, s'absorbant dans la préparation du thé. Morgan réalisa immédiatement qu'elle s'était mise à la peinture précisément au moment où son unique petite-fille était née… et avait disparu de sa vie.

— Ça vous a aidée ? demanda-t-il doucement.

Elle sembla étonnée pendant un instant, puis soupira.

— Un peu.

Elle laissa échapper un rire bref.

— Eh bien, vous pouvez voir à leur nombre que j'ai dû trouver plus de réconfort dans l'acte que dans le résultat.

Elle lui lança un sourire accompagné d'un regard aussi doux que lucide.

— Je me suis dit qu'il valait mieux ça que me mettre à boire.

Morgan hocha la tête, souriant de la même façon.

— Bien vu. Je trouve ces peintures très réussies. C'est la raison pour laquelle vous avez donné le carnet de croquis à Lilly ?

— C'était quelque chose que j'ai pensé que nous pourrions partager avec le temps. Mais ne vous en faites pas si ça ne l'intéresse pas.

Morgan ne tenait pas à lui avouer que Lilly n'avait pas touché au carnet de croquis. Il ne voulait pas la blesser, mais il sentait que ce n'était pas juste non plus de lui mentir. Alors, il lui dit la vérité telle qu'il la voyait.

— Vous connaissez Dree, cette jeune fille qui travaille à la boutique de cupcakes à mi-temps ?

— Bien sûr. C'est une sacrée artiste aussi.

— Oui, c'est vrai. Elle a conçu un cahier pour Lilly, rempli de toutes sortes d'images de tortues et d'autres choses de ce genre. Et elles se sont mises à écrire une histoire sur un nouveau résident du centre de recherche, donc…

Birdie posa la main sur le bras de Morgan.

— Inutile de chercher pourquoi elle ne s'est pas intéressée au carnet de peinture, dit-elle avec un doux sourire. Il sera là pour elle si jamais elle en a besoin un jour. J'étais tellement contente de pouvoir enfin la rencontrer.

Le cœur de Morgan se serra, et il étouffa la colère qu'il éprouvait contre les manigances de sa mère qui avaient coûté si cher à cette charmante dame – et à Lilly.

— Disons que j'espère que ce n'était que la première de nombreuses autres rencontres à venir.

— En fait, c'est pour ça que je vous ai invité ici. Je voulais vous parler de revoir éventuellement mon adorable petite-fille. J'ai pensé à Thanksgiving qui approchait, mais, comme notre pique-nique ne s'est pas déroulé aussi bien que prévu, je me suis dit que ce n'était peut-être pas une bonne idée. Je ne savais pas ce que vous aviez prévu de votre côté, mais mon amie Alva Liles m'a dit que vous comptiez rester à Sugarberry.

— Effectivement.

Morgan ne perdit pas de temps à se demander comment une femme qu'il n'avait encore jamais rencontrée pouvait connaître ses projets pour Thanksgiving. Tout se savait sur cette petite île. Puis ce nom lui rappela quelque chose.

— Alva fait partie des femmes qui font de la pâtisserie à la boutique de cupcakes, c'est bien ça ? Ce doit être une amie de Kit.

— Oui, très cher. Et vous ne croyez pas si bien dire. Vous voyez, j'ai songé que ce serait peut-être un peu excessif de faire un grand dîner ici avec vous et Lilly, mais Alva m'a dit qu'ils préparaient un vrai festin chez Quinn et Riley, et qu'ils avaient même accepté de m'inviter.

— Ça a l'air très bien.

Morgan n'avait aucune idée de la façon dont Birdie passait habituellement son Thanksgiving et il ignorait si elle avait de la famille. Il savait que Delilah avait été sa fille unique, et, même si elles n'avaient pas été en contact pendant pas mal d'années, cette période des fêtes devait être difficile pour elle, avec le deuil de sa seule enfant et la crainte de ne jamais se réconcilier avec le reste de la famille.

— Alva m'a appris que Lilly s'était liée d'amitié avec plusieurs des filles de la boutique, et elle s'est dit… eh bien, qu'il y avait de la place pour d'autres invités, et…

Le vif bavardage de Birdie s'éteignit soudain et sa tasse de thé racla ses genoux.

Morgan la stabilisa en posant la main sur son bras. Il mit sa tasse et sa soucoupe de côté, puis il la débarrassa des siennes et les posa sur la table également, avant de prendre la main de la vieille dame.

— Birdie, je sais que nous n'avons pas beaucoup parlé de… tout ça. Nous sommes en deuil, vous et moi. Et Lilly aussi.

La voix de la vieille dame se fit plus dure en raison de ses larmes contenues.

— Je vous en prie, ne croyez pas que je cherche à vous forcer à quoi que ce soit…

Morgan serra doucement sa main, sentant que ses yeux piquaient un peu.

— Non, pas du tout. Je voudrais simplement que nous formions une famille. Je sais que ce moment de l'année n'est pas facile, avec Thanksgiving qui approche à grands pas, mais ne vous méprenez pas : je veux que vous soyez présente dans la vie de Lilly et dans la mienne. Ne vous excusez surtout pas de vouloir la même chose. Je sais que vous avez bon cœur et que vous nous souhaitez le meilleur.

Elle trembla un peu et chercha un mouchoir qu'elle avait glissé dans sa manche.

— Vous n'avez pas idée de ce que cela représente pour moi, dit-elle en tamponnant ses yeux.

— Si, c'est aussi important à mes yeux. C'est la raison pour laquelle nous avons déménagé pour prendre un nouveau départ ici.

Elle acquiesça et sembla retrouver un peu de son esprit enjoué. Lorsqu'elle essuya sa dernière larme, elle avait le sourire.

— Je me disais juste que… ça pourrait être une façon pour Lilly de passer un bon moment avec ses nouvelles amies, une bonne chose pour vous d'être en joyeuse compagnie pour Thanksgiving, et un moyen pour moi d'être dans les parages en évitant un tête-à-tête un peu pesant. C'est tout. Je sais que c'est dans quelques jours à peine, mais… Vous voulez bien y réfléchir ?

Morgan voyait à quel point ça lui tenait à cœur et, s'il n'y avait pas eu les circonstances atténuantes de la situation avec Kit, il aurait été véritablement ravi d'accepter l'invitation. Il avait beaucoup réfléchi depuis que Kit l'avait invité la veille, et il savait que ce serait une bien meilleure solution que de passer la journée seul avec Lilly. Il avait envisagé de rendre visite aux tortues pour la distraire, et peut-être se distraire lui-même. Mais il préférait de loin la passer avec de nouveaux voisins et amis.

— Oui, j'y réfléchirai, lui promit-il. J'en parlerai à Lilly, j'essaierai de voir ce qu'elle en pense, et je vous donnerai ma réponse dès que possible.

Le visage de Birdie s'illumina et elle serra la main de Morgan avec une poigne qu'il n'aurait pas soupçonnée chez elle.

— Oh, c'est la meilleure chose que j'aie entendue depuis… eh bien, très longtemps. Et, s'il vous plaît, ne vous inquiétez pas si vous jugez préférable de décliner cette invitation. Je comprendrai, vraiment. Nous trouverons autre chose. Mais, si vous en avez envie…

— Birdie, bien sûr que j'en ai envie.

Elle soupira et s'interrompit un instant pour reprendre son souffle et ses esprits.

— Il faut juste que je m'y habitue. Je suis tellement heureuse, Morgan, que vous soyez venus. C'est un don du ciel. Je ne vous remercierai jamais assez.

Il se leva et l'aida à se lever aussi, puis la prit doucement dans ses bras.

— Nous sommes une famille, Birdie.

Elle hocha la tête à plusieurs reprises, puis essuya de nouveau ses yeux, trop submergée par l'émotion pour parler.

— Je vais en parler à Lilly et je vous appelle demain matin au plus tard.

Ils se saluèrent, et Morgan retourna dans son crossover pour se diriger vers la grand-place et essayer de mettre les choses au clair. Il ralentit et se gara en face de la pâtisserie, pensant qu'il devait en parler avec Kit. Malgré son lien avec Birdie, Lilly et lui étaient des étrangers. Il ne voulait pas faire plaisir à Birdie si cela mettait Kit mal à l'aise, pas plus qu'il ne tenait à ce que la fillette soit mêlée à leurs affaires.

Mais ce qu'il voulait, lui… eh bien, il voulait tout avoir. Ni plus ni moins.

Ce qui était arrivé avec Kit la veille avait occupé le plus clair de ses pensées et avait considérablement influencé ses rêves. Il ignorait totalement ce que Kit pensait de tout cela, maintenant qu'elle avait eu le temps de réfléchir à la situation. Il avait prévu d'attendre qu'elle le contacte, ce qui lui permettrait d'aller à son propre rythme. Elle le tiendrait au courant, d'une façon ou d'une autre, pour cette invitation à dîner, mais, honnêtement, il s'était résigné à passer cette soirée seul avec Lilly.

Quelle que soit sa relation avec Kit, il valait mieux la poursuivre après les fêtes, quand la tension serait retombée. C'était du moins la conclusion à laquelle il était arrivé, et ce qu'il s'était préparé à lui dire quand ils reparleraient.

Seulement, avec l'invitation de Birdie, il n'avait plus le loisir d'attendre une réponse de Kit.

Il gagna directement le bâtiment de plus petite taille jouxtant la pâtisserie, évitant ainsi d'avoir à demander Kit et d'alerter tout le monde de sa présence. Il n'avait pas l'intention de passer en douce, d'autant qu'il était garé juste devant la boutique, mais il n'était pas nécessaire de faire une annonce générale.

La porte d'entrée était maintenue ouverte par un énorme pot de peinture, et il entendait des crissements de scie, des coups de marteau ainsi qu'une radio qui braillait. Il s'abstint donc de frapper à la porte et enjamba le pot de peinture pour se faufiler à l'intérieur. Ne voyant personne dans l'entrée, il suivit le son de la radio. Se frayant un chemin entre les échelles et les bâches suspendues, il émergea dans l'arrière-boutique, surpris de n'y trouver que Kit. Elle était en train de fixer des étagères à l'aide d'un marteau, remuant les hanches au rythme de la musique de la radio. Le bourdonnement de la scie provenait d'au-delà de la porte à moustiquaire de derrière. Si d'autres personnes participaient aux travaux, elles étaient sur le parking.

Il ne voulait pas surprendre Kit alors qu'elle maniait un marteau. Il profita donc de façon éhontée de la situation pour l'observer. Elle portait un vieux jean usé et particulièrement moulant qui lui donnait très envie de la déshabiller. Son tee-shirt vert pâle était soyeux et mettait en valeur ses courbes discrètes, placées là où il faut. Des mèches de ses beaux cheveux roux étaient imprégnées de peinture couleur crème, comme si elle avait passé ses mains dans ses cheveux à plusieurs reprises. Des éclaboussures maculaient ses mains et les manches de son tee-shirt.

Il la désirait tellement que les muscles de sa mâchoire se tendirent.

La chanson se termina au moment où elle posa le marteau. Il était sur le point de prendre la parole quand elle se retourna et l'aperçut du coin de l'œil. Surprise, elle se cogna le coude contre les étagères et recula vers le pot de peinture derrière elle.

Il bondit en avant et la saisit par les bras avant qu'elle ne bute sur le pot et le bac de peinture posé à côté, la tirant vers lui. Ils trébuchèrent, et il se cogna contre l'avancée d'un comptoir, tout en la tenant dans ses bras.

— Désolé, je ne voulais pas…

— Vous m'avez fait une peur bleue…

Ils commencèrent à parler en même temps… et s'arrêtèrent en même temps. Leurs regards ne cessaient de se croiser.

— Salut.

Il ébaucha un sourire en plongeant son regard dans ses yeux verts éblouissants.

— Salut.

Elle esquissa un sourire timide.

— Ça fait, euh… combien de temps que vous êtes là ?

— Assez longtemps pour dire que vous avez incontestablement un meilleur sens du rythme que moi.

Le rouge lui monta aux joues et se répandit dans tout le corps de Morgan.

Il tendit le bras vers elle pour essuyer délicatement une tache de peinture de son menton.

Il baissa les yeux sur le pot, mais il comportait trop d'éclaboussures pour que l'étiquette soit lisible.

— Quel que soit le nom de cette couleur, elle vous va à ravir !

— Crème radieuse, indiqua-t-elle.

— Voilà, dit-il en la regardant, appréciant le fait qu'aucun n'ait entrepris le moindre mouvement pour se séparer de l'autre. Je ne voulais pas vous déranger, mais…

— J'allais vous appeler aujourd'hui.

— Eh bien, avant que vous disiez quoi que ce soit, il faut que je vous raconte que je viens de rendre visite à Birdie.

— Vous avez parlé à Birdie de…

— Elle m'avait invité à prendre le thé, pour bavarder.

— Ah. Attendez, où est Lilly ?

Kit commença à reculer, comme si elle réalisait soudainement que Lilly pouvait se trouver quelque part derrière lui.

Il maintint son emprise sur elle, assez fermement pour qu'elle reste là où elle était.

— Elle est avec Dree et Gab au centre. Elle écrit une ode à son nouveau meilleur ami.

Kit esquissa un sourire.

— Donatello.

— « Les Aventures de Donatello et Patpalme », je crois.

L'expression de Kit s'adoucit.

— C'est vraiment trop chou.

Oui. Tout comme vous, avait-il envie de dire. Ce serait tellement facile de baisser la tête pour déposer un baiser sur ses lèvres. De l'embrasser pour un oui ou pour un non.

Le regard de Kit suivit les pensées de Morgan et s'attarda sur sa bouche.

Il était sur le point de l'embrasser quand le bourdonnement de la scie s'arrêta brusquement, les ramenant à la réalité.

Kit s'accrocha au bras de Morgan et se releva sans toucher au bac et au pot de peinture, et Morgan se redressa pour se placer à une distance respectable, au cas où l'ouvrier travaillant dehors viendrait à passer la porte.

— Alors, qu'est-ce qui vous amène ? demanda-t-elle d'un ton un peu trop enjoué, lançant un regard vers la porte.

Morgan ne prit pas pour lui le changement d'attitude de Kit. Il comprenait, mais il aurait aimé qu'il en aille autrement.

— Alva a convié Birdie à votre soirée de Thanksgiving, et elle nous a invités par la même occasion, Lilly et moi.

— Ah. Oh.

Kit se concentra de nouveau sur lui.

— Oui. Donc je suis immédiatement venu ici, pour... eh bien, pour en parler avec vous.

— Si Birdie vous a demandé à vous et Lilly si vous vouliez...

Elle s'arrêta pour tout reprendre.

— Je veux dire, ne refusez pas l'invitation à cause de... vous savez.

— Cette dernière semaine a été un vrai bouleversement pour Lilly. Elle s'installe et se sent plus à l'aise maintenant qu'elle connaît les gens. J'espère qu'elle aura bientôt l'occasion de rencontrer d'autres enfants, même si j'imagine que cela arrivera quand elle ira à l'école. Je crois qu'elle aimerait vraiment passer la journée entourée. Mais je ne veux pas que la situation soit gênante. Ce sont vos amis, c'est votre dîner aussi, et...

— ... et nous sommes adultes, termina-t-elle. C'est à notre portée. J'y ai pensé hier – vraiment beaucoup – et, vous savez, ça a été une sacrée journée, pleine d'émotions, entre ces pauvres tortues et... je crois que nous nous sommes laissés aller et que notre attirance mutuelle est devenue hors de contrôle.

Morgan n'était pas sûr de savoir ce qu'elle allait choisir en définitive, mais il ne s'était pas attendu à ce qu'elle résume en ces termes ce qui s'était passé.

— C'est vraiment comme ça que vous voyez les choses ? demanda-t-il, pas exactement en colère, mais sûrement un peu vexé. Une simple entorse aux convenances ? Ce n'est pas vous qui remettiez en question notre capacité à prétendre que rien ne s'était passé ?

Elle baissa le menton.

— Morgan…

— J'aime votre franchise, Kit. C'est une des choses que je préfère chez vous. Donc… ne nous insultez pas tous les deux en vous défilant maintenant.

Elle lui lança un regard.

— Je voulais juste essayer de simplifier les choses.

— Pour qui ?

— Pour Lilly. Pour moi. Je ne sais pas.

Il voulait, il mourait d'envie de s'approcher d'elle et de la prendre dans ses bras. Ce serait un geste honnête, et il n'y aurait aucun moyen de l'esquiver. Mais elle avait clairement fait son choix et il devait respecter sa décision.

— Si vous ne voulez plus que nous nous touchions, alors nous ferons comme ça. Comme vous dites, nous sommes adultes. Nous vivons sur une petite île et nous avons des connaissances, des amis communs, donc autant mettre les choses au clair dès maintenant. C'est mieux pour tout le monde.

— Vous êtes énervé…

— Je suis déçu. Ce serait mentir de prétendre le contraire. Je sais que c'est compliqué. Je sais que nous nous trouvons tous deux à un tournant de nos vies, et pourtant… vous êtes là. Et je suis là aussi. J'aime qu'on soit ensemble. J'y ai beaucoup réfléchi… Hier, la nuit dernière, toute la journée d'aujourd'hui. Bon sang, je n'arrête pas d'y penser. Je sais que je ne suis pas seul, que je fais partie d'une sorte de lot, et je ne mêlerais jamais Lilly à une relation avec quelqu'un qui ne…

— J'aime Lilly, dit Kit. Ce n'est pas ça. Pas de mon point de vue, mais il faut la ménager. Elle a subi beaucoup d'épreuves. Et vous aussi. Ma vie est sens dessus dessous. Essayer de faire marcher tout ça en même temps me paraît très risqué. Et si jamais ça ne fonctionne pas ? Je veux dire, sommes-nous prêts à affronter cette situation si…

— Parce que vous croyez vraiment qu'on peut tout anticiper ?

— Je refuse de me montrer irresponsable, simplement parce que mes hormones ont décidé de s'affoler.

Il ébaucha un sourire à cet instant précis, même s'il sentait que son cœur vacillait au bord d'un énorme précipice.

— Je les aime bien, moi, vos hormones en folie. En tout cas, mes hormones les aiment bien.

Elle lui rendit son sourire, malgré les émotions qui rendaient la tension palpable entre eux.

— C'est précisément ça. Nous ne devons pas les laisser parler à notre place. Il nous faut réfléchir, faire les bons choix. Il ne s'agit pas seulement de moi, ou de vous, c'est…

Il franchit l'espace qui les séparait et s'arrêta face à elle, prenant doucement une de ses mains dans la sienne, la soulevant entre eux.

— Est-ce tout ce qui vous retient ? La peur des conséquences si jamais nous continuons ?

— Des conséquences pour tout le monde. Nous vivons sur une toute petite île où tout le monde se connaît. Ce n'est pas comme à Atlanta, où si je veux arrêter de voir quelqu'un, chacun peut retourner à ses affaires, et ne recroisera certainement jamais l'autre. Mes amis passent à autre chose et ses amis aussi passent à autre chose. Et là… je vous jure, tout le monde fourre son nez dans nos affaires, et personne n'oubliera, et… ce serait dur. Vraiment, vraiment dur. Je sais que les difficultés n'arrivent jamais au bon moment, mais, parfois, on peut essayer d'anticiper. Nous avons les deux eu notre dose de problèmes récemment. Et Lilly a connu le pire des drames. Je ne me le pardonnerais jamais si je faisais quoi que ce soit qui aggrave sa situation. Il faut lui épargner d'autres drames à tout prix.

— Et vous êtes sûre que c'est ce qui nous attend, un drame ?

Il serra sa main quand elle baissa le menton.

— Kit, avez-vous pensé à tout ce qui peut nous attendre ? Imaginer le pire, c'est un bon point de départ pour savoir que faire… ou ne pas faire. Mais avez-vous pensé à ce qui peut se passer dans le meilleur des cas ? Bien sûr, il y a un risque, mais… vous ne croyez pas qu'il faudrait tenir compte de toutes les bonnes choses qui vont de pair avec ce risque ?

Il fut surpris par le sourire qu'elle afficha.

— Quoi ?

— Vous parlez comme un avocat.

Il sourit à son tour, laissant échapper un soupir.

— Je ne veux pas paraître trop froid…

— Je sais, Morgan. Peut-être que je n'ai pas assez pensé au bon côté des choses, mais, l'année dernière, j'ai mis tous mes espoirs et mes rêves dans le même panier, et je me suis retrouvée les mains vides. Je ne sais pas si j'ai la force de recommencer au risque de tout perdre. J'ai déjà franchi un pas en quelque sorte, au niveau professionnel, en prenant en charge *Péché mignon*. Vous voulez que je vous dise honnêtement ? Je ne sais pas si je peux gérer d'autres choses en ce moment. Bonnes ou pas.

Morgan baissa la tête, espérant que son pincement au cœur ne soit pas la preuve de ce qu'il savait déjà.

— D'accord, acquiesça-t-il au bout d'un moment. D'accord. Merci d'être honnête avec moi et de ne pas simplement tirer un trait sur cette histoire. Parce que tout ça, ce n'est pas rien pour moi…

Il leva leurs mains jointes et embrassa ses doigts maculés de peinture avant de la lâcher.

— S'il ne s'agissait que d'hormones en folie, ça ne paraîtrait pas si… aussi intense, poursuivit-il. Mais je respecte votre choix et je vous promets de garder mes distances.

Elle ferma brièvement les paupières, et il prit conscience qu'il commettait une grave erreur. Peut-être la plus grave qu'il ait jamais faite. Mais il ne pouvait pas décider de tout dans son coin ; il ne pouvait pas décider pour elle.

— À propos du dîner, commença-t-il. Il vaudrait mieux que Lilly et moi refusions l'invitation. Pour laisser décanter la situation quelques jours. Nous aurons d'autres occasions de voir Birdie et les autres.

— Non, protesta-t-elle immédiatement, du fond du cœur. Ce n'est pas juste. Je sais que vous auriez préféré une autre réponse de ma part. Mais, malgré ce que j'ai dit hier, je crois que nous sommes capables de nous tenir en société. Je sais qu'il ne reste que quelques jours, mais ne pouvons-nous pas simplement…

— … nous contrôler ? demanda-t-il. Oui. Je pense. Être des amis ? J'aimerais me dire que nous aurions au moins ça, à défaut d'autre chose. Lilly vous aime bien, et nous allons passer du temps ensemble au centre, donc… Oui. Je serais ravi que nous essayions.

— Moi aussi, dit-elle calmement. Merci pour votre compréhension.

— Pas de problème, dit-il en reculant d'un pas. Je, euh… je vais juste en parler à Lilly et m'assurer qu'elle est partante. Puis je préviendrai Birdie.

— Bien. Si Lilly veut venir, alors, venez. Nous allons y arriver. D'accord ?

Elle esquissa un sourire, mais le doute et l'incertitude se lisaient dans ses yeux.

— Oui. Bien sûr.

— Bon. D'accord.

Il soutint son regard pendant un autre instant hors du temps, se disant que cette séparation ne devrait pas avoir tant d'importance à ses yeux. Sauf que c'était le cas, et il le ressentait au plus profond de lui. Il se tourna et marcha vers la porte menant à l'avant de la boutique. Il venait tout juste de contourner l'échelle quand elle l'appela.

— Morgan ?

Il se retourna pour la regarder, l'air interrogateur.

— Je suis désolée.

Elle se tenait au milieu des bâches, de la peinture et du chantier, l'air un peu perdue... et surtout avec l'air de la femme dont il était déjà amoureux.

— Vraiment désolée, poursuivit-elle.

— Moi aussi, je suis vraiment désolé.

Il sortit pendant qu'il le pouvait encore.

Chapitre 16

—Ce ragoût de patate douce a besoin de passer un peu au four.

Alva tendit le plat couvert à Kit tandis qu'elle pénétrait dans la maison.

Et, waouh, quelle maison ! Kit avait passé les trente premières minutes à flâner dans la villa de bord de mer de Quinn et Riley. Elle n'était pas si grande que ça – pas plus que bien d'autres villas sur la plage –, mais elle avait une décoration et un style splendides. Elle découvrit que c'était ainsi que Riley l'avait agencée quand elle avait rencontré Quinn.

Kit se fraya un chemin vers la cuisine et posa le ragoût d'Alva à côté de ses propres moules à gâteau, qui contenaient les fameuses tartes de Mamie Sue qu'elle avait confectionnées la veille dans la cuisine de la boutique de Lani. Elle avait eu peur de céder à la mélancolie en les préparant, mais cela s'était avéré bénéfique, voire même salvateur. Elle se sentit plus proche de sa mère, de sa grand-mère et de son arrière-grand-mère qu'elle ne l'avait jamais été au cours de cette année interminable.

Elle avait beaucoup réfléchi ces derniers jours, principalement à cause de Morgan, mais, quelles qu'aient été ses raisons, cela n'avait pas été du temps perdu. Elle se remettait à peine de son échec. Pourtant, en étalant la pâte à tarte, elle s'était efforcée de penser au présent. Elle ne pouvait pas revenir sur ce qui avait été fait, mais elle essayait de s'imaginer ce que sa mère et sa grand-mère penseraient de ses décisions. En seraient-elles fières ? Estimeraient-elles qu'elle avait fait le bon choix concernant Morgan et Lilly ?

— Attendez, très chère, laissez-moi vous aider.

Birdie déplaça quelques plateaux pour libérer de l'espace sur le plan de travail surchargé.

— Oh, voilà qui a l'air très appétissant ! s'exclama-t-elle en désignant les tartes. C'est votre contribution ?

Kit acquiesça en souriant.

— Et voici le ragoût d'Alva. Elle a dû... partir quelque part.

— Je me mets à sa recherche sans tarder, avant qu'elle ne se retrouve dans de beaux draps.

Kit se mit à rire.

— Bonne chance, alors. Je crois savoir qu'elle a organisé les paris pour savoir lequel des hommes de la soirée s'occuperait de découper la dinde.

— Oui, j'en ai entendu parler.

— J'ai mis dix billets sur Quinn, ce régal pour les yeux, ajouta Birdie, les yeux pétillants. Mais, en fait, j'ai toujours eu un faible pour les grands, glissa-t-elle à son oreille.

Kit aurait volontiers rétorqué que tous les hommes présents étaient assez grands, mais vu la stature de Birdie, elle comprenait pourquoi cette vieille dame pleine de courage l'avait choisi lui. Elle n'avait rencontré Birdie que ce matin, mais elle l'appréciait déjà. Un peu plus jeune qu'Alva, leur amitié remontait à des décennies. Birdie lui avait déjà raconté quelques-unes de leurs mésaventures. Kit s'en tenait encore les côtes une heure plus tard. Elle n'avait pas fini de rire, vu que le redoutable duo était réuni dans la même pièce. Elles avaient l'air d'un vieux couple : Birdie, grande et dégingandée, et Alva, toute petite ; Birdie avec un style bohème, décontracté, portant des caftans aux imprimés hauts en couleur, tout en contrastes par rapport aux tailleurs proprets et aux colliers de perles d'Alva. Cela la fit sourire.

— Et vous, vous avez parié sur qui ? demanda Birdie.

Avant même que Kit puisse répondre, quelqu'un frappa à la porte. Son corps se raidit, mais c'était, sans l'ombre d'un doute, Franco. Elle ébaucha un sourire et se détendit, pensant qu'elle avait déjà passé une bonne journée et que la fête ne faisait que commencer. C'était cependant une autre voix qu'elle attendait d'entendre. Morgan avait laissé un message à Dree et Lani pour dire que Lilly et lui prendraient part aux festivités. Kit s'en réjouissait sincèrement. Elle voulait que Lilly passe un bon Thanksgiving, même si toute cette animation risquait de s'avérer un peu fatigante.

Ils pourraient toujours lui suggérer d'aller dessiner au calme dans une autre pièce.

— Bonsoir, *mes amies** ! salua Franco sur le seuil de la porte, portant à bout de bras plusieurs sacs isothermes pleins de bonnes choses.

— Oh, là, là, mais quel magnifique groupe nous formons ! dit-il.

Il se pencha pour embrasser Alva sur la joue, puis Lani et Riley.

— Et qui est cette ravissante brindille ? demanda-t-il en s'avançant vers Birdie.

La vieille dame rougit, ce qui ne surprit pas Kit le moins du monde, ayant compris depuis longtemps que nul ne pouvait rester insensible aux charmes de Franco.

Birdie se présenta tandis que ce dernier se penchait pour lui faire un baisemain.

— Bonne amie d'Alva… et grand-maman de la délicieuse Mlle Lilly.

Il se redressa, un sourire aux lèvres, même si Birdie semblait légèrement hésitante. Elle appréhendait un peu le rassemblement imminent.

— C'est un plaisir de faire votre connaissance.

Il lui adressa un petit clin d'œil et ajouta :

— Content que vous soyez venue.

— Moi aussi, dit-elle, semblant se détendre à nouveau.

Elle lança un regard à Kit en levant les sourcils.

— Je vais peut-être devoir miser sur quelqu'un d'autre, chuchota-t-elle.

Kit partit d'un grand éclat de rire.

— Encore un pari d'Alva ? demanda Franco. Non, non, ne me dites rien. Je ne veux pas savoir. J'ai perdu vingt dollars la dernière fois. Alors, est-ce que *ma ravissante fillette*[*] est arrivée ?

— Pas encore, dit Birdie. Bon, si nous faisions un peu de place pour vos paquets ?

Elle se tourna vers le plan de travail, mais il était plein à craquer.

— Allez, allez, dit Franco. Vous allez vous servir un petit verre, vous vous asseyez et vous profitez de la soirée. Je prends le relais à partir de là. Ne vous souciez de rien.

— Oh, je ne m'en fais pas. Je ne sais simplement plus où trouver de la place.

— Birdie, inutile de résister, l'informa Kit en adressant un bref sourire à Franco. Il est incorrigible. Impossible de l'arrêter.

— C'est ce que je vois, dit Birdie en haussant les sourcils, ce qui fit rire Kit et Franco.

— Allez, suggéra Kit, affichant un sourire et prenant Birdie par le bras. Installons-nous sur la terrasse. J'ai entendu dire que Quinn avait aménagé un bar en plein air. C'est moi qui sers.

— Mais il n'est même pas dix heures du matin, très chère !

— À la carte, on a du cidre chaud et du thé glacé à la menthe, vu qu'il va faire assez doux aujourd'hui.

— Voilà qui m'a l'air parfait. Je n'en reviens pas de la météo que nous avons ! s'exclama Birdie tandis qu'elles s'avançaient sur la grande terrasse. J'ai vu que la température atteindrait les vingt-six degrés.

Baxter et Quinn étaient au bar. Kit songea qu'il était presque criminel d'avoir une telle concentration d'hommes séduisants au même endroit. Entre le bronzage impeccable de Franco, la blondeur sexy de Baxter et le charme irrésistible de l'accent du Sud de Quinn, on ne savait plus où donner de la tête. Ils étaient tous déjà pris, bien sûr, mais, comme Kit venait de rembarrer le célibataire le plus en vue de Sugarberry, elle ne pouvait pas se plaindre. Toucher avec les yeux, c'était à peu près tout ce qu'elle pouvait se permettre pour le moment.

Et pourtant, tandis que Birdie et elle s'installaient dans des chaises confortables au bord de la piscine, elle ne cessait de regarder vers la maison… et pas pour apercevoir Franco ou les beaux mâles déjà mentionnés.

— Je croyais que Mlle Riley avait un chien, un grand chien, m'a-t-on dit, indiqua Birdie tandis qu'elles sirotaient leurs boissons.

— Effectivement, répondit Kit. C'est un mastiff, mais je crois que c'est un amour de toutou. Riley l'a emmené dans sa péniche pour la journée. Elle ne voulait pas qu'il gêne les festivités et craignait qu'il ne fasse peur à Lilly.

Intérieurement, même si Kit n'avait jamais rencontré Brutus, elle aurait parié que Lilly l'aurait adoré pour la simple et bonne raison qu'il était original. Mais mieux valait prévenir que guérir, bien sûr.

L'expression de Birdie se fit pensive et son regard dériva au-delà de la piscine, vers la pergola et les dunes qui entouraient la propriété.

Sentant que la nervosité de Birdie refaisait surface, Kit dit :

— Ne vous en faites pas pour Lilly. Elle finira par comprendre. Je crois que cette journée l'aidera à faire un grand pas dans ce sens.

— Si la pauvre petite n'est pas complètement dépassée par les événements. Je me sens toujours idiote de n'avoir réussi qu'à l'effrayer lors de notre pique-nique. Je…

— Vous étiez enthousiaste et elle nerveuse, c'est compréhensible. Lilly est adorable et elle comprendra. Il faut juste lui laisser du temps. Même si ça ne se fait pas aujourd'hui…

— Oh, je ne prévois pas de hâter les choses. Je me disais juste que ce serait bien qu'on se retrouve entourée des mêmes amis toutes les deux. Comme ça, pas de pression.

— Je suis contente que vous ayez l'occasion de vous réunir.

Kit avait un très bon pressentiment concernant leurs retrouvailles. En revanche, elle se demandait comment les choses se passeraient entre elle et Morgan. Elle craignait que l'attirance qu'ils éprouvaient l'un envers l'autre ne soit tout simplement impossible à dissimuler. Après leur dernière conversation, elle priait pour ne pas éprouver de gêne en se retrouvant en sa présence.

Elle savait qu'elle l'avait déçu, mais, en y réfléchissant bien, elle était sûre d'avoir fait le bon choix. Oui, ils partageaient quelque chose qui ne ressemblait à rien de ce qu'elle avait connu auparavant. Mais cela ne signifiait pas qu'il vaille la peine de prendre un tel risque. L'enjeu était trop important. Elle refaisait sa vie à partir de rien. Il s'embarquait dans une toute nouvelle expérience de parent. Et puis il y avait Lilly. Kit n'imaginait même pas ce qu'elle ressentirait si Morgan commençait à partager son temps, son amour et son attention avec quelqu'un d'autre, surtout au moment où ils prenaient un nouveau départ.

Elle soupira et plongea les yeux dans son cidre chaud.

— Allons bon. Que se passe-t-il donc ? demanda Birdie, rapprochant sa chaise. On dirait que quelque chose se trame…

Tirée de ses pensées, Kit regarda vers la maison. Tous les convives étaient agglutinés devant la porte-fenêtre donnant sur la cuisine. Birdie avait raison : il y avait de l'animation. Kit se demanda si Riley avait encore brûlé quelque chose, mais elle ne perçut pas de fumée. Exubérante et joyeuse, Riley était une grande femme blonde, séduisante et pleine d'entrain. Cependant, comme Franco l'avait déjà dit, elle était un peu empotée.

Un instant plus tard, Kit vit Lilly se faufiler dans la foule pour courir droit vers elle.

Elle se leva de sa chaise en un clin d'œil et s'agenouilla pour rattraper dans ses bras la petite fille essoufflée.

— Qu'est-ce qui ne va pas ? Il s'est passé quelque chose ? Morgan va bien ?

Dans son esprit défilait un million de scénarios possibles. Il lui fallut un certain temps pour réaliser que Lilly avait le sourire. Elle riait, même.

— Les tortues, dit-elle, pratiquement à bout de souffle. Les bébés tortues.

Kit frotta les bras de Lilly et lui sourit. Son cœur battait toujours la chamade, mais tout le reste de son être s'apaisait.

— Qu'est-ce qu'ils ont, les bébés tortues ?

Elle pensait que Lilly parlait des petites tortues à écailles qu'ils avaient ramenées de Jekyll. Comparé aux caouannes en résidence au centre, elles avaient l'air de bébés.

— Morgan t'a emmenée les voir ce matin ?

Lilly secoua la tête, toujours aussi surexcitée, à tel point qu'elle pouvait à peine parler.

— Les bébés... Ils arrivent... Ils sortent du sable !

Et Morgan apparut, souriant, séduisant et sexy en diable.

— Bonjour, Birdie, dit-il en se penchant pour lui faire une bise. Joyeux Thanksgiving.

— Joyeux Thanksgiving à vous aussi. Qu'est-ce que c'est que cette histoire de bébés tortues ?

Kit était encore agenouillée devant Lilly, qui avait attrapé sa main et tirait dessus.

— Allez, il faut qu'on aille les aider !

Kit leva les yeux tandis que Morgan s'agenouillait près de Lilly pour la regarder droit dans les yeux. Elle s'était fait du souci – beaucoup de souci – pour cet instant, et elle se demandait s'il serait encore énervé contre elle ou indifférent vu qu'elle avait choisi de ne pas donner suite à leur relation. Mais il souriait. C'était comme si rien ne s'était passé, et tout était comme d'habitude avec lui. Simple et naturel. Et agréable.

— Les œufs du nid sont en train d'éclore, expliqua-t-il, quasiment aussi survolté que Lilly.

Kit écarquilla les yeux.

— Je croyais que les éclosions se déroulaient la nuit ?

— Ils ont commencé à sortir hier soir, mais il en arrive encore. Gab m'a fait venir tôt ce matin. Ils sont en train de sortir les uns après les autres en quelque sorte. Tous leurs bénévoles et leurs étudiants sont dans leurs familles aujourd'hui, donc il ne reste plus que lui et Anne pour jouer le rôle de guides, si on veut.

— On doit y aller, insista Lilly en tirant sur la main de Kit. Il faut aider le Pr Langley.

Kit posa les yeux sur Morgan, puis Lilly, puis repassa de Lilly à Morgan avec un air interrogateur qu'elle espérait que Morgan comprendrait. Elle ne voulait pas demander à haute voix si Lilly supporterait qu'il arrive quoi que ce soit à ces bébés qui se lançaient dans un trajet périlleux.

— Gab a dit qu'elles se portaient bien, précisa Morgan, montrant qu'il avait compris la question muette de Kit. Il n'y a pas grand-chose à faire. Mais les bébés tortues sont un peu désorientés, parce qu'on est en plein jour, et ils pourraient avoir besoin d'un coup de main. On va faire en sorte que tout se passe bien, ajouta-t-il après un bref échange de regards avec Kit.

Morgan se leva et hissa Lilly dans ses bras. Kit se releva à son tour.

— Alors vous y allez maintenant ?

Il acquiesça.

— On ne veut pas ruiner le dîner pour tout le monde ou le retarder, donc on a décidé de passer ici d'abord.

Il afficha un grand sourire et ajouta :

— La sauce aux airelles en boîte est sur le plan de travail.

Elle ne put s'empêcher de rire.

— Et moi qui m'attendais à une barquette de riz cantonnais.

— Je m'en souviendrai pour l'an prochain, répliqua-t-il en soutenant son regard.

Avant que Kit ne comprenne ce qu'il voulait dire par là, Birdie s'était levée de sa chaise.

— Est-ce que je peux aider aussi ?

Tous trois se tournèrent pour la regarder.

Elle haussa les épaules.

— Ça a l'air intéressant.

Lilly s'accrocha un peu plus fort à Morgan, mais elle ne quittait pas Birdie des yeux.

— Tu aimes les tortues ? demanda-t-elle timidement.

Kit et Morgan se turent, conscients de l'importance du fait que Lilly parle directement à sa grand-mère.

Le visage de Birdie se fendit d'un large sourire.

— Je n'en ai jamais rencontré, mais j'aimerais beaucoup en voir une. Tu veux bien me présenter ?

Lilly se tourna vers Morgan.

— Je peux, Moggy ? Il faut qu'on aide les bébés qui vont sortir de leurs œufs.

Les yeux de Morgan scintillèrent.

— Bien sûr. Ce serait fantastique !

— Est-ce que Mlle Dree peut venir aussi ? demanda Lilly, regardant Morgan, puis Kit, puis de nouveau Morgan.

À peine avait-elle prononcé ces mots que Dree, Lani et Franco rejoignaient leur petit groupe au bord de la piscine.

— Qu'est-ce que j'entends ? Les *petites tortues** font leurs *grands débuts** ? demanda Franco.

— On doit y aller, chuchota Lilly, se recroquevillant un peu dans les bras de Morgan, maintenant que tout le groupe s'était rassemblé autour d'eux.

— Alva et Baxter ont dit qu'ils pouvaient rester et surveiller les dindes et tout le toutim, dit Lani. Vous avez besoin d'un coup de main ?

Kit leva les sourcils.

— Vous venez tous ?

— Dree vient d'appeler Gab sur son portable et il a dit qu'il aurait besoin de bénévoles. C'est justement l'activité idéale pour un jour de Thanksgiving.

— On peut en avoir pour un bon moment, prévint Morgan. Bien sûr, vous pourrez tous revenir quand vous le voudrez.

Il adressa un sourire au petit groupe, aussi étonné que touché :

— Plus on aura d'aide, mieux ce sera.

— Avez-vous fait la connaissance de tout le monde ? lui demanda Kit.

— Oui. Merci à tous pour cet accueil si chaleureux. C'est encore plus important pour nous que vous ne pourriez l'imaginer.

Il se tourna vers Birdie avant d'ajouter :

— Tellement plus important.

Les yeux de Birdie se mirent à briller de façon suspecte.

Franco donna une tape dans le dos à Morgan et se lança dans sa meilleure imitation de l'accent britannique de Baxter.

— C'est parti pour les courses de tortues, alors ?

— Je crois bien, oui.

Morgan eut un petit rire et se tourna vers Kit.

— Vous voulez bien accompagner une partie du groupe jusqu'au centre ? Je peux prendre trois personnes en plus de Lilly.

— Quinn a aussi un 4 × 4, précisa Lani.

— On va s'organiser.

Et c'est ainsi que la caravane des guides de tortues quitta la maison pour se diriger vers les voitures et camions alignés. Ils finirent par prendre les véhicules les plus faciles à manœuvrer. Kit atterrit inévitablement dans la voiture de Morgan avec Lilly et Dree.

— Merci, dit Morgan à Kit alors qu'il grimpait sur le siège conducteur après avoir installé Lilly.

— Pas de quoi ! Je ne manquerais ça pour rien au monde.

Elle tâtonna avec sa ceinture de sécurité, enthousiaste à l'idée de cette nouvelle aventure et se sentant idiote d'avoir appréhendé ses retrouvailles avec Morgan. Ce n'était pas comme s'ils étaient seuls.

— Je n'en reviens pas qu'on ait la chance de les voir sortir.

Morgan lui prit la boucle de ceinture des mains et l'inséra dans la fente, souriant et accrochant son regard tandis que leurs mains s'effleuraient. Mais il se réinstalla immédiatement dans son siège et manœuvra la voiture jusqu'à la route côtière, ce qui la troubla profondément.

— On ne sait pas combien on va en voir, ni combien d'autres vont éclore, dit-il. Gab m'a dit qu'elles avaient commencé à sortir vers trois heures ce matin. Il y en avait déjà plusieurs dizaines à ce moment-là, il doit y en avoir encore plus maintenant. Il a dit qu'elles continuaient à sortir malgré le lever du soleil. C'est pourquoi il m'a appelé. Les choses se sont un peu calmées maintenant, mais il espère que ce sera une belle éclosion pour le nid.

Kit tourna les yeux vers Lilly, qui parlait à Dree, puis dit d'une voix plus faible que seul Morgan put entendre :

— Qu'arrivera-t-il à celles qui n'éclosent pas ? Est-ce qu'on peut s'assurer que celles qui voient le jour arriveront jusqu'à la mer ?

— Gab et Anne s'occuperont des œufs non éclos plus tard. Ils vont les examiner, vérifier leur stade de développement et voir s'il y a un quelconque problème qui les a empêchés d'arriver à maturité. Aujourd'hui, on se contente d'aider celles qui sortent pour qu'elles trouvent leur voie vers l'eau et pour éloigner les oiseaux et les crabes. Vu le nombre de personnes qu'on a rassemblées, je doute que les oiseaux posent un problème. Il va juste falloir tenir les crabes à distance et surveiller que les tortues surmontent bien les vagues.

Il mena la caravane sur la courte distance les séparant du centre de recherche. Une fois sur place, il rassembla les troupes à l'entrée du sentier menant à la plage.

— Le nid est un peu plus haut sur la plage, derrière les dunes. Les bébés ont besoin de pas mal de temps pour trouver leur chemin vers la mer, et ils seront certainement plus désorientés que d'habitude, car on est en plein jour. Gab va vous indiquer la marche à suivre : faites bien attention en arrivant près d'eux et ne vous approchez pas trop. Apparemment, les petits sentent les vibrations à travers le sable, et si celles-ci sont trop fortes, cela peut les décourager de sortir, car ils redoutent des prédateurs. On est ici simplement pour éloigner les crabes et les oiseaux, et s'assurer que les tortues avancent dans la bonne direction. Une fois qu'elles ont trouvé la mer, on vérifie qu'elles traversent bien les vagues. Elles peuvent être bousculées une fois ou deux, mais c'est normal. C'est une sacrée aventure.

Il prit Lilly dans ses bras et guida le groupe vers la plage. Kit se retrouva derrière lui avec Dree et Birdie. Franco, Lani, Riley et Quinn fermaient la marche.

— Waouh, j'ai hâte de raconter à Charlotte ce qu'elle a raté ! s'exclama Lani en se frottant les mains. C'est tellement enthousiasmant.

— Je sais.

Riley prit les mains de Lani et Quinn dans les siennes et se mit à balancer les bras avant de poursuivre :

— Je suis tellement contente qu'on soit rentrés. C'est trop cool !

— Et je suis tellement content qu'on se soit sapés pour l'occasion, dit Quinn en ricanant.

Kit l'entendit et lui lança un sourire par-dessus son épaule. Tous les convives s'étaient mis sur leur trente et un pour l'occasion, mais, une fois sur la plage, chacun ôta ses chaussures, retroussa son bas de pantalon, et celles qui avaient les cheveux longs nouèrent un foulard sur leur tête pour éviter d'être gênées par les mèches de cheveux que soulevait la brise océane.

La journée était très chaude, le thermomètre atteignant facilement les vingt-cinq degrés, mais le sable était encore frais sous leurs pieds.

— Si vous avez trop froid aux pieds, il y a des bottes en caoutchouc au centre de recherche pour ceux qui le souhaitent, annonça Morgan.

Mais tout le monde riait et papotait, et personne n'avait l'air d'en avoir besoin. Ils avancèrent sur la plage.

Tandis qu'ils contournaient la côte et arrivaient en vue du nid, Gab et Anne les remarquèrent et levèrent la tête. Ils leur firent de grands signes, les encourageant à les rejoindre.

Gab remonta la plage pour aller à leur rencontre, l'air plus enthousiaste que jamais.

— Quelle excellente surprise ! Bienvenue à tous.

Après les salutations d'usage et les présentations, Gab commença à leur donner les instructions.

— On a un nouveau-né sur la plage en ce moment même…

Tous les bénévoles retinrent leur souffle, enthousiastes.

— … et je crois qu'assez de tunnels ont été creusés au départ du nid. On devrait en avoir quelques autres assez rapidement.

Lilly émit un petit cri en entendant cela, ce qui fit rire tout le monde.

— Je crois que nous sommes tous d'accord, dit Gab dans un petit rire. Aujourd'hui, le problème, ce n'est pas les prédateurs, mais l'orientation. Les petits ne savent pas bien où ils vont, mais ils finissent quand même par arriver à l'eau. Une fois qu'ils sont à bonne distance du nid, j'ai besoin de deux bénévoles pour les chaperonner, les protéger jusqu'à ce qu'ils trouvent leur chemin vers l'eau. Et là, il faut monter la garde jusqu'à ce qu'ils aient bien traversé les vagues. Cela peut nécessiter plusieurs tentatives.

Kit jeta un coup d'œil à ses compagnons. L'impatience du groupe se faisait palpable.

— J'ai vécu ici toute ma vie et c'est la première fois que je fais ça, dit Birdie alors qu'ils s'approchaient du nid.

Elle regarda Gab et lui adressa un sourire :

— Mais si vous avez l'utilité d'une bénévole peut-être un peu plus… mûre, vous pouvez compter sur moi.

— Nous avons toujours besoin de bénévoles, répondit Gab joyeusement. Ce serait un plaisir de vous compter parmi nous.

Anne se présenta. C'était plus ou moins la version féminine de son mari. Elle avait les mêmes centres d'intérêt et le même look – la barbe en moins.

— Merci à tous d'être venus, dit-elle, manifestement reconnaissante de voir ces renforts inattendus se présenter. Vous allez vivre une journée unique.

— Regardez ! cria Lilly en désignant une petite tache sur le sable.

Une petite tache qui bougeait.

— C'est le bébé ! dit Lilly en tentant désespérément de descendre des bras de Morgan.

— Holà, tout doux.

Morgan la déposa, mais la prit fermement par la main.

Lilly surprit Kit en se tournant vers elle et en cherchant à lui donner la main.

— Viens ! la pressa-t-elle. Il faut qu'on l'aide !

Tout le monde rit, suivant le trio qui rattrapait progressivement la tortue fraîchement éclose.

— Oh, dit Kit d'une voix tremblante d'émotion. Regarde ce bébé. Il est si petit !

Elle s'accroupit près de Lilly, qui tenait toujours sa main, tandis que la tortue, à cinq mètres de là, poursuivait son bonhomme de chemin.

— J'avais déjà vu des photos, mais... Il tiendrait dans le creux de ma main, fit remarquer Kit.

En regardant cette minuscule créature, elle songea qu'il était miraculeux que ces bébés parviennent à atteindre l'eau. Ils devaient parcourir une telle distance avec leurs nageoires maladroites. Mais celui-ci faisait preuve d'un enthousiasme incroyable.

— On ne peut pas s'empêcher de vouloir l'encourager. Allez, la tortue, vas-y ! dit Kit.

Elle réalisait qu'elle affichait à peu près le même sourire béat que Lilly, du haut de ses cinq ans.

— Allez, la tortue, vas-y ! cria Lilly en s'accroupissant à son tour.

Le spectacle était charmant.

— Moggy, chuchota Lilly quand il s'agenouilla près d'elle. Il ne va pas dans le bon sens. Peut-être qu'il a peur de l'eau.

Elle regarda son oncle en plissant les yeux, gênée par le soleil, avant d'ajouter :

— Il ne voit pas l'océan ?

— Disons qu'il manque un peu de hauteur. Mais il va y arriver.

Anne s'était positionnée de l'autre côté, surveillant la progression de la petite tortue. Gab guida le reste de l'équipe sur la plage vers le nid, les préparant à l'arrivée du prochain nouveau-né.

Lilly s'accrochait farouchement à la main de Kit, comme si la tortue aurait plus de chances de s'en sortir si elle serrait fort. Kit comprit parfaitement ce sentiment et regretta de ne pas pouvoir serrer la main de Morgan pour soulager sa propre angoisse. Elle avait besoin d'être proche de lui pour partager cette expérience.

— On ne peut pas le ramasser et le mettre dans l'eau ? demanda Lilly tandis que le bébé continuait à se hasarder sur la côte au lieu d'aller vers la mer.

— Il faut qu'il trouve son chemin tout seul. C'est comme ça qu'il va mettre en place son système de navigation, dit Morgan. Avec nous, rien ne peut lui arriver.

— C'est quoi, un système de navigation ? demanda Lilly.

— Tu sais, dans une voiture, on utilise un volant pour aller là où on veut ? dit Kit.

Lilly acquiesça, sans détacher une seconde son regard du bébé.

— Eh bien, le bébé tortue doit apprendre à se diriger tout seul vers l'eau, poursuivit Kit. C'est ce qu'on appelle la navigation.

— Il doit vérifier que son volant marche bien ? demanda Lilly.

Morgan eut un petit rire, Kit esquissa un sourire, et leurs regards se croisèrent de nouveau au-dessus de la tête de Lilly.

— Exactement, répondit Kit, souriant en même temps à Morgan.

Lilly leva les yeux vers la jeune femme à cet instant.

— Et s'il n'y arrive pas ?

Kit détourna les yeux de Morgan et, de sa main libre, écarta les cheveux du visage de Lilly. Ces mèches s'étaient échappées des couettes que Morgan lui avait faites le matin. Elle essaya d'imaginer ses grandes mains en train de coiffer les cheveux soyeux de Lilly… Il fallait décidément qu'elle arrête de penser à toutes les choses que les grandes mains de Morgan pouvaient faire.

— Ça va marcher, dit Kit à Lilly. Certaines ont juste besoin d'un peu plus de temps que les autres pour y arriver.

Lilly soutint son regard encore quelque temps, semblant prendre la mesure d'une telle affirmation, mais ensuite des cris se firent entendre sur la plage et ils se retournèrent vers le nid.

Riley se retourna, faisant virevolter ses boucles blondes, et leur fit signe.

— Il y en a un autre !

Elle enlaça Quinn et sauta dans ses bras, ce qui les fit rire et reculer de quelques pas. Ils tombèrent presque par terre au moment où Quinn parvint à les redresser. Dès qu'il la déposa au sol, elle se détacha de lui assez longtemps pour exécuter une grande révérence en direction du groupe, ce qui fit rire tout le monde.

— Profitez du spectacle, je suis là toute la semaine.

Tout en riant, elle se réfugia de nouveau sous le bras protecteur de Quinn.

Kit les observa tous les deux, ravie de voir à quel point ils étaient gentils l'un avec l'autre. Et son regard se dirigea machinalement vers Morgan. Elle prit conscience de ce qu'elle faisait un peu tard. Elle aurait bien rectifié la trajectoire de ses yeux, seulement… Il la regardait aussi.

Avait-il remarqué son coup d'œil ? Avait-il lu en elle ? Avait-il pensé la même chose ? Elle ne parvenait pas à déchiffrer son expression en cet instant, mais ni l'un ni l'autre ne détournèrent les yeux.

Puis Lilly s'empara de leurs mains à tous les deux, les traînant sur la plage pour voir le nouveau-né, laissant Anne suivre la progression de celui qui était près de l'eau.

— On y va, lança Morgan en riant, croisant de nouveau le regard de Kit.

Son expression était dénuée de sous-entendus, il se contentait d'avoir l'air… heureux.

À cet instant, progressant péniblement dans le sable, avec entre eux une petite fille de cinq ans très inquiète qui les tirait par les bras pour qu'ils s'avancent vers le miracle d'une autre naissance… Kit fut contrainte d'admettre qu'elle aussi était plutôt heureuse.

Elle dirigea son regard vers le nid avant que Morgan ne puisse y déceler tous les sentiments contradictoires qui s'y reflétaient. Elle se sentait très troublée en cet instant.

Un silence plein d'appréhension gagna le groupe tandis que Kit, Morgan et Lilly s'approchaient lentement. Lilly lâcha leurs mains et se faufila entre les jambes des adultes, jusqu'à atteindre un siège du premier rang, à deux pas du nid.

Kit se tint non loin du groupe, ravie de constater que la volonté qui animait Lilly d'aider les bébés tortues prenait le pas sur sa nature introvertie en présence d'étrangers. Surtout avec tout ce groupe d'inconnus. La jeune femme leva les yeux et s'aperçut que Birdie observait Lilly, elle aussi, avec une expression qui traduisait son émerveillement. Le cœur léger, Kit se sentit quasiment pousser des ailes.

Quinn et Riley se déplacèrent et encouragèrent Birdie à se décaler pour être plus proche de sa petite-fille. Elle refusa dans un premier temps, ne voulant pas interrompre cet instant, mais elle finit par se rendre compte qu'elle n'avait pas son mot à dire dans cette affaire.

Lilly s'aperçut de l'agitation et leva les yeux juste au moment où Birdie, obtempérant, finit par se placer à côté d'elle.

— Regarde, Mamie, dit-elle, les yeux comme des soucoupes. Le sable se met à bouger !

Tout le groupe s'était concentré sur Birdie et Lilly. Seule la fillette gardait les yeux rivés sur le nid. Dans un même mouvement, ils reportèrent leur attention sur le sable.

— Oh, là, là, dit Kit, pantelante. Regardez !

Le sable, qui avait déjà été bousculé par l'arrivée d'autres bébés, commençait à bouger, s'effriter et se déplacer. Et c'est à ce moment précis qu'une… nageoire sortit !

— Regardez, regardez ! les pressa Lilly. C'est un bébé Patpalme !

Elle regarda Birdie une nouvelle fois :

— Tu veux le voir de plus près, pas vrai ?

Kit parvenait à peine à quitter le bébé des yeux, mais elle jeta un coup d'œil à Birdie, enthousiaste et clairement troublée. Elle semblait avoir peur de gâcher cet instant d'une façon ou d'une autre.

Franco s'avança et prit Birdie par le bras.

— Allez, laissez-moi vous aider.

Il aida Birdie à s'agenouiller dans le sable près de sa petite-fille, sans se soucier des dégâts que cela causerait à son pantalon d'un blanc immaculé.

Pour Kit, c'était quasiment aussi agréable de regarder la grand-mère et sa petite-fille se rapprocher autour d'un bébé tortue qui s'évertuait à sortir du sable, que de voir le petit animal parvenir à se libérer pour entamer son grand voyage vers la mer.

— Il a réussi ! cria Lilly en tapant des mains.

Le petit groupe, réjoui, fit de grands gestes tout en essayant de ne pas trop hausser le ton, pour ne pas distraire le bébé de sa mission.

L'attention de Kit se focalisait tantôt sur la tortue, tantôt sur Lilly et Birdie.

— Il est drôlement costaud, fit remarquer la vieille dame. Regarde-le partir !

Elle avait raison. Le petit ne tarda pas à racler et gratter le sable, laissant une trace sur son passage, ses nageoires arrière traînant derrière lui tandis qu'il se propulsait en avant à l'aide des deux autres.

— Il ne va pas dans le bon sens ! dit Lilly, qui ne tenait plus en place.

— Que diriez-vous d'aller le chaperonner toutes les deux ? suggéra Gab.

Les yeux de Lilly s'agrandirent encore.

— On peut ?

— Je crois même que c'est une excellente idée.

Gab hocha la tête en guise d'encouragement.

Lilly se hissa sur ses pieds, peu soucieuse du sable qu'elle projetait autour d'elle.

— Tu veux chapaproner ? demanda-t-elle à Birdie.

— J'adorerais, dit Birdie, les yeux brillant d'émotion, avant de tourner le regard vers Franco et Quinn en riant. Si ces deux jeunes et robustes gaillards veulent bien aider une vieille dame…

Sourire aux lèvres, les deux hommes s'exécutèrent et remirent Birdie sur pied avec un minimum d'efforts et un maximum de style. Elle ne tiqua même pas en voyant les taches que le sable humide avait laissées sur ses vêtements.

— On y va ? demanda-t-elle en tendant la main à Lilly.

C'est seulement à cet instant que la fillette regarda le reste du groupe et trouva Morgan parmi les autres.

— Moggy ?

— Vas-y, dit-il. Je chaperonnerai le suivant. Celui-ci, il est pour toi et mamie Birdie. Vous l'avez regardé sortir, alors je crois qu'il se sentira plus en sécurité avec vous deux.

— D'accord !

En un clin d'œil, Lilly se retourna et prit la main de Birdie. Leur attention fut immédiatement absorbée par la progression continue mais laborieuse de leur petite créature à nageoires.

Kit observa la grande femme mûre et la fillette, et dut essuyer quelques larmes qui se formaient au coin de ses yeux.

— C'est drôle comme les choses s'arrangent toutes seules, dit calmement Morgan derrière elle, une pointe de joie dans sa voix grave.

— Je sais, acquiesça Kit d'un ton frémissant, luttant contre le puissant désir de s'appuyer contre lui. C'est vraiment merveilleux.

Riant et reniflant en même temps, elle le surprit en train de s'essuyer les yeux. Elle rit et renifla de nouveau.

— Regardez !

L'exclamation de Riley les fit tous se retourner vers le nid.

— Encore un autre ! Deux !

Riley et Quinn se préparèrent à être les prochains chaperons au moment même où le premier se projeta hors du nid, ce qui fit rire tout le monde.

Le suivant eut un peu plus de mal à se libérer totalement.

— Celui-ci est pour vous, dit Gab, désignant clairement Kit et Morgan.

Toujours debout derrière elle, Morgan avait subrepticement entremêlé ses doigts à ceux de Kit, leurs mains étant à l'abri des regards, et il tirait sur sa main.

— Ça vous tente ? dit-il en se penchant sur son oreille.

Il lâcha ses doigts et se plaça à côté d'elle.

Ce contact furtif, ce tout petit geste réduisit les dernières velléités de résistance de Kit à néant, tout comme le sable du nid des tortues s'effritait, et son cœur se mit à battre la chamade.

— Oui, parvint-elle à dire. Ça me tente.

Elle réalisa qu'il ne parlait que du chaperonnage des bébés tortues, mais elle savait au fond d'elle-même qu'elle était en train de capituler sur tout le reste.

— Regardez-le ! s'exclama Morgan. Il a réussi.

Elle se retourna. À n'en pas douter, le bébé tortue avait fini par se libérer.

— Mais il part du mauvais côté ! s'exclama-t-elle quand la tortue se dirigea vers les dunes au lieu d'aller vers la mer.

— Venez par ici, ordonna Gab, et faites un barrage avec ceci.

Il leur remit un grand panneau de toile noire étirée sur un cadre à bords fins.

— On s'en sert pour nous aider à détourner et concentrer la lumière la nuit, mais ça peut aussi faire office de barrage, poursuivit Gab. Plantez-le dans le sable juste devant lui, et, quand il l'atteindra, il changera sa trajectoire. Ne vous en faites pas. C'est une matière souple. Ça ne lui fera aucun mal. Mettez-le sur la bonne voie dès que possible. Le sable sera plus froid à mesure qu'il s'approchera de l'eau. Il devrait s'en rendre compte assez vite.

Morgan prit le panneau de Gab d'une main, et celle de Kit dans l'autre, aussi naturellement que s'ils avaient fait ça toute leur vie.

— On y va.

Il regarda Kit et lui lança un sourire, avant d'ajouter :

— Escouade bénévole pour les tortues à la rescousse.

— Exactement, dit-elle aussi sérieusement, puis souriant béatement alors qu'ils partaient à la poursuite de leur petite créature.

Pendant les quelques heures qui suivirent, les tortues ne cessèrent de sortir du nid, et Kit cessa de réfléchir, de se faire du souci et d'analyser les choses, se laissant simplement aller à l'atmosphère merveilleuse qui régnait sur la plage. Lors des éclosions suivantes, elle fit équipe avec Dree, Lilly et Birdie. Morgan et Lilly en prirent deux d'un coup, et Kit et Anne s'occupèrent d'une autre. Morgan et elle n'étaient plus dans la même équipe, mais, avec tout le monde qu'il y avait sur la plage, l'opération s'apparentait à un grand sauvetage de groupe.

— C'est vraiment incroyable ! lança Kit à Anne, tandis qu'elles guidaient leurs bébés tortues vers l'eau. Je suis tellement contente de faire ça.

— Nous vous sommes très reconnaissants d'être venus. Je suis désolée d'avoir interrompu votre repas de Thanksgiving.

Kit se mit à rire et fit un geste pour désigner le groupe qui s'était dispersé, émaillant la plage ici et là alors qu'ils surveillaient leurs petits aventuriers tout-terrain.

— Ils ont l'air de regretter d'être ici ?

Anne esquissa un sourire.

— C'est vrai, peut-être, mais quand même, nous…

— Ohé, les guides de tortues !

Tout le monde leva le nez pour voir Alva arriver au bout de la piste dans les dunes, un panier de pique-nique à son bras. Juste derrière elle s'avançait Baxter, traînant une grande glacière à roulettes.

En consultant sa montre, Kit se rendit compte qu'ils étaient sur la plage depuis presque quatre heures.

— Oh, là, là, on aurait dû les appeler.

— Je m'occupe de ce petit bébé si vous voulez aller leur donner un coup de main.

Anne lui adressa un clin d'œil et ajouta :

— On dirait que le festin est venu à vous.

Chapitre 17

— Tout le monde se donne la main, ordonna Alva. On va dire le bénédicité. Ensuite vous pouvez retourner jouer avec vos amours de petites tortues.

Tout le monde se mit à rire et saisit la main de ses voisins en échangeant des sourires. Le groupe, y compris Gab et Anne, s'était rassemblé sur trois des tables de pique-nique situées sous l'un des plus grands auvents.

Alva prononça ses prières auxquelles les autres dirent « Amen » en chœur.

— C'est moi qui jouerai du couteau, déclara Franco en se levant.

Il prit la pose :

— Accrochez-vous et préparez-vous à voir… de la dinde, de la vraie !

Il commença à découper, puis tout le monde se mit à rire lorsque Kit réclama ses gains à Alva. Le fou rire reprit de plus belle quand Baxter tendit la main à son tour.

Et le repas suivit son cours pendant quelques heures. Tout le monde apprécia le repas. Les différents binômes se relayaient sur la plage à mesure que les tortues continuaient à émerger, mais le rythme commençait à s'amenuiser. Si la nourriture était froide ou si le sable s'immisçait là où il ne fallait pas, les convives s'en fichaient comme d'une guigne. Quand le vent se leva, ils enfilèrent bottes en caoutchouc et vestes.

Morgan eut enfin l'occasion d'interroger Gab sur le caractère inhabituel d'une éclosion en plein jour.

Le professeur lui expliqua que ce n'était pas totalement inédit, surtout vers la fin d'une saison des pontes prolongée.

— Mais je doute que l'on revoie quelque chose de ce genre de sitôt. Ce que nous avons vécu aujourd'hui est unique.

— Et comment !

À plus d'un niveau, pensa Morgan. Il savait que ceux qui avaient participé à l'opération s'étaient rapprochés, développant des liens inoubliables. Ceux qui se connaissaient depuis toujours s'étaient redécouverts et ceux qui se rencontraient pour la première fois partageaient déjà des souvenirs indélébiles – le début d'une longue série.

Assise entre Kit et Birdie, Lilly se calmait enfin tandis que tout le monde savourait les tartes aux cacahouètes de Mamie Sue. Morgan esquissa un sourire, sentant son cœur se réchauffer, et il songea qu'il faisait bon vivre. Il les regardait toutes les trois réunies, Kit et Birdie échangeant des regards entendus au-dessus de la fillette (qui piquait du nez) et l'aidant à couper sa tarte. Qu'elle soit parfaite ou incongrue, il ne voulait pas que cette journée – ni cette union particulière – se termine.

— C'est peut-être mon meilleur Thanksgiving, confia-t-il à Gab en observant les trois filles.

Il se disait quasiment que c'était « ses filles »… et il savait qu'il adorerait que ce soit vrai.

Anne les rejoignit. Elle venait du site de nidification :

— Le jour décline rapidement et le nid reprend son activité. Je crois que nous allons avoir droit à une dernière salve.

Il n'était pas encore cinq heures, mais le soleil se couchait tôt à cette époque de l'année. Morgan était sur le point de dire qu'il voulait rester, mais Lilly s'était quasiment endormie sur sa petite assiette vide. Il allait devoir la ramener à la maison sans tarder.

Birdie se leva pour les rejoindre.

— Si vous voulez rester, je serais contente de passer chez vous faire un peu de baby-sitting, proposa-t-elle. J'imagine que Lilly va tomber comme une masse dès qu'elle aura retrouvé son petit lit douillet.

Elle lança un regard à sa petite-fille et esquissa un sourire :

— Si elle tient le coup jusque-là.

Voilà une preuve du caractère incroyable de cette journée. Quelque chose que Morgan n'aurait même pas pu imaginer le matin même devenait la chose la plus naturelle au monde.

— Si vous êtes sûre que ça ne vous embête pas trop…, dit-il.

— Morgan, très cher, dit-elle en posant sa main sur son bras. Ce serait un plaisir.

— La chambre d'amis n'est pas encore complètement aménagée, mais il y a un lit, des draps propres et une couverture. Si ça ne vous dérange pas, je crois que je vais rester ici un petit moment. Et si ça vous dit de passer la nuit à la maison, nous pourrons petit-déjeuner ensemble et vous ramener chez vous demain matin.

— Voilà qui m'a l'air idéal. Je suis une couche-tard, et j'ai toujours un livre dans mon sac, donc ne vous en faites pas. Tout ira bien. Tant que petite Lilly sait où me trouver si elle a besoin de quelque chose, nous devrions passer une bonne nuit.

Le regard de Birdie se dirigea vers Kit, qui bavardait avec Riley, puis revint sur Morgan :

— Inutile de vous presser pour moi, ajouta-t-elle avec un regard pétillant.

— Votre aide nous serait très utile, dit Anne à Morgan, lui épargnant d'avoir à trouver une réponse à cette dernière remarque.

Bien entendu, aucun des membres du groupe n'avait fait preuve de discrétion en essayant de les pousser dans les bras l'un de l'autre ce jour-là.

— Kit a dit qu'elle resterait aussi, poursuivit Anne. Riley et Quinn vont retourner chez eux avec Alva pour nettoyer les restes et ramener tout le monde, puis ils reviendront un petit moment. Je crois que Lani et Baxter prévoient d'en faire autant. Franco et Dree doivent regagner le continent.

— C'est là plus d'aide que je n'en espérais et je vous en suis très reconnaissant, ajouta Gab. Ce Thanksgiving plein de joie est béni, dit-il en haussant la voix pour que tout le monde l'entende.

— Amen, s'exclamèrent-ils en chœur autour de la table, levant boissons, cupcakes et fourchettes à dessert.

Morgan fit le tour de la table et, avec l'aide de Kit, il souleva Lilly de son siège pour la prendre dans ses bras. Elle l'enlaça et pressa sa joue contre son torse.

— Encore des tortues ? demanda-t-elle d'une voix faible.

— Pas ce soir, ma puce. Il est temps de rentrer à la maison pour faire dodo. On reviendra demain.

— D'accord.

Elle ne lutta aucunement et bâilla à s'en décrocher la mâchoire, ce qui confirmait le diagnostic d'épuisement que Morgan avait prononcé. Cela le fit sourire.

— J'aime bien la tarte aux cacahouètes, dit-elle, à moitié endormie. C'est trooop bien.

— Trooop bien, répéta Morgan, puis il l'embrassa sur le front.

Il regarda le groupe autour de lui.

— Merci tout le monde, dit-il à voix basse pour éviter de la réveiller. Cette journée a vraiment été importante pour nous. Nous sommes ravis de vous avoir rencontrés et nous réjouissons de passer plus de temps avec vous à l'avenir.

— Je crois que je peux parler au nom des autres et dire que tout le plaisir a été pour nous, affirma

Alva qui s'agitait autour de la table avec l'énergie d'au moins trois personnes, malgré cette journée épuisante.

Tous hochèrent la tête, firent un signe de la main, lancèrent des sourires, et Franco leva ses deux couteaux tandis qu'il continuait à découper les carcasses des trois dindes et que Lani emballait les restes dans des Tupperwares.

— Alors passez chez Quinn et Riley demain, dit Alva. Je laisserai un Tupperware pour vous et Mlle Lilly dans leur frigo.

— D'accord. Merci.

Il n'avait pas passé beaucoup de temps avec cette petite dame, mais elle avait manifestement de l'énergie à revendre. Il comprenait pourquoi Kit l'appréciait tant. Lani disait qu'elle était la Mamie Nova de Sugarberry, et il devait admettre que c'était une comparaison assez juste.

— Je viens avec vous, dit Birdie. Ma voiture est toujours chez Quinn, si on peut y passer.

— Si ça fait un détour, je peux vous y ramener demain pour récupérer la voiture et les restes, lui dit Morgan. Venez simplement chez nous qu'on vous installe toutes les deux.

— Birdie, passe aussi demain récupérer ton Tupperware, dit Alva en lui serrant la main.

Birdie se pencha pour serrer le petit bout de femme dans ses bras, puis elles s'embrassèrent.

— Ce fut une belle journée, affirma Alva, les yeux brillants.

— C'est le moins qu'on puisse dire, acquiesça Birdie en la regardant droit dans les yeux.

Morgan ne revit pas Kit avant de partir, car elle avait pris la relève sur la plage, mais il avait déjà prévu de la retrouver à son retour. Il espérait que sa petite puce fatiguée ne râlerait pas quand il lui expliquerait que Birdie passerait la nuit chez eux. Mais, à ce stade, il en doutait sincèrement.

Ils réussirent à accomplir leur mission en un peu moins d'une heure. Il avait dû réveiller Lilly pour lui expliquer que Birdie resterait avec elle pendant qu'il finirait d'aider le Pr Gab, et il était presque certain qu'elle avait tout compris avant de se rendormir paisiblement. Birdie avait son numéro de portable et il n'était qu'à cinq minutes de la maison si jamais sa nièce se réveillait paniquée. Mais il doutait qu'elle n'ouvre les yeux avant que le soleil soit bien haut dans le ciel le lendemain. Elle n'avait pas eu l'occasion de faire de sieste ou de se reposer ce jour-là, et elle avait passé son temps à courir dans tous les sens sur la plage.

Il ébaucha un sourire tandis qu'il revenait au parking du centre de recherche, songeant à l'expérience incroyable que cela avait été pour elle. Et pour lui.

— Un jour pas comme les autres, murmura-t-il.

Le rapprochement de Lilly et Birdie à l'occasion de cette journée magique dépassait toutes ses espérances. Les membres du Cupcake Club avaient été adorables avec Lilly et lui. Il leur en était profondément reconnaissant.

Il émergea du chemin des dunes et se dirigea vers la plage tandis que la pleine lune entamait son ascension dans le ciel, et il songea à ce qu'il avait à cœur d'accomplir avant que la journée s'achève.

Quand il arriva sur le site de nidification, il ne restait plus que Lani et Anne.

— Gab et Baxter sont retournés au centre, lui précisa cette dernière. Il avait ses tournées du soir à faire pour nos résidents du moment.

— Baxter est fasciné, ajouta Lani avec un sourire affectueux. Il n'avait jamais vu de tortue vivante auparavant. Je crois que Gab s'est trouvé un nouveau mécène. Ils sont en train de discuter de la façon dont Baxter pourrait mettre son émission ou sa célébrité à profit pour attirer l'attention sur les tortues de mer.

— C'est fantastique ! s'exclama Morgan, ravi de cette agréable surprise. Gab doit être aux anges.

— Il a passé une journée merveilleuse, oui, ajouta Anne, fatiguée, mais le regard encore brillant.

Morgan se tourna vers la plage, mais la lumière faiblissante l'empêchait de distinguer quoi que ce soit.

— Si vous cherchez Kit, elle est près de l'eau, une vingtaine de mètres plus bas sur la plage, dit Lani en faisant quelques pas pour s'approcher de lui. On a eu un retardataire qui n'arrivait vraiment pas à trouver la mer. Kit a certainement terminé maintenant, ajouta Lani avec un sourire entendu qu'elle ne chercha pas à dissimuler. Mais elle sera contente d'avoir de la compagnie sur le chemin du retour.

Toute la journée, les gens avaient essayé de les pousser dans les bras l'un de l'autre. Mais, à part durant leur première mission de chaperons en équipe, il n'avait pas été seul un instant avec Kit.

Il avait remarqué que, pendant qu'ils surveillaient les tortues, Lilly était allée voir Kit aussi souvent que lui. Détendue, la jeune femme avait semblé prendre plaisir à l'opération. Elle avait été parfaite avec Lilly, si ouverte et aimante. Leurs élans l'une vers l'autre étaient très spontanés, et Kit ne s'était pas retrouvée une seule fois prise au dépourvu. Il ignorait s'il devait mettre ça sur le compte du contexte et des émotions fortes… ou si la jeune femme était en train de revoir sa position sur la prise de risques qu'il représentait. Qu'ils représentaient tous les deux.

— Alors… cette pleine lune est vraiment belle, dit Lani de façon insistante, le tirant de ses pensées et provoquant au passage l'hilarité d'Anne.

— J'y vais, j'y vais.

Avec un geste de la main, il descendit la plage à petites foulées dans la direction qu'elles lui avaient indiquée.

Morgan ne put réprimer un petit rire. Il s'était dit qu'il serait gênant de voir les autres essayer de leur arranger le coup, à Kit et à lui. Mais cela n'avait pas été embarrassant du tout ; ça avait été amusant et gentil. Parce qu'il trouvait qu'ils avaient tout à fait raison. Kit semblait avoir bien pris les choses. Il était temps de savoir exactement ce qu'elle pensait de… eh bien, de tout ça.

Il la trouva à un peu plus de vingt-cinq mètres des dunes, debout près de l'eau, scrutant les vagues.

— Pauvre petite tortue, dit-elle en levant les yeux quand elle le vit approcher. Ça fait quatre fois qu'elle essaie et elle n'arrête pas de s'échouer sur la plage. Après tous ses efforts pour arriver là, après l'énorme détour qu'elle a fait, elle doit être épuisée.

Morgan s'arrêta à ses côtés, tournant les yeux vers les vagues à son tour, mais ne sachant pas où regarder exactement dans la vaste étendue d'eau sous le clair de lune.

— Ces petites créatures sont d'une incroyable détermination. Elle va y arriver.

Kit soupira, clairement préoccupée :

— Je l'espère.

— Toutes les autres ont réussi, la rassura-t-il.

— Je n'en reviens toujours pas de voir comme elles sont minuscules. Enfin, ensuite elles deviennent gigantesques. En commençant si petites, on dirait qu'elles n'ont vraiment aucune chance. C'est un véritable miracle qu'elles y parviennent.

Morgan dut lutter sérieusement pour résister à l'envie de l'attirer dans ses bras. Elle était fatiguée et soucieuse, et l'enlacer semblait la chose la plus naturelle au monde.

— Leur voyage est incroyable et semé d'embûches, mais elles font ça depuis des millénaires, la rassura-t-il. Espérons juste que nos tortues arrivent à éviter les épaves et détritus et surfent sur les bonnes vagues pour atteindre les Caraïbes sans encombre.

Kit lui lança un regard en coin, avec une moue ironique.

— Vous êtes vraiment l'avocat le plus optimiste que j'aie jamais rencontré.

Il lui rendit son sourire.

— Je sauve la planète, un bébé tortue après l'autre.

Elle émit un rire bref et redirigea son regard vers la mer.

— Bon, je ne la vois pas refaire surface, alors j'imagine qu'elle a réussi.

Morgan se dit qu'il en avait marre de jouer la sécurité et fit quelques pas pour se placer derrière Kit, posant les mains sur ses épaules et les massant doucement tandis qu'il scrutait les vagues avec elle.

— C'était une belle journée, Kit. On s'est bien débrouillés.

— C'est vrai, dit-elle doucement. Et ça fait un bien fou.

Mais elle ne se détendait pas sous ses doigts.

— Je suis juste..., poursuivit-elle.

Il la fit se retourner doucement pour qu'elle le regarde en face, la tenant tout près de lui.

— Vous avez un instinct protecteur. C'est dans votre nature de veiller sur les autres, de prendre soin d'eux, ce qui veut dire que vous vous faites aussi du souci, la taquina-t-il avec un sourire. Ce n'est pas un mal en soi. Il faut bien que quelqu'un veille sur les autres.

— J'ai eu l'habitude de veiller sur beaucoup de personnes. Ça a été... eh bien, ça a été un soulagement, en quelque sorte, de ne plus avoir à le faire... Mais ça m'a aussi fait bizarre. Ça ne se limitait pas à mon travail, c'était... eh bien, vous avez raison, c'était dans ma nature.

— En tant que nouveau papa modèle, je peux vous certifier que c'est bien là votre nature. Alors... maintenant, vous pouvez vous faire du souci pour nos bébés tortues, lança-t-il.

La jeune femme sourit. Il passa une main sous son menton, relevant le visage de Kit vers lui et ajouta :

— Mais pas trop. D'accord ?

Elle ne tenta pas de s'écarter et semblait plus détendue. Elle avait toujours ce demi-sourire aux lèvres.

— Vous me croirez si je vous réponds d'accord ?

— Pas vraiment.

Elle éclata de rire.

— Et si j'essayais ?

— C'est un bon début. Ça me va.

Ils se turent un instant sans se quitter des yeux. Il voulait passer sa main sur la nuque de Kit, presser ses lèvres contre les siennes et finir la nuit comme il en mourrait d'envie.

— C'était un bon début, dit-elle, la voix mal assurée. Aujourd'hui, je veux dire.

Le cœur de Morgan s'emballa au même rythme que ses espoirs.

— C'est vrai. À tous les niveaux.

— Je suis très contente pour Lilly et Birdie. Et pour tout le reste. Je suis heureuse que vous ayez choisi de vous joindre à nous et que nous nous soyons retrouvés ici. Ça a été franchement... incroyable.

— Je suis d'accord. Plusieurs amitiés se sont nouées aujourd'hui, et d'autres se sont consolidées. J'y pensais sur la route, en revenant ici. Birdie et Lilly... Je ne sais même pas par où commencer pour expliquer à quel point cette journée a été importante pour elles.

— Tout le monde s'en est rendu compte, dit Kit. Nous avons été très touchés.

Et vous touchez mon cœur chaque fois que je vous regarde, pensa-t-il, luttant pour ne pas prononcer ces mots à haute voix.

— Je...

— Morgan...

Ils prirent la parole en même temps, puis se turent.

— Allez-y. Qu'alliez-vous dire ?

Elle scruta son visage, ses yeux, se demandant si elle allait vraiment dire ce qu'elle avait en tête. Et il sentit qu'une partie de lui-même était lentement en train de s'éteindre. Il ne pouvait que prendre son mal en patience... et espérer. Il s'attendait au pire, sentant que leur moment privilégié touchait à sa fin, une fois de plus. Et il se disait qu'il aurait du mal à l'accepter cette fois-ci. Il était prêt à se battre pour obtenir ce qu'il désirait. Il ne renoncerait pas à ce qui existait déjà entre eux.

Choisissant soigneusement ses mots, elle commença :

— Aujourd'hui, c'était si bien, si... étonnant. J'ai vraiment passé un bon moment. Avec tout le monde, mais surtout avec Lilly.

Elle soutint le regard de Morgan :

— Et avec vous.

Soudain, tout bascula pour lui. Son cœur battait la chamade, faisant résonner son écho à ses oreilles, dans sa tête. Avait-elle changé d'avis… ? Est-ce qu'elle voulait dire que… ?

— Je suis inquiète, ajouta-t-elle.

Le cœur de Morgan s'emballa, mais pour les raisons inverses.

— À quel sujet ? parvint-il à articuler.

— Nous formions un sacré groupe aujourd'hui, mais j'ai passé beaucoup de temps avec Lilly et… j'ai adoré ça. Je l'aime, Morgan, je l'aime vraiment. Enfin, comment pourrais-je faire autrement ? Tout le monde l'aime. Mais je sens que nous avons un lien unique. Je n'arrive pas à l'expliquer précisément. Peut-être que c'est parce que nous avons toutes les deux perdu nos parents, même si c'était à des moments différents de nos vies, ou alors… je ne sais pas. Mais il y a quelque chose.

— Oui, ça ne m'a pas échappé. Elle recherchait votre présence de façon instinctive.

Et je dirais même plus que ça m'a fait craquer, brûlait-il d'ajouter.

— Je sais, dit Kit, le visage grave. Et… une part de moi-même en est tellement heureuse, tellement touchée. Je veux être là pour elle…

— Vous l'êtes.

Morgan ne savait absolument plus quoi penser, quoi ressentir.

— Mais l'autre part de vous-même, qu'est-ce qu'elle ressent ?

Elle ne répondit pas et détourna les yeux.

Il chercha son regard.

— Kit, il n'y a rien de mal à ce que vous vous rapprochiez de Lilly. Ou à ce que Lilly se rapproche de Birdie, ou de Dree. Je veux qu'elle soit entourée de gens en qui elle puisse avoir confiance, sur qui elle puisse compter et qui pourront l'aider. Rien de plus.

Mais, au fil de la conversation, il sentait qu'il attendait bien plus que ça.

— Il n'y avait aucun mystère aujourd'hui, poursuivit-il. Tout le monde essayait de nous pousser dans les bras l'un de l'autre, avec des insinuations pas franchement discrètes. C'était amusant et sympathique parce que tout ça partait d'un bon sentiment. Et je sais que tout ça a totalement échappé à Lilly, mais…

— Et si Lilly commence à vouloir la même chose ?

— C'est ça qui vous inquiète ?

— J'y ai songé. Oui.

— Moi aussi. Ce serait si terrible que ça, Kit ? demanda-t-il calmement. Si elle le voulait ? Si nous le voulions ?

À sa plus grande surprise, les traits de Kit se décomposèrent et des larmes coulèrent de ses beaux yeux clairs.

Il ne poussa pas la conversation plus loin. Il l'attira simplement à lui, abritant son visage contre son épaule tout en l'entourant de ses bras. Il posa sa main sur sa tête, pour l'apaiser et la rapprocher de lui.

— Ça va aller, dit-il en caressant ses cheveux, même s'il ignorait si ce qu'il disait était vrai.

— Et si…

La voix de Kit s'étouffait contre le torse de Morgan.

Il l'invita à lever la tête et se pencha pour accrocher son regard.

— Et si quoi ?

— Et si je la déçois aussi ?

La vue de ses yeux pleins de larmes brisa le cœur de Morgan.

— Je ne veux pas – je ne peux pas prendre ce risque, dit-elle. J'ai déjà déçu tellement de monde, mes employés, ma famille…

Elle secouait la tête, incapable de poursuivre. Des larmes coulaient sur ses joues. Elle avait l'air profondément accablée.

Morgan commença enfin à comprendre la gravité de la situation dans laquelle elle se trouvait et l'importance de ce qu'il lui demandait.

Il prit entre ses mains le visage de Kit au moment où elle commençait à détourner les yeux, séchant ses larmes du bout des pouces.

— Vous avez vraiment traversé une mauvaise passe, n'est-ce pas ?

— Lilly aussi, parvint-elle à dire, d'une voix rauque. Elle mérite quelqu'un qui sait ce qu'il fait, quelqu'un qui…

— Elle mérite d'avoir quelqu'un qui tient à elle et qui lui veut du bien.

Il releva le menton de Kit.

— Cette personne, c'est vous. Je sais que vous avez l'impression d'avoir perdu pied et que vous ne vous fiez plus à votre instinct. Je ressens la même chose tous les jours, en tant que jeune parent. C'est l'angoisse quasiment toutes les heures. Dans le meilleur des cas…

— Ça ne se voit pas. Vous avez l'air… parfaitement bien tous les deux. Comme si c'était la plus naturelle des choses. Vous êtes extraordinaire avec elle.

— Merci. Ça me touche beaucoup. Mais chez vous non plus, l'angoisse ne saute pas aux yeux. Vous arrivez à gérer vos affaires les yeux fermés, vous faites du bénévolat avec Gab, vous passez du temps avec Lilly, vous vous faites de nouveaux et très bons amis avec le Cupcake Club.

— Rien de tout cela ne me fait peur.

Kit le regarda droit dans les yeux pour qu'il saisisse le sentiment d'impuissance qui l'habitait :

— Du moins, pas comme vous.

Le cœur de Morgan se serra et il poussa un soupir.

— Kit…

— L'envie d'être avec vous me fait peur. L'envie d'être avec Lilly me fait peur. Je suis venue ici pour un nouveau départ.

Elle esquissa un sourire, même si ses yeux étaient encore humides et ses larmes toujours présentes :

— J'avais prévu d'y aller petit à petit, de reprendre mes appuis progressivement, de reconstruire ma confiance en moi… De travailler sur cette culpabilité qui me hante. J'ai déçu tout le monde. J'ai perdu une chose à laquelle des générations avant moi avaient consacré leurs vies. Une chose à laquelle j'ai moi aussi consacré ma vie. Et, au lieu de cela, j'ai l'impression d'avoir fait un énorme plongeon, comme si j'avais foncé tête la première dans le grand bassin de la piscine. Je me débrouille avec *Péché mignon*. C'est assez lent, mais Lani et Baxter sont d'excellents collègues de travail. Cela dit, c'est toujours intimidant. Je tiens à leur donner satisfaction.

Ses lèvres se tordirent tandis que sa respiration se faisait saccadée.

— Moi aussi, j'angoisse à peu près toutes les heures, ajouta-t-elle.

Il souleva la pointe du menton de Kit, puis prit ses joues dans ses mains pour satisfaire son désir de la sentir, de la toucher.

— Alors, allez-y petit à petit avec moi. Avec nous. C'est tout.

— Avec la boutique, j'ai dû sauter le pas. Et avec vous… vous savez que nous serons incapables d'y aller petit à petit. Nous ne l'avons jamais fait. Je suis submergée par les émotions. Je ne sais pas si je me suis déjà sentie comme ça – à ce point-là – avec quelqu'un aussi vite, aussi… entièrement. Me voilà en terre inconnue… à un moment de ma vie où j'ai déjà du mal à trouver mes repères. Qu'est-ce qu'on fait si je me lance et que tout tombe à l'eau ? J'ai du mal à avoir confiance en moi en ce moment. Je ne peux pas vous faire ça, je ne ferai pas subir ça à Lilly.

L'air désespéré, elle le regarda droit dans les yeux.

— Et si vous et Lilly commencez à dépendre de moi, à compter sur moi, et que je vous déçois aussi ? Je crois que je ne le supporterais pas.

— Oh, Kit !

Il caressa sa joue, ses cheveux, voulant faire disparaître cette souffrance d'un coup de baguette magique. Il la sentait trembler, il percevait sa crainte.

— Rien de tout cela n'est votre faute. Ni la perte de votre entreprise ni cette relation. C'est un travail d'équipe. Teddy et Trixie auraient dû vous soutenir lorsque l'entreprise s'est trouvée en danger. Ils vous ont abandonnée quand vous aviez besoin d'eux. Ils ont laissé tomber tout le monde, faisant primer leurs aspirations sur tout le reste. Vous ne feriez jamais ça. Ça ne vous ressemble pas. Vos employés le savent et je sais que vos ancêtres Bellamy le savaient aussi.

Il soupira, sachant que ses mots ne suffiraient pas. Elle avait connu la douleur, vu leurs visages, avait dû leur annoncer la nouvelle, et regarder les portes de l'entreprise se fermer, puis voir la maison qui appartenait à sa famille depuis des générations être vendue sous son nez.

— Tout ce que je peux vous dire, poursuivit-il, c'est que ce travail d'équipe – vous, Lilly et moi – tout ça est là pour vous soutenir. Si vous avez besoin de quelque chose, quoi que ce soit, vous pourrez compter sur moi. Et si j'ai besoin de quelque chose, j'espère pouvoir compter sur vous. Et nous serons là tous les deux pour Lilly. Comme nous le faisons déjà quand nous passons du temps ensemble. Vous avez remarqué ? Nous le faisons, tout simplement. Vous la comprenez. Vous avez vécu les mêmes choses. Que pourrait-elle espérer de plus de votre part ? Il suffit d'être là les uns pour les autres.

Il ébaucha un sourire, même si son cœur se serrait pour elle.

— Une crise d'angoisse par heure à la fois, ajouta-t-il.

La lèvre inférieure de Kit trembla pour esquisser un sourire et elle chercha des yeux le regard de Morgan. L'émotion, la volonté, le désir, tout était là, frémissant… et il y avait aussi la crainte.

Morgan savait combien il coûtait à Kit de dévoiler sa vulnérabilité.

— Je sais que ce serait plus simple si tout cela nous arrivait à un moment où nous y serions mieux préparés. Mais nous savons tous les deux que ce n'est pas comme ça que les choses fonctionnent. Les choses nous tombent dessus un peu n'importe quand. C'est à nous de voir ce que nous en faisons. Je sais ce que je veux faire de ce qui nous arrive. Ce que je veux avec vous. Ce que je veux pour nous. Pensez-en ce que vous voulez, mais il y a déjà un « nous ». Vous en êtes consciente, n'est-ce pas ? Vous le ressentez aussi ?

Elle acquiesça, mais il la sentait de nouveau trembler dans ses bras. Il voulait partir à la recherche de Teddy Carruthers et briser le cou de cette ordure de ses propres mains pour le punir d'avoir causé tant de souffrances.

Le moment était venu de lui ouvrir son cœur avant qu'elle prenne sa décision finale.

— Alors, poursuivit-il, allons-nous tourner le dos à ces bonnes choses en raison du passé ? Ou… nous y accrocher parce que nous savons à quel point elles sont précieuses ? Je veux dire, dans le cas contraire, que fichons-nous ici ?

Il essaya d'adoucir le ton, d'atténuer l'indignation qu'il ressentait pour elle.

— Je veux en profiter, Kit. M'en délecter. Me délecter de vous, ajouta-t-il d'une voix tremblante.

Le regard de Morgan se détacha des grands yeux vulnérables de Kit pour s'attarder sur le frémissement de sa lèvre inférieure… et il se pencha sur elle, pour l'apaiser – les apaiser tous les deux – de la seule façon qu'il connaissait. Il l'embrassa pour exprimer tout ce qu'il ne pouvait pas dire avec de simples mots. Il ignorait comment il aurait pu lui expliquer autrement qu'ils partageaient quelque chose d'unique qui valait la peine de se battre.

Elle haleta contre sa bouche, comme immobilisée l'espace d'un instant, surprise… puis elle se plongea dans ce baiser avec lui, dans un long soupir passionné. Il ne pensait à rien, il ne s'arrêtait pas, il n'avait aucune arrière-pensée.

Il la possédait.

Même les profondeurs du baiser charnel qu'ils avaient échangé auparavant n'atteignaient pas le lien qui les unissait en ce moment. Ce baiser n'était ni lent ni tendre, mais résolument sensuel. Fini la retenue et les faux-semblants. Ce baiser les mit tous deux à nu. Il embrassait ses lèvres, savourait sa bouche, l'explorait… et il la pressait d'en faire autant. Ce n'est que lorsqu'ils durent reprendre leur souffle que le baiser s'interrompit.

— Tu sais, dit-elle, ayant du mal à reprendre haleine et à parler en même temps, tout en s'accrochant à ses épaules pour garder l'équilibre. Je crois que tu as raté ta vocation… d'avocat à la barre.

Elle parvint à lui décocher un de ses demi-sourires en coin, les cheveux ébouriffés, les joues encore sillonnées de larmes, sa bouche rougie trahissant la vigueur de leur baiser.

Le cœur de Morgan commençait à chavirer, et il n'y avait plus aucune chance de le récupérer.

— Et pourquoi ça ? demanda-t-il, d'une voix particulièrement enrouée.

— Parce que, quand tu te mets à plaider ta cause, aucun jury au monde ne pourrait te refuser le verdict que tu désires tant.

Il esquissa aussi un sourire, admettant que son cœur était définitivement perdu. Mais, tant qu'elle continuait à lui sourire de cette façon-là, franchement, cela lui était bien égal.

— Le seul jury que je voudrais rallier à ma cause est constitué d'une seule personne.

Kit tendit la main, dégagea les mèches barrant son front… et sourit.

— Eh bien, dit-elle en frémissant. Je crois que tu peux me considérer comme conquise.

Morgan sourit de plus belle. Il avait envie de pousser un cri de victoire, de la faire valser au clair de lune… et de la prendre ici même, sur le sable.

— J'ai toujours trouvé ton sourire malicieux, voire plein de sous-entendus, dit-elle, ne semblant pas le moins du monde rebutée par cette réalité.

C'était plutôt l'inverse, s'il pouvait en juger de façon rationnelle.

— Mais là, tout de suite, c'est un sourire carrément carnassier, ajouta-t-elle.

— Et c'est mal ? demanda-t-il, la dévisageant, scrutant ses yeux, ses joues striées de larmes, sa bouche veloutée. Parce que tu éveilles en moi des instincts de prédateur.

Elle secoua la tête, et quand son regard échappa aux yeux de Morgan, il s'attarda sur sa bouche, ses lèvres étirées en un sourire sensuel. Il pencha lentement la tête, ses yeux rivés sur ceux de Kit jusqu'à ce qu'ils se trouvent, et il embrassa ses lèvres, les entrouvrit et s'y plongea à corps perdu. L'appétit qui le consumait était tel qu'il en devenait vorace. Il passa les mains dans le dos de Kit, posa ses paumes autour de ses hanches, puis les fit descendre sur la ravissante rondeur de ses fesses, la pressant contre lui pour que leurs corps s'assemblent.

Elle gémit doucement contre sa bouche, réceptive aux réactions de Morgan, de son corps.

— Oui, j'ai envie de toi, dit-elle contre ses lèvres tandis qu'il s'éloignait de sa bouche pour déposer de petits baisers langoureux le long de ses joues jusqu'au creux de son cou, pour finir par remonter vers le lobe de son oreille.

— Je veux t'effeuiller et sentir le moindre centimètre carré de ta peau nue contre mon corps, dit-il.

Elle frissonna violemment contre lui tandis qu'il commençait à déboutonner son chemisier tout en poursuivant son exploration tout en baisers.

— Je veux t'entendre gémir, haleter. Je veux que tu te cambres sous moi. Et sur moi. Je veux me perdre en toi.

Elle tremblait tandis qu'il l'embrassait partout sur les joues, puis il prit son visage entre ses mains jusqu'à ce qu'elle ouvre ses grands yeux assombris par le même désir qui le submergeait.

— Je te veux tout entière. Tu comprends ?

Elle acquiesça, son corps frissonnant contre celui de Morgan. Ou peut-être était-ce Morgan qui tremblait.

— Je veux partager tes craintes, tes rires, tes doutes, tes victoires. Tes larmes, tes joies, tes frustrations, ton enthousiasme.

Il effleura les joues de Kit de ses pouces et sentit son cœur chavirer complètement… et se délecter de cette chute.

— Je veux ton cœur, Kit. Je veux tout.

Chapitre 18

— Morgan…

Kit était hors d'haleine.

— Tu n'es pas obligée de répondre à ça… Tu n'as qu'à… sauter ce pas, et ça suffira. Un seul pas. Nous en sauterons bien d'autres ensuite. Un à la fois, d'accord ? Ça nous mènera où ça nous mènera. J'essaie d'être honnête sur mes espérances. Je ne te demanderais pas de te lancer là-dedans, vu ce que tu ressens, vu à quel point c'est difficile, si je ne pensais pas que ça en valait la peine.

— Tu es tellement sûr de toi.

— Tu as dit que ce qui se passe entre nous était différent de tout ce que tu avais pu vivre auparavant. Eh bien, c'est la même chose pour moi. C'est facile et naturel, et tellement bon. Tu me fais rire, tu me fais réfléchir. Et j'ai envie de toi à en mourir. Je ne veux pas savoir combien de temps ça nous prendra de tout mettre au point, mais on m'a tellement répété que je le saurais, quand je trouverais la bonne personne.

Il afficha un grand sourire. Il s'en rendait compte à présent, on lui avait dit vrai.

Elle ne put faire autrement que de lui rendre son sourire. Il avait l'air si… tendu, si vif, si excité et… soucieux de bien faire. Il était à la fois adorable, charmant et sexy en diable.

— Je vais faire ce premier pas avec toi, dit-elle.

Le sourire de Morgan n'était pas seulement carnassier, il était rayonnant de joie.

— Je sais que je te mets pas mal de pression, mais…

— Mais tu m'as aussi fait réfléchir, Morgan. Et tu as raison. On nous a enlevé beaucoup de choses sans que nous ayons notre mot à dire ni que nous y soyons préparés – ce qui a laissé d'énormes vides dans nos vies. J'ai besoin de combler ces vides, au lieu de tourner autour bêtement. À force, je risque de tomber dedans.

Il caressa sa joue, la serra contre lui, et cet instinct qui le poussait à la réconforter, à prendre soin d'elle eut raison des derniers doutes de Kit. Impossible de savoir où cela les mènerait, mais Morgan ne serait ni négligent ni indélicat. Pour le moment, elle n'en demandait pas davantage.

— Esquiver les choses et s'abriter est une réaction naturelle, lui dit-il. Je crois que, sans Lilly, j'aurais peut-être aussi tenté d'esquiver. Après le décès de mon frère…

Il secoua la tête, et ce fut le tour de Kit de chercher à l'apaiser, le caresser, le réconforter. Elle vit sa surprise quand leurs yeux se croisèrent de nouveau… et elle sentit aussi que son appétit semblait se faire plus pressant.

Elle se demandait comment il était possible de se sentir si satisfaite et excitée à la fois. Maintenant qu'elle avait complètement baissé sa garde et s'était ouverte à de nouvelles possibilités, son corps tout entier réclamait Morgan. C'était aussi terrifiant que jubilatoire. Elle n'avait qu'à se concentrer sur l'aspect jubilatoire au lieu de se laisser abattre par le côté terrifiant de ce besoin.

— Après tout ce qui s'est passé, j'ai l'impression d'avoir perdu ma sœur aussi. Ce n'est pas du tout la même chose, bien sûr, mais cela me fait penser à ce que l'on regrette et à ce qui nous attend.

Kit maintint sa main sur la joue de Morgan et le regarda au fond des yeux :

— Asher t'a désigné comme tuteur légal de sa fille unique. Donc tu sais qu'il t'aimait et te respectait. Je suis sûre qu'il savait aussi qu'il pouvait compter sur toi. Dans les situations difficiles, vous formiez une vraie famille. Garde ça dans ton cœur. C'est ce que j'essaie de faire, moi.

— Tu as raison. C'est juste que… je ne me suis pas encore autorisé à y penser, dit-il de façon quelque peu hésitante. J'ai accusé le coup et j'ai mis au clair mes doutes sur ma famille et mes choix. Ensuite, j'ai consacré tout ce qui me restait d'énergie à m'occuper de Lilly. Mais Asher me manque. Nous ne nous ressemblions pas du tout, et avions peu de choses en commun dans nos vies d'adultes, mais, au fond, nous étions frères. Nous avons grandi ensemble et fait les quatre cents coups. Quand j'étais petit, je voulais tout faire comme lui. J'ai pris une autre voie en grandissant, mais…

— Mais ça ne change rien – absolument rien – à votre lien. Un lien de fraternité. J'en sais quelque chose.

Elle caressa la joue de Morgan, puis posa les deux mains sur sa nuque et y exerça une pression pour qu'il approche ses lèvres des siennes.

— Kit, tu n'es pas obligée de…

— Chut, dit-elle en posant deux baisers à la commissure de ses lèvres. Les hommes protecteurs ont parfois besoin de protection, eux aussi.

Puis elle le fit taire d'un baiser. Chacun de leur baiser semblait si différent, révélait tant de choses nouvelles… la bouleversait chaque fois plus profondément. Ils avaient déjà partagé beaucoup de choses intimes qu'ils n'avaient jamais partagées avec personne d'autre. Ainsi enlacés sous la pleine lune, le désir de partager avec lui sur la plage cet instant des plus intimes, de le posséder bel et bien, était devenu un besoin impérieux.

Il sombra dans ce baiser, l'emportant avec lui dans ses profondeurs. Les mains de la jeune femme parcoururent le corps de Morgan, caressant ses épaules, son torse musclé, frémissant en passant sur son cœur affolé et survolant son ventre pour finir par se glisser dans les passants de la ceinture de son pantalon et le rapprocher d'elle. Il poussa un gémissement et la souleva contre lui pour qu'elle l'enveloppe de tout son corps.

— Kit…, parvint-il à dire lorsqu'il délaissa sa bouche et cessa de l'embrasser avec gourmandise sur les joues et dans le cou.

— Je sais.

Elle ressentait ce même besoin pressant.

— Moi aussi.

Il la fit tourner.

— Attends.

Elle avait instinctivement enroulé ses jambes autour de sa taille tandis qu'il commençait à remonter vers les dunes.

— Morgan… Les tortues… Gab… tout le monde…

— Personne ne viendra nous chercher si nous ne retournons pas au nid. Ils doivent nous croire en train de nous balader sur la plage et ils seront contents d'en bavarder entre eux.

La lune éclaira de ses rayons son sourire entendu tandis qu'il plongeait ses yeux dans ceux de Kit.

— Nous allons nous balader… Sauf que nous remontons sur la plage au lieu de rester au bord de l'eau.

— Mais… où ça ?

La réponse se fit évidente quand il descendit un court chemin traversant les dunes et donnant sur une clairière où se dressaient trois bungalows, deux petits et un autre un peu plus grand, disposés en quinconce. Ils étaient usés par les intempéries et le temps, mais semblaient robustes et… apparemment inoccupés.

— Qu'est-ce que c'est que ça ? demanda-t-elle en regardant autour d'elle tandis qu'il la posait à terre.

Le clair de lune leur permit de mieux voir, mais la plupart des environs restaient dans l'ombre. Elle entendait le bruit des vagues, mais l'océan était hors de vue, derrière les dunes entourant les petites maisons, comme si elles les abritaient et les protégeaient. C'était charmant, rustique… et parfait.

— Gab et Anne ont fait construire ces bungalows il y a environ dix ans pour les chercheurs invités et, de temps à autre, les étudiants qui venaient des quatre coins du pays – et même du monde – pour étudier et travailler ici. Ils sont surtout occupés au printemps et en été, et restent vides tout l'hiver. Gab et moi nous sommes demandé comment les utiliser le reste de l'année pour que cela profite au centre de recherche.

Il prit sa main et la guida le long du court chemin qui donnait sur la plus grande des trois maisons, puis il tendit le bras et tâtonna sur le chambranle de la porte. Il afficha un sourire en abaissant le bras… une clé dans le creux de la main.

Kit se mit à rire, excitée et nerveuse à la fois.

— Je n'arrive pas à croire qu'on soit en train de faire ça.

— Nous ne sommes pas obligés de faire quoi que ce soit, tu sais, dit-il, marquant une pause devant la porte déverrouillée. Je voulais juste que nous ayons un peu d'intimité, passer un peu de temps avec toi loin des autres. Pour que nous puissions être rien que tous les deux… un petit moment.

Il se pencha et l'embrassa. C'était un baiser rapide, doux et plutôt tendre.

— D'accord ?

Elle hocha la tête, se sentant idiote d'avoir les yeux pleins de larmes de joie. Elle n'en revenait pas de constater à quel point il arrivait à susciter en elle toutes sortes d'émotions.

Lorsqu'ils pénétrèrent dans le bungalow, elle réalisa qu'elle en était arrivée à lui faire confiance, à se sentir à l'aise et en sécurité avec lui… mais qu'elle appréciait aussi son côté imprévisible, son assurance, son audace, sa combativité et la persévérance qu'il déployait pour arriver à ses fins. Kit désirait découvrir de la façon la plus intime son caractère à la fois possessif et protecteur. Elle prit la main de Morgan et le fit pivoter vers elle avant qu'il ne puisse allumer la lampe tempête posée sur la petite table de la salle à manger.

— Morgan.

Sans dire un seul mot de plus, elle lui inclina la tête pour l'embrasser.

Un râle grave sortit du fond de sa gorge tandis qu'il parcourait tout le corps de Kit des mains. Son absence totale de retenue ne la gênait pas le moins du monde. En fait, c'était exactement ce qu'elle désirait. Il les fit tous les deux reculer de quelques pas, pour atterrir bruyamment sur une des deux chaises disposées autour de la table.

— Attends, murmura-t-il entre ses lèvres.

Soulevant Kit dans ses bras, il traversa une porte étroite menant à une petite chambre et la déposa sur l'édredon installé sur le grand lit, puis la rejoignit.

Elle aimait déjà les sensations qu'il lui procurait de ses mains, la façon dont il caressait ses joues et passait ses doigts dans ses cheveux. Elle était au centre de son attention. Il releva la tête, juste assez longtemps pour que leurs regards se croisent :

— Tu es sûre ?

Elle n'était pas choquée de l'entendre ainsi présumer de ce qui allait se passer, car ils en avaient envie depuis l'instant où ils avaient posé les yeux l'un sur l'autre.

— Je pensais avoir clairement exprimé mon opinion là-bas, dans ce séjour-salle à manger-cuisine, répondit-elle.

— C'est confortable, ici, dit-il en souriant.

Elle ondula sous lui et se délecta de la façon dont le corps de Morgan réagissait à son contact.

— J'aime quand c'est confortable, dit-elle.

— Et moi j'apprécie de plus en plus, reconnut-il.

S'appuyant de tout son poids sur ses coudes, Morgan écarta quelques mèches du front de Kit du bout des doigts et poursuivit :

— Je sais que nous n'avons pas parlé de choses comme les autres relations que nous pouvions avoir…

— Je n'ai aucune autre relation en ce moment, affirma-t-elle en ébauchant un sourire. J'ai déjà du mal à me faire à l'idée d'en avoir une seule. Juste une à la fois.

— Et pour très longtemps… cette fois-ci.

— Je l'espère.

— Idem, acquiesça-t-il, à tous points de vue. Si j'évoquais le sujet, c'était parce que je voulais que tu saches que tu n'as rien à craindre avec moi, d'accord ?

— Oh. D'accord. Je... Merci. Je suis contente que tu me le dises. Ça fait longtemps que je n'ai pas... Enfin, tu n'as rien à craindre avec moi non plus, finit-elle par lâcher, se sentant sotte d'éprouver des difficultés à formuler une déclaration aussi simple. En fait, tu n'as vraiment rien à craindre avec moi, ajouta-t-elle avec un sourire en le regardant dans le fond des yeux...

Elle passa ses mains le long du dos de Morgan et retira son portefeuille de sa poche arrière.

— Je veux dire que tu n'as pas besoin de... tout ça. Sauf si tu y tiens.

Il couvrit les mains de Kit, fit glisser le portefeuille de ses doigts... et le jeta à l'autre bout de la pièce.

— Bien, dit-elle.

— Oh, oui, convint-il.

L'éclat de ses yeux redonna confiance à Kit.

Elle fit remonter ses mains le long du corps de Morgan et caressa du bout des doigts ses mâchoires, puis sa lèvre inférieure, se demandant quelles sensations cette bouche pourrait lui procurer si elle commençait à se promener sur son propre corps.

— Tu as une petite idée de l'effet que ça me fait, de te voir regarder ma bouche comme ça ?

Sa voix était à peine plus forte qu'un murmure, et cela faisait délicieusement vibrer Kit de l'intérieur. Et de l'extérieur aussi, tout compte fait.

Elle afficha un large sourire et, pour la première fois, se sentit d'humeur sensuelle et torride.

— Ah oui, quel genre d'effet ? L'effet d'une femme qui a enfin décidé de s'abandonner à l'objet de tous ses désirs ?

Il ébaucha alors un sourire particulièrement suggestif.

— Personne ne m'a jamais qualifié d'objet de tous ses désirs.

— Eh bien, dit-elle, levant la tête vers lui, c'est désormais chose faite.

Prenant de nouveau son visage entre ses mains frémissant de désir, Morgan s'approcha pour poser ses lèvres sur celles de Kit.

— Effectivement.

Il l'embrassa langoureusement, la fit s'étendre sur le lit et commença à déboutonner son chemisier. Le soleil étant couché, l'air s'était considérablement refroidi, mais Kit le ressentait plus comme une caresse sur sa peau brûlante à mesure qu'il la dénudait du bout des doigts… et de la langue. Son chemisier rejoignit le portefeuille à l'autre bout de la pièce, et son pantalon connut le même sort.

Elle se sentait vivante et libre, désirable et incroyablement sensuelle. Elle était étendue, nue sous lui, et lui, toujours habillé des pieds à la tête, profitait joyeusement de la situation. Les lèvres de Morgan étaient chaudes, sa langue délicate et ses mains un peu calleuses.

Plus réceptif que jamais, son corps se cambrait sous la caresse. Il la faisait gémir. Jouait avec le feu.

Elle enfonça ses doigts dans les cheveux de Morgan, le guidant jusqu'à l'endroit où elle le désirait le plus. Elle sentait son sourire contre la peau douce de l'intérieur de sa cuisse.

— Exigeante, murmura-t-il.

— N'est pas objet de tous les désirs qui veut, parvint-elle à dire.

Morgan ne put réprimer un bref éclat de rire. Elle ébaucha un sourire, se disant qu'elle ne se souvenait pas d'avoir connu d'autre moment dans sa vie où elle s'était sentie autant elle-même. Peut-être qu'elle n'avait jamais vraiment su qui elle était, étant toujours occupée à être celle qu'elle était censée être, celle qu'elle devait être. Avec Morgan, il n'y avait aucun tabou, aucune censure. Elle pouvait tout lui confier sur sa véritable personnalité, même – et peut-être justement – dans les moments où elle n'était pas sûre de savoir quelle était cette personnalité. Enfin, pas encore.

Mais elle commençait à en prendre conscience. Et elle s'en donnait à cœur joie.

— Tu sais, dit-il, la taquinant de petits baisers le long de sa cuisse, jusqu'à sa hanche… puis passant lentement à l'autre hanche, avant de déposer les mêmes petits baisers à l'intérieur de son autre cuisse. Je crois… que tu as aussi le droit… de savoir… ce que ça fait… d'être l'objet de tous mes désirs.

Kit émit un rire bref, haletant, et ses hanches se cambrèrent au-dessus du lit quand Morgan glissa sa langue en elle.

Les doigts de Kit s'enfoncèrent dans le matelas, et tout son être se cambra de désir tandis qu'il semblait décidé à l'envoyer au septième ciel, à lui faire perdre la tête. Il lui procurait un plaisir inouï, et elle continuait à onduler sous lui, sous le choc des vagues de plaisir successives. Elle l'aurait repoussé, pensant qu'elle ne supporterait pas qu'il aille plus loin, mais sa langue se fit plus douce, ses doigts moins pressants, et il poursuivit son office.

Et la fois suivante, ce fut lent, langoureux, presque lancinant… et volcanique.

— Tellement… tellement… désirable, murmura-t-il contre sa cuisse.

Elle tremblait, le souffle court, même quand il la fit rire. Puis elle tendit les bras vers lui, signifiant qu'elle en voulait plus, mais surtout qu'elle le voulait, lui.

Il se releva sur ses genoux et ôta son tee-shirt. Direction la pile d'affaires avec le portefeuille et les vêtements. Ils échangèrent un sourire, et il passa ses mains sur sa ceinture avec espièglerie. Il attisa son désir en défaisant sa ceinture avec des gestes empreints d'une lenteur insoutenable.

Elle passait d'un orgasme fulgurant à un éclat de rire avec une aisance qui la surprit elle-même. Étendue et offerte sous lui, vulnérable, elle n'avait qu'une idée en tête : la suite des événements.

Il se libéra de sa ceinture, et elle écarquilla les yeux quand il la fit claquer une ou deux fois avant de la jeter par terre.

— Le cuir t'irait certainement à merveille, dit-il, lui arrachant un nouvel éclat de rire. Mais pas comme ça.

— C'est bon à savoir. J'avoue que j'aime quand mon plaisir est... tu sais, plus doux.

— Moi aussi.

Les mains de Morgan revinrent sur la ceinture de son pantalon.

— Comment je me débrouille, jusqu'ici ?

Il était audacieux sans être arrogant, joueur tout en prenant les choses au sérieux.

Elle savait qu'il était vulnérable, lui aussi, que les blessures ne lui avaient pas été épargnées. Cela rendait ces instants partagés encore plus précieux. Il ne faisait pas semblant, ne prenait pas les choses à la légère. Mais la jeune femme décida que ce n'était pas lui qui prendrait toutes les décisions. Avec un sourire plein de sous-entendus et un regard très ciblé, Kit s'assit et posa ses mains sur les siennes tandis qu'il défaisait les boutons de son pantalon.

— Tu as eu le droit de déballer tes cadeaux. C'est pas mon tour, maintenant ?

Cette remarque lui arracha un éclat de rire, mais il capitula sans lutter davantage.

Elle rit devant ces pitreries.

— Quel homme facile tu fais...

— Je sais, répliqua-t-il avec un sourire coupable.

Puis il empoigna Kit, la faisant crier de plaisir, avant de rouler sur le dos, l'emportant avec lui.

— Vas-y ! dit-il, les bras en croix une fois qu'elle l'eut enfourché. Fais-moi toutes ces choses provocantes et sensuelles que tu aimes tant.

— Eh bien, je ne suis pas très provocante, dit-elle en passant ses mains sur son torse. Mais, je me sens particulièrement dévergondée.

Elle se recula et ouvrit le dernier bouton du pantalon de Morgan qu'elle fit glisser lentement le long de ses jambes jusqu'à ce qu'il puisse s'en débarrasser d'un coup de pied. Elle ne se souciait pas de savoir où il atterrirait.

— Du noir, dit-elle en passant les doigts sur les rebords de son boxer.

— Ça amincit, lança-t-il d'un air taquin.

Son grand sourire suffit à pousser Kit à effleurer l'impressionnante protubérance.

— Pas tant que ça.

Il tressauta au contact de ses doigts, gémissant et riant tout à la fois. Elle le libéra délicatement du boxer, mais à peine l'eut-elle fait glisser sur les cuisses de Morgan qu'elle se trouva abruptement plaquée en arrière tandis qu'il s'en débarrassait pour se remettre au-dessus d'elle.

— C'est trop injuste, dit-elle, réprimant un ricanement. Tu as eu le droit de déballer, toi.

— Oui, mais…, dit-il en posant un doigt sur les lèvres de Kit. Si tu avais continué, ne serait-ce qu'une seconde de plus, nous n'en serions jamais arrivés là.

Il se positionna entre les jambes de Kit et s'avança doucement pour la pénétrer.

— Oh… Ohhhhh, dit-elle, terminant sur un gémissement très long et très satisfait tandis qu'il la comblait de plaisir. Tu as peut-être raison, dit-elle en posant un doigt sur les lèvres de Morgan. Oui, ça, c'est une partie que j'aime, dit-elle en se cambrant dangereusement.

Il embrassa le bout de son doigt, puis le lécha avant de plaquer ses mains sur le lit et de se mouvoir en elle.

— Suis le mouvement, lui demanda-t-il, en allant et venant tandis que les hanches de Kit échappaient à tout contrôle.

— Morgan…

— Je sais.

Pour la première fois, elle perçut dans la voix de Morgan la tension de la retenue qu'il s'imposait, ce qui la poussa à libérer ses mains pour se saisir de sa tête et la rapprocher de la sienne. Elle souleva ses hanches plus haut, enroula ses jambes autour de lui et enfonça ses talons dans ses reins.

— Maintenant, c'est à toi de suivre le mouvement, dit-elle en se mettant à onduler.

— Kit…

— Je ne suis pas en sucre, tu sais.

Elle mordilla l'oreille de Morgan, puis son menton, puis sa lèvre inférieure.

— Doux Jésus, murmura-t-il, avec un délicieux accent du Sud alors qu'il s'abandonnait… entièrement.

Kit ne savait pas ce qui était le plus exaltant : la façon dont il suivait naturellement le moindre de ses élans, se faisant plus vigoureux, plus rapide, l'emmenant vers des sommets inconnus… ou qu'il lui fasse assez confiance pour se libérer complètement de son désir naturel de la protéger, même quand il la possédait.

Elle ignorait qui avait hurlé de plaisir en premier, qui s'était effondré en premier. Elle était enroulée autour de lui, et lui autour d'elle… et tous deux restèrent immobiles jusqu'à reprendre leur souffle pour laisser leurs corps frémissants, épuisés, se délecter de cet instant.

Il finit par rouler à côté de Kit, l'emportant avec lui, leurs jambes et leurs bras entremêlés, comme si c'était une position particulièrement confortable qu'ils avaient déjà recherchée des centaines de fois auparavant.

— Je crois que je vais avoir du mal à m'en remettre, murmura-t-elle, la joue pressée contre le torse de Morgan, percevant chaque battement de son cœur emballé.

Elle se redressa juste assez pour relever le menton et le regarder.

— Tu sais que tu es doué, pour un objet de tous les désirs ?

— Excuse-moi, parvint-il à dire, c'est comme si je flottais encore au-dessus de mon corps. Je reviens dans une minute.

Elle s'esclaffa et sentit qu'il riait tandis qu'elle se blottissait contre lui, s'enroulant délicieusement dans ses bras.

— C'est drôle, dit-elle quelques instants plus tard, quand sa respiration finit par se calmer.

— Quoi ? demanda-t-il, encore engourdi, tout en traçant délicatement des cercles du bout des doigts au creux des reins de Kit.

— C'était tellement... fou. Follement bon, mais vraiment, c'était comme une autre dimension. Et... nous sommes encore tellement nouveaux l'un pour l'autre !

— Mais ?

En cet instant, tous les muscles du corps de Morgan étaient relâchés, et elle sourit contre son torse, heureuse qu'il lui fasse encore confiance, qu'il désire ces agréables moments en perspective sans se soucier de savoir où ils allaient le mener.

— J'ai l'impression de vouloir savoir tant d'autres choses, que j'ai encore beaucoup à découvrir... Mais il me semble que nous sommes déjà plus proches que...

Elle s'interrompit, incapable de trouver les mots justes.

Il la plaqua contre lui sans effort et plongea son regard dans le sien.

— Même avant ce... délicieux moment, je le ressentais.

Il la chercha des yeux, affichant l'air le plus sérieux qu'elle lui ait jamais vu.

— Je ne pouvais pas le dire, évidemment. J'avais déjà l'impression de te pousser tellement et – je sais que tu ne vas pas me croire –, mais je n'avais jamais été contraint de le faire.

Il repoussa les mèches qui se promenaient encore sur le front de Kit et la regarda avec l'air d'un homme qui a du mal à croire à la chance qu'il a.

— C'est pour ça que je t'ai mis la pression. J'avais le sentiment de te connaître et de t'avoir cherchée depuis si longtemps. Et un jour tu as fini par arriver. Et dès notre première rencontre, j'ai pensé quelque chose comme : enfin, te voilà.

Il leva la tête, l'embrassa doucement sur la bouche, ce qui la fit sourire contre ses lèvres, même si des larmes – exprimant une joie indicible – commençaient à se former dans ses yeux.

— Et à chacune de nos discussions, chaque instant passé ensemble, c'était comme si je redécouvrais quelqu'un que je connaissais depuis toujours, ajouta-t-il On a déjà compris, on sait déjà, et enfin, on se retrouve ensemble parce que c'était écrit.

Le sourire de la jeune femme s'élargit et, les yeux embués, elle se pencha et l'embrassa tendrement.

— Si tu m'avais dit ça à n'importe quel autre moment, murmura Kit, je t'aurais vraiment pris pour un fou. Une part de moi-même devrait me dire que je suis folle, moi aussi… Parce que tu as raison. C'est comme si ce lien entre nous existait depuis toujours. Il suffisait d'accepter cette évidence. Je savais que c'était important, mais je n'étais pas prête. Ce n'était pas le bon moment. Pourquoi ça arrive maintenant ? Tu n'aurais pas pu te manifester quand ma vie se tenait encore un tant soit peu ?

Le sourire de Morgan s'élargit, et il promena doucement les yeux sur ses hanches, se penchant sur elle et plongeant son regard dans le sien pour dire :

— Et ensuite on se rend compte que, quand on finit par se trouver, ça n'a plus d'importance. Rien n'a plus d'importance. La vie est inégale, la vie à deux… C'est seulement un commencement. On en est toujours là quand on commence. Mais on n'en reste pas là. On commence seulement à imaginer la suite de l'histoire.

— Sérieusement…, dit-elle dans un soupir, charmée et souriante à la fois, son cœur battant la chamade, tu devrais vraiment plaider devant un jury. Tes clients s'en tireraient à tous les coups.

— Heureusement qu'il n'y a pas encore de jury pour se mêler de nos affaires. J'ai l'impression qu'on a mis un temps fou à se trouver. Et je ne veux pas perdre une minute de plus.

Il se pencha et l'embrassa longuement. Quelques instants plus tard, ils riaient, parlaient de tout et de rien, s'embrassaient et riaient de nouveau.

Elle se demandait si son corps serait partant pour une autre tournée avec l'objet de tous ses désirs, mais c'est à ce moment précis qu'il reçut un texto et son téléphone sonna – quelque part dans la pièce.

Morgan ne bondit pas hors du lit pour aller le lire, même si Kit avait tout de suite pensé que c'était

Lilly. Elle se doutait qu'il se retenait de se ruer sur son portable.

Il se détourna et s'assit, fouillant la pièce au clair de lune, attendant que le téléphone sonne de nouveau. Quand la sonnerie retentit, Morgan se leva et passa en revue la pile de vêtements pour y récupérer son téléphone dans la poche de son pantalon.

— Birdie, dit-il, confirmant ainsi les soupçons de Kit.

Il leva les yeux et, même dans la semi-obscurité, elle vit les muscles de ses épaules saillir.

— Elle me signale juste que Lilly s'est réveillée pour aller aux toilettes et qu'elle a demandé à boire de l'eau.

Il esquissa un sourire en faisant défiler le message, l'écran éclairant son visage.

— Et elle n'a pas eu l'air surprise du tout de trouver Birdie à la maison pour l'aider avant de retourner se coucher.

Kit se glissa hors du lit pour le rejoindre.

— C'est vraiment bon signe, dit-elle.

— Eh bien, elle était certainement à moitié somnambule, mais oui, c'est un très bon signe...

Kit perçut du soulagement et de la joie dans son soupir.

— Oui, renchérit Kit en passant ses bras autour de la taille de Morgan. Vraiment.

Elle l'observa tandis qu'il écrivait à Birdie qu'il serait bientôt de retour et la remerciait de son aide.

Kit appuya sa tête sur l'épaule de Morgan tandis qu'il fermait le téléphone et le laissait retomber sur la pile de vêtements. Puis il se tourna et l'attira plus près de lui, dans ses bras. Il l'embrassa une fois, puis une autre.

— Je sais que tu dois rentrer chez toi, et je veux que tu ailles retrouver Birdie et que tu sois là pour Lilly, dit-elle entre deux baisers, mais je dois avouer qu'en même temps, égoïstement, j'aimerais que cette nuit dure toujours.

— Moi aussi.

Heureusement, Morgan laissa la lumière éteinte tandis qu'ils se rhabillaient, tâtonnant un peu pour retrouver leurs affaires. Leurs yeux s'étaient habitués à l'obscurité à peine troublée par le clair de lune et toute lumière vive aurait été trop violente.

— Mon Dieu, comment ai-je fait pour ne pas me rendre compte de tout le sable que nous avions sur nous ? s'exclama Kit en agitant ses vêtements qui en étaient recouverts.

— C'est parce qu'il n'y en avait pas aux endroits importants.

Elle éclata de rire et épousseta son pantalon, même s'il aurait plutôt eu besoin d'être secoué dehors. Et de faire un tour au pressing. Voire même d'être jeté au feu.

— On pourra revenir faire un peu de ménage quand il fera jour ? Parce que le sol est couvert de sable, et le lit…

Morgan la fit tournoyer et revenir contre son torse. Elle éclata de rire et il l'embrassa pour la faire taire.

— Je suis sûr que ces bungalows n'ont jamais vu le moindre grain de sable et n'ont même jamais été tellement dérangés. Mais, oui… Je reviendrai pour faire disparaître toute trace du passage de Boucle d'Or et de l'objet de tous ses désirs.

Kit eut un petit rire.

— Ce serait peut-être plus facile si je m'en occupais, vu que tu auras certainement Bébé Ours avec toi.

— Tu as raison, admit Morgan en poussant un soupir reconnaissant.

— Et toi, tu as tous les arguments nécessaires pour me faire perdre la raison.

Il se mit à rire.

— Le moment est venu de rentrer de notre innocente promenade sur la plage, de raconter ce qui s'est passé et d'aller voir comment les tortues s'en sortent.

— Oui.

Elle baissa les yeux et ajouta :

— Mais tu réalises que je n'ai pas le moindre espoir de ne pas avoir la tête de quelqu'un qui… eh bien, qui vient de faire ce qu'on a fait.

— Ils finiront bien par le savoir.

Elle se mit sur la pointe des pieds et l'embrassa ; elle voulait que ce soit un baiser intense et rapide, mais elle se prit à son propre jeu en cours de route. Il l'y aida en l'entourant de ses bras et en l'encourageant.

Quand elle finit par mettre un terme au baiser, c'est lui qui prit la parole :

— Mais pas ce soir. Cette soirée sera notre secret.

Elle ébaucha un sourire.

— Exactement. Et merci.

— Je vais appeler Gab pour lui dire que nous partons. Il comprendra… et il nous trouvera bien une excuse. Il y a un sentier qui nous permettra d'accéder au centre et au parking.

— Comme je suis venue avec toi…

— On va passer chez Riley récupérer ta voiture, et puis je t'accompagnerai. Où est-ce que tu habites en fait ? Je ne t'ai jamais demandé.

— Eh bien, rien de définitif encore. Je me suis terrée dans l'entrepôt au-dessus de la boutique de Lani. Ça fait un moment que je veux chercher un appartement, mais je ne m'y suis pas encore mise. Riley m'a dit aujourd'hui qu'elle m'en trouverait quelques-uns à visiter, même si je ne vais pas avoir l'embarras du choix si je tiens à rester sur l'île. Et c'est ce que je veux, précisa-t-elle en posant sa joue sur son torse. C'est drôle, mais je me sens presque chez moi, sur cette île. Comme si je ne pensais plus rentrer à Atlanta, retrouver la maison dans laquelle j'ai grandi, c'est pour ça que je veux rester ici. Même pas de l'autre côté du pont, mais…

— Je sais. Sugarberry fait souvent cet effet-là. Au départ, je prévoyais d'installer mon bureau à Savannah, pensant que Lilly serait à l'école, et que je pourrais faire le trajet tous les jours. Mais, une fois arrivé ici, j'ai réalisé que je ne voulais pas être si loin d'elle. Honnêtement, c'est quasiment un prétexte, parce que Savannah n'est qu'à vingt minutes. L'île et ses habitants me rappellent beaucoup l'ambiance du Colorado. On ne peut pas en dire autant de Savannah.

— Quand est-ce que Lilly commence l'école ? Je n'y avais pas pensé, mais elle est en âge d'aller à la maternelle, non ?

— Eh bien, jusqu'ici, elle avait un professeur particulier…

— Mais elle vient d'avoir cinq ans… Qu'est-ce qu'on a bien pu lui apprendre ?

Les lèvres de Morgan se tordirent en un rictus.

— Oh, je crois qu'il vaut mieux ne pas en parler.

— Ah, je vois. La peinture à l'huile comparée aux aquarellistes impressionnistes, ou quelque chose dans ce genre. Mais… à quatre ou cinq ans ?

— C'est pourquoi je veux que ses connaissances artistiques portent plus sur le livre de tortues à colorier de Gab et de la peinture à doigts… pour l'instant. Je ne suis pas encore allé voir l'école d'ici, mais je me suis renseigné avant qu'on emménage. Il n'y a qu'un seul établissement, de la maternelle au collège, ensuite les élèves doivent aller sur le continent pour le lycée. C'est petit, avec une seule classe par niveau, et parfois elles sont même rassemblées quand il n'y a pas assez d'élèves pour pouvoir faire plusieurs classes.

— C'est petit, en effet – comme l'île. Je n'avais jamais pensé à cela. Mais je trouve ça plutôt sympa. Elle s'y fera un tas d'amis tout en bénéficiant d'un cadre digne d'une école privée. Pas de classes en sureffectif.

— Je me suis dit la même chose. Je sais qu'il y a quelques pièges quand on se retrouve dans le même petit groupe pendant autant d'années, surtout s'il y a le moindre problème.

— Pas moyen d'y échapper.

— Exactement. Mais je crois que, au bout du compte, Lilly se débrouillera très bien dans un environnement plus détendu, tranquille, et en petit comité. Elle peut être très sûre d'elle et bavarde, mais, dès qu'il y a du monde, sa timidité reprend le dessus.

— Je pense qu'elle trouvera sa place. Quand va-t-elle commencer ? Maintenant ou à la rentrée prochaine ?

— Je dois me décider avant Noël. Je voulais qu'elle rencontre d'autres gens sur l'île, d'autres enfants, si possible, mais aussi qu'elle prenne son temps. Je m'étais dit que j'attendrais et que je lui laisserais l'été pour s'adapter, se faire de nouveaux amis, se sentir plus à l'aise dans cet endroit avant de commencer à la rentrée prochaine. Mais, en la voyant aujourd'hui, je ne suis plus très sûr.

— Eh bien, tu devrais peut-être l'emmener à l'école, rencontrer les professeurs, et voir comment ça se passe pour elle. Tu sauras tout de suite si ça va ou pas.

Morgan émit un petit rire.

— Eh bien, ce serait une première. Le moment venu, je ferai ce qui me semble le mieux, de toute façon.

Kit l'enlaça et ils se tinrent par la taille tandis qu'ils quittaient le bungalow et s'engageaient sur le chemin menant au parking.

— On dirait que ça marche pas mal pour l'instant.

Il fit une pause près de la portière passager de son crossover et elle leva les yeux pour le regarder en face. Comment avait-il pu lui devenir si précieux si rapidement ?

— Joyeux Thanksgiving, Kit. Je suis tellement heureux de cette journée incroyable. C'était trooop bien, comme dirait Lilly.

— Tout à fait d'accord, acquiesça Kit dans un sourire. Merci pour ta confiance. Merci d'avoir confiance en nous. De ne pas avoir lâché le morceau. De ne pas m'avoir lâchée, moi.

Elle se hissa sur la pointe des pieds et l'embrassa avant d'ajouter :

— Objet de tous mes désirs.

Ses lèvres encore contre les siennes, il se mit à rire.

— Méfie-toi, parce que mon ego va devenir surdimensionné et bientôt je vais demander à Dree de me faire des tee-shirts « OTMD » avec mon logo perso ou un truc dans le genre.

— J'aime déjà tout ce qu'il y a de surdimensionné en toi, dit-elle en se plaquant contre lui. Et tu t'en sers parfaitement bien, merci.

À ces paroles, il étouffa un gloussement et elle s'esclaffa. Elle lui décocha un clin d'œil en s'installant sur le siège passager.

— Au moins, je sais quoi t'offrir à Noël.

Chapitre 19

Morgan frappa à la porte de *Péché mignon*, puis passa la tête à l'intérieur.

— Kit ?

Il n'y avait aucun bruit de scie, de marteau ni de musique à fond. Rien de surprenant pour un samedi d'après Thanksgiving. En fait, c'est précisément parce qu'il n'y avait pas d'ouvriers dans la boutique que Lilly et lui étaient là.

Il ouvrit la porte et tous deux s'engouffrèrent à l'intérieur pour échapper à la pluie qui avait commencé à tomber la veille et ne semblait pas vouloir se calmer.

— Fais attention, dit-il à Lilly. Il y a des seaux, des bâches, des échelles. Contourne-les, d'accord ?

Elle le tenait par la main. De l'autre, elle serrait son cahier de tortues contre son cœur.

— Où est Mlle Kit ? demanda-t-elle, adorable dans ses petites bottes vertes et son ciré assorti avec une capuche en forme de tête de tortue.

Où Birdie avait-elle bien pu dégotter ça ? Elle l'avait offert la veille à Lilly durant leur petite balade pendant qu'il s'avançait dans son travail.

— Je suis là !

Kit émergea de l'arrière-boutique, souriant tout en se frayant un chemin dans le désordre ambiant.

— Ooh, dit-elle en grimaçant quand elle se cogna le coude sur une échelle.

Morgan traversa la bâche et l'aida à se stabiliser en la prenant par l'autre bras.

— Ça va ?

— Oui, dit-elle en riant. C'est juste que… eh bien…, hésita-t-elle en désignant d'un geste toute la boutique.

Morgan parcourut rapidement les murs dénudés, la peinture écaillée, le papier peint à moitié arraché et les divers déchets liés aux travaux.

— Super, ta nouvelle déco !

— Je sais, dit-elle en riant. Heureusement que j'ai vu les plans illustrant ce que ça doit donner au final, sinon, j'aurais du mal à croire que ces travaux vont finir par aboutir.

Elle se tourna vers Lilly et s'accroupit.

— Tu veux voir les dessins qui montrent à quoi ça va ressembler quand ce sera terminé ?

Lilly acquiesça, mais son attention se concentrait, de façon assez intense, sur le tablier de Kit. Cette dernière remarqua l'orientation du regard de Lilly et elle se redressa pour que la fillette puisse distinguer tous les détails du tablier que Dree lui avait dessiné.

Elle l'avait décrit à Morgan, mais, comme elle le lui avait dit, une simple description ne lui rendait pas justice. Sur un plan artistique, il était renversant

– regorgeant de détails, haut en couleur et original. Bien sûr, Morgan rêvait de le lui enlever, mais il se doutait qu'il aurait toujours le même plaisir à la déshabiller, quelle que soit sa tenue.

— Il est pas génial ? demanda-t-elle à Lilly, détachant le tablier noué à sa taille pour le déployer entièrement.

— Trooop bien, chuchota Lilly, provoquant un échange de sourires entre Kit et Morgan.

Kit montra du doigt chacune des fées, et Lilly réussit à deviner l'identité de la plupart d'entre elles.

— C'est Dree qui les a dessinées, tu le savais ?

Lilly écarquilla les yeux :

— Ah bon ? On a le droit de dessiner sur ses vêtements ?

Morgan manqua de s'étouffer, et Kit éclata de rire.

— Eh bien, Dree est une artiste, et tu sais comment les artistes font de la peinture sur les toiles ?

Lilly acquiesça, mais Morgan n'était pas sûr qu'elle comprenne absolument tout.

— Eh bien, poursuivit Kit, Dree a utilisé un tablier comme une toile. Comme ça, j'ai une tenue belle et originale à mettre pour l'ouverture de la boutique.

— Ah, dit Lilly, visiblement absorbée dans ses pensées. Est-ce que Mlle Dree peut colorier mes vêtements ?

Les deux adultes se mirent à rire.

— Eh bien, il faudrait qu'on lui en parle. Peut-être que tu pourrais avoir un tablier rien qu'à toi, dit Kit. Ça te plairait ?

Avant que Lilly ne puisse répondre, Kit poursuivit :

— Parce que je me disais, vu qu'il pleut tellement et que personne ne vient acheter de cupcakes aujourd'hui, peut-être que Lani et Alva pourraient nous laisser utiliser leur cuisine à côté.

Lilly ne fut pas immédiatement convaincue.

— Et j'aurai le droit de porter un tablier ? Avec des dessins dessus ?

Kit regarda Morgan par-dessus la tête de Lilly.

— J'ai vraiment l'impression qu'on a une artiste en herbe ici. Elle ne parle que de dessins.

— Tu as peut-être raison, acquiesça Morgan dans un sourire.

Kit posa de nouveau les yeux sur Lilly.

— Tu as bien aimé ma tarte aux cacahouètes, pas vrai ?

Lilly hocha la tête avec enthousiasme.

— Eh bien, poursuivit Kit, quand j'avais ton âge, mon arrière-grand-mère m'a appris à faire la pâte à tarte. Ma première vraie mission, ça a été de saupoudrer la farine sur le plan de travail pour que mon arrière-grand-mère puisse étaler la pâte à tarte bien comme il faut.

— Moi aussi, j'ai une mamie qui est super grande. C'est mamie Birdie.

— Oh. C'est vrai qu'elle est grande, renchérit Kit, tout sourires.

Ni Morgan ni Kit n'essayèrent de lui expliquer ce qu'était une arrière-grand-mère, trop charmés qu'ils étaient par ces gentillesses pour risquer de ruiner cet instant.

— C'est elle qui m'a acheté ce ciré.

Lilly pencha la tête avant de préciser sur le ton de la confidence :

— C'est une tortue.

— Fantastique ! s'exclama Kit.

Lilly semblait aux anges.

— Trooop bien, dirent-ils en chœur avant d'éclater de rire.

— Je le trouve très joli, déclara Kit. Si seulement ça existait à ma taille.

— Je pourrais demander à mamie Birdie de t'en trouver un, proposa Lilly avec tout le sérieux du monde.

— Oh, ce serait très gentil. Eh bien, pourquoi pas ? J'ai entendu dire que toi et ta grand-mère étiez parties faire du shopping.

Morgan et Kit s'étaient téléphoné plusieurs fois la veille. Morgan avait projeté de la retrouver durant cette miraculeuse séance de shopping, mais c'était tombé à l'eau, car Kit devait donner un coup de main à Lani à la boutique de cupcakes. Sugarberry n'était pas un temple du shopping à proprement parler, mais il y avait eu pas mal d'affluence dans les boutiques de la grand-place. Elle n'avait eu aucun moyen de s'éclipser sans se faire repérer.

— On est allées chercher des trucs pour peindre, raconta Lilly à Kit.

— Vraiment ?

Elle acquiesça en voyant le cahier que Lilly tenait dans ses bras.

— Vous avez dessiné toutes les deux ? demanda Kit.

— Mamie aime aussi faire du coloriage. Elle fait ses propres dessins. Et elle utilise des pinceaux. Elle m'a montré les…

Lilly leva les yeux vers Moggy d'un air interrogateur.

— Aquarelles, compléta Morgan.

— Les aquarelles, répéta Lilly à Kit. On a fait des comètes.

Kit fronça les sourcils :

— Vous avez peint des comètes ?

— Non, dit Lilly en levant les yeux au ciel comme une enfant de cinq ans jugeant les adultes un peu idiots.

— On a fait des… comètes.

— Des « gommettes », précisa Morgan.

Kit acquiesça, articulant un « oh » silencieux.

— Ça a l'air super. Tu en as apporté un peu pour me montrer ?

Lilly hocha la tête, puis lança un autre regard insistant vers Morgan. Il souleva la petite boîte de peinture qu'il avait dans la main.

— On a pris des munitions. Au cas où tu voudrais les essayer.

Le visage de Kit s'illumina de joie.

— Tu veux faire des gommettes ?

Lilly acquiesça, manifestement très enthousiaste.

Kit, la mine pensive, fit la moue.

— Et si on passait un marché ?

La méfiance se devina aussitôt sur le visage de Lilly, et elle serra son cahier un peu plus fort contre son cœur.

— Un marché ?

— Je t'apprends à faire les tartes aux cacahouètes, et toi, tu m'apprends à faire des comètes.

Lilly poussa un petit ricanement.

— C'est pas des comètes. C'est des… co…

Elle s'interrompit, consciente qu'elle n'arriverait pas à prononcer correctement ce mot, et regarda Morgan une nouvelle fois.

— Des « gommettes », reprit-il.

— Voilà ! s'exclama Lilly, au bord du fou rire. Des comètes.

Kit se leva.

— Voilà un super projet. Alors… Ton oncle Morgan m'a dit que tu voulais voir la boutique. J'ai peur que ça ne ressemble pas encore à une boutique, mais, une fois dans la cuisine de Lani, on pourra voir tous les plans qui sont dans son bureau. C'est ici qu'on pourra rencontrer nos clients, prendre leurs commandes et discuter des réceptions où ils voudront qu'on livre des cupcakes.

Kit les guida vers l'arrière-boutique et reprit :

— Par ici, ce sera une cuisine, comme celle de Lani, là où on préparera les cupcakes qu'on enverra aux clients, et ceux qu'on livrera également à l'occasion des réceptions.

Kit les aida à se frayer un chemin dans le bazar des travaux et poursuivit :

— Pour le moment, c'est dur de voir à quoi ça va ressembler, mais tu vas mieux te rendre compte avec les plans.

Elle s'approcha de la porte de derrière et l'ouvrit.

— Il n'y a pas encore de porte pour faire communiquer les deux boutiques, donc je crois qu'on va devoir faire quelques pas sous la pluie. Mais les ouvriers ont ménagé un passage couvert, donc ça devrait aller.

Morgan remarqua que, pendant que Kit lui faisait la visite guidée, Lilly avait bien observé tous les détails de la boutique et de l'arrière-boutique, mais sans poser aucune question. Quand ils furent sur le point de passer la porte de derrière, la fillette tira sur sa main. Il se pencha alors qu'elle lui faisait signe de se rapprocher.

— Qu'est-ce qu'il y a ?

— J'aime bien l'autre pâtisserie, chuchota-t-elle. On pourra acheter nos cupcakes chez Mlle Dree ?

— Eh bien, ici, les travaux ne sont pas terminés, donc il n'y a pas encore de cupcakes dans cette pâtisserie. En attendant, on peut acheter nos cupcakes dans l'autre, oui, acquiesça Morgan, le sourire aux lèvres.

— Est-ce que Mlle Kit va se fâcher ? demanda Lilly en regardant dans sa direction.

— Non, elle ne va pas se fâcher. On pourra goûter les cupcakes d'ici aussi, une fois que la pâtisserie sera fin prête. Allons nous amuser à côté, d'accord ?

Morgan remarqua le regard interrogateur de Kit tandis qu'il se redressait. Il fit une pause près de l'entrée pour tenir la porte aux filles.

— Je t'expliquerai plus tard, précisa-t-il avec un clin d'œil.

Kit prit Lilly par la main, et elles s'avancèrent dans le passage couvert menant à la porte de derrière de la cuisine de Lani, ponctuant leur marche de rires et petits cris, car le vent projetait sur elles quelques gouttes de pluie.

Morgan leur emboîta le pas, les observant toutes les deux, et appréciant la satisfaction qui le gagnait, heureux de voir comment les choses évoluaient. Tout survenait plus tôt qu'il ne l'avait imaginé. Avec Birdie et avec Kit.

— Eh bien, qu'est-ce qu'on a là ? demanda Alva tandis qu'ils se faufilaient par la porte de *Petits délices*. On dirait des petits chiens mouillés, fit-elle remarquer.

Elle lança un regard à Morgan.

— Enfin, pas si petits que ça, ajouta-t-elle en lui adressant un clin d'œil.

Elle s'affaira, les aidant à retirer leurs manteaux et montrant à Lilly où elle pouvait essuyer ses bottes.

— Tu as d'autres chaussures à mettre ? Ou tu veux rester avec tes bottes en caoutchouc ? Très jolies, d'ailleurs.

Alva lança un regard à Kit et Morgan. Elle savait manifestement dans quelles circonstances Lilly s'était fait offrir son ensemble de petite tortue.

Lilly tendit la main vers Kit pendant qu'Alva lui parlait, mais elle ne recula pas. Apparemment, ce moment passé sur la plage à s'occuper des tortues avec tout le groupe l'avait aidée à surmonter sa timidité, du moins envers les membres du Cupcake Club. Alva n'était arrivée que sur la fin, mais Lilly paraissait assez détendue avec elle aussi.

— Oncle Moggy a mes chaussures, dit-elle à Alva, se rapprochant seulement très légèrement de Kit. Mais je peux enlever mes bottes toute seule, ajouta-t-elle.

— Oui, bien entendu. Entre. Lani a dû partir à Savannah retrouver Baxter, donc c'est moi qui veille sur le palais du cupcake.

Lilly écarquilla les yeux.

— Tu as un palais ?

Tout le monde se mit à rire.

— Parfois, je me dis que ce serait plus simple de s'occuper d'un palais, oui, mais ce que je voulais dire, c'est que je suis ici pour accueillir les clients qui veulent acheter des cupcakes.

Alva lança un regard à Kit.

— Lani a dit que tu devrais savoir où trouver les choses, donc sers-toi et prends ce dont tu as besoin. Entre la foule qu'on a déjà accueillie hier et cette météo, je crois qu'on peut s'attendre à une journée assez calme.

Elle posa de nouveau les yeux sur Lilly.

— Il nous reste peut-être un ou deux cupcakes tout de même, et j'ai pensé que, toi et oncle Morgan, vous pourriez les emporter.

Lilly acquiesça avec enthousiasme, même si elle eut le réflexe de regarder Morgan pour s'assurer qu'elle avait sa bénédiction. Il fit signe que oui.

— Les tabliers sont accrochés au mur. Lani en a d'autres dans les tiroirs, juste en dessous. Certains datent de quand elle avait ton âge. Elle a dit que tu pouvais emprunter celui que tu voulais.

Alva lança un regard à Lilly avant d'ajouter :

— Tu peux en choisir un et on te trouvera une patère pour que tu puisses l'accrocher une fois que tu auras terminé. Ensuite, chaque fois que tu viendras en cuisine, tu y retrouveras ton tablier rien qu'à toi. Tout comme Kit, et comme moi.

Elle passa les mains sur son tablier Mon Petit Poney orné d'un canasson à la crinière rose.

Lilly, admirative, hocha une nouvelle fois la tête.

— Je peux les voir ?

C'est à cet instant qu'une cloche résonna dans la cuisine. Alva tapa dans ses mains.

— Des clients ! Faites comme chez vous.

Sur ces paroles, elle se pressa de sortir de la cuisine pour passer dans la boutique.

— Voyons ce qu'il y a dans ces tiroirs, dit Kit en guidant Lilly une fois que Morgan eut fini de l'aider à enlever ses bottes et enfiler ses baskets.

Lilly regarda Morgan.

— Toi aussi, il te faut un tablier.

— Eh bien…

— M. Franco en avait un, fit-elle remarquer à juste titre.

Franco avait effectivement enfilé un tablier pour découper la dinde, sur la plage.

— Il y avait un gros chat rose dessus, ajouta Lilly. Tu aimes ça, les chats roses ?

Elle avait l'air très inquiète de la réponse qu'il pourrait avoir.

— Pourquoi est-ce qu'on n'irait pas voir ce qu'il y a de disponible ? suggéra Morgan en échangeant un regard complice avec Kit.

— Oui, c'est une bonne idée.

Kit se dirigea vers le coin des tabliers :

— Que penses-tu des pirates ?

Lilly tapa des mains et eut immédiatement l'air plus intéressée.

— Oncle Moggy, des pirates !

Kit éclata de rire en tendant à Morgan un tablier orné du visage souriant de Johnny Depp.

— Et voilà, Cap'tain Jack.

Lilly tira sur le tablier de Kit et chuchota :

— Il ne s'appelle pas Jack.

— C'est le nom du pirate sur son tablier, précisa Kit qui tendait encore le vêtement du bout des doigts.

Morgan s'en empara et en passa les cordons autour de son cou.

— Tu sais, dit-il sur un ton léger, les pirates aiment piller les trésors. Et faire main basse sur les jeunes pucelles.

Kit écarquilla les yeux et laissa échapper un rire au moment même où Lilly dit :

— C'est quoi, des jeunes pucelles ?

Kit menaça Morgan du doigt et s'accroupit rapidement face à l'antique commode pour faire diversion auprès de Lilly en ouvrant le premier tiroir.

— Eh bien, c'est ainsi qu'on appelait les tabliers de Lani quand elle était petite. Voyons si on peut en trouver un à ton goût.

Elle se redressa et se tourna vers Morgan tandis que Lilly commençait à explorer la pile.

— Quelle mauvaise influence tu as ! lui murmura-t-elle de façon qu'il soit le seul à l'entendre.

— Si tu aimes vraiment les pirates, tu ne perds rien pour attendre. J'ai bien l'intention d'avoir une très, très mauvaise influence sur toi.

Il baissa les yeux pour s'assurer que Lilly était absorbée dans ses fouilles, puis il se pencha et posa un rapide baiser sur les lèvres de Kit.

— Bonjour, dit-il.

Il eut plaisir à voir l'étincelle que son baiser avait allumée dans les grands yeux verts de Kit.

— Bonjour, toi, dit-elle, faisant regretter à Morgan le fait qu'ils ne disposent pas d'une heure ou deux – ou même une semaine – en tête à tête.

Il ne voyait pas d'inconvénient à passer quelques heures à faire des tartes et des gommettes, mais il réfléchissait déjà à la façon dont il allait s'y prendre pour qu'ils puissent se retrouver tous les deux… Le plus tôt serait le mieux.

Il approcha sa main de celle de Kit et lui prit le petit doigt. Il l'attira vers lui alors qu'elle se retournait pour surveiller Lilly.

— Tu peux aussi regarder dans les autres tiroirs, suggéra Kit.

Puis elle dit à Morgan :

— Alors, cette séance de shopping hier… On dirait que ça s'est vraiment bien passé.

— C'était trooop bien, dit Morgan, arrachant un éclat de rire à Kit. Lilly et Birdie sont devenues les meilleures amies du monde. Lilly est souvent timide envers les personnes qu'elle ne connaît pas, mais, quand elle a décidé qu'elle aime bien quelqu'un, elle ne fait pas les choses à moitié.

Kit leva les yeux.

— Elle tient ça de son oncle, alors, lança-t-elle.

Morgan fit la moue.

— Un peu, oui.

Bon Dieu, il mourrait d'envie de la prendre dans ses bras et de l'embrasser pour laisser libre cours à son désir. Au lieu de cela, il serra les doigts de Kit dans les siens et ajouta :

— Elle va passer voir la maison de sa grand-mère demain. Apparemment, Birdie a fait de son ancienne remise un atelier d'artiste. Ses aquarelles sont superbes. Maintenant que Lilly et elle ont fait des comètes, Lilly veut tout apprendre sur l'art.

— C'est merveilleux d'avoir quelque chose de ce genre à partager…

— Dree pourrait peut-être nous faire visiter son lieu de travail pendant les vacances de Noël. Ce serait l'occasion de montrer à Lilly comment elle crée, et comment elle vit de son art aussi.

— Tu penses déjà à son plan de carrière ? demanda Kit d'un air taquin. Finalement, tu es un vrai Westlake.

En entendant ce commentaire, Morgan éclata de rire. Il ne semblait pas vexé du tout, preuve qu'ils étaient très à l'aise ensemble et qu'il lui faisait vraiment confiance.

— Non, mais tu sais comment elle est quand elle commence à s'intéresser à quelque chose, comme les tortues par exemple. Je me disais juste que…

Kit se pencha vers lui, leurs coudes se touchèrent.

— C'est une excellente idée. Je trouve merveilleux que Lilly se fasse des amis ici. Je sais que rien ne pourra combler le vide laissé par ses parents, mais c'est une très bonne chose qu'elle noue de nouvelles amitiés. Ça l'empêche de se renfermer sur elle-même. D'ailleurs, l'idée ne lui traverse même pas l'esprit.

Morgan savait que Kit pensait vraiment à Lilly en parlant ainsi, mais il savait aussi qu'elle se reconnaissait dans la fillette. Obnubilé par la perte de son entreprise familiale, il n'avait pas pensé à quel point elle avait pu être affectée par la mort de ses parents. Kit était adulte quand elle s'était retrouvée orpheline, six ans plus tôt environ. Il se demandait si ce deuil ne l'avait pas poussée à s'investir corps et âme dans son travail pour s'épargner trop de souffrance.

Et il comprenait mieux pourquoi elle s'était montrée si prudente avec lui. Il remercia le ciel et tout ce qui avait pu jouer en sa faveur pour que leur relation débute si spontanément. Elle n'aurait jamais songé à se lancer dans quoi que ce soit avec lui s'il n'avait pas pris l'initiative.

— Celui-là ! s'exclama Lilly en se relevant précipitamment.

Les tiroirs ouverts débordaient de tabliers en pagaille. Avant que Morgan ne puisse dire quoi que ce soit, Kit se baissa pour prendre le tablier que Lilly avait choisi.

— « Le monde (presque) perdu », lut Kit à voix haute, tenant le tablier bien en vue.

Il représentait une scène d'un vieux programme télévisé.

— Des dinosaures ! s'exclama Lilly, le visage illuminé.

— Je vois ça, répondit Kit. Génial ! Vas-y, tourne-toi, on va te le mettre.

Une fois Lilly équipée, Kit lui dit :

— Tu veux bien être gentille et remettre tous les précieux tabliers de Lani dans les tiroirs pendant qu'on sort le nécessaire pour faire les tartes ?

Lilly admirait toujours son tablier, passant ses mains dessus, plissant les yeux en contemplant les dinosaures, qui étaient à l'envers de son point de vue.

— D'accord, acquiesça-t-elle.

Après avoir passé un autre long moment en contemplation béate, elle s'agenouilla et se mit au travail.

Kit lui ébouriffa les cheveux, puis prit Morgan par la main et traversa la cuisine jusqu'aux placards où Lani conservait tous ses pots de farine, de sucre et autres ingrédients pâtissiers.

— Heureusement qu'il n'y a plus de dinosaures, lança-t-elle pour taquiner Morgan, sinon, vu sa mine ravie, tu aurais certainement dû trouver un zoo de dinosaures et un centre de recherche pour leur venir en aide.

Morgan émit un petit rire.

— La fixation sur les tortues a du bon, finalement.

Il prit la main de Kit dans la sienne tandis qu'elle tendait le bras pour ouvrir le placard, et il l'attira gentiment un pas en arrière. Il se pencha et l'embrassa dans le cou à la dérobée.

— C'était en quel honneur ? demanda-t-elle, lui souriant par-dessus son épaule.

— Parce que tu es exactement la personne dont Lilly a besoin. Et celle dont j'ai besoin.

Au moment où il prononça ces mots, il se demanda s'il ne ferait pas mieux de garder ces réflexions pour lui, du moins encore quelque temps. Mais, puisqu'elle ne tiquait pas en entendant ce commentaire, il fut soulagé d'avoir dit ce qu'il avait sur le cœur.

Le sourire de Kit était charmant, tout comme la couleur qui s'épanouissait sur ses joues.

— Je suis moi-même. Et, avec vous deux, c'est très, très facile.

Elle se hissa sur la pointe des pieds et l'embrassa rapidement.

— Alors, merci aussi d'être la personne dont j'ai besoin.

Puis ils s'absorbèrent dans la préparation des tartes lorsque Lilly arriva en trottinant, marchant quasiment sur son tablier, qui était encore un peu grand pour son gabarit. Kit résolut ce problème en soulevant le bas du tablier et en l'attachant de part et d'autre à l'aide de deux pinces. Lilly gigota, faisant tinter les pinces, et ils éclatèrent de rire.

— Tu sais, Lani aime bien écouter de la musique quand elle cuisine. Et si on mettait quelque chose pendant que je te montre comment faire de la pâte à tarte, hein ?

— C'est quoi, la pâte ? demanda Lilly.

Kit hissa la fillette sur un tabouret pour qu'elle puisse observer le plan de travail, et Morgan joua les marmitons, leur apportant tout ce dont elles avaient besoin dès que Kit le demandait en lui indiquant où se trouvaient les ingrédients. Kit montra à Lilly comment tamiser la farine et la saupoudrer sur le plan de travail.

Dès qu'elle réalisa qu'elle avait le droit de littéralement mettre la main à la pâte, l'attitude de Lilly sur le projet changea du tout au tout. Puis des rires et quelques petits cris résonnèrent dans la cuisine – quand la fillette, si minutieuse dans ses coloriages, un peu maniaque sur les bords, se retrouva barbouillée de farine pour la première fois. Ensemble, elles mélangèrent, jouèrent du rouleau à pâtisserie. Elles dansèrent et chantèrent même un peu.

Quand Alva revint, une heure plus tard, elle esquissa un sourire devant le joyeux bazar qui régnait dans la cuisine.

— Hmmm, ça sent délicieusement bon par ici. On dirait que vous ne vous êtes pas ennuyés.

— On a fait des tartes aux cacahouètes, expliqua Lilly en la regardant fièrement, de la farine sur les joues, le tablier, les mains et un peu partout autour d'elle.

Alva lui rendit son regard, complètement sous le charme.

— Si vous ne voyez pas d'inconvénient à partager, j'aimerais bien en goûter un petit bout.

Lilly regarda Kit qui hocha la tête.

— Il y en a pour tout le monde.

— Vu que ça s'est calmé dans la boutique, suggéra Alva, vous pouvez faire un peu de ménage dans la cuisine et venir choisir les cupcakes que vous voudriez emporter pour plus tard.

Alva adressa un clin d'œil à Kit et Morgan avant d'ajouter :

— Je crois qu'ils seront même encore meilleurs si vous attendez demain pour les déguster.

Entre les tartes et les cupcakes, Morgan espérait que la pluie cesserait bientôt pour que Lilly puisse se dépenser, sur la plage de préférence. Sa nièce avait posé des tas de questions sur les bébés tortues, et voulait retourner voir le nid, s'assurer qu'il n'y avait pas de retardataires et que tout allait bien. Morgan préférait attendre que Gab et Anne aient le temps de dégager le tertre et de retirer tout ce que Lilly n'avait pas besoin de voir, et aussi d'inspecter la plage, pour s'assurer qu'aucun bébé n'y avait échoué pour de bon.

La pluie risquait de retarder un peu les choses. C'est pourquoi Morgan était si reconnaissant envers Birdie : elle avait réussi à faire en sorte que Lilly s'intéresse à la peinture et au dessin, autant d'activités qui l'occuperaient jusqu'à ce qu'ils puissent retourner à la plage.

Alva fit monter Lilly près de l'évier, lui lava les mains, et Morgan alla aider Kit à nettoyer le plan de travail.

— Je ne veux pas fouiller dans le bureau de Lani en son absence. Mes exemplaires des plans de la boutique sont à l'étage, dit Kit à Morgan, qui haussa les sourcils.

— Tu veux dire que tu souhaites me montrer ta collection privée là-haut ?

Elle éclata de rire.

— Je veux dire que je dois monter les chercher. C'est le bazar, et je n'avais pas prévu que Lilly monte. Je me disais qu'on pourrait peut-être peindre sur un des plans de travail, je vais rapporter du papier…

— On va chercher les cupcakes ! annonça Lilly, toute débarbouillée et tenant la main d'Alva près de la porte menant à la boutique.

— Vous pouvez terminer de nettoyer tous les deux, suggéra Alva d'un air entendu. Je suis sûre que ça va nous demander un certain temps de choisir. En plus, je voudrais montrer à Lilly l'ancienne caisse enregistreuse et lui expliquer son fonctionnement.

— C'est quoi une enregis..., s'enquit Lilly sans parvenir à prononcer ce mot. Comment ça s'appelle, déjà ?

— Une caisse enregistreuse. Quand un client achète un cupcake, c'est là qu'on enregistre la vente, qu'on indique combien ça coûte. Ensuite, on met les sous dans le tiroir-caisse, lui expliqua Alva en ouvrant la porte. Viens. Je vais te montrer, dit-elle en décochant un nouveau clin d'œil à Kit et Morgan avant de guider Lilly vers la boutique.

— Je crois que je vais délibérément zapper la prochaine réunion « potins et pâtisserie » du Cupcake Club, lança Kit en riant. Et dire que je trouvais qu'ils s'intéressaient déjà de trop près à ma vie sexuelle avant...

Morgan la fit se retourner et embrassa ses lèvres recouvertes de farine.

— Moi aussi, je m'intéresse de très près à ta vie sexuelle, fit-il remarquer tandis qu'elle nouait ses bras autour de son cou. Même si je n'aime pas tellement en parler. Tu sais ce qu'on dit : ceux qui en parlent le plus...

— Ah, vraiment ? dit-elle dans un sourire tandis que Morgan l'embrassait de nouveau. Alors, tu veux monter voir mes plans de la boutique ?

— Depuis le temps que j'attends que tu me le proposes !

Kit le guida en riant vers une autre porte de la cuisine donnant sur un escalier très étroit menant à l'étage. Elle s'y engouffra en premier, et Morgan profita d'une vue très agréable lors de leur ascension.

— Il faut que je te prévienne, annonça-t-elle en ouvrant la porte, c'est le bazar. Et pas seulement pour la réserve. Je n'ai vraiment pas eu le temps de…

Morgan la fit taire en posant un baiser sur ses lèvres, prenant ses hanches à pleines mains et la faisant pivoter pour la serrer contre lui. Leurs bouches étaient encore scellées quelques instants plus tard, et il les fit entrer dans la pièce, refermant doucement la porte derrière lui d'un petit coup de pied.

— C'est drôle, lança-t-il tout en l'embrassant. Je ne vois pas du tout de quel bazar tu parles.

Elle esquissa un sourire, puis soupira et releva la tête tandis qu'il l'embrassait sur les joues, s'approchant du lobe de son oreille.

— J'en meurs d'envie depuis que nous sommes entrés dans la boutique, dit-il, poursuivant son délicieux périple sur les joues de Kit, passant ses mains au creux de ses reins, soulignant ses courbes et l'attirant près de lui. J'en meurs d'envie.

— Je sais, parvint-elle à dire. J'ai envie de toi à en mourir depuis la dernière fois.

Il afficha un grand sourire, appréciant son honnêteté et le fait qu'elle se sente assez à l'aise pour lui avouer ça.

— J'avais vraiment envie de te voir hier.

— Je sais, et j'aurais aimé que ça marche, dit-elle en le regardant droit dans les yeux. Mais tu es ici maintenant.

Les yeux de Morgan s'agrandirent. Est-ce qu'il avait bien compris ? Elle tira sur les liens de son tablier et, à cet instant, tout devint clair comme de l'eau de roche. Ils s'arrachèrent quasiment leurs vêtements. Pas de préliminaires, pas de petits jeux.

— Tu sais, dit-il en la prenant dans ses bras pour qu'elle puisse l'entourer de ses jambes. Nous ne sommes pas obligés chaque fois de…

— C'est vrai, admit-elle, à bout de souffle. Sauf que là, on n'a pas le choix, rétorqua-t-elle.

Il fut électrisé par le baiser qu'elle lui donna. Toute pensée rationnelle avait déserté son esprit. S'il avait été l'objet de tous ses désirs auparavant, elle donnait un sens nouveau à cette expression en ce moment même.

Il ne lui demanda pas où le lit se trouvait, et, au lieu de ça, il la plaqua contre le mur le plus proche. Il la souleva tout en l'embrassant, tandis qu'elle se cramponnait encore plus fort à lui.

— Attends, dit-il en modifiant sa position pour mieux la pénétrer.

Ils gémirent, déjà unis dans un va-et-vient avant même qu'il soit complètement en place.

— Je t'ai déjà dit…, ajouta-t-il en gémissant, à quel point je t'aime ? Et à quel point… tu n'as vraiment… vraiment… rien à craindre avec moi ?

Elle haleta tandis qu'il la plaquait contre le mur et la pénétrait d'un mouvement plus profond. Elle l'accompagna dans son élan. Ils cessèrent de parler. Elle enfonça ses doigts dans les épaules de Morgan, ses talons dans son dos tout en glissant sa langue dans la bouche de son amant au rythme de leur va-et-vient.

Ce fut rapide, déchaîné, et cela prit fin beaucoup, beaucoup trop tôt. Il réprima un long râle, mais sa jouissance avait été si intense qu'il se mit à trembler. Ses genoux menaçant de se dérober, il s'appuya contre le mur tandis qu'elle frissonnait. Ils étaient tous deux à bout de souffle, comme s'ils venaient de courir un marathon. Il l'embrassa dans le cou, puis titilla le lobe de son oreille.

— Tu es… C'était…

— Je sais, dit-elle dans un souffle. N'est-ce pas ?

Ils laissèrent échapper un rire bref et essoufflé. Morgan se remettait à peine de leur petite folie, mais il n'allait pas s'en plaindre. Elle finit par se détacher de lui et posa les pieds par terre avant de s'adosser au mur. Alors qu'ils avaient encore tous deux les jambes en coton, il la tenait serrée contre lui.

— Tu sais… Il se trouve que j'ai un lit.

— Oui, dit-il, s'efforçant encore de reprendre son souffle. Mais il était loin, très loin par là-bas.

Il baissa le menton et posa sa joue sur les cheveux de Kit.

— Alors que le mur était juste là.

— Les murs. C'est tellement pratique, quand on y pense, parvint-elle à dire. Je ne les regarderai plus jamais du même œil.

— Moi non plus, admit-il en riant.

En la suivant dans les escaliers, il s'était rendu compte que le fait de ne pas pouvoir laisser libre cours à son désir le torturait. Mais il n'avait jamais imaginé en arriver là. Et encore moins qu'elle prendrait les devants.

— On ferait mieux de se rhabiller.

— Certainement.

— Les rejoindre en bas. Se comporter comme des adultes responsables.

— C'est Alva, l'adulte responsable, en ce moment.

— En effet, admit Morgan.

— Pour une fois qu'on échange les rôles… Ça fait du bien.

Kit bascula la tête en arrière, et Morgan plongea son regard dans ses grands yeux verts qui exprimaient une intense satisfaction, mais où demeuraient quelques traces de désir ardent.

Elle tendit le bras pour que Morgan baisse la tête. Elle l'embrassa une nouvelle fois, prit son temps pour lui transmettre les émotions qu'ils n'avaient pas pu exprimer pendant leur étreinte bestiale.

Morgan la laissa mener la danse tandis que son cœur battait la chamade pour de tout autres raisons. Elle sourit et le regarda dans les yeux quand elle interrompit le baiser, puis elle posa sa joue contre son torse et se blottit dans ses bras le plus naturellement du monde, comme si c'était sa place.

Et c'était bel et bien le cas. S'il avait eu un quelconque doute quant à ses sentiments envers elle, cet instant était en train de le faire disparaître à tout jamais.

Chapitre 20

— Baxter a des rendez-vous toute la semaine, alors nous irons acheter notre sapin ce week-end, dit Lani tandis qu'elle évidait une rangée de cupcakes. Il a trouvé un endroit à environ une heure et demie d'ici où on peut couper son propre sapin, faire un tour en remorque, tout le toutim.

Elle cessa un instant d'évider les cœurs des cupcakes à la vanille avant d'ajouter :

— Vous savez, la neige et le froid ne me manquent vraiment pas, mais ça ne fait pas le même effet d'acheter son sapin sur un parking. Riley a dit que Quinn et elle se joindraient à nous, et qu'ils amèneraient peut-être même Brutus. Vous imaginez un peu, le chien sur la remorque ?

— Il est assez costaud pour la tracter.

Charlotte remplissait des poches à douille de glaçage de crème aux amandes pour garnir ses cupcakes au chocolat et à la cardamome.

Tout le monde éclata de rire.

— Tu ne trouves pas le temps long ? demanda Alva. J'ai mon sapin depuis le lendemain de Thanksgiving. C'est une tradition chez les Liles.

— On voulait te proposer de venir avec nous, dit Lani.

Alva émit un petit rire moqueur.

— Chérie, sans vouloir amoindrir ton enthousiasme pour ces sapins naturels, avec les aiguilles qu'il faut ramasser et le pot qu'il faut arroser, laisse-moi te dire que, tant que tu n'auras pas admiré mon splendide sapin blanc de deux mètres de haut avec ses pointes argentées, tu n'auras rien vu.

— Ah, non, c'est vrai. À ce compte-là, je n'ai rien vu qui en vaille vraiment la peine, la taquina Lani.

— Tu sais, chérie, tout le monde ne peut pas être à la pointe du design contemporain.

— C'est vrai, acquiesça Charlotte. Pourtant, une fois, quand Lani et moi nous vivions encore à New York, nous avons accroché une seule guirlande lumineuse autour de notre petit ficus en plastique rabougri. Nous avons aussi confectionné des petites fleurs avec des sacs en plastique peints à l'aérosol et ensuite on a utilisé des attaches métalliques pour les fixer aux branches.

— Oui, il portait un… certain… message artistique, ajouta Lani. Jusqu'au moment où la peinture a commencé à dégager des émanations toxiques sous l'effet de la chaleur des ampoules de la guirlande. Le restaurant du rez-de-chaussée a failli être fermé pour raisons d'hygiène.

— Oh, oh, pas du tout ! s'exclama Charlotte, pince-sans-rire.

— Eh bien, chères amies, tout le monde ne sait pas forcément apprécier la créativité. Je suis sûre que c'était… tout à fait charmant.

Kit retint son sourire, mais elle remarqua que Lani et Charlotte échangeaient des regards complices et réprimaient un ricanement.

— J'adorerais voir ton sapin, Alva.

Sur les visages de Lani et Charlotte, elle devina une mise en garde muette mêlée à de l'appréhension. Charlotte tenta de poser un doigt sur ses lèvres en guise d'avertissement, mais… trop tard.

Le visage d'Alva s'était déjà illuminé, rayonnant comme un sapin de Noël.

— Eh bien, Kit chérie, j'adorerais te le montrer.

— Chaque décoration a son histoire, dit Lani gaiement, tout en secouant la tête derrière le dos d'Alva et en roulant des yeux, tandis que Charlotte mimait l'étouffement.

— Le moindre bibelot, renchérit Charlotte avec une gaieté surjouée.

Kit décida de ne plus les regarder ni l'une ni l'autre et de se concentrer sur Alva.

— Voilà qui m'a l'air charmant.

— Chaque année, je choisis un nouveau thème.

— Oh, dit Kit en s'efforçant de garder le sourire. Vraiment. Des thèmes. Comme c'est… intéressant. Et chaque année, c'est différent ?

— Eh bien, oui. Je ne mets pas n'importe quoi sur mon arbre. Il faut que j'aie l'inspiration. En général, je me décide juste après avoir rangé mon ancien sapin.

Ensuite, je consacre le reste de l'année à trouver les décorations appropriées. Toutes celles que je choisis ont une raison précise d'être là.

— Ça a l'air vraiment… incroyable.

— Un arbre de deux mètres de haut, lui rappela Charlotte, une pointe de sarcasme dans sa voix.

— Tant de décorations…

Kit lança un bref regard à Charlotte tandis qu'Alva contournait la table pour se rapprocher d'elle.

— J'ai des photos de mon sapin de l'an dernier sur mon téléphone – que j'ai depuis l'an dernier aussi. On appelle ça des téléphones intelligents, mais, bonté divine, c'est bien plus incroyable que purement intelligent. Regarde.

— Quel était le thème de l'an dernier ? demanda Kit tandis qu'Alva lui tendait le téléphone après avoir ouvert le dossier des photos.

— Oh. Regardez ça. Des chats ! Des tas et des tas de… chats.

Elle fit défiler la première série de photos et ajouta :

— Qui aurait pu penser qu'il existerait des décorations de chat dans tellement de… genres différents.

Lani et Charlotte durent se retourner vers leurs plans de travail, mais leur fou rire n'échappa pas à Kit qui voyait leurs épaules agitées de soubresauts. Elles avaient pourtant essayé de la prévenir.

— Et l'année d'avant, c'était les ananas.

Alva reprit le téléphone et ouvrit un nouveau dossier.

— Des ananas. Waouh ! Ça n'a pas dû être évident de trouver assez de décorations pour embellir ce sapin.

— C'est le moins qu'on puisse dire, ma chérie. Un de mes plus grands défis. J'ai dû en confectionner plusieurs moi-même, pour éviter que le sapin n'ait l'air trop dégarni.

Elle remit le téléphone entre les mains de Kit.

— Tu vois ?

— Oh… là, là. Oui.

Kit concentra son attention sur l'écran, n'osant pas même jeter un regard dans la direction de Lani ou Charlotte. Elle ajouta :

— C'est vraiment… original.

Elle rendit le téléphone à Alva et lui posa la question que tout le monde attendait, mais principalement pour ne plus avoir à regarder les photos.

— Alors, quel est le thème de cette année ?

Alva saisit l'appareil et joignit ses mains sous son menton.

— Les anges, dit-elle en serrant le bras de Kit. Il y a quelques anges de plus au paradis cette année… et d'autres qui ont élu domicile avec nous ici même, à Sugarberry.

Elle regarda Kit, les yeux un peu brillants.

La jeune femme semblait elle aussi sous le coup de l'émotion.

— Oh, merci ! s'exclama-t-elle, sincèrement touchée.

Elle prit le petit bout de femme dans ses bras et s'aperçut que Lani et Charlotte semblaient très émues.

— Honte à vous, articula silencieusement Kit au-dessus de la tête d'Alva en les pointant du doigt. Honte à vous.

— Je crois que je n'aurai aucune difficulté à réaliser ma décoration cette année, dit Alva en se redressant et en lissant son tablier. Si tu veux ajouter quelques babioles, ce serait merveilleux.

— Je… je n'ai pas de décorations de famille… ou personnelles. Ma sœur…

Kit s'arrêta, car elle ne voulait pas s'engager dans cette explication au risque de se mettre à pleurer comme une Madeleine.

— Mais je vais commencer à regarder en faisant mes courses, ajouta-t-elle. J'aimerais beaucoup apporter ma pierre à l'édifice.

— Ce serait adorable, chérie ! conclut Alva. Birdie devrait également participer.

Lani renifla bruyamment.

— Oh… Câlin de groupe ! Câlin de groupe !

Avec Charlotte, elles se pressèrent de contourner les tables et s'embrassèrent toutes au centre de la pièce.

— Je n'en reviens pas de voir comment ma vie a pu changer en si peu de temps, dit Kit, reniflant à son tour. Je n'aurais jamais imaginé ça. Vous êtes tous devenus si importants pour moi. Je ne sais pas quoi dire, sauf que je vous remercie de m'avoir si bien accueillie.

— Nous t'attendions, dit Alva, en lui tapotant le dos. Et nous sommes contents que tu sois parmi nous.

Après une autre étreinte et quelques ricanements devant cette effusion de sentiments au milieu de la cuisine, elles retournèrent à leurs tables respectives et se remirent à leurs cupcakes en reniflant.

Seuls les cupcakes issus des recettes originales de Lani étaient en vente dans sa boutique. Kit avait donc demandé, le soir de sa première session de pâtisserie, ce qu'ils faisaient des cupcakes confectionnés lors des réunions du Cupcake Club. Pour la plupart, ils étaient gracieusement offerts à diverses organisations caritatives, répandant ainsi l'enthousiasme et la bonne humeur. Tout le monde avait à y gagner.

Depuis l'autre bout de la cuisine, Lani jeta un coup d'œil à Kit.

— Alors… Est-ce que Morgan et toi avez des projets d'achat de sapin de Noël ? Vous voulez vous joindre à nous ?

Kit se prépara à subir un nouvel interrogatoire ayant pour but de lui faire avouer qu'elle sortait avec lui. Elle aurait dû encourager Alva à continuer de parler de ses sapins.

— Je n'ai aucune idée de ce que Lilly et lui ont prévu pour le sapin de Noël cette année.

Au même moment, les trois femmes firent une pause, se tournèrent et braquèrent leurs yeux sur elle. Sérieusement ?

— Chérie, commença Alva, je ne sais pas pourquoi tu persistes à prétendre que vous n'êtes pas ensemble. Il y a une semaine, vous êtes venus tous les trois faire des tartes, ici même, dans cette cuisine.

— Lilly voulait visiter les locaux de *Péché mignon*, expliqua Kit. Elle se demandait comment cela se passait dans la boutique… et elle se le demande toujours. Et comme elle avait vraiment bien aimé la tarte aux cacahouètes de Thanksgiving, j'ai pensé que ce serait amusant de lui apprendre à la préparer.

— Comme on te l'a appris quand tu étais petite fille, dit Alva d'un ton plein de sous-entendus.

— Exactement.

Kit mélangeait de la farine et des épices, faisant mine de ne pas comprendre où Alva voulait en venir.

— Lilly m'a montré quelques collages à base de gommettes qu'elle a réalisés avec Birdie – n'est-ce pas merveilleux ?

Espérant détourner l'attention d'Alva, elle poursuivit :

— Je crois que le seul cadeau de Noël qui me ferait plaisir cette année, ce serait de voir Lilly et sa grand-mère passer de bons moments ensemble, surtout après ces débuts difficiles.

— Oh que oui, reconnut Alva. Birdie est tout simplement aux anges. Je ne l'ai jamais vue si heureuse. L'autre jour, elle m'a même avoué que ça l'aidait à se remettre de la perte tragique de sa Delilah adorée.

— Et c'est une bonne chose pour Morgan aussi, fit remarquer Kit, soulagée de pouvoir changer de sujet. Il peut mettre à profit le temps qu'elle passe avec Lilly pour établir son cabinet d'avocat ici.

— Et bien, on dirait que vous êtes vraiment proches tous les deux, vu comme tu es au courant de son quotidien.

Le regard acéré d'Alva se posa de nouveau sur Kit, qui ne se départit pas de son sourire innocent.

— Je trouve merveilleux que tu aies pu dépasser ce stupide malentendu, ajouta-t-elle.

Kit poussa un soupir. Elle aurait dû s'en douter. Alva ne lâchait pas le morceau.

— Tu veux parler... du fait que c'est un Westlake ? Oui, c'est un Westlake.

— Ma chérie, je suis simplement heureuse que ça ne vous ait pas empêchés de faire le premier pas, c'est tout. La famille d'un homme, ses racines, c'est important, bien sûr... Mais vu ses choix personnels et tout ce qu'il fait pour son adorable nièce, je crois qu'il a réussi en dépit de ses liens familiaux, plutôt que grâce à eux, et qu'on devrait l'admirer pour cela.

Alva pointa sa spatule en direction de Kit, projetant quelques petits morceaux de caramel au beurre salé dans sa direction avant de reprendre :

— Tu aurais pu tomber sur bien pire, crois-moi. En plus, vous êtes vraiment adorables tous les trois.

S'emparant à deux mains de la spatule poisseuse, elle ajouta :

— Et ces yeux avec lesquels il te regarde ? Ça ne m'a pas échappé, tu sais...

— Ils se dévorent tous les deux des yeux, renchérit Lani. Je le dis depuis le début.

Kit baissa la tête. Il était grand temps de déclarer forfait.

Depuis ce fameux Thanksgiving sur la plage, elle avait croisé tous les membres du Cupcake Club, dans la boutique et aux alentours, et ils avaient essayé tour à tour de lui tirer les vers du nez. Seule contre tous, elle n'avait aucune chance.

— Nous sommes juste…

Kit posa sa jatte sur le plan de travail et en fouetta vigoureusement le contenu. Elle considéra leurs visages pleins d'espoir, consciente de sa chance que Franco et Dree n'aient pas pu venir sur l'île ce soir-là. Dieu seul savait ce qu'ils seraient parvenus à lui faire avouer.

— Nous faisons connaissance, admit-elle.

À ces mots, leurs visages s'illuminèrent et elles se mirent à parler toutes en même temps.

— Mais nous essayons de rester discrets, les prévint-elle. Il ne faut pas que Lilly se fasse de faux espoirs. Elle a noué quelques amitiés ici et, pour l'instant, je ne suis qu'une amie parmi d'autres.

Les trois femmes poussèrent un soupir de joie.

— Je suis tellement heureuse pour toi, déclara Lani. Ne t'inquiète pas, nous ferons attention avec la petite Lilly, mais ça ne signifie pas que nous ne pouvons pas te dire à quel point nous vous aimons, Morgan et toi, et que vous formez un couple magnifique.

Charlotte et Alva acquiescèrent en chœur.

— La vie n'est-elle pas encore plus belle quand on s'envoie en l'air régulièrement ? demanda Alva.

Les trois pâtissières manquèrent de s'étouffer. Puis Lani et Charlotte ricanèrent et lancèrent à Kit un regard interrogateur. Cette dernière, rouge comme une pivoine, pouvait toujours tenter de nier. Personne ne la prendrait au sérieux.

Alva sourit gentiment.

— Allez, on est entre filles, là. On peut tout se dire, non ?

Battant son évideur contre sa main, Lani lança à Alva un coup d'œil malicieux.

— Alors ça veut dire que Hank et toi… ?

Charlotte et Kit se tournèrent vers Alva et lui décochèrent un regard inquisiteur. Kit semblait particulièrement enjouée. Après tout… c'était donnant-donnant !

— Mes chéries, une dame digne de ce nom ne révèle pas ses secrets les plus intimes, répliqua Alva, qui les surprit en ajoutant : Et Hank… Eh bien, ce n'est pas mon Harold. Personne ne pourrait remplacer l'homme de ma vie.

Elle soupira.

— Mais je dois admettre que ça me met du baume au cœur d'être choyée par un homme bien sous tous rapports.

Elle était si touchante et pétillante que Kit et ses amies ne purent s'empêcher de lui rendre son sourire radieux.

— Eh bien, je suis contente pour vous deux, intervint Lani.

Puis elle regarda Kit avant d'ajouter :

— Nous aussi, nous avons eu nos doutes, tu sais, sur sa famille. Le moins qu'on puisse dire, c'est qu'ils n'ont pas été très réglos avec Birdie…

— Comment ça ? demanda Kit.

— Ils l'ont empêchée de voir sa propre fille, comme si Birdie et les siens n'étaient pas assez bien pour s'aventurer aux abords de la luxueuse demeure des Westlake, expliqua Alva. Quand Delilah s'est mariée et est entrée dans cette famille, Olivia a frôlé la crise cardiaque, puis s'est immédiatement mis en tête d'inculquer à sa belle-fille les bonnes manières. Elle s'est acharnée sur elle – elle l'a même humiliée, si tu veux mon avis – pour l'inciter à laisser tomber sa mère.

— Mais maintenant que nous avons rencontré Morgan et que nous avons appris à le connaître, que nous voyons tout ce qu'il fait pour Lilly, les efforts qu'il déploie pour qu'elle passe du temps avec sa grand-mère…, intervint Lani. Bref, c'est vraiment un homme bien, Kit. Rien à voir avec sa famille.

— À mon avis, tout ça relève du destin, suggéra Charlotte, avec un accent prononcé tandis qu'elles essuyaient toutes leurs nez qui coulaient. Regarde ce qui est arrivé dans ta famille et dans celle de Morgan. Vous partagez un lien unique. Et vous arrivez tous les deux ici au même moment pour commencer une nouvelle vie… L'univers vous montre le chemin !

— Je ne sais pas ce que c'est, intervint Kit en esquissant un sourire. Mais, même dans mes rêves les plus fous, je n'aurais jamais imaginé prendre tant de plaisir à vivre les fêtes cette année. Et jusqu'ici, eh bien… tout a été vraiment spécial.

Elles échangèrent des regards émus, les yeux brillant d'émotion, et Kit sentit qu'un autre câlin de groupe se préparait. Le minuteur du four sonna précisément à cet instant, les faisant toutes sursauter. Puis elles éclatèrent de rire devant leur réaction.

Charlotte se pressa de sortir une grille géante couverte de cupcakes.

Kit était retournée à sa jatte, son fouet et sa préparation quand Alva lança :

— Alors, chérie, maintenant que tu nous as tout raconté sur votre idylle naissante…

— Tu veux dire maintenant que vous avez réussi à me tirer les vers du nez ? rétorqua Kit d'un air taquin.

— Quoi qu'il en soit, tu préféreras sans doute rester avec ton nouveau jules le vendredi soir plutôt que de te joindre à nous.

— Morgan est chez lui avec Lilly, et… je ne suis pas encore allée chez lui.

— Je comprends que tu veuilles faire profil bas, chérie, dit Alva. Mais, tous les trois, vous passez déjà du temps ensemble. Il n'y aurait certainement aucun mal à ce que vous vous fassiez aussi une soirée cinéma. Du pop-corn, une gentille comédie familiale.

— Justement, Alva. Nous n'essayons pas d'être une famille. Nous sommes juste… en train d'apprendre à nous connaître. Morgan et moi souhaitons un petit peu plus de temps tous les deux avant de nous lancer dans les activités familiales.

Alva émit un sifflement incrédule et retourna à ses pâtisseries.

— Tant pis si vous n'arrivez pas à voir ce qui saute aux yeux. Je trouve ça un peu bête de perdre du temps à faire semblant alors que vous pourriez profiter les uns des autres de la façon la plus naturelle qui soit.

— S'il y a une façon naturelle de faire les choses, répondit Kit, alors nous la trouverons. J'ai fait pas mal d'efforts jusqu'ici, et…

— … ça a été merveilleux, n'est-ce pas ? compléta Alva. Il faut que tu fasses confiance à ton instinct, dit-elle en pointant vers Kit sa spatule couverte de caramel.

— J'y travaille, répondit sèchement la jeune femme, quelque peu alarmée par cette remarque.

Tout ce qu'elle voulait, c'était avancer à petits pas vers un nouvel avenir, mais elle avait l'impression de faire des bonds de géant après l'année catastrophique qui l'avait menée à Sugarberry. Elle avait peur d'en payer les conséquences à un moment ou un autre. Vu ses antécédents, ça lui tomberait certainement dessus au moment où elle s'y attendrait le moins. Mais elle ne pouvait pas l'expliquer aux autres.

— Ne la brusque pas, Alva, lui reprocha Lani. Tout ce qui compte, c'est que Morgan et elle soient heureux. Il a l'air de bien s'en sortir avec Lilly, ce n'est pas à nous de leur dicter leur conduite.

— D'accord, d'accord, admit Alva en reniflant. Pour l'amour de Dieu, ce n'est quand même pas un crime de regarder un film et manger des pop-corn ensemble !

Lani et Charlotte levèrent les yeux au ciel dans son dos, adressant un sourire à Kit.

— Je n'ai pas eu l'occasion de vous demander, mais quel est le bilan final des éclosions de tortues ? demanda Lani sur un ton léger, visiblement résolue à changer de sujet.

Kit, vivement reconnaissante, eut envie de lui sauter au cou.

— D'après Gab, les trois quarts des œufs ont été sauvés. C'est une réussite, à cette période de l'année.

— Il fait un temps abominable. C'est une chance que l'éclosion ait eu lieu à ce moment précis, fit remarquer Lani.

— C'est vrai. Gab et Anne pensent que les petits ne s'en seraient pas sortis s'ils avaient dû lutter pour quitter un nid inondé. Ils ont eu beaucoup, beaucoup de chance.

— Je voulais retourner explorer le centre, dit Lani. Depuis que je me suis installée ici, je n'ai jamais pris le temps d'y aller. J'ai honte. Baxter ne cesse d'en parler, donc je suis sûre que nous finirons par y arriver.

Charlotte poussa un soupir.

— Quand je pense que j'étais à New York en train de faire semblant de ne pas entendre la grand-mère de Carlo jeter le mauvais œil sur ma famille et moi chaque fois que nous nous retrouvions dans la même pièce, alors que j'aurais pu être ici et vous aider pour cette grande éclosion de tortues.

— Je suis navrée d'entendre que sa famille est toujours aussi hostile, compatit Lani.

Charlotte haussa une épaule.

— Ses sœurs se sont un peu adoucies. Mais… ce ne sera pas de tout repos.

— Alors, toujours pas de date ? demanda Alva.

Charlotte secoua la tête.

— Carlo souhaite continuer comme prévu. Il veut que nous nous marions. Et moi aussi. Vu que les choses ne rentreront peut-être jamais dans l'ordre, il est inutile d'attendre. Mais chaque fois que j'essaie de m'imaginer ce grand jour, je vois la moitié de sa famille en train de me maudire alors que je marche vers l'autel, et mes propres parents désapprouvant mes choix… Un vrai cauchemar, ajouta-t-elle en frissonnant. La perspective de ce soi-disant plus beau jour de ma vie ne m'enchante absolument pas. Nous sommes heureux comme ça. Je ne vois vraiment pas l'intérêt d'une fête qui va contrarier et fâcher tant de monde.

— Et que fais-tu de ton propre bonheur ? lui demanda Kit. Carlo n'a pas envie d'un mariage secret ? Ou du moins en petit comité ?

Charlotte secoua la tête.

— Sa mère et sa grand-mère ne le lui pardonneraient jamais et ses sœurs le massacreraient. Elles ont dû y passer, alors, à leurs yeux, il serait tout à fait injuste qu'il ne subisse pas la même épreuve.

— Je ne sais pas, Charlotte. Tu l'aimes et il t'aime, c'est un fait. Mais si le bonheur de sa famille passe toujours avant le tien…, objecta Kit.

Charlotte fit signe qu'elle était du même avis.

— Je sais. Crois-moi, j'y ai beaucoup pensé. Quand je pense à fonder une famille dans ces conditions, je suis découragée d'avance… Je ne vois pas à quel moment les choses s'arrangeront avec nos familles. Je suis résolue à mener ma vie sans tenir compte des choix que mes parents auraient faits pour moi, et j'arrive à me passer de leur bénédiction. Nous vivons sur des continents différents, menons des vies bien séparées. Mais Carlo… même s'il a choisi de s'établir ici, en Géorgie, avec moi, il se soucie aussi de sa famille qu'il aime profondément et dont il est très proche. Je vois bien qu'il est partagé. Il voudrait satisfaire tout le monde, mais c'est impossible, conclut-elle en esquissant un pâle sourire.

— Je suis désolée, dit Lani qui contourna la table pour prendre Charlotte dans ses bras.

— Merci. C'est pourquoi on se laisse simplement porter par les événements. Nous sommes heureux, ensemble, et nous ne nous coltinons nos familles respectives qu'à distance.

— Tout le monde n'est pas tenu de se marier. Vous êtes déjà engagés l'un envers l'autre, fit remarquer Lani.

Charlotte acquiesça sans un mot.

Kit les regardait, les écoutait, et ne pouvait s'empêcher de songer à sa situation avec Morgan.

Depuis Thanksgiving, elle était restée concentrée sur le présent. Sur ce qu'elle vivait avec Morgan et Lilly et sur leur récente installation à Sugarberry. Elle avait délibérément occulté la grande famille de Morgan, ainsi que la sienne, d'ailleurs. Ils avaient tous deux choisi de prendre leurs distances avec leurs proches, mais cela ne voulait pas dire qu'ils avaient cessé d'exister. Tôt ou tard, elle devrait aborder cet aspect des choses. Elle voulait juste commencer par avoir des bases plus solides avec Morgan. Une fois qu'ils auraient trouvé leurs repères, il ne serait plus seulement question de Morgan et Lilly, de Morgan et Kit, ou de Kit et Lilly. Ils seraient tous les trois réunis.

Mais, en écoutant Charlotte, elle trouvait difficile de ne pas songer à ce qui se passerait réellement s'ils voulaient se marier. Qu'est-ce que l'avenir leur réservait ? Avec sa famille à elle, cela ne poserait pas de problème. Trixie et Teddy se fichaient pas mal de ce qu'elle faisait de sa vie ou de la personne qu'elle épouserait. Cependant, si elle se mariait à un Westlake, Teddy tenterait sûrement d'en tirer profit. Bon sang, cette seule perspective la faisait douter. Peut-être serait-il plus sage de ne rien leur dire.

Mais, pour Morgan, ce serait différent. Il fallait penser à Lilly. Et ses deux grands-mères, dont une Westlake. Olivia Westlake jouerait son rôle tôt ou tard dans la vie de son fils. Si Kit devenait quelqu'un d'important dans la vie de Morgan, elle ne pourrait pas échapper à Olivia.

— Chérie, je crois que ta pâte est plus morte que vive.

Les paroles d'Alva interrompirent les pensées de Kit qui baissa les yeux pour s'apercevoir qu'elle n'avait cessé de fouetter sa préparation durant ses longues réflexions. Si seulement elle pouvait en faire autant avec ses préoccupations.

Chapitre 21

— Lilly n'a jamais décoré de sapin de Noël ? Comment est-ce possible ?

Morgan lança un regard à Kit tandis qu'il conduisait le long de la route menant à sa maison.

— Parce que les sapins des Westlake sont conçus par des designers professionnels et décorés en fonction du thème et de l'ambiance des événements prévus à cette période précise.

— Les sapins ? Il y en a plusieurs ? Tu veux dire un dans la salle à manger et un dans le salon ? demanda-t-elle dans un grand éclat de rire.

— Non, deux dans le grand hall – un sur la première volée des marches de l'escalier central et un sur le balcon du vestibule – et encore, je ne parle que de ce qu'on voit quand on passe la porte d'entrée.

Kit secoua la tête, incrédule.

— Nous n'avons vraiment pas eu la même enfance, fit-elle remarquer en reprenant place sur son siège.

— Raison de plus pour se réjouir que Lilly et Birdie se mettent à confectionner les décorations ensemble. Leur passion commune pour les arts plastiques est providentielle. D'ailleurs, comme c'est une grande première pour Lilly, elles vont partager quelque chose de fort toutes les deux en décorant le sapin.

Morgan lança un coup d'œil à Kit, puis tendit le bras, prit sa main et la serra.

— En fait, c'est avec l'art que tout a commencé. Je parlais à Lilly d'aller chercher notre sapin, et nous nous sommes demandé avec quoi nous allions pouvoir le décorer. Je voulais qu'elle ait un beau sapin de Noël, mais je tenais à ce que cela ait un sens pour elle. Je ne comptais pas acheter un assortiment de décorations dans un magasin. Alors elles ont décidé de les confectionner elles-mêmes. Birdie avait l'intention de demander à Lilly de venir chez elle pour l'aider à décorer son sapin, mais nous avons préféré attendre que Lilly soit un peu plus âgée avant qu'elles ne partagent cet instant particulier.

— Pourquoi ? demanda Kit.

Son expression s'adoucit quand elle reprit :

— Ah, je vois. Birdie doit posséder les décorations qu'elle utilisait quand Delilah était petite, j'imagine.

— Des cartons entiers. Nous avons estimé qu'il était trop tôt pour que Lilly fouille dans ces affaires que sa maman avait confectionnées. Peut-être l'an prochain, quand elle sera plus âgée et qu'un peu d'eau aura coulé sous les ponts. Du coup, elles vont fabriquer les décorations qui iront sur notre sapin.

— Oh, à ce propos, nous sommes invités – je veux dire toi, Lilly, moi, et je crois que Birdie aussi serait la bienvenue – à accompagner Lani, Baxter, Quinn et Riley pour aller couper un sapin de Noël le week-end prochain. Je ne sais pas si tu as des traditions précises concernant la date à laquelle il faut installer le sapin, mais…

Il se mit à rire.

— Il faut que je t'avoue quelque chose : je n'ai aucune tradition en matière de sapin de Noël.

Kit ouvrit la bouche, puis la referma et esquissa un sourire.

— D'accord. Les sapins à tous les étages datent certainement d'avant la naissance de Lilly.

— Je suis presque sûr que ça a commencé dès que le premier sapin de Noël de l'histoire a été décoré. Je suis convaincu qu'il devait y avoir un Westlake dans les parages pour se dire : « Voilà qui serait du plus bel effet pour décorer nos banquets et impressionner les rois et la noblesse des alentours. »

— Ce que tu peux être méchant ! lança Kit dans un éclat de rire.

— Mais je n'exagère pas. Enfin… à peine.

— Tu n'as jamais eu de sapin de Noël dans le Colorado ? Tu as dit que tu y avais eu l'occasion de participer à des fêtes plus traditionnelles et que tu avais compris ce que tu voulais pour toi, tes enfants, et maintenant… pour Lilly.

— J'ai bien vu le genre de fêtes que je voulais vivre, mais seulement grâce à mes amis et leurs familles. Je n'installais pas de sapin chez moi. Parce que j'étais tout seul. Je crois que l'esprit de Noël est assez contagieux là-bas. Dans les montagnes de l'Ouest, les gens sont des fanatiques de décorations de Noël à cette période de l'année.

— Eh bien, avec toute cette neige, ce doit être assez festif. C'était amusant, non, de voir un vrai Noël blanc ? Moi, j'ai passé tous mes Noëls en Géorgie.

— Plutôt cool, il faut bien l'admettre. Surtout les premières fois. C'est mon premier Noël de retour dans l'Est, j'ai l'impression que ça fait une éternité, mais... J'aime vraiment redécouvrir ça à travers les yeux de Lilly.

— Est-ce qu'elle parle un peu... de Papa Noël, de la liste des cadeaux ? Elle a évoqué ses parents ?

Morgan ralentit et tourna dans l'allée de sa maison. Il coupa le moteur, mais ne sortit pas de la voiture.

— Elle ne m'a parlé d'eux qu'une seule fois depuis notre arrivée ici. Mais je l'ai entendue dire ses prières le soir. Et elle parle de son papa et de sa maman qui sont au ciel, expliqua-t-il, les larmes aux yeux. Je ne sais pas si je dois les évoquer ou la laisser prendre l'initiative quand elle se sentira prête. Elle est si jeune, et je ne veux pas qu'elle les oublie. Entre sa nouvelle passion pour les tortues, l'agréable surprise de Thanksgiving et son rapprochement avec Birdie, sa vie est bien remplie et elle est heureuse. Ce qui est sûr, c'est qu'elle est plus heureuse que quand nous sommes arrivés ici. Elle n'a plus cet air grave. Elle est toujours timide avec les nouvelles têtes, mais bien plus détendue et à l'aise maintenant qu'elle vous connaît tous. Pour être honnête... je ne sais pas quoi faire, alors je me contente de... procéder par étapes.

Kit tendit le bras par-dessus le tableau de bord et lui prit la main.

— C'est tout ce que tu peux faire. Elle se crée de bons souvenirs ici, des souvenirs qu'elle pourra associer aux fêtes l'année prochaine. Elle attendra cette période avec impatience. Que demander de plus ? Plus tard, ou au moment où sa curiosité et ses émotions la pousseront à parler de ses parents, elle te posera des questions. Elle sait qu'elle peut tout te dire, tout te demander, j'en suis sûre.

Morgan serra la main de Kit.

— Je l'espère. Parfois je me sens terriblement mal préparé pour ce cas de figure. J'ai tellement peur de rater des choses importantes et de la blesser pour le restant de ses jours.

Il eut un petit rire, mais ses craintes n'en étaient pas moins perceptibles.

Kit tira doucement sur sa main jusqu'à ce qu'il pose les yeux sur elle.

— Une personne avisée m'a dit que Lilly avait besoin de quelqu'un qui tienne à elle et qui veuille son bien. Je crois que nul n'est vraiment prêt à s'improviser parent, quel que soit le moment où ça arrive, ou le nombre de fois que ça arrive. J'ai l'impression qu'elle se porte vraiment bien. Et c'est tout ce qui importe.

Morgan esquissa un sourire.

Elle nota sa pointe d'amertume et tendit le cou :

— Quoi ?

— Rien. Pour quelqu'un qui redoute tant de faire de grands sauts – ce qui est plutôt sensé –, tu fais preuve de beaucoup de sagesse en matière de relations humaines et de la vie en général.

Elle l'attira plus près d'elle et se pencha au-dessus de la console centrale jusqu'à ce que leurs lèvres s'effleurent.

— Eh bien, j'ai toujours peur de faire les choses, et pourtant ça ne m'empêche pas d'agir. Je doute que ça fasse de moi une sage. J'ai beau passer à l'action, je ne me défais jamais complètement de mon appréhension. C'est peut-être ça, le secret : sauter le pas. Quand mes parents sont morts et que j'ai soudain hérité des *Tartes de Mamie Sue* avec Trixie, les responsabilités m'ont paru accablantes. Soit j'assurais et je me débrouillais, soit tout tombait à l'eau. Si je m'étais posé trop de questions sur la suite des événements, j'aurais complètement paniqué.

Morgan afficha un sourire et embrassa doucement Kit.

— C'est comme ça que tu te débrouilles avec moi ? Tu essaies simplement de ne pas trop y penser pour ne pas céder à la panique ?

Elle acquiesça, frottant son nez contre celui de Morgan.

— Un peu.

Il écarquilla les yeux de surprise, et elle partit d'un rire léger.

— Eh bien, ajouta-t-elle, avec l'entreprise, j'ai fini par me débrouiller. J'ai dû y trouver ma place. Il n'y avait pas vraiment d'autre solution – du moins, pas pour moi –, et c'était tout ce qu'il me restait à faire.

— Et avec moi ? Tu as une autre solution. Tu aurais pu te contenter de tes nouveaux engagements et nous tourner le dos.

— J'aurais pu. Mais j'ai déjà connu dans ma vie une passion si dévorante que j'ai compris que cela valait le coup. C'est une chance qu'on n'a qu'une seule fois dans sa vie. Si on ne la saisit pas, on le regrette pour le restant de ses jours. Quand je t'ai rencontré – non, disons plutôt quand tu t'es obstiné à me courir après –, j'ai su que tu étais comme *Mamie Sue*.

Il passa sa main dans les cheveux de Kit, caressa ses joues et l'attira vers lui.

— Je suis heureux d'être quelqu'un que tu aurais regretté de ne pas connaître. Quelqu'un qui te passionne. Qui vaut le coup, ajouta-t-il en cherchant son regard.

— … Qu'on ne connaît qu'une seule fois dans sa vie, compléta-t-elle dans un murmure en lui rendant son baiser.

Le baiser se fit plus intense, et ces mots traversaient l'esprit de Morgan, son cœur, le bout de sa langue, et il les chérissait. Il était trop tôt pour une déclaration en bonne et due forme, mais il ne pouvait plus retenir tous ces espoirs naissants. Quand il leva la tête, il garda la main posée sur la joue de Kit, suivant le contour de sa lèvre inférieure du bout du pouce.

— Je suis content que tu aies accepté de venir ici aujourd'hui. Même si c'est la première fois, il faut que je te dise que ça fait comme un vide quand tu n'es pas là. Quand Lilly parle de quelque chose, ou quand je suis au téléphone, ou… Enfin, il y a des tas de situations où j'ai envie de me tourner vers toi, de te raconter quelque chose, d'en parler avec toi. J'ai l'impression que ta place est ici.

Elle ne répondit pas, mais ne le quitta pas des yeux.

— Que dirais-tu d'une petite balade sur la plage ? Il ne pleut plus et la température s'est adoucie, Derrière la maison, il y a un chemin entre les dunes qui mène droit à la plage. Pourquoi pas un pique-nique ? Je ne voudrais pas que tu penses que je t'ai invitée ici seulement pour…

— … me montrer ta collection privée ? compléta Kit.

Il afficha un grand sourire.

— Eh bien, je ne vais pas te mentir. Je t'ai imaginée dans chacune des pièces de cette maison, mais ce dont je rêve plus que tout, c'est de te voir dans mon lit…

Il cessa de parler, déjà au comble de l'excitation.

— Eh bien, puisque nous en sommes aux confidences, je dois admettre que j'ai aussi pensé à l'effet que ça me ferait de me réveiller à tes côtés. C'est la soif de changement, je sais. Cela dit, ça ne signifie pas que je n'ai pas pensé… aux mêmes choses que toi.

— Eh bien, pour l'instant, dit-il en se penchant et l'embrassant de nouveau, je suis simplement heureux que tu sois là. Aujourd'hui. Mais ne perdons pas notre temps dans la voiture. Ça te dit de préparer quelques sandwichs avant d'aller nous balader sur la plage ?

Il sortit et contourna le véhicule pour lui ouvrir la porte et la prendre dans ses bras. Ravie, elle noua ses bras autour de son cou.

— Tu crois vraiment qu'une fois derrière cette porte close nous aurons encore envie d'aller à la plage ?

— Voyons, mademoiselle Bellamy, dit-il, posant de doux baisers à la commissure des lèvres de Kit. Que me suggérez-vous là ?

Elle se hissa sur la pointe des pieds et l'embrassa fougueusement.

— Je suggère de remettre la balade à plus tard, lança-t-elle, les yeux pétillants. Quand nous aurons aiguisé notre appétit pour le pique-nique.

Et elle partit d'un grand éclat de rire.

— En plus, le sable ne nous a pas fait de cadeau, la dernière fois. Nous pourrions peut-être profiter d'un bon lit, tout doux, sans le moindre grain de sable aujourd'hui. Comme ça, nous irons sur la plage après sans avoir à nous en soucier.

Il afficha un grand sourire.

— Nous emporterons une couverture de toute façon.

Elle éclata de rire et Morgan l'embrassa de nouveau. Elle se laissa tomber dans ses bras et il la serra contre lui pour se tourner vers la maison… et s'immobilisa.

— Quoi ? Oh, non ! Peut-être un autre jour, dit Kit en riant, mais cette fois-ci ce ne sera pas sur le capot de la voiture.

Morgan la fit lentement tourner sur elle-même, entoura son visage de ses mains et la regarda droit dans les yeux.

Le sourire de Kit s'évanouit.

— Morgan, qu'est-ce que…

— Tu te souviens quand je t'ai dit qu'il fallait toujours profiter de l'instant présent, sans s'embarrasser à penser à la suite ? Eh bien, la suite est sur le point de nous tomber dessus. On arrive en plein dedans. Fais-moi confiance et laisse-moi parler, d'accord ?

— Pour l'amour du ciel, Morgan ! lança une voix de femme à l'accent du Sud prononcé à quelques pas derrière lui.

Kit se figea aussitôt.

— Vas-tu rester dans ta pseudo-allée et me laisser faire le pied de grue devant ta porte, ou te décideras-tu à présenter cette jeune femme à ta chère mère ?

Chapitre 22

Alors que Kit se tenait là, enlaçant à moitié Morgan, essayant de comprendre ce qui se passait, elle sut qu'elle avait vu juste : la suite des événements leur tombait dessus au moment où elle s'y attendait le moins.

Cela aurait pu être pire. Olivia aurait pu arriver trente minutes plus tard… et les surprendre tout nus au lit. Bien sûr, elle aurait d'abord frappé à la porte et Kit aurait pu se cacher dans le placard. Ou quelque chose dans le genre.

En considérant Olivia Westlake, Kit songea néanmoins qu'elle n'était pas du genre à frapper à la porte. Ni, manifestement, à passer un coup de fil pour prévenir, vu que Morgan était de toute évidence aussi surpris qu'elle de voir sa mère sur le seuil de sa porte.

Et me revoilà dans le grand bassin ! pensa-t-elle.

Morgan fit doucement passer Kit à son côté et glissa un bras autour de sa taille. Elle ignorait si c'était pour se donner du courage à lui ou pour la soutenir elle.

— Bonjour, mère. Désolé, j'ai dû manquer le coup de fil où vous m'annonciez votre visite.

— Allons, chéri, ne joue pas les effarouchés, veux-tu ?

Olivia passa une main dans sa chevelure impeccablement coiffée, aussi brillante et noire que celle de son fils.

Tout cela dans une débauche de beauté parfaitement ajustée, stylée et avec une présentation irréprochable. En fait, Kit n'aurait su dire si Olivia Westlake avait quarante ou soixante ans. Soit elle avait les meilleurs gènes de la planète, soit elle avait obtenu cette apparente jeunesse des mains de virtuoses du bistouri. Son maquillage était savamment appliqué. De son manteau de cachemire noir lui arrivant à mi-mollet à son sac à main en passant par ses bottes de cuir, toute sa tenue avait l'air hors de prix, sur mesure et griffée. Elle était aussi impressionnante que Cruella d'Enfer – mais moins sympathique.

— Nous savons tous les deux que tu filtres mes appels, poursuivit Olivia. En conséquence de quoi, je ne me donne plus la peine de te téléphoner.

— Pourquoi êtes-vous venue ? lui demanda Morgan. Et où est votre voiture… et votre chauffeur ?

— J'ai renvoyé Thomas à Savannah. Il y avait un problème avec nos chambres et il est parti régler cela.

— Vos chambres ? répéta Morgan, incrédule.

Sa bouche s'était légèrement étirée, mais l'expression d'Olivia n'avait de sourire que le nom.

— Tu n'imagines certainement pas que je vais séjourner ici.

Elle jeta un regard dédaigneux à la maison, signifiant qu'elle se sentait certainement déjà sale rien que de se tenir sur le perron.

— Non, concéda Morgan. Que faites-vous ici ? Je vous avais dit que Lilly et moi irions…

— Je suis venue parce que ma patience envers ta petite… escapade a atteint ses limites.

— Mère, je crois que vous me connaissez assez bien maintenant pour savoir que quand je décide de déménager, c'est pour de bon. Vous savez parfaitement que j'ai l'intention de rester ici et d'y élever Lilly pour qu'elle puisse être proche des deux côtés de sa famille.

— Oui, oui, tu marques un point. Nous avons palabré sur le sujet un nombre incalculable de fois, dit-elle, agitant une main lasse chargée de lourdes bagues. Mais les fêtes de fin d'année approchent et tu ne comptes sûrement pas empêcher Lilly de se joindre à sa famille à cette occasion. Coraline m'a prévenue que tu ne reviendrais pas pour Thanksgiving, mais tu ne nous as strictement rien dit de tes projets pour Noël. Il faudra s'occuper de tous les préparatifs, et je suis venue m'assurer que nous étions tous d'accord et que tu serais des nôtres. Vos chambres sont prêtes. Nous vous attendons le vingt et un au plus tard, mais il serait préférable que vous arriviez le dix-neuf.

Kit remarqua que pas une seule fois Olivia n'avait demandé des nouvelles de Lilly. Ni cherché à savoir où elle se trouvait alors que – de toute évidence – Lilly n'était pas avec eux. Morgan lui avait expliqué que sa famille s'intéressait plus au business qu'aux sentiments, et Olivia semblait préférer de loin les enfants sages comme des images. Mais, jusqu'à cet instant précis, Kit n'avait pas pris la mesure de ce que Morgan avait tenté de lui décrire.

— Alors ? Vais-je devoir rester dehors sur le perron comme une vague connaissance, ou allons-nous entrer pour accorder nos calendriers ?

— Inutile de se donner cette peine, dit Morgan. Nous n'avons pas prévu de retourner à Atlanta pour l'instant. Peut-être après le nouvel an, ou pendant les ponts du printemps.

— Les ponts... du printemps ? Mais de quoi parles-tu ?

— Des week-ends prolongés et des jours fériés du printemps. Les enfants connaissent tous ça.

— Certainement pas dans les écoles réputées que je connais. Et ensuite on se demande pourquoi on préfère les écoles privées... J'espère que tu n'as pas l'intention d'inscrire une Westlake dans le public... Oh, là, là...

Elle cessa de parler, sortit un petit mouchoir de son sac et l'appliqua sur une joue, puis sur l'autre.

— Voilà qui me met les nerfs à rude épreuve, Morgan. J'aurais bien besoin de m'asseoir un instant, ajouta Olivia.

— Vous seriez capable de reconstruire Rome en trois jours les yeux fermés, rétorqua Morgan. Je pense que vous survivrez.

Dans d'autres circonstances, Kit aurait pu être choquée de voir Morgan s'adresser ainsi à sa propre mère. Mais, après dix minutes à peine en sa présence, la jeune femme n'avait qu'une envie : lever le poing en signe de solidarité.

— À moins que Thomas ne revienne bientôt, je vais vous appeler un taxi qui vous ramènera à Savannah. Voire à Atlanta.

Réalisant qu'elle n'aurait pas le dessus cette fois, même en présence de témoins, Olivia changea de tactique.

— Tu ne comptes tout de même pas m'empêcher de passer du temps avec mon adorable petite-fille après tout ce chemin ?

— Dont, jusqu'ici, vous n'avez même pas demandé de nouvelles. À croire que j'ai aussi raté tous les coups de fil qui lui étaient destinés, ces derniers mois. Je sais qu'ils ont manqué à Lilly.

Si la repartie de Morgan avait atteint la carapace d'Olivia, celle-ci n'en laissa rien paraître.

— Tu sais ce que c'est à cette période de l'année… Le chaos, les préparatifs effrénés, sans parler du bouclage financier dont il faut se préoccuper. C'est particulièrement ardu, avec la gestion de l'horrible tragédie que nous avons subie. Mais j'ai tout pris sur moi, sans aucune aide de ta part, bien sûr. La dernière chose à faire serait d'imposer tout cela à cette pauvre enfant. J'ai gardé mes distances et j'ai géré ce qu'il y avait à gérer. Je suis sûre qu'elle comprend.

— Elle a cinq ans. Je ne suis pas sûr qu'elle saisisse toutes les subtilités de la gestion des finances ou d'une maison en période de crise. Tout ce qu'elle comprend, ce sont les actes et l'attitude des gens envers elle.

— Eh bien, elle comprendra certainement un jour, car je me démène dans son intérêt – pour tout ce qui lui revient de droit.

Kit crut sentir Morgan frissonner à ces mots. Ou peut-être était-ce elle.

C'est à cet instant qu'une luxueuse berline arriva au pas devant la maison et ralentit tranquillement dans le virage, jusqu'à ce que le ronronnement du moteur cesse complètement.

— Ah, bien. Votre chauffeur est arrivé, constata Morgan.

— Et ma visite à ma petite-fille ?

— Elle s'appelle Lilly. Et elle a autre chose de prévu aujourd'hui.

— Certainement rien de plus important que l'occasion de passer du temps avec sa grand-mère.

— Certainement pas, vu que c'est précisément ce qu'elle est en train de faire, répliqua Morgan en esquissant un sourire.

Olivia mit un certain temps à comprendre. Malgré sa froideur et son apparente insensibilité, elle eut une réaction viscérale en apprenant que la chair de sa chair passait de bons moments avec « l'autre » grand-mère, celle dont elle avait tenté de se débarrasser, celle qui ne s'était pas montrée à la hauteur des exigences des Westlake.

Oui, ça doit faire mal, songea Kit.

L'expression d'Olivia, déjà guère avenante, devint parfaitement glaciale.

— Je vois.

Elle descendit du porche et marcha vers Kit et Morgan qui se tenaient toujours dans l'allée, devant le crossover.

Kit dut se faire violence pour ne pas se cacher derrière Morgan à l'approche de sa mère.

Cette dernière s'arrêta juste devant eux.

— Vu que tu n'as pas daigné faire les présentations, j'imagine que c'est là une fille sans importance dont tu as déjà oublié le prénom.

Ignorant Kit, Olivia ajouta :

— Sache toutefois que si c'est comme ça que tu comptes te conduire, je vais demander à nos avocats de réviser l'accord qu'Asher a eu le malheur de passer avec toi concernant la garde de ma petite-fille. Je ne permettrai pas qu'une ribambelle de filles aux mœurs douteuses défile dans sa vie.

Morgan glissa sa main dans celle de Kit et la serra fort.

— Mère, voici Kit Bellamy. Je ne vous l'ai pas présentée, parce que, franchement, vu la teneur de notre conversation, j'ai honte.

— Bien, c'est ce que je pensais.

Puis Olivia sembla comprendre ce qu'il insinuait.

— Honte ? De moi ? s'offusqua-t-elle avec une mine horrifiée.

Ce dernier mot sortit de sa bouche comme un projectile.

Elle marqua une pause et regarda Kit dans les yeux.

— Attendez. Vous n'êtes tout de même pas de la famille Bellamy, à qui…

— À qui votre prestigieux cabinet d'avocats, avec l'aide de mon beau-frère tout aussi fortuné, s'est attaqué pour démanteler une entreprise familiale qui existait depuis des générations et ruiner d'innombrables vies ? Grâce aux nombreuses heures grassement payées que vos avocats suffisants et arrogants y ont consacré ? Oui, c'est bien moi, lança Kit, avant même de réaliser ce qu'elle disait.

Olivia risqua un regard étonné vers Morgan, considérant visiblement que Kit n'était pas digne de recevoir une réponse.

— Tu étais au courant ? Tu savais qu'elle venait d'Atlanta ? Certainement pas, sinon, tu ne te serais jamais encanaillé avec elle.

Elle se tourna ensuite vers Kit :

— Si vous l'avez suivi jusqu'ici dans l'espoir d'assouvir votre vengeance pour un procès qui n'est que le fruit de votre négligence, et si vous espérez arriver à entrer dans cette famille en séduisant mon fils, pour accaparer sa fortune, comme votre sœur l'a fait avec les Carruthers, alors…

Morgan s'interposa entre les deux femmes, le visage à quelques centimètres de celui de sa mère. Quand il prit la parole, sa voix était calme, mais on y décelait une résolution d'acier qui fit frissonner Kit.

—Je vous conseille de faire très, très attention à ce que vous allez dire.

—C'est une menace? demanda Olivia. Elle t'a déjà tellement tourné la tête que…

—Elle ne court pas après ma fortune. Je suis le premier à m'en ficher. Et vous savez mieux que quiconque que je n'en ai jamais touché un seul centime. Pour ce qui est de Kit, j'ai dû travailler dur pour la convaincre de passer sa journée avec moi. Crois-moi, être un Westlake, ce n'était pas franchement un argument de vente.

L'expression du visage d'Olivia laissait clairement voir que cela dépassait son entendement.

—Alors elle est encore plus sotte que je ne le pensais. Tout comme toi, d'ailleurs. Si tu crois que…

—Je ne crois rien du tout, la coupa Morgan assez calmement. Ce que je sais, en revanche, c'est que je l'aime. Beaucoup. Et si j'ai assez de chance pour la convaincre de m'épouser, elle fera de moi et de Lilly les gens les plus heureux sur cette Terre. Il ne me reste plus qu'à espérer que vous n'ayez pas déjà anéanti toutes mes chances.

—Si tu crois que je vais laisser cette… femme, cracha-t-elle, élever ma petite…

Morgan lâcha la main de Kit et agrippa fermement les épaules de sa mère. Puis il la guida en bas de l'allée, vers la berline qui l'attendait.

—Grands dieux… Je rêve! Lâche-moi immédiatement! Comment oses-tu…

— Non, dit Morgan, contenant mal son exaspération.

Thomas sortit de la voiture et se pressa d'ouvrir la portière arrière, ne sachant quelle attitude adopter face à cette scène étonnante.

Kit se tenait toujours debout, immobile, dans l'allée, essayant de digérer les paroles de Morgan. Il l'aimait ? Voulait l'épouser ? Tout ça clamé haut et fort devant elle ? Quel choc !

Les paroles de Morgan – ou du moins l'inébranlable volonté dont elles témoignaient – lui firent baisser les yeux.

— Mère, je veux que vous fassiez partie de la vie de Lilly et elle de la vôtre. Mais si jamais vous décidez de débarquer sans crier gare une nouvelle fois, pour donner des ordres et commander votre petit monde, je risque de douter sérieusement du caractère bénéfique de vos retrouvailles avec Lilly. Si jamais vous vous adressez encore de cette façon à Kit, j'en déduirai que vous n'êtes pas prête à entretenir de bonnes relations avec nous.

— Tu… me fais chanter ? Thomas, entendez-vous ça ? Il est témoin, dit-elle à Morgan. Comment oses-tu… ?

— Non, répéta Morgan en se penchant sur elle.

Kit et Thomas durent tendre l'oreille pour entendre la suite.

— Comment osez-vous… Comment… osez-vous… Vous régnez peut-être sur votre monde, mais pas sur le mien. Vous ne régissez pas la vie de Lilly.

Et vous n'aurez assurément jamais à remettre votre nez dans les affaires de Kit. Je vous le répète : je tiens à ce que vous passiez du temps avec Lilly. Bon sang, je serais déjà heureux si vous l'appeliez par son prénom. Mais, pour l'instant, nous nous concentrons sur notre installation ici, et vous seriez gentille de ne pas vous en mêler. Alors... voici ma réponse à votre invitation. Je crains que nous ne puissions nous joindre à vous.

Puis Morgan sembla retrouver un semblant de calme et recula de quelques pas, guidant Olivia vers Thomas, qui la prit par le bras.

— Mais j'espère sincèrement que nous trouverons un moyen de passer du temps ensemble, simplement entre nous. Juste en famille. Pas de grande réception, d'obligations, d'invités, d'histoires de gros sous. Un simple repas, une conversation, et de vrais moments de partage familial. C'est ce que j'ai toujours désiré. Si c'est ce que vous recherchez, alors, appelez-moi. Appelez-nous. Nous serions très heureux de vivre ça.

Olivia ouvrit la bouche, puis la referma, apparemment incapable de savoir si c'était là une autre forme d'attaque à son encontre... ou s'il pouvait vraiment être aussi sincère et honnête qu'il en avait l'air.

— Je suis désolé, dit Morgan. Pour aujourd'hui. J'aurais aimé qu'il en aille autrement. J'aurais aimé que nous soyons différents. Mais je ne vois simplement pas comment gérer la situation autrement. Si ça ne tenait qu'à moi, je m'en irais tout bonnement. Mais, maintenant que j'ai ma propre famille et tant que vous me pousserez dans mes retranchements, c'est ce que je ferai. J'aurais préféré ne pas en arriver là. Surtout quand les choses pourraient être si simples, tellement plus agréables.

Kit se réjouit de voir Olivia encaisser les propos de Morgan qui lui venaient du fond du cœur. Pendant une fraction de seconde, elle eut l'impression qu'Olivia hésitait, et crut déceler en elle une compréhension véritable, même un désir de tendre la main vers son fils comme il le lui avait demandé. Entre membres d'une même famille. D'une mère… à son fils.

Mais au moment où Kit se posait ces questions, l'expression dénuée d'humanité du visage d'Olivia se figea jusqu'à ressembler à une froide figurine de cire.

— Je prendrai contact avec ton avocat pour parler de mon droit de visite, rétorqua-t-elle d'une voix cassante. Si tu veux jouer ce jeu-là, tu vas vraiment le regretter. Tu n'es peut-être pas fier de ton nom, mais ma petite-fille le sera, elle. J'y veillerai personnellement.

Sur ces paroles, elle lui tourna le dos, et Thomas l'aida prestement à s'installer dans la voiture.

Kit tourna immédiatement les yeux vers Morgan, bouleversée pour lui. Mais il n'était manifestement pas étonné de la réaction de sa mère et ne semblait pas retourné.

Kit descendit l'allée, se dirigeant droit sur lui tandis qu'il agitait la main.

— Et joyeux Noël à vous aussi, très chère mère.

Chapitre 23

Une fois la voiture hors de vue, Morgan se tourna vers Kit.

— Je suis vraiment désolé que tu aies dû assister à ça.

— Inutile de t'excuser, répondit Kit. Moi, je suis vraiment désolée que ta mère soit… eh bien, comme ça. Tu me l'avais expliqué, mais il fallait le voir pour le croire. Il me semble que c'est ce genre de comportement, même si c'est à un autre niveau, que j'ai pu observer chez ma propre sœur. Comme Trixie, tout laisse à penser que ta mère est faite d'un autre bois que les autres. Pendant un instant, j'ai pensé qu'elle céderait et laisserait libre cours à de véritables sentiments. Peut-être qu'elle ne supporte pas de se montrer vulnérable, ou qu'elle ne ressent pas les choses de la même façon que les autres. Je suis absolument… désolée. Pour toi. Et pour Lilly.

Elle prit ses mains, les posa sur sa taille et se pressa contre lui pour qu'il la serre dans ses bras.

Morgan n'avait pas été affecté par sa mère ou ses menaces… mais il était terrifié à l'idée que sa visite surprise ne lui enlève la meilleure chose qui lui soit jamais arrivée.

— Kit…

Il n'arrivait pas à mettre des mots sur les sentiments que lui inspirait son soutien.

Il l'attira vers lui et l'enlaça, prenant conscience seulement à cet instant à quel point cette confrontation avec Olivia l'avait énervé. Une fois Kit dans ses bras, il s'apaisa peu à peu. Peut-être était-ce à cause de ses sentiments profonds pour Kit qu'Olivia était parvenue à l'exaspérer. Finalement, il avait un point faible.

Il souleva le menton de Kit.

— Qu'est-ce que j'ai fait pour avoir tant de chance ?

Kit lui adressa un sourire, et le cœur de Morgan retrouva son rythme calme et régulier, réconforté par cette vision.

— Eh bien, dit-elle en remuant les sourcils, qu'entends-tu par chance, exactement ?

Il éclata de rire, puis souleva Kit et la fit tournoyer. Elle poussa un long cri perçant. Il la fit tournoyer encore, puis la porta sur son dos jusqu'à la porte d'entrée de sa maison.

— Eh bien, tu sais que je suis du genre à…

— … agir plutôt que parler, termina-t-elle.

Puis elle se pencha vers lui pour lui mordiller le lobe de l'oreille, avant d'ajouter :

— J'y compte bien.

Il la porta à l'intérieur de la maison et la mena droit à la chambre.

— Voilà, c'est la maison, nous ferons la visite une autre fois, dit-il, tandis qu'il s'engouffrait dans la pièce.

Il referma la porte d'un coup de talon et se tourna pour que Kit puisse atterrir sur le lit. Puis il s'affala à côté d'elle, l'attirant vers lui encore un peu plus, comme s'il ne supportait pas d'être séparé d'elle, même de quelques centimètres.

— Alors, qu'est-ce qu'on a au menu ? dit-elle, tendant la main vers les boutons de sa chemise. Je crois qu'il est temps de se mettre en appétit pour ce fameux pique-nique.

— Oh, moi, j'ai déjà faim, lança-t-il, mais il posa ses mains sur celles de Kit et les écarta.

Kit et lui devaient parler de cette visite de sa mère, sans quoi il redouterait toujours que cet événement ne ressurgisse plus tard.

— Je suis vraiment désolé.

— Tu n'avais pas plus de pouvoir là-dessus que moi. Ça a dû te faire un choc, c'est sûr. Mais… tu t'en es bien sorti.

— Je ne suis pas très fier de la façon dont je m'y suis pris, mais…

Kit posa un doigt sur les lèvres de Morgan.

— Tu sais, j'ai tout vu… Tu as fait ce que tu avais à faire, tu as parlé le seul langage que ta mère était susceptible de comprendre. Et, malgré les piques que tu lui as envoyées au début, tu t'es largement rattrapé en lui parlant du fond du cœur à la fin.

— Je le pensais vraiment. J'aimerais tellement que nous formions une famille avant d'être une entreprise... ou même pas une entreprise du tout.

La jeune femme caressa la joue de Morgan.

— Je sais bien. Et je suis désolée que ta mère ne semble pas de ton avis. Ainsi, elle se prive des deux personnes les plus extraordinaires que j'aie eu la chance de rencontrer.

Il tourna la tête, posa un baiser sur la main de Kit qu'il mit sur son cœur.

— C'est là que sont tous mes sentiments pour toi. C'est avec ça que je te connais vraiment, dit-il en serrant la main de Kit contre son cœur palpitant. Je voudrais que tu me connaisses de cette même façon.

— C'est peut-être déjà le cas, dit-elle en cherchant son regard. Tu pensais vraiment tout ce que tu as dit dehors ?

Il essaya de se remémorer ses propres paroles. Sa mère l'avait fait sortir de ses gonds, comme toujours, et il avait répondu tout ce qui pouvait lui passer par la tête. Puis il comprit à quoi Kit faisait allusion.

— Oh. Tu veux parler de...

Kit parla tout bas.

— D'habitude, j'aime me débrouiller seule. Comme ça, je sais que j'en suis capable. Ne compter que sur moi-même, ça m'a toujours semblé essentiel, surtout depuis que mes parents sont décédés. Mais cette dernière année... j'ai été bouleversée. Non seulement je n'ai pas réussi à prendre soin de moi, mais en plus j'ai négligé ceux qui dépendaient de moi.

Elle posa un doigt sur les lèvres de Morgan quand elle vit qu'il tentait de la réconforter.

Elle continua à chercher son regard. Il n'y avait, dans les yeux de Kit, nulle trace de crainte ou d'inquiétude. Aucun doute.

— Ça, c'était avant que je te rencontre… et que tu me pousses à dépasser mes limites, même si je suis totalement terrifiée. Tu m'as encouragée à m'accrocher à ce à quoi je tenais et à ne pas m'entêter bêtement à faire cavalier seul… Grâce à toi, j'ai réalisé que l'indépendance n'était pas vraiment un signe de force. C'est plutôt un signe de vulnérabilité, la preuve qu'on n'a pas – ou pas assez – confiance en ceux qui nous entourent pour entreprendre les choses en équipe. Peut-être que si j'avais privilégié cet état d'esprit avec *Mamie Sue*, j'aurais pu anticiper ce qui allait nous arriver.

Ses lèvres s'étirèrent lentement en un sourire.

— Je ne vais pas te mentir. Ta mère me fiche une trouille bleue.

Elle posa ses mains sur les joues de Morgan, puis ajouta :

— Mais je n'ai pas à y faire face toute seule. Et désormais… toi non plus. Je ne veux pas d'une vie en solitaire. Je ne tiens même pas à prouver que j'en suis capable. Je n'ai rien à prouver. Je veux passer ma vie avec toi. Et avec Lilly. Et que nous nous serrions les coudes. Que nous prenions soin les uns des autres, que tu me laisses prendre soin de toi, et vice versa.

Son sourire s'intensifia et la détermination se lut dans ses grands yeux verts.

— Donc… ma question, c'était : est-ce que tu pensais vraiment ce que tu as dit dehors ? Ou est-ce que tu essayais seulement de provoquer ta mère en clamant haut et fort ton amour pour une de ces maudites Bellamy ?

Morgan réprima un éclat de rire, mais son cœur battait si fort qu'il dut se concentrer pour être sûr d'avoir bien entendu ce qu'elle avait dit, et non pas ce qu'il espérait désespérément entendre.

— Si tu me demandes si je t'aime, dit-il en posant ses mains sur les joues de Kit, la réponse est oui. Je t'aime, Katherine Mary Margaret Bellamy. Et oui aussi pour le reste. J'ai bien l'intention de t'épouser, si tu veux de moi. Enfin, de moi et de la plus charmante des fillettes.

Kit afficha un large sourire sans le quitter des yeux.

— Comment connais-tu mon nom complet ?

— J'ai lu quelques articles sur toi, tu te rappelles ? En plus, il faut que tu saches, sans l'ombre d'un doute, que je sais exactement à qui je fais ma demande en mariage.

— Alors… Tu y avais déjà pensé…

— Eh bien, même dans mes rêves les plus fous, je ne peux pas dire que ma mère était censée faire partie du décor… Donc, ce n'est pas exactement ce que j'avais prévu. Mais si tu penses à dire oui à un moment ou un autre… quand tu seras sûre que c'est le bon choix, je serai ravi de réitérer ma demande dans un cadre plus romantique…

Elle attira son visage à elle pour l'embrasser. Elle le fit rouler sur le dos et l'enfourcha sans lâcher ses lèvres… jusqu'à ce qu'ils doivent reprendre leur souffle.

Morgan cligna des yeux une fois, puis une autre.

— Euh… Est-ce que je dois prendre ça pour un oui ?

— Ça dépend.

Il écarquilla les yeux tout en riant.

— De quoi ?

— Tu crois que Lilly devrait avoir des petits frères et sœurs – enfin des cousins, je ne sais pas comment appeler ça – à un moment ou un autre ? Pas tout de suite, mais…

Il la fit descendre sur le lit et lui donna un baiser intense et profond.

Elle laissa échapper un profond soupir quand il la laissa reprendre son souffle.

— Bon, d'accord… On va dire que c'est une affaire qui roule. Et qu'est-ce que tu dirais d'adopter un bon gros toutou ? J'ai toujours, toujours voulu en avoir un. Mais je peux aussi prétendre que c'est pour le bonheur de Lilly, vu que tous les enfants adorent les animaux, si ça peut mettre plus de chances de mon côté.

— Tu ne serais pas en train d'essayer de me faire fuir ?

— Eh bien, je viens de survivre à une rencontre avec ta mère – ce qui est sans doute la chose la plus effrayante que tu aies pu me cacher. J'essaie juste de voir comment tu réagis quand il est question de ce dont j'ai envie. J'ai bien le droit, non ?

Morgan la fit s'allonger sur le dos et lui adressa un grand sourire tout en plongeant son regard dans les grands yeux rieurs de Kit. Et il espérait pouvoir encore en profiter un bon moment.

— Oh, oui, tu as tous les droits.

Il commença à baisser la tête, mais elle l'arrêta.

— Alors, ce chien ? demanda-t-elle. Tu es prié de ne pas esquiver les questions !

— D'accord pour le chien, répondit-il. Et pour un chat, une gerbille, un poisson rouge, une tortue de mer. J'aurais une petite réticence pour les serpents.

— Ça me va. Je ne suis pas fan non plus.

Elle fit comme si elle cherchait d'autres questions.

— Eh bien, je crois qu'on a fait le tour de tous mes secrets honteux.

Il ébaucha lentement un sourire des plus suggestifs.

— Oh… Je n'en suis pas si sûr.

Il descendit doucement le long du corps de Kit, savourant les moindres détails de ses… secrets.

— Oui, dit-elle dans un long soupir d'aise tandis qu'elle se cambrait sous lui. Oui, j'accepte.

Elle passa ses doigts dans les cheveux de Morgan, le guidant vers l'endroit où elle le désirait le plus.

— Et dire que j'avais imaginé que les pâtisseries suffiraient à mon bonheur.

Elle se cambra davantage et poussa un gémissement lorsque Morgan entra en contact avec son secret le plus intime.

Elle le fit remonter vers elle, refusant qu'il s'attarde et il s'exécuta joyeusement. Elle enroula ses jambes autour de la taille de Morgan et il la pénétra lentement d'un coup de reins, la soulevant pour se perdre au plus profond d'elle.

— Bien, gémit-il, alors qu'ils commençaient à se mouvoir à leur rythme. C'est... c'est vraiment..., commença-t-il.

— Trooop bon, terminèrent-ils en chœur, tout en éclatant de rire tandis qu'ils s'acheminaient vers le septième ciel dans un long soupir frémissant.

Épilogue

— Celui-ci est de la part de Dree.

Morgan tendit le cadeau à l'emballage coloré à Lilly, qui était assise près du sapin de Noël – son sapin « préféré de tous les temps », comme elle l'avait fait remarquer –, enfouie sous une montagne de papiers cadeau déchirés, de rubans, de cartes, de boîtes vides et d'accessoires de dessin et d'objets sur le thème des tortues de mer qui devraient suffire à l'occuper au moins jusqu'au nouvel an.

Elle déchira l'emballage, puis eut un hoquet de surprise en découvrant son tablier miniature. Elle le déplia et l'admira longuement.

— Mlle Dree a peint tout l'océan. Regardez ! C'est Patpalme ! Et Donatello !

Assise entre les jambes étendues de Morgan, Kit se pencha sur l'épaule de Lilly.

— Il y a toutes sortes de créatures des mers aussi. Des baleines, des poissons… Regarde.

Elle désignait du doigt chaque animal. C'était une œuvre d'art splendide. Kit secoua la tête, éblouie par tant de talent.

Lilly leva les yeux vers Kit par-dessus son épaule.

— J'ai le droit de le porter seulement pour cuisiner ? Est-ce que je pourrai le mettre aussi pour faire la peinture que Mamie m'a offerte ?

— Je crois qu'il ferait un très joli tablier d'artiste.

— Mlle Dree ne m'en voudra pas si je peins avec ?

— Eh bien, dit Morgan en se penchant, les entourant toutes les deux de ses jambes et de ses bras, vu que Dree adore l'art autant que la pâtisserie, je crois qu'elle en sera très heureuse.

Lilly se releva pour essayer le tablier, écrasant à moitié Kit et Morgan au passage. Morgan saisit cette occasion pour se pencher et embrasser Kit, puis il posa un autre baiser dans son cou.

— Beurk, lança Lilly avec un large sourire. Des bisous…

C'était devenu un jeu. Lilly savait parfaitement ce qui se passait quand elle disait ça.

Morgan joua son rôle.

— Beurk ? Des bisous ? répéta-t-il dans un sourire.

Il rampa jusqu'à la porte du salon, faisant fuir Lilly en criant au bout du couloir, pour échapper au monstre à bisous qui la poursuivait.

Kit entendit résonner les rires et les cris de Lilly tandis que le monstre à bisous fondait sur sa proie pour la réduire au silence à l'aide de toutes les preuves d'amour que la pauvre « victime » pourrait supporter.

Ils revinrent au salon, Lilly perchée sur le dos de Morgan. Il la déposa sur les genoux de Kit qui les attendait. Puis ils se penchèrent tous deux pour s'embrasser de nouveau, ce qui déclencha une autre crise de rire.

— Alors…, fit remarquer Morgan une fois qu'ils eurent repris leur souffle et enlevé tous les bouts de papier cadeau et les rubans qui parsemaient leurs cheveux. Il reste un cadeau.

— Vraiment ? demanda Lilly, les yeux écarquillés.

— Oui, c'est un cadeau pour Kit.

Ce fut au tour de Kit d'écarquiller les yeux.

— Vraiment ?

Morgan ébaucha un sourire.

— Je voulais attendre ton anniversaire, mais disons que j'ai eu une occasion un peu plus tôt que prévu, donc je n'ai pas pu résister.

Kit n'avait pas l'air de comprendre.

— Mais d'abord il faut qu'on ramasse tout ce bazar. Pour faire de la place.

Kit et Lilly ne savaient pas quoi dire.

— Allez, dit-il. Je vais chercher le sac-poubelle.

Kit et Lilly échangèrent un regard et un sourire, puis la jeune femme haussa les épaules.

— Allez, tu as entendu ?

Elles parcoururent le sol à quatre pattes pour récupérer tout le papier qui traînait, en faire des boules qu'elles lancèrent dans le sac que Morgan tenait ouvert devant elles. Kit empila les boîtes vides, tâchant de mettre un peu d'ordre dans l'avalanche de cadeaux de Lilly. Entre ceux de Kit et Morgan et ceux des sauveurs de tortues, ils en avaient peut-être fait un peu trop. Mais c'était Noël après tout.

Elle se retourna une fois qu'elle eut terminé de tout ranger, pour découvrir Morgan et Lilly en plein conciliabule près de la table de la cuisine. Quelle que soit la teneur des propos de Morgan, Lilly buvait ses paroles, puis elle hocha la tête et se mit à bondir de joie.

— Chut, dit Morgan en posant ses doigts sur les lèvres de Lilly. C'est une surprise.

Lilly se tourna vers Kit, les deux mains posées sur sa bouche, mais les yeux grands comme des soucoupes.

— Qu'est-ce que vous avez bien pu inventer, tous les deux ? demanda Kit, complètement déconcertée.

— Attends-nous ici, demanda Morgan en se levant, Lilly dans les bras. Viens, il faut que tu m'aides à terminer l'emballage du cadeau, d'accord ?

— D'accord, d'accord ! acquiesça Lilly qui sautait de joie dans ses bras.

Kit fut tentée de les suivre tandis qu'ils se dirigeaient vers le garage, mais elle se ravisa. Ils étaient très enthousiastes et elle ne voulait pas ruiner sa surprise.

Elle profita de cet instant pour remonter ses genoux sous son menton, les entourer de ses bras et assimiler tout ce qui l'entourait. Ce dernier mois avait été incroyable. Trooop bien, pensa-t-elle un sourire aux lèvres. Et même mieux que ça.

Kit s'était demandé comment Lilly prendrait son arrivée dans leurs vies à Morgan et à elle, mais tout s'était passé conformément aux prévisions de Morgan.

Lilly était plus choyée que jamais, et tout le monde s'en réjouissait. Cela n'avait été ni gênant ni difficile, mais d'une spontanéité déconcertante, comme tout le reste.

Soudain, Kit entendit de grands bruits en provenance du garage. Elle se releva immédiatement.

— Tout va bien ?

Lilly arriva dans la pièce comme une flèche et se jeta au cou de Kit, qui attrapa la petite boule d'énergie pour la poser sur ses genoux.

— Qu'est-ce qu'il y a ?

— Ferme les yeux.

Lilly avait déjà fermé les siens, même si elle connaissait la cause de ce vacarme.

— C'est Moggy qui l'a dit, couina la fillette, excitée comme une puce.

Elle ne tenait pas en place sur les genoux de Kit qui éclata de rire et ferma les yeux.

— Bon, voilà, ils sont fermés.

— Ils sont fermés ! hurla Lilly d'une voix stridente, manquant de crever les tympans de Kit.

Elle aurait pu jurer que le sol s'était mis à trembler légèrement, ou alors qu'un éclair venait de s'abattre sur le plancher.

— D'accord, dit Morgan. Tu peux ouvrir les yeux. Joyeux Noël, Kit.

Elle ouvrit les yeux… et manqua de tomber à la renverse.

— Oh. Mon. Dieu ! Qu'est-ce que c'est ? Un poney ?

Lilly s'élança vers le gigantesque chiot qui se tortillait dans les bras de Morgan. Ce dernier lança un regard à Kit et haussa les épaules d'un air penaud.

— Riley a emmené Brutus à une sorte de rendez-vous de jeux pour chiens à Tybee, parce qu'elle avait entendu dire qu'un mastiff y allait aussi. Elle s'est dit que ce serait amusant que Brutus se fasse un ami de sa taille. L'amie en question était pleine. On ignore de quelle race de chien est le père, mais j'imagine que ce n'était pas un petit modèle.

— Ça… va être un Brutus ? demanda Kit en papillotant des paupières.

— Eh bien, je ne sais pas si elle appréciera que tu l'appelles comme ça…

Le cœur de Kit se serra.

— C'est une petite chienne ?

Morgan acquiesça tandis que Lilly tirait déjà sur le bras de Kit.

— Viens, dit Lilly. Viens lui faire des caresses. Elle adore ça. J'ai mis un nœud à son collier.

Kit et Lilly s'approchèrent de la grosse boule de poils qui remuait la queue. Elle était d'un gris velouté et avait un pelage incroyablement soyeux.

— Mon Dieu, Morgan, ses pattes sont déjà grosses comme des balles de base-ball !

— Comment elle s'appelle ? s'enquit Lilly qui était déjà en train de serrer la chienne contre elle.

Apparemment, son côté un peu maniaque se volatilisait dès qu'il était question de chiens.

— Au départ, j'avais prévu de prendre un chien à la fourrière, expliqua Morgan. Mais les petits de l'amie de Brutus sont nés et Riley m'a montré des photos en me disant qu'elle voulait les aider à trouver un foyer et… Eh bien…

La petite chienne se libéra et sauta sur les genoux de Kit, la tirant de son hébétude. Elle éclata de rire quand la chienne, après l'avoir fait tomber à la renverse, entreprit de lui lécher minutieusement le visage.

— Il va falloir qu'on te trouve un nom, déclara Kit, parvenant enfin à saisir la tête de la chienne entre ses mains. Regardez-moi ça. Trop mimi.

Elle leva les yeux vers Morgan.

— Je l'adore. Et je t'adore.

La petite chienne bondit pour aller faire des léchouilles à Lilly.

— Et elle t'aime aussi ! ajouta Kit en riant.

Morgan se joignit à ce joyeux bazar mêlant chien, femme et enfant.

Kit finit par arriver assez près de Morgan pour lui déposer un grand baiser humide sur la joue.

— Tu as pensé à prendre une bouée de sauvetage ?

— Tu as peur qu'on se noie dans la bave de chien ?

— Non… Je voulais dire, pour moi.

— Pourquoi ça ?

Il l'attira vers lui tandis que Lilly et la petite chienne couraient partout dans le salon, avec des cris et des aboiements de joie.

Kit écarta quelques mèches de son front et attira Morgan plus près d'elle.

— Parce que, maintenant que j'ai sauté dans le grand bassin, j'ai bien l'impression que je n'en sortirai jamais. J'ai besoin que tu continues de m'aider à surnager, d'accord ?

— Tu peux compter sur moi.

Elle lui donna un baiser mêlé d'éclats de rire.

Note de l'auteur

Les centres de recherche cités dans ce livre sont fictifs, mais des centres de recherche tout à fait similaires existent bel et bien sur les îles-barrières de la Géorgie et sur le littoral, de la Virginie jusqu'à l'archipel des Keys, en Floride. Le triste sort des tortues de mer est tout ce qu'il y a de plus réel et constitue un enjeu majeur de notre monde.

Si vous voulez en savoir plus sur ces incroyables créatures (trooop belles !), si vous voulez participer d'une façon ou d'une autre, ou peut-être même « adopter » une tortue de mer, voici un bon point de départ : le Georgia Sea Turtle Center, centre de recherche et de sauvetage de tortues de mer situé sur l'île de Jekyll en Géorgie. N'hésitez pas à jeter un coup d'œil à leur superbe site Internet pour en savoir plus sur leur organisation :
www.georgiaseaturtlecenter.org.

Cupcakes à la patate douce façon Alva

Ingrédients :
300 g de farine
1 cuillère à café et demie de levure chimique
1 demi-cuillère à café de sel
1 quart de cuillère à café de bicarbonate de soude
1 demi-cuillère à café de cannelle en poudre
1 quart de cuillère à café de gingembre en poudre
1 pincée de noix de muscade en poudre
1 pincée de clous de girofle en poudre
160 ml de babeurre
120 g de purée de patate douce
1 cuillère à café d'extrait de vanille
113 g de beurre doux
135 g de sucre roux
2 œufs

Préchauffez votre four à 180 degrés. Placez 18 caissettes en papier dans votre moule à muffins. (Oui, je sais, 18, ce n'est pas très pratique, mais c'est le prétexte idéal pour tester ce nouveau moule à 6 muffins en silicone que vous avez reçu pour Noël !

Ça fonctionne aussi avec eux… mais les cupcakes seront plus denses.)

1. Dans un grand bol, mélangez la farine, la levure chimique, le sel, le bicarbonate de soude et les épices. Mettez de côté.
2. Dans un verre doseur, mélangez le babeurre, la vanille et la purée de patate douce. Mettez de côté.
3. Dans un grand saladier, faites monter le beurre et le sucre roux jusqu'à ce la préparation prenne un aspect mousseux.
4. Ajoutez les œufs un par un, en mélangeant bien à chaque fois. Prenez soin de ne rien laisser sur les rebords du saladier.
5. En trois fois, ajoutez successivement un peu du mélange de farine et de celui de babeurre/purée. Ne mélangez qu'une fois que tout est incorporé (ou plutôt… assimilé. Comme les Borgs de *Star Trek*.) Ne mélangez pas trop vigoureusement, sinon, cela risque d'activer le gluten contenu dans la farine. (Et le seul gluten que j'ai envie d'activer, c'est celui sur lequel je suis assise à longueur de journée quand j'écris.)
6. À l'aide d'une cuillère à glace, remplissez chaque moule à muffins jusqu'aux deux tiers à peu près. (Vous avez déjà réussi, vous ? Non ? Moi non plus. La cuisine ne se réduit pas à une simple formule mathématique. Je préfère improviser. J'imagine que la brigade de vérification des dimensions des cupcakes ne risque pas de frapper à ma porte. Alors peu importe s'ils ont des tailles différentes !)

7. Enfournez pendant 20 à 25 minutes, jusqu'à ce que vous puissiez piquer un cure-dent au centre de votre cupcake sans que la pâte attache. Profitez de la délicieuse odeur qui se répand dans votre cuisine en ce moment même !

Glaçage au fromage frais

Ingrédients :
100 g de beurre en deux blocs (50 g chacun)
220 g de fromage frais à tartiner à température ambiante
1 cuillère à café de vanille
300 g de sucre en poudre
1 à 3 cuillères à soupe de lait (facultatif)

1. Dans une petite casserole, faites fondre à feu doux 50 g de beurre jusqu'à ce qu'il brunisse. (Si vous lisez mon blog sur les cupcakes, vous savez qu'à chaque fois que j'allume ma cuisinière et que je prévois de faire fondre quelque chose, j'ai mon portable à portée de main pour appeler mon ambulancier. Il est mignon comme tout, ce qui m'encourage à tester des recettes toujours un peu plus audacieuses. Ne vous moquez pas. Il est important de s'ouvrir à de nouveaux horizons.)
2. Dans un bol, coupez l'autre bloc de beurre en petits dés. Versez le beurre bruni sur eux et mélangez jusqu'à ce que tout soit fondu.

3. Dans un saladier, battez le beurre, le fromage frais, la vanille et le sucre jusqu'à l'obtention d'une texture homogène et crémeuse.
4. Ajoutez 1 à 3 cuillères à soupe de lait entier, seulement si vous avez besoin d'affiner un peu la texture. (Saviez-vous que le lait écrémé ou allégé pouvait ruiner toute la saveur de votre sucre glace ? Prenez du lait entier. Soyons honnêtes, il y a déjà quasiment une plaquette de beurre là-dedans. On ne va pas chipoter sur le lait, pas vrai ?)

Pour 4 portions

Tarte aux cacahouètes de Mamie Sue

Pour cette recette, vous aurez besoin de 180 g de cacahouètes décortiquées, grillées et partiellement écrasées. Vous pouvez utiliser des cacahouètes déjà grillées, mais vous savez que Mamie Sue s'en serait chargée elle-même. Si vous voulez essayer, suivez les instructions suivantes.

Préparation des cacahouètes

Préchauffez votre four à 180 °C.

1. Disposez les 180 g de cacahouètes en une seule couche sur une plaque de four.
2. Si les cacahouètes sont en coque, faites cuire pendant 20 à 25 minutes.
3. Si les cacahouètes sont décortiquées, faites cuire pendant 15 à 20 minutes.
4. Remuez une fois ou deux pendant la cuisson.
5. Laissez-les chauffer jusqu'à ce qu'elles soient presque cuites. Attention ! Les cacahouètes continuent de cuire quand on les retire du four.

6. Faites-les complètement refroidir avant de les décortiquer et de les utiliser dans le reste de la recette.
7. Écrasez les cacahouètes en gros morceaux, en laissant quelques moitiés intactes. Mettez-en à peu près 60 g dans un sac fermé (les sacs de congélation sont bien pour ça). Écrasez le sac à l'aide d'un rouleau à pâtisserie. Faites de même avec les cacahouètes restantes.

Pâte à tarte

Faites votre propre pâte à tarte. Bien sûr, vous pouvez en acheter une toute faite. Mais vous pensez vraiment que Mamie Sue approuverait ? Essayez comme ça.

Ingrédients :
150 g de farine
1 quart de cuillère à café de sel
80 g de beurre
4 à 5 cuillères à soupe d'eau froide

1. Mélangez la farine et le sel.
2. À l'aide d'un mélangeur à pâtisserie, coupez le beurre en tout petits morceaux.
3. Versez une cuillère à soupe d'eau sur votre mélange ; en remuant doucement à l'aide d'une fourchette jusqu'à ce que celui-ci soit bien humide. Retournez cette pâte et recommencez, une cuillère à soupe d'eau à la fois, jusqu'à humecter le tout.

4. Travaillez la pâte humide pour qu'elle forme une boule entre vos mains.
5. Placez la boule sur une surface légèrement recouverte de farine et aplatissez-la à l'aide de vos mains, puis utilisez un rouleau à pâtisserie pour étaler la pâte en partant du centre pour arriver sur les bords et former un cercle d'environ 30 centimètres de diamètre.
6. Enroulez la pâte autour du rouleau puis déroulez-la dans votre plat à tarte. Appuyez doucement sur la pâte pour qu'elle colle au plat sans trop l'étirer.
7. Disposez la pâte de telle sorte qu'elle dépasse des rebords du moule d'environ 1 cm. Enroulez le surplus de pâte sur lui-même et donnez-lui forme avec vos doigts.

Garniture de la tarte

Ingrédients :
3 œufs
100 g de sucre semoule
360 ml de sirop de glucose foncé
60 g de beurre fondu
1 quart de cuillère à café de sel (Si vous utilisez déjà des cacahouètes décortiquées et salées, supprimez le sel de la recette.)
1 demi-cuillère à café de vanille
180 g de cacahouètes décortiquées et grillées

Pâte à tarte de 22 centimètres de diamètre – utilisez celle que vous avez faite vous-même (ou une toute faite).

1. Préchauffez votre four à 200 °C. Battez les œufs, jusqu'à ce qu'ils forment un mélange mousseux. (On ne dirait pas, mais c'est excellent)
2. Ajoutez un ingrédient à la fois, en mélangeant bien jusqu'à ce que tout soit incorporé, sans battre trop vigoureusement : sucre, sirop de glucose, beurre, sel et vanille.
3. Ajoutez-y les cacahouètes.
4. Versez le mélange avec les cacahouètes sur la pâte à tarte.
5. Faites cuire à 200 °C pendant 50 à 55 minutes. Laissez la tarte refroidir avant de la couper.

Cupcakes-tortues de Lilly (trooop bons)

Ingrédients :
240 g de farine
1 cuillère à café de bicarbonate de soude
170 g de chocolat amer fondu
225 g de beurre pommade doux
200 g de sucre semoule
180 g bien tassés de sucre roux
4 gros œufs à température ambiante
240 ml de babeurre
1 cuillère à café d'extrait de vanille

1. Préchauffez votre four à 180 °C. Placez 12 caissettes en papier dans votre moule à muffins. Dans un bol, passez au tamis la farine et le bicarbonate de soude.
2. Faites fondre le chocolat au bain-marie à basse température pendant environ 5 à 10 minutes. Remuez de temps à autre jusqu'à l'obtention d'une texture lisse et homogène. Retirez du feu, et laissez tiédir pendant 5 à 10 minutes.

3. Dans un saladier, avec un robot mélangeur battez le beurre jusqu'à l'obtention d'un mélange homogène. Ajoutez le sucre, et fouettez environ 3 minutes pour faire monter cette préparation.
4. Ajoutez les œufs un par un, en mélangeant soigneusement à chaque fois.
5. Incorporez ensuite le chocolat.
6. Ajoutez les autres ingrédients en trois fois, en alternant entre le babeurre et la vanille. À chaque nouvel ajout, mélangez les ingrédients, mais ne battez pas trop vigoureusement.
7. Versez le mélange à parts égales dans vos caissettes de cupcakes et faites cuire pendant 20 à 25 minutes. Démoulez et laissez refroidir.
8. Remarque : pendant que le four est encore chaud, faites griller les noix de pécan du glaçage sur une feuille de papier cuisson. Voir la recette ci-dessous.

Glaçage de tortue de mer le plus craquant de tous les temps

Noix de pécan :
85 cerneaux (environ 300 g) grillés

Ganache :
120 g de chocolat noir
120 g de crème épaisse
2 cuillères à soupe de sirop de glucose clair
1 cuillère à café d'extrait de vanille pure

Sauce au caramel :
400 g de sucre
120 ml d'eau
120 g de crème épaisse, tiédie au four à micro-ondes
2 cuillères à soupe de beurre, en dés ou petits morceaux
60 g de crème épaisse, tiédie au four à micro-ondes

Préparation de la ganache

1. Coupez le chocolat en petits morceaux.
2. Dans une petite casserole à fond épais réchauffez la crème à feu doux jusqu'à ce qu'elle commence à fumer. Retirez du feu et versez sur le chocolat en morceaux, tout en remuant jusqu'à ce que le chocolat soit entièrement fondu.
3. Ajoutez le sirop de glucose et la vanille, en mélangeant jusqu'à former une préparation homogène. Laissez refroidir à température ambiante, remuez si nécessaire.
4. Glacez les cupcakes et gardez un peu de glaçage en réserve.
5. Disposez cinq noix de pécan sur chacun des cupcake afin de représenter la tête de la tortue et ses quatre palmes, en les enfonçant légèrement dans le glaçage. (Les palmes se touchent au centre. La tête surplombe le tout.)

Préparation de la sauce au caramel

1. Dans une casserole de taille moyenne, versez le sucre et l'eau. Remuez. Faites chauffer à feu moyen et surveillez de près le changement de couleur du sirop.
2. Quand le sirop vire au brun ambré sur les bords, ou, si vous utilisez un thermomètre de cuisine, quand la chaleur atteint les 180 degrés, retirez immédiatement du feu, et remuez rapidement le tout à l'aide d'une cuillère en bois ou d'un fouet pour éviter que l'eau sucrée ne brûle. Elle devrait avoir une couleur d'ambre doré.
3. Continuez de remuer, tout en ajoutant 120 g de crème épaisse tiédie et les morceaux de beurre. (Attention : quand la crème entrera en contact avec le sirop, cela va faire de grosses bulles.) Continuez de remuer jusqu'à ce que le sucre cristallisé se dissolve.
4. Ajoutez le reste de crème épaisse (60 g) jusqu'à ce que la sauce au caramel soit uniforme et lisse.
5. Versez le mélange dans un verre doseur en pyrex et laissez légèrement refroidir.

Touche finale des cupcakes

1. Versez 2 cuillères à café de caramel liquide sur le centre des noix de pécan. Laissez reposer le caramel quelques instants pour qu'il se solidifie.

2. Chauffez le restant de la ganache s'il est nécessaire de l'attendrir. Versez une cuillère à café de ganache sur le caramel pour apporter la touche finale à la carapace de votre tortue.

Et comme dirait la petite Lilly… Ça va être trooop bon ! Dégustez !

Pour 24 cupcakes

Découvrez aussi chez Milady Romance :

En librairie ce mois-ci

Meredith Goldstein *Un mariage et cinq célibataires*

En Grande Romance

Jojo Moyes *Avant toi*

19 avril 2013

Debbie Carbin *Trois hommes et demi*

J. Lynn Les Frères Gamble : *Paparazzis et quiproquos*

En Grande Romance

Samantha Bailly *Ce qui nous lie*

The Fell Types are digitally reproduced by Igino Marini.
www.iginomarini.com

Achevé d'imprimer en février 2013
Par CPI Brodard & Taupin - La Flèche (France)
N° d'impression : 72080
Dépôt légal : mars 2013
Imprimé en France
81120993-1